古宮九時

illust. 森沢晴行

IV

Babel バベル

言葉を乱せし旅の終わり

旅の途中で
出会った人たちを覚えている。
理解できる人もいた。
分からないまま別れた人もいた。
自分にとって大事になった人も、
誰かの大事であった人もいた。
そして、全てを拒んで一人でいた人も。
人は過ちながらも進んでいくのだろう。
だから、その精神は自由である方が
ずっといい

エルザード
アヴィエラに協力する
上位魔族。
アヴィエラ
禁呪を用いる
邪悪な魔法師。
「私はただ教えてやるだけだ。
この大陸も人間たちも――
多くの苛烈な過去を忘れ去り、
惰眠を貪っているにすぎない
ということを」

Babel バベル IV

言葉を乱せし
旅の終わり

古宮九時
illust. 森沢晴行

主な登場人物

水瀬雫

現代日本から強制転移されてきた女子大生。日本へと戻る方法を探すため、旅に出る。

エリク

魔法文字を研究する風変わりな青年魔法士。雫の旅に同行することに。

メア

魔族の少女。湖底の廃城に長い年月住み続けていたが、雫の使い魔となる。

ターキス

きな臭さを嗅ぎつけて飛びつき、稼ぎ口を探している傭兵。大陸各地に出没。

カイト

短剣の扱いに秀でる傭兵の少年。人を殺すことが好きという歪んだ性格。

ラルス

第三十代ファルサス国王。「魔を断つ王剣」アカーシアの担い手。

レウティシア

ラルスの実妹。卓越した魔法士。ファルサス滞在中の雫とエリクは彼女の直属として働く。

アヴィエラ

邪悪な魔法士の女性。秘された歴史を記した呪具の本を所有する。

〜Babel 大陸地図〜

1960年（ファルサス暦832年）現在

暗黒時代は遠い彼方

魔女の時代は御伽噺

人は数多の歴史を、物語を

記し読み、語り継ぎ

やがて忘却していく

だから今から語られるのは

人の記憶に残ろうとした魔女の話

そして言葉の自由を重んじた、一人の人間の話だ

1. 神の書

北の国の王様は、小さな蛙《かえる》を持っていた。
金に光る蛙は不死。全ての歴史を知っている。
ある日、王は蛙に問う。
「どうすればもっと国を大きくできるか」と。
蛙は答える。
「私が知るは過去のことのみ。それでよいならお話ししましょう」

蛙は謳《うた》う。長く続いた戦乱の歴史を。秘せられた王族の運命を。民の嘆きを。悪《あ》しき魔法を。
王は踊る。戦を起こし、王族を操り、民を酷使し禁じられた魔法を使って。

やがて国は大きくなる。
王は喜び蛙は歌う。
新たな歌は新たな歴史。王が犯せし罪の話。

歌を聞いた王様は、小さな蛙を飲みこんだ。

その後王は突然に、湖で溺れ死んだという。

※

「これでどう？」

差し出された紙に書かれているのは長めの英文だ。それを受け取った雫《しずく》はじっと単語の羅列に視線を落とした。四度読み返して、徐々に震えてくる指に力を込めると、紙の端を握り締める。

「ぬ、抜かされた!?」

愕然《がくぜん》とした彼女の叫びは広すぎない部屋に響き渡った。例題を英訳したエリクが重ねて問う。

「それで合ってるの？　間違ってるの？」

「……合ってます」

敗北感を噛《か》みしめて、雫は答える。

――原因不明に日本から異世界に迷いこんだ彼女だが、この世界に来てから一年弱が過ぎた。その間、帰る方法は探してはいるものの未《いま》だ目途はたっていないままだ。おまけに紆余曲折《うよきょくせつ》の末、国同士の争いに巻きこまれたりもした。結果として雫は、大国キスクで五ヶ月近くを過ごし、戦争の終わりに伴って、つい先日ファルサスに帰ってきた。

とは言え、「大陸最強」と言われる魔法大国は以前とほとんど変わりがないようだ。強いて言うなら季節が巡って、うだるような熱気が穏やかな暖かさに変わったくらいだろうか。

だが、変化がないというのはあくまでも目に見える部分だけのことで、もっと違う部分は緩やかに変化していたのかもしれない。たとえば、彼女の保護者であった青年がいつの間にか、彼女に並ぶ英語能力を身につけていたり……などということが。

「謎の敗北感にうちのめされている……」

「どうして？　多少自分で勉強しただけだよ」

「多少、ですか……」

人間得意不得意があるというか、言語に関しては雫よりも彼の方が一枚も二枚も上手《うわて》らしい。

雫はテーブルの上に脱力しそうになるのをかろうじて堪《こら》えた。

「っていうか、文法教えただけでどうしてここまで読解とか作文とかできるようになるんですか。これ、単語力を除いたら私と大差ないですよ。一応私、元の世界で英語を六年以上勉強してるんですけど」

「勉強の仕方が悪かったんじゃないかな」

「直球で言われた！」

それは思っていても言わないで欲しかった。異世界に落ちてしまうまで、雫は十八年間真面目な学生としてやってきたのだ。今まで学校のテストでは大体いい成績を叩《たた》き出《だ》してきたが、かといって英語が身についているかと言ったらまったく自信はない。リスニングとスピーキングは元から非常に苦手で、更に大学に入ってから触れた英語の専門資料は、分からない単語はないのに文意が取れないという英語の奥深さを感じさせるものだった。外国語って難しい、と改めて実感していたところにきてこれだ。雫は羨む目でエリクを見上げる。

外す手続きをするのが面倒だからと耳に魔法具をつけたままの彼は、ペン先を上げた。

「一通り文構造の特徴を摑《つか》んでしまえば、あとは例外を覚えるくらいかな。もちろん単語が分からないって問題はあるけど。それは辞書さえできてしまえば解決することだしね」

「言うのは簡単ですけど、なかなかそうは行かないんですよ……」

雫もキスクにいた間、この世界の文字を独学していたが、とてもではないがまだすらすらと読み書きはできない。書類を作成する時も、単語を箇条書きにしてから口頭で文官に指示を出し、書き起こしてもらっていたのだ。雫が異世界人で読み書きが不自由だという事実は、オルティアとファニートを除いて伏せられていたので、何とか誤魔化しながら勉強するしかなかった。

結果、雫の単語力は上がったが、作文についてはあまり上達していない。

彼女はエリクに置いていかれたような気分でテーブルに突っ伏す。

「これ、もう私の教えることってないんじゃないですか」

「そんなことないよ。ニホンゴは正直お手上げだしね。僕が、文構造以外で興味持っているのはどちらかというとニホンゴ文字の方なんだ。エーゴは君がいない間とっつきやすそうだったから、ここまでやっただけ」

魔法文字を専門にしている彼は、以前から漢字に興味を示している。そう言えばファルサスに来る前も、エリクは漢字の書き取りをよくしていたのだ。

「とりあえず、また文字教えて。君の作文は僕が添削するよ」

「あ、ありがとうございます！」

雫は急いでバッグからノートを取り出す。

――この世界の言語は、形容詞も名詞も動詞もほとんど全ての品詞が規則的な語尾変化をする。

初めてそれを知った時には「覚えることが多すぎる!?」と叫んだものだが、今では雫もすっかり慣れた。幸い、語尾変化に不規則変化は存在しない。全ての名詞が第一変化から第四変化のどれかを割り振られており、その他の品詞は結びつく名詞に合わせて変化する。

結果として各単語は文を形成するにあたって、パズル的な規則性を持っており、単語の知識さえあれば主語と動詞との繫《つな》がりや、形容詞と名詞との繫がりが、混線せず見分けられるようになっている。非常に整頓された言語形態に、雫は感心したものだ。

そして、文構造で一番便利だと思うのは、この世界の文章は、代名詞が何を指しているのか分かりやすいのだ。この言語には通常の語尾変化に加え、「代名詞語尾」というものが存在している。

代名詞は、それが指し示すものが文章中の一単語であるなら、何番目の単語を示しているのかを判別できるよう、数字を元にした語尾をつけることになっている。また指し示すものが、複数の単語であるなら複数を示す語尾がつき、指示対象の単語群の前後には注釈記号である小さな三角が打たれるのだ。この三角は関係節部分を示すのにも使われ、エリクが読んでいる魔法書などを見せてもらうと一頁《ページ》に幾つも頻出している。

他には代名詞の指示対象が同じ文中にない場合、それが前述されているなら何文前にあるのかを示す語尾が加わり、前述されていない時や曖昧な対象を指す場合には、その旨を示す語尾がつく。話し言葉は自動翻訳されてしまうため分からないが、書き言葉はかなり整然とした造りだ。雫が知る限り、元の世界の原文読解においては、代名詞が何を指しているのかがしばしばテキストの解釈を大きく分ける問題点となっていた。それに比べると、こちらの世界の文法は非常に合理的で、文を書くのは大変だが読む分にはかなり助かる。

もっともエリクに言わせれば、これほどまでに整然と文法を守って書かれるのは、ある一定以上の知識階級が扱う文章のみで、平民の読み物や詩などの文学作品は、必ずしも規則を遵守しているわけではないらしい。

「こういう代名詞語尾はもともと魔法書のために生まれたものだからね。魔法書は誤読されると思わぬ事故に繋がることもあるから徹底したんだろう。トゥルダール……古代の魔法大国の文字なんかはもっと注釈記号が多かったよ」

「すごいですね。私の世界は代わりに、注釈書自体が読解対象のテキストになってましたよ」

「何それ。入門書ってこと？」

「いえ、入門書的なものもありますが、むしろそれ自体が研究書です」

雫は新しくお茶を淹《い》れて二つのカップに注ぐと、菓子の詰まった瓶を開けた。

「スタートは古代なんですけど、まず大本となるテキストを細かく読み解きながら解釈して、自説を展開した本を書くんです。そうやって書かれた本はもうそれ自体が思想書ですから、次の研究者は原本とその解釈書を読んで、『この人はここをこう解釈してるけど私はこう思う』って新しい注釈書を書くんですよ。それを連綿と受け継いでいって、千年以上かけて真理を探究していくという感じで……」

「すごいな。それ今でも現役なの？」

「現役ですよ。うちの教授とかもやってますから」

お茶の湯気を吸いこみながら雫が微苦笑すると、エリクは感嘆の息を吐き出す。藍色の瞳が彼女の顔の上をゆっくり過ぎていった。

「君の世界はもっと、古いものには古いものとしての価値しか見出《みいだ》してないのかと思った」

「そうでもないです。少数派ではありますけど」

いわゆる虚学と言われる学問分野の中でも、そういった研究の仕方をしているのは一部だ。ただそれらの研究は、長い時を経て今なお受け継がれている。古きものを精力的に研究し続ける人間がいなくならないのは、扱う主題が人間そのものに近しいからかもしれない。

そしてだからこそ、こちらの世界でも似た問題に出会ったりもするのだろう。雫はこれまで、エリクやファルサス国王ラルスなどとの議論からそう感じていた。

「君も帰ったらそういう研究をしていくの？」

涼やかな声は心地良く雫の耳に入る。だがこの時、彼の言葉は珍しく溶け入って消えることなく、意識の上にコトリと落ちただけだった。雫は曖昧に笑う。

「さぁ……どうでしょう。夏休みのレポートも出してませんし」

「今頃退学処分か。気の毒にね」

「だから直球で言わないでくださいって！」

せめて休学であって欲しい。

そんなことを思いながら十九歳の雫は、残りのお茶を一息で飲み干した。


ファルサスに戻ってから雫は、キスクでしていたのと同様、子供用言語教材を作成する仕事についた。これは元々彼女の引き渡しが決定した際に、キスク女王のオルティアがラルスに了承させたことだという。

雫の世界には生得単語《せいとくげんご》がない、と聞いたファルサス王は殺してみたそうな目で雫を見たが、彼女の作った教材が一定の効果を出していると知ると、とりあえず仕事をさせてみる気になったらしい。「お前を殺すとまず三人から煩《うるさ》く怒られるからな」と言うと、彼女に研究室の一つと部下たちを与えた。

「可愛《かわい》いわね、これ。子供が喜びそう」

執務室にて、試作品のカードを手に取ったレウティシアは、感心顔で次々それらを捲《めく》っていく。

少し派手な原色の縁取りは、動物なら赤、食べ物なら青、というようにカテゴリ別に区別するためのものだ。雫は一通りの使い方を説明してしまうと最後に方針を補足した。

「赤ちゃんの頃は原色の方が見やすいのでこうしてみましたが、もう少し大きくなったら淡い色も使って、写実的なカードを渡してみようと思います」

「なるほどね。その辺りは貴女《あなた》に任せるわ」

雫の身分は、現在のところエリクと同じくレウティシア直属となっている。王妹は教材承認の書類に目を通すと、署名して雫に返した。穏やかに見える美しい貌《かお》が、笑みを形作る。

「エリクの契約はあと二ヶ月で終わるし、貴女もそれまでに教材ができあがるのならその後は好きにしていいわ。彼と相談して」

「はい。ありがとうございます」

「彼はまず間違いなくファルサスを出て行くって言うでしょうけど……ああ、あの紅《あか》い本ね。まだ見つかってないの。ごめんなさい」

それは外部者の呪具ではないかと思われている、秘せられた歴史の書かれた本だ。本来なら門外不出であろう知識や、禁呪《きんじゅ》までも記された本。

ファニートに探してもらっていた時も「見つからないようだ」と言われていたが、未だにその本の手がかりは摑めていないらしい。怪しい女が持っているとの情報だが、おそらくその女は一箇所には留まらず各国を移動しているのだろう。レウティシアから「いくつか目撃証言は得たが、北の大国メディアルでの目撃を最後に行方が分からなくなっている」と聞いて、雫は微苦笑した。

「大丈夫です。きっと何とかなるって思ってますから。ありがとうございます」

「何か分かったら教えるわ。貴女たちがこの城を離れていても」

「はい」

雫がこの世界に来てから約十ヶ月半。エリクの契約期間が終わる頃には一年が過ぎているだろう。もうそんなに経《た》つのか、と呆然《ぼうぜん》としかけて、それでは退学にされていても仕方ない、とほろ苦い思いになる。

だが退学くらい大したことではないだろう。もっと学びたいのならバイトをしてお金を貯めて、もう一度受験しなおせばいいのだ。これまでの旅路を思えば、それくらいは苦労のうちに入らない。けれどそう思いながらも雫は――不思議と自分の想像がどこか地に足のついていない空想のように思えて、茫洋《ぼうよう》とした違和感に首を傾《かし》げた。

仕事の休み時間、自室に戻った雫を迎えたのは、使い魔の少女だ。

「お帰りなさいませ、マスター」

「ただいま、メア!」

雫がファルサスに戻った時、普段ほとんど無表情のメアは、少し泣き出しそうな笑顔で雫を抱きしめてくれた。その笑顔に時間が巻き戻るような気がして、胸がいっぱいになったことをよく覚えている。雫は何度も何度も謝罪をして、その晩はキスクであったことをメアに一つ一つ話した。長い話の一言も聞き漏らすまいとするメアの真剣な顔は、雫に「今度こそメアと離れないように」と決意させたものだ。

掃除をしていたらしい使い魔の少女は、雫に紙包みを示す。

「マスター、これが荷物の底に入っていたのですが、開けてもよろしいでしょうか」

「あ、それって」

薄茶色の紙包み。そこに何が入っているのか、もちろん雫は知っている。

彼女は紙包みをメアの手から受け取ると、中から紙の束を取り出す。

「しまった……読んでもらうの忘れてた」

分厚い紙束は、子供の流行《はや》り病についてキスクの神学者がオルティアに提出した論文だ。キスクにいた当時、「かつて生得言語は固定されていなかった」という神学者の主張に気になるものを感じた雫は、ニケから論文をもらったのだが、そのまま忙しくなって放置していた。「教えてやる」と言っていた彼も多分忘れていたのだろう。雫は論文を前に腕組みする。

「気になるけどこれはなぁ……メア読める？」

「申し訳ありません。人間の文字はあまり得意ではないのです」

「だよね。言送陣使ってニケに聞こうかな、ってああああああああ！」

突然の叫び声にメアがぎょっと後ずさる。

「どうかなさいましたか」

「いやちょっと……もうしばらく時間を置きたいというか、連絡を取りたくないというか」

「苦手な方なのですか？」

「苦手じゃないけど色々あって……」

別れ際、何を思ってニケがあんなことをしたのかは分からないが、怒る気にも喜ぶ気にもなれない。ただひたすら恥ずかしい。こうやって精神的なダメージを与えることが彼の目的だったのなら見事に成功している。雫は震える拳を握って、何もない空中を殴り始めた。

「だあああ！　もう！」

メアは主人の奇行をたっぷり五分ほど見つめると、冷静な声をかける。

「それで、これはいかがなさいますか」

「……エリクに……聞いてみます……」

額の汗を拭いながら、雫は論文を受け取る。

異様に量があって申し訳ないのだが、読んでくれそうな人間といったらエリクしか思いつかない。彼女は論文を紙包みの中に戻すと、それを持って彼のいる研究室を訪ねることにした。


ファルサスの城はキスクほど複雑ではないが、充分に広い。雫は中庭を突っきって研究室のある棟を目指した。植えこみを乗り越えようとした時、芝生の上に小さな人影を見つける。

見覚えのあるカードと背中。草の上に雫の作った単語教材を広げているのは、いつか中庭でエリクといる時に出会った女の子だ。彼女は雫に気づくとぱっと笑顔になる。雫は小さく手を振った。

「久しぶり。こんにちは」

「こんにちは！」

「それ使ってくれてるんだ。楽しい？」

「うん」

女の子は一枚のカードを拾い上げると「たこ！」と示す。彼女の言う通りそれは蛸《たこ》の絵を描いたカードだ。雫は隣にしゃがみこむと別のカードを指差す。

「これは？」

「猫！」

「あたり。すごいね。じゃあこれは？」

「デウゴ」

カードは試作品として、城に集められた言語障害の子供たちに配ったものだが、既にあちこちよれよれになっている。もう全て覚えてしまっているのか、すらすらと答えていく女の子に、雫はリオとの生活を思い出して目を細めた。あれからリオは一月に一度は手紙をくれる。どうやら元気で暮らしているようだ。あのひたむきな笑顔を思い起こすと多忙な時でも心が和む。

「また今度新しいの作ってくるね。今度は絵本にしようか」

絵本と聞いて、女の子は期待に満ちた目になった。

そこに、背後から知らない大人の声がかかる。

「――やはり子供がお好きなんですね」

「え」

驚いて振り返った雫の前に立っているのは、宮廷魔法士らしい若い女性だ。

しゃがんでいた子供が立ち上がり、彼女に飛びついた。

「レラ！　あそぼ！」

「後でね」

レラと呼ばれた魔法士は、足に纏《まと》わりつく子供に微笑《ほほえ》む。雫もあわてて立ち上がると挨拶をした。

「あの、はじめまして」

「はじめまして。あなたがキスクからいらした研究者の方ですのね。お話はよく伺っております」

「どのような話か気になりますが、そうです」

正直キスクから来たと言われると違和感を覚えなくもないのだが、一月だけいたファルサスと四ヶ月以上いたキスク、どちらが雫の身分を表すのに適しているかといったらやはりキスクの方だろう。「戦利品」として連れてこられた雫は苦笑を浮かべた。

レラは濃い紅が塗られた唇で微笑む。

「キスクは病の原因を調べる実験をやめてしまったとも聞きましたが、本当なのですか？」

「はい。少々乱暴な実験をしていたので中止になりました。原因も結局分かりませんでしたし、今は教育の方向で研究が進められています」

「あら、でもそんな簡単に諦めてしまってよかったのかしら。いくら学べば症状が緩和されると言っても、やっぱり病気は病気でしょう？」

「え……」

思ってもみなかった反応に雫は言葉に詰まる。

今まで雫は、何と言われてもこの流行り病を病気だとは認識していなかったのだ。キスクでも実験を中止できたことに安心していたし、教材の作成をオルティアが支持してくれたことに安堵《あんど》した。

だがファルサスの魔法士は、まったく別の意見を当然のものとして、心配そうな目を向けてくる。それが善意でしかないと分かるだけに、雫は幾許《いくばく》かうろたえてしまった。

「魂に欠損があるなんて可哀想《かわいそう》だわ。少しでも早く原因を突き止めてあげないと……。私も病の原因究明に携わっていますけど、なかなか成果が出なくて。何か掴めれば子供たちもあなたも楽にしてあげられるんですけどね」

レラの声には純粋な同情が窺《うかが》える。病を憂い、子供たちを心配し、雫の負担を減らしたいと願う真《ま》っ直《す》ぐな思いが。

――この世界において、生まれながらに言葉を持たない子供たちは「異常」だ。

雫はそう聞いていながらも、今までその重大さを完全には分かっていなかったのかもしれない。

彼女にとっては生得単語などなくて当たり前だからだ。

だが、子供たちにとっても親にとっても、教材を揃《そろ》え一から言葉を教えるよりは、病が治療されることの方が余程負担が少ない。教育とはあくまで原因不明の病に対する次善の策なのだ。

大陸は広い。それに加えて、病は徐々にその発生範囲を広げつつある。可能であれば原因を取り除くことの方が、確実に多くの子供たちの助けとなれるだろう。

レラは女の子の手を取ると「お互い頑張りましょうね」と言って去っていった。その後姿を見送って雫は割り切れない言葉を洩《も》らす。

「魂の欠損……か」

エリクは、生得言語は魂に依拠するものではないと言っていた。その仮説が正しいのなら、この病の原因は何なのだろう。今まで雫は病への偏見を払拭し、教育によって子供に言葉を取り戻すことこそ、現状の最善であると思ってきた。

けれど多くの人々が望む解決とは、そのようなものではないのかもしれない。

今更ながらそのことに気づいた雫は――重い息をついてかぶりを振ると、それ以上何も言わぬまま中庭を後にした。


エリクのいる研究室はいわゆる「実験室」というよりは「大学の研究室」だ。長方形の机が三つ部屋の中央に並べられ、四方の壁は全て本棚となっている。

その机の一つで本と書類をつきあわせていた男は、やってきた雫に気づいて顔を上げた。

「やあ。どうしたの?」

「すみません。ちょっとお願いが……」

部屋には他に誰もいない。雫はエリクの前に座ると、持ってきた論文を彼に渡した。

「アイテア神徒の論文か。へえ、おもしろいね。『生得言語における神の力の現れについて』か」

「自分でも見てみたんですけど、さすがに内容がさっぱりでして」

「いいよ。読んどく」

エリクは論文の厚さなどまるで問題ないように紙束を包みに戻した。そのまま積んである本の一番上に載せる。雫はお茶を淹れると、「少し休憩する」という彼に向かい合った。

「エリクは以前、生得言語の原因は何かの感染じゃないかって言ってましたよね」

「うん。今でもそう思ってる。人間は生まれた後に親や周囲の人間から『何か』に感染するんじゃないかな。それで生得言語を身につける」

まるで虫歯菌のようだな、と雫は思ったがあんまりな比喩なので口にはしない。彼女は虫歯が一つもない口内に砂糖菓子を放りこむ。

「じゃあこの流行り病はそれら感染への抗体を子供たちが持った、ってことになるんでしょうか」

「コウタイ？　抵抗力のことかな。僕はそう思ってるけど、今のところ証明できるものがない。病気の子と健康体の子供には心身ともに違いがないそうだから」

「うーん。私の方は何故《なぜ》か言葉が通じているんですけどね」

雫自身の肉体も散々調べられたが、この世界の人間と何ら変わりがないそうなのだ。どこで言葉の有無が分かれているのか、彼女は大きく首を捻《ひね》った。

雫はそこで、先程会ったレラの言葉を思い出す。自然と溜息《ためいき》が落ちた。

「……ちょっと気分転換に縄跳びしてきますね」

「何それ」

腰につけていた縄を手に、部屋を出て行こうとした雫にエリクは問う。雫は手に持った細縄を上げて見せた。

「これですか？　ちょうどいい縄を切って持ち手をつけてみました」

「いやだからそれで何するの」

「あー、この世界、縄跳びないっぽいですもんね。両手で回して跳ぶんですよ。そういう子供の遊びありません？」

「僕は知らないな」

確かに言われて思い出しても、旅の途中、縄跳びで遊んでいる子供はいなかった。これは文化の違いだろうか。雫は縄を持っていない両手を回して見せる。

「これ、場所を取らずに有酸素運動ができていいんですよ。この城で走ってると王様に見つかったりしますし」

走っていてラルスに見つかると、速度を上げさせられるか周回数を増やされる。そうなると自分のペースでトレーニングできないからただひたすらに迷惑だ。いつか周回コースに落とし穴でもしかけたいと思っているが、普通の武官が引っかかってしまうのでそれもできない。

雫は、エリクが「見てみたい」というので二人で訓練場の片隅に移動した。

「こーんな感じで跳ぶんですよ。ほらほら」

リズムよく縄跳びを始めると、エリクは感心の顔になる。一方、訓練場にいる兵士や武官は見事なスルーだ。彼らは雫が縄跳びをしだした最初の頃こそ奇怪な曲芸を見る目で見てきたが、最近は慣れきったようだ。ただ武官のうち何人かは「やってみたいから教えて欲しい」と尋ねにきて、そういう人間は時々訓練場で縄跳びをしている、らしい。

軽く息が切れてきて雫はいったん手を止める。

「元の世界の縄だと、二重飛びとかハヤブサもできたんですけど、この縄じゃ難しいですね」

額の汗を拭う雫に、エリクは真面目な顔で言う。

「それは君の世界の労役の一種？」

「違います」

「そこそこ強度のある全身運動を課しているように見える」

「あえてやってるんですよ！　体力作りのために！」

「そこで起こした運動を何かの力に変換したりは――」

「しません！　滑車回してるみたいな扱いにしないでくださいよ」

縄跳びをしてるだけで充電できる、などあればやりたいが、特にそういう意味はない。雫はそこから、元の世界の娯楽でありスポーツでもある縄跳びについて、ほどほどの時間をかけて説明した。

ようやく分かってくれたらしいエリクは、雫が駆け足飛びを再開するのを眺める。

「君の国には子供の頃から根付いてる文化なんだね」

「そうなんです。これに合わせた童歌もいくつかありますよ。歌いながらこうやって人が跳んでるところに入って一緒に跳んだりするんです」

「難易度が高いな。それ本当に子供の遊び？」

と言われても、あるのだから仕方がない。雫もよく家の前で、姉妹と縄跳びで遊んでいた。

「多くの学校には大縄跳びという競技がありましてね。もっとずっと長い縄の端と端を、二人で持って回すんです。そして中に三十人くらいが並んで一斉に跳んでいくという……。一人でも引っかかるとそこで止まってしまうので、重圧がはんぱないんですよね。転じて、誰か一人でも失敗すると崩壊してしまう全体作業を『大縄跳び』と揶揄《やゆ》することもあり――」

「本当にそれ娯楽なの？」

「娯楽のはずが教育現場に入ってしまうと、何かしら教訓を持たせようとして、結果的に苦行になってしまうことはままあります」

もっともらしくまとめてしまうと、雫は縄を束ねて腰に戻す。体を動かしたおかげで鬱屈とした気分が大分晴れた。二人は訓練場の端の木陰に移動する。エリクは自分も縄を借りて少し縄跳びをしてしまうと、雫の隣に座った。

「で、どうしたの。何かあった？」

「あー……」

そんなことを彼が聞いてきたのは、雫の様子を見てのことだろう。彼女は苦笑になりきれない唇を曲げた。

「言語障害の病気はやっぱり、根絶された方がこの世界の人にはいいのかなって。私の世界ではこれが当たり前なんで、あんまり『異常で可哀想』って思われるとちょっと思うところはあります」

「ああ」

生得言語などなくてもいい、と雫が思ってしまうのは、彼女自身がそういう世界で育ったからだ。こんなものは病気でも何でもない。当たり前のことだと言ってしまいたい。

けれどこの世界においてそれが憐憫《れんびん》の対象なのだとしたら、雫のささやかな反論など「外から来た者の傲慢」にしか過ぎないだろう。最近はすっかりなりを潜めていた異邦人としての孤立感を思い出し、雫は晴れた空をじっと見つめた。

だが、青年の声は沈むことなく温かな空気の中に響く。

「根絶すべきかどうかは、原因と経過がはっきりしてからかな。君の世界では話し言葉が不自由な人っているの？」

「え？　うーん……身体的な原因で言語発達に難が出る人もいますし、言葉をまったくかけられないで育てられたりしたら不自由になるでしょうけど。大体の人は話せるようになりますね」

「教育の仕方によって習得できなくなるってことはない？」

「それは……ないと思います。私の持ってきた本の中にも、幼少期の言語習得について少し書かれているんですが、その中では、子供は自然の言語……つまり身振り手振りを介して、大人たちが何を示して何と言葉を発しているのかを徐々に対応させて自然に覚えていく、ってあるんです。だから多分今病気の子供たちも、教育をしてやれば加速度的に喋《しゃべ》れるようになるでしょうけど、しなくてもいずれ身につくとは思うんですよ」

それは推測ではあるが、おそらく正しいと雫は思っている。現にリオと暮らしていた時には、試験範囲外にもかかわらず、リオは雫がよく使う単語を覚えていったのだ。

彼女の意見を聞いたエリクは真面目な顔で頷《うなず》く。

「なるほど。ならそれほど根絶を急がなくてもいいんじゃないかな。このまま時代が進めば生得言語がないことの方が当たり前になるかもしれないし」

「そうですよね……って、すごい！」

「何が？」

雫だからこそ「生得単語などなくてもいい」と思えるのであって、この世界の人間にとってみれば、それは本来受け入れ難《がた》いことのはずなのだ。生得的なものの喪失がどれほどの衝撃か、雫も自分の身に置き換えてみれば分かる。喜怒哀楽や立つこと歩くこと、それらがある日突然訓練を要するようになったのなら、自分もあわてふためいてしまうだろう。さっきはレラの反応につい浮かない気分になったが、この世界においてはきっと普通の反応だ。

――にもかかわらずエリクは「いつかそれが当たり前になるかもしれない」と言う。

達観というだけではない冷静な視野の広さ、柔軟さに雫は感嘆した。

「エリクってそういうとこすごいですよね。もっと問題視したりしないんですか？」

「うーん、今のところは原因不明だし。第一、他の魔法士と違って、僕はこれって魂には関係ない問題だと思ってるから。それを明確に示せれば彼らの姿勢も軟化すると思うんだけどね。本当に魂の欠損ならさすがに問題だ」

「あー」

この流行り病が魂には関係ないことを示すには、現状の手札からいって「雫は異世界人で、人とは違う魂を持っているが、生得言語の恩恵は受けられている」という事情を明らかにしなければならなくなる。さすがにそれは迷うところだし、信じてもらえるかも定かでない。

「異世界人を見かけたら殺す」が口伝であるらしいラルスも、今は雫について保留しているが、それは彼が「言語は複数存在する」という概念そのものを持っていないからだ。だから以前のエリクと同様ラルスは、この世界と雫の世界の言語は一致していると思っている。もしそれが違うと分かれば、より厳しい王の追及が雫に降りかかるだろう。今のところは、オルティアから正式な交渉を経て雫を引き取ってきたという外交上の問題が影響しているため事なきを得ているが、安心はしきれない。現に彼は、雫の世界に生得単語がないことを説明した時も「お前が病気発生に関係しているんじゃないか？」と散々絞ってきたのだ。

その時、雫に代わってラルスと論戦を繰り広げた青年は、平然とした顔で続ける。

「そもそも魂ってのは未だに全貌が分かっていないんだ。多少魔力で捉えられるところはあるけれど、それでもほんの上澄みだけだ」

「うー。難しいですね。肉体が死ねば四散しちゃうんでしたっけ。それを捕まえてみるってことはできないんですか？」

肉体のない純粋な魂だけを確保できれば、その全貌を摑む研究に進展が見られるかもしれない。この時の雫の発想は、普段の人道的なものではなく、研究者がよく持っている、全ての可能性をさらい出そうとする性格が色濃く現れていた。エリクは彼女の指摘に少し微笑む。

「できるよ」

「お！」

「禁呪だけど」

「駄目じゃないですか……」

さすがに禁呪と言われては手を出すわけにはいかない。少し冷静になった雫にエリクは補足する。

「魂は力としては強力だからね。古くから人の魂を力に変換して使う禁呪は多いんだ。ひどいものになると国一つ滅ぼした禁呪が犠牲者の魂を取りこんで膨らんだ挙句、大陸中に飛び散ったなんて事例もある」

「うへ。力に変換って、魔力じゃ足りないんですか？」

「色んな事例があるけどそれは……」

彼は不意に言葉を切った。瞠目《どうもく》して雫を見やる。珍しい彼の表情に、雫は首を傾げた。

「どうしたんですか？」

「……それがあった。証明ってほどじゃないけど、いい資料になるかも。ちょっと研究室に戻ろう」

エリクはおもむろに立ち上がる。研究室に戻った彼は、本棚の一つから何冊かの資料を選び出した。それを次々腕の中に抱えていく。何がなんだか分からぬままついてきた雫は、急いで傍《そば》に駆け寄ると、彼の手から溢《あふ》れ出《だ》しそうな本を引き取った。彼女が五冊、エリクが七冊の本を抱えこんで元の席へと戻る。早くもその内の一冊を広げて目次を睨《にら》む青年に、雫は恐る恐る声をかけた。

「あの、何を調べるんですか？」

「過去の事例。禁呪ってほどじゃないんだけどね。魔法士が魔力の不足を補うために自分の魂を力に変換して使ったって事例がいくつもあるんだ。そのうち半分以上の人間は魂を失って死亡してるけど、中には生き残った人間もいる。ただ彼らは魂が欠けてしまったことにより、総じて後遺症が残った。それらは失われた魂の部分に対応してか種々の症状に及んでいる」

雫は、彼の意図を理解し息をのむ。

「その後遺症の中に……言語障害が出た事例はあるんですか？」

「ない。僕はそう記憶している」

——もし言語が魂を通じて備わったものならば、魂の対応する部分が欠けたことにより言語もまた失われるはずだ。けれどそういった事例がないのだとしたら、それは魂と言語は無関係だということにも、またなりえないだろうか。

もちろん、たまたまそういう例がないだけだと反論されるかもしれないが、上手《うま》くすれば一般に信じられている魂と言語の関係性に一石を投じられるかもしれない。

雫は期待に表情を緩めかけて、だがまだ残る懸念に気づく。

「でもそれって大人の事例ばかりですよね。生得単語が身についた後だから影響ないんだろうって言われませんか」

「言われると思う。ただね、魂の欠損については非常に有名な子供の例があるんだ」

「有名な例？」

エリクは無表情に少しだけ苦さを漂わせる。その表情を見るだにあまり面白い話ではないらしいと雫は予感したのだが、実際聞いてみると予想以上だった。

——問題の話の舞台は、遠く暗黒時代にまで遡る。

戦乱が絶えずどこかで起き、常に国が興っては滅びていた混乱の時代。

当時、大陸東部では魔法士は「魔者」と呼ばれ、穢《けが》らわしい異能者として追いやられていた。

だが迫害されていた魔法士たちは、やがて道具として戦争に投入され始める。身一つで人を殺せる彼らは暗殺者としても重宝され、東部の国々はこぞって魔法士たちを囲いこんでいった。

ただ当時は、魔法構成の巧緻についてよく知られておらず、魔力の大きさだけが魔法士の優劣に繋がると思われていた。

そして魔力は、生まれながらに大きさが決まっている。いくら魔法士の人数を集めたとしても、一人の強大な魔力の持ち主に敵《かな》わないことさえあるのだ。

それを知った小国の王は、他国に勝る力を得るために、歴史に残る忌まわしい実験に手をつけた。

その実験とは「人為的に強大な魔力の子供を生み出そうとする」というものだ。

王は魔法士の女を五十人捕らえ、やはり魔法士の男をつがわせると子を身篭らせた。そして臨月になった彼女たちを広間に集めると、母親の血肉を代償にした禁呪を施行し、赤子の魔力を増強しようとしたのだ。

結果として――実験は半分成功し、半分失敗した。

禁呪は母親たちほとんどの命を奪い、強大な魔力を召喚した。だが同時に生まれる直前だった赤子たちの魂をもまた、代償として欠けさせてしまったのだ。

五十人の子供たちのうち、実験直後に死亡した者は十九人。

十三人は三歳までに死亡し、四人は十歳までに死亡した。

そして残りの十四人は……十五歳になった時、その力で自分たちを生み出した国を滅ぼした。

魂の欠損を生まれた瞬間に負わされた彼らは、ある者は感情を持たず、またある者は記憶力がないなど、それぞれ障害を持っていたが、総じて抜きん出た魔力の持ち主だったと記録されている。

「これがローステンという国で行われた『災禍の子』を生んだ実験だ。この一件において、生まれてすぐ死んだ子供はともかく、残り三十一人はどういう後遺症があったのか全て記録に残っている。その症状は多岐にわたるけど言語障害が出た例は一つもない。他の症状はどれも別の事例なんかと同じ症状が見られるんだけどね。……どうしたの？」

「い、いえ。あまりに壮絶な話なので……。人権無視にもほどがありますね」

「当時大陸東部では魔法士は人というよりも兵器扱いだったから。こういう話はいっぱいあるよ」

青ざめた雫にエリクは肩を竦《すく》めて見せる。

それは、変えられない大陸の負の歴史なのだろう。忌むべきものと讃《たた》うべきものの積み重ねを経て、世界は今に至っている。

自分の魂についてさえもよく分からない雫は、魂の欠損とはどういうものなのか想像もできない。けれど禁呪の実験によって生み出された一人、「悲哀」の感情がないため泣くことができなかったという少女の話を聞いて、雫は憤りよりも重いやりきれなさを覚えた。

浮かない顔のままの雫に、エリクは微苦笑する。

「魂の欠損については、他にも禁呪絡みの症例を僕がまとめてみるよ。君が持ってきた論文も目を通しておくから」

「あ、私の方はいつでもいいです。すみません」

雫は笑顔を作ってそう挨拶すると、研究室を辞した。

中庭に出ると暖かい風が吹いている。彼女は青い空を見上げた。

大陸のどこまでへも繋がっている空は、けれど元の世界と、過去には繋がっていない。自分が動けるのも、足掻《あが》けるのも、今とこの先だけだ。

広くありながらも有限の世界。

その中に在る自分を思って、雫は白く光る陽《ひ》にただただ小さな両手をかざした。

※

淡い色を使って描いた挿絵の隣に、丁寧に文字を書いていく。雫が用意した文章は平易なもので、絵本の下書きを作り始めてから一週間、何度か見直しもしたが問題ないと思われた。

彼女はあらかじめノートに書いておいた草稿を見ながら、一枚一枚に短い文章を書き入れる。インクを乾かしながらのんびり完成を待った。

「よし、こんなものかな」

できあがった原稿をもう一度見返すと、雫はそれをまとめて紙で包んだ。同じ研究室内にいる文官に渡して製本を頼む。

今のは試作品だが、子供たちの反応を見て問題なければ、量産の手続きが取られることになっている。今までのカード教材もそうして作られたのだ。雫は実際の作業を見たことはないが、この世界では書かれたものを量産するのに幾通りかの方法が使われるらしい。

文字だけの単色本なら活版印刷が使われるが、絵本となるとそうはいかない。絵は少数部だけなら写本職人が写し取ることもあるが、上質になる代わりに時間もかかりコストが跳ね上がる。そのため多くは職人に原本を渡し、絵柄にあわせて木版画か石版画を作ってもらうことになっていた。

初めてそれを聞いた時、雫は「シルクスクリーンはないんですか」と聞いて文官に怪訝《けげん》な顔をさせたが、どうやらその手の布を使った印刷は、少なくともファルサスでは行われていないらしい。平版画である石版画よりは絹版画の方がとっつきやすそうに思えるのだが、その辺りは異世界文化ということなのだろう。

雫は試し描きとして金の蛙を描いたスケッチをかき集めた。それらをまとめて小脇に抱える。

「じゃ、お昼食べてきますね」

「はい。お気をつけて」

少々遅い昼食だが、規定の仕事量さえ期間内に仕上げられれば、雫はいつどこにいてもいいことになっている。もっともそれは彼女を含めて研究者たちにのみ適用される自由で、文官武官は毎朝同じ時間に出仕して同じ時間に帰っているようだ。

エリクに聞いたところ宮廷魔法士は、大きく分けて講義に出て魔法を学びながら雑務をこなす人間と、研究室に詰めて研究をする人間がいるらしい。エリクや同じ宮廷魔法士のハーヴなどは昔、その両方に時間を割いていたが、最近は完全に後者なのだという。現に彼らも割と自由な行動をしている。

雫は自室に帰ると、そこでメアが用意してくれていた昼食を取った。とろとろと柔らかく煮こまれた豚肉を切り分ける。

「お仕事は一段落したのですか？」

「うん。とりあえず一つは。また他にも手をつけるけど」

根菜のスープが非常に美味《おい》しい。雫は味の染みこんだ芋を匙《さじ》で掬《すく》うと欠片《かけら》を頬張った。メアも相伴にあずかりながら微笑む。

「少しはお休みになってください。マスターは最近ずっと夜遅くまで起きていらっしゃいますから」

「あれ？　そうだった？　早寝してるつもりなんだけど」

「とんでもない。勉強もよろしいですが、お体を大事になさってください」

雫自身は夜更かししているつもりはないのだが、メアにとっては許容範囲外らしい。釘《くぎ》をさすように言われて雫は苦笑した。

「分かりました。気をつけるね」

真面目くさって頭を下げると使い魔は困ったような顔になる。だがそれも雫がすぐに「美味しいよ」と言うと照れくさそうな微笑に変わった。

「マスター、午後からはまた研究室ですか？」

「んー。王様のところに一度顔出す。定期的に進捗を報告しないといけないから」

雫の直接の上司はレウティシアだが、ラルスにも定期的な報告を義務づけられている。それは、雫を野放しにする気はないという王の意志だろう。変わらない姿勢に腹が立たないわけではないが、雫も文句を言う気はない。もはやそういうものだと思っているからだ。

メアがお茶のカップを差し出してくれる。

「最近北方では魔物が多く出現しているらしいです。王家の精霊が言っていました」

「魔物が？　何かゲームの話みたいね」

間抜けな返答を口にしてしまったのは、雫が未だ「魔物」というものをよく分かっていないからだ。メアももちろん魔族の一種であると承知しているが、どうしても魔物とは思えない。今まで出会った中でも、一番恐ろしかったのは禁呪の大蛇で、魔物ではないのだ。メアの話を聞いてもいまいち現実味のない感想しか抱けない。

のんきな主人に、少女の姿をした使い魔は注意を促す。

「城内には結界がありますから弱い魔物は入りこんできませんが、くれぐれもお気をつけください」

「そうだね。ありがとう」

どんな姿の存在であれ、怖いものなら対面しないにこしたことはない。

しかしそう思っていた雫は午後の謁見で、ラルスから似たような話を聞くことになった。

「――魔物が出る？　どんなのなんですか」

「色々だ色々。何かごりっとしたやつとかな」

「全然分かりません」

いい加減な王の説明に雫はしれっと相槌《あいづち》を打った。彼女は報告済みの書類を抱き直す。真面目に資料を用意してきたのに、報告自体は五分で終わってしまった。その後何故か「走るか」と言われたので断ったところ、間を取って外を散歩をする羽目になったのだ。

空は曇天だが、充分暖かい。雫は風に揺れる木の葉を見上げた。

「でも王様、暴れるの好きそうじゃないですか。お城は構わずお行きになってください」

「この前も城を空けたばかりだ」

「レウティシア様がいらっしゃるんで平気ですよ。私も束《つか》の間《ま》の平穏を味わえます」

「晴れ晴れとした顔だな。まだ行くと決まってないぞ」

ラルスは前を見たまま雫の頭をはたこうとした。だが彼女はそれを察知して一歩横に避ける。

——王が言うには、最近、ファルサス北部の町に魔物が出現したという話が相次いでいるらしい。夜になると現れ、人を襲うというそれらは、けれどさして強い種の魔物ではない。そのため今は町にいる警備兵たちで何とか対処できているのだが、あまりにも出現が後を絶たないので、どこかに根城か何かがあるのではないかという話になっているのだ。

雫は、ラルスが腰に提げている長剣を見やる。

「だって王剣アカーシアって、そういう面倒事に強い武器ですよね」

この大陸において、魔法や魔物に対して抜きんでた対抗力として知られているのが、ファルサスの王剣アカーシアだ。代々国王が継いでいるこの剣には逸話も多く、他国からの要請で、王自らが魔女討伐に出たという話さえある。

ラルスの性格からいって他国の要請には応えないだろうが、国内の問題であれば討伐の前線に立つこともあるだろう。剣士としても名高い王は、恐れよりも面倒くささを前面に出して嘯《うそぶ》いた。

「どこが根城か分かればすぐにでも行くんだがな。どこだか分からないのは面倒だ。お前みたいに目の前に来れば殺しやすくていいぞ」

「私は殺してもらうためにファルサスに来たわけじゃないですから」

「大体他の人間に行かせようにも、アカーシアを使えるのは俺とあいつしかいないというのがな。レティは魔法が使えなくなるから持ちたがらないし」

「何で聞こえない振りしてるんですか。自分の仕事を他国の人に振ろうとしないでくださいよ」

『あいつ』というのはおそらく、先日ワイスズ砦《とりで》に現れたロズサーク国王のことだろう。公にされていないことだが、彼もまたファルサス直系らしいのだ。ただロズサーク王自身、ファルサスとの繋がりを明らかにしたくないようだ。それは彼らの親世代までファルサス直系が内部抗争をしていたことと無関係ではないのだろう。

雫はそこまで考えて、ふと一歩先を行くラルスに聞いてみる。

「アカーシアってファルサス直系じゃないと効果を出せないんですか？」

「出せるぞ。誰が使っても」

「あれ。じゃあ何で直系じゃないと駄目なんですか？」

「教えてやろうか」

そう問うてくる王の目は、お世辞にも善良な人間のものには見えなかった。雫はかぶりを振る。

「やっぱり結構です。忘れてください」

「よし、こっちに来い」

「本当に人の話無視するんですね……」

ラルスは雫を手招きして城の通用門の方へ歩き出した。そこにいた衛兵たちがかしこまって敬礼すると王は「門を開けろ」と命じる。正門ほどではないが、黒鉄でできた大きな門が開かれると、二人は濠《ほり》の上にかかる石橋に立った。

「じゃあこれを持て」

「はい……っていいんですか!?」

ラルスが差し出したのは抜き身のアカーシアだ。さすがに柄《つか》の方を向けて渡されたが、あまりのことにすぐには手が出せない。思わず硬直した彼女に王は面倒そうに命じる。

「どうした？　早く取れ」

「取れと言われましても……怖いというか緊張するというか」

鏡のように磨かれた両刃の長剣。今まで夥《おびただ》しい血を吸ってきたにもかかわらず、まるで真新しい剣のように輝くそれに雫は唾を飲んだ。かつて正面から刃《やいば》を振るわれた記憶が甦《よみがえ》る。

刃先を向けられているわけではない。

それでも彼女にとってその剣は、消せない恐怖を呼び起こすのだ。自分が自分でなくなったかのように体が動かない。雫は、己の心臓が跳ねるように打ち始めたのを自覚して、息苦しさに喘《あえ》いだ。

「いいから持て。早くしろ」

重ねての男の声は少しだけ冷ややかさが混じっていた。雫は意を決して長剣の柄を握る。

不可思議な力を持つ王剣だ。直系でない者が触れたなら電気が走ったりするのかもしれない。

そんな予感を彼女は一瞬抱いて——けれど、実際伝わってきたものはただ、ずっしりとした重みだけだ。雫は予想以上の重量に、あわてて石畳につきそうになる剣先を上げる。左手を刃の腹に添えて長剣を支えた。

彼女は一つ嘆息するとラルスを見上げる。

「持ちましたよ」

「よし。ならここの結界を斬ってみろ」

「へ!?」

仰天する雫に、ラルスは何もない門前を指して「ここに結界があるから」と言う。しかし、そう言われても雫にはどこにあるのか見えない。結果として彼女は目隠しもしていないのにスイカ割りをするような気分で、重い剣を構えることとなった。

「王様！　これかなり重いですよ！　構えてるだけできっついです！」

「そうか？　まぁ、そのまま真っ直ぐ進め」

「こっちですか？」

「もうちょっと右。そこだそこ。よし、斬ってみろ」

雫は震える両腕に力を込める。そのままなんとか長剣を振り上げると、一歩踏み出しながら重さに任せて刃を振り下ろした。一瞬、体の中を違和感がよぎる。

一体これに何の意味があるのか、ラルスに問いかけた次の瞬間——彼女の掌《てのひら》には激痛が走った。

「っっあっ熱っ！」

反射的に剣を落としてしまったが、それどころではない。まるで燃え盛る炎の中に両手を突っこんでしまったかのような痛みだ。雫は悲鳴混じりの叫びを上げる。

「熱っ！　熱い！　痛い！」

すぐにでも流水で冷やしたいが、周囲にそんなものはない。涙目になった彼女に後ろからラルスが歩み寄った。

「冷やしたいのか？」

感じたのは嫌な予感。既視感に似たその感覚に雫は反射的に振り返る。

何かを考えるより先に、彼女は伸ばされた男の手に両手でしがみついた。王は目を丸くする。

「その手は食わないって！」

雫を濠に落とそうと突いた王と、その手に全体重をかけて引く女。

二人はそのまま、当然のように一緒に濠へ落ちた。


水もしたたるいい男とはよく言われるが、目の前にいる男はどう贔屓目《ひいきめ》に見ても「悪い男」だ。ずぶ濡《ぬ》れになった上衣を脱ぎ捨てながら剣を拾ったラルスは、それを鞘《さや》に戻すと同様に濡れねずみの雫を振り返った。

「やってくれたな。濠に落ちるなど十五年ぶりだ」

「私は五ヶ月前に経験したばかりです。どなたかに突き落とされて」

「熱いというから冷やさせてやろうと思っただけだ」

「私も王様の頭を冷やしたいと思いましたんで」

雫は白々と返すと、自分の両手を見つめる。肌は赤くなっていたが、焼けただれてはいない。

「火傷《やけど》するかと思いましたよ……。何やらせるんですか一体」

「話に聞くより分かりやすかっただろ？　直系以外がアカーシアを持って魔力や魔法構成に接触すると、柄や刃が発熱するんだ」

「仰《おっしゃ》ればそれで分かりました」

ただの説明のために痛い思いをして、挙句にはずぶ濡れになってしまったというのか。

だがラルスは動じるわけもなく、ただ髪の水気を払っている。悪びれない声が彼女を叩いた。

「というわけで、今日の面白謁見時間は終わりだ。次は二週間後だな」

「次は絶対外には出ませんからね！」

「不健康な奴《やつ》だなー」

「ぐあああ！　何このパワハラ！」

心からの絶叫だが、ラルスに意味は通じない。王は前を見たまま軽く手を振って歩き出す。腹立たしいほど堂々とした後姿に雫は顔を顰《しか》めた。

「王様……私を試しましたね？」

ラルスは何も答えなかった。振り返りもせず足も止めない。

けれど、だからこそ雫は自身の答えに確信を持った。

——何故言えば分かるようなことをわざわざ体験させたのか。

それはきっと、アカーシアを持たせてみれば彼女が何かしらの本性を見せるかもしれないと、疑っていたからだろう。雫は橋の上に放りだしてあった書類袋を摘《つま》み上《あ》げる。

「まぁいいか。珍しく痛み分けだし」

この程度で憤っていては、この城ではやっていけない。それに今回はあからさまな敵意をぶつけられたわけでも、害されかけたわけでもないのだ。彼女が以前よりも図太くなってきたように、もしかしたら王も少しは彼女のことを信じてくれる気になってきたのかもしれない。

雫は自分でも楽観が過ぎると思う考えで濡れそぼった現状を片付けると、小走りに自分の部屋へと帰っていった。

※

ファルサスに来てからの三週間は、キスクでの日々と違って常に何かに追われてはいなかったが、それでも充分早く過ぎていくように感じた。

雫は二冊目の絵本の試作品を手に、すっかり見慣れた長い廊下を歩いていく。

彼女は元の世界にいた頃、ファンタジー小説をほとんど読んでいなかった。だから、いわゆる「異世界を旅する物語の終わり」がどうなっているのか知らない。こうしている間にも元の世界では同じだけの時間が過ぎているのか、それともまったく時は経っていないのか、或《あ》るいは浦島太郎のように何十年も過ぎ去ってしまっているのか、見当もつかなかった。

「失踪宣告されるのって失踪から七年だっけ……つまり、あと六年か」

もし時間の流れる速度が二つの世界で同じなら、この世界に来てもうすぐ一年だ。

──一年間は決して短くはない。

家族はまだ自分のことを探してくれているのか、それとも諦めてしまっているのか。どちらにしても申し訳なくて仕方ない。実家で暮らしていた日々のことは今ではとても遠く感じるが、家族のことを思い出す度に、昏《くら》い翳《かげ》りを帯びた不安を覚える。最近はかつての自分──姉妹にコンプレックスを持ち、自身がどういう人間なのか悩んでいたことも、ずいぶん昔のことのように思えていた。大学入学を期に、そしてこの世界に来てしまった時からずっと、なりたい自分になろうとは思っていたのだ。けれど実際は、追っていくような追われるような日々の中で、我知らず「自分」というものができあがっていっただけだ。知り合いのほぼ全てから「頑固」と言われるようになってしまった自分を思い返し、雫は微苦笑する。

「私こんなんなっちゃったよ、お姉ちゃん」

届くはずもない呼びかけは、感傷に縁取られ白い廊下に落ちていった。その上を彼女は歩き、踏みしめていく。帰る方法の分からぬ今でも、自分は充分に恵まれた幸福な人間なのだ。

「──よし」

雫は苦笑して、目的地である研究室の前に立つ。

そこは言語障害の子供を集めた部屋だ。ドアをノックして入ると、中は託児所によく似ていた。柔らかい敷物《しきもの》が敷かれた上におもちゃや教材が広がっており、その上で子供たちが遊んでいる。彼らを集めて何やら聞き取りをしていたらしきレラは、雫に気づくと立ち上がった。

「こんにちは。どうかなさったんですか?」

「絵本の試作品を持ってきたんです」

雫が紙に包まれたままの本を差し出すと、彼女はそれを受け取りながら「お茶でもどうですか」と微笑む。特に断る理由もなかったので、雫は子供たちが遊ぶすぐ横でレラと休憩を取ることになった。雫は白いカップを両手で支えながら部屋を見回す。

ここでどういう実験や研究がされているのか聞いてみたい気もしたが、聞いて理解できるのか分からない。雫がそんなことを迷いながらも他愛もない雑談をしていると、レラの方から実験についての話題を切り出してきた。

「まだ目ぼしい成果はほとんど出ていなくて……それにエリクさん……あなたのお知り合いでしたっけ、あの方が新しい意見を出されたんです。生得言語と魂は関係ないんじゃないかって。それ以来仲間内でも意見が割れてしまって、今大変なんですよ」

「ああ」

エリクに論文を預けた日から二週間が経っているが、彼は既に魂の欠損についてまとめたものを発表していたらしい。レラは少し困惑したような目で、机の端に置かれた書類を眺めた。

「魂が関係ないのなら何だと言うのかしら。事態を混乱させるだけの暴論だと思うのだけれど」

「でも、エリクは間違ってませんよ」

——生得言語は魂に依拠するものではない。

それをもっともよく知っているのが雫だ。きっぱりとした反論に、レラは紅い唇をぽかんと開く。

しかし彼女はすぐに意識した笑みを形作った。

「あなたは魔法士ではないし、よく分かっていないのではないかしら。あの方が出された実例についても、たまたま魂の欠損に言語障害が出ていなかっただけなのかもしれないでしょう」

「その可能性もありますけど、レラさんが偶然、言語障害の症状が出てないだけって可能性を支持なさるのなら、魂と言語が無関係だって可能性もまた同様に検討なさるべきじゃないでしょうか。はっきり証明できずに可能性だけが存在するのは、どちらも同じですよね」

雫の指摘に、レラは意表をつかれたらしく口ごもる。雫が苦笑すると、レラは気まずそうにお茶に口をつけた。彼女は視線を逸《そ》らして子供たちを見ながら話題を変える。

「そう言えば、こないだの絵本が面白かったですわ。少し雰囲気が変わっていて……不死の蛙とかどうやって思いつかれたの？」

「ああ。あれ実話ですよ。メディアルのお話です」

「え。そうなのですか？」

一冊目に作った絵本は、既に量産体制に入っている。驚くレラに雫は苦笑した。

「結末は少し書きかえましたけど本当の話です。実際のところ、王様は蛙を追い出したんじゃなくて飲みこんじゃったんですよ。そしてその後、園遊会の席で湖に浮かべた船から落ちて、溺れ死んでしまった……。でもそんなことはさすがに絵本には書けませんから」

「それは……よく勉強なさってるのね。どこでお知りになったの？」

「どこで？」

おかしなことを聞く、と思った。

そんなことに「どこで」も何もない。自分の中にある知識の一つだ。

しかしそれでも雫は、問われたことに微《かす》かな違和感を嗅ぎ取って首を傾いだ。

——何故、そんな不思議な話を知っているのか。

今までも何度かこういうことがあったのだ。

だがそれは、探ろうとしても辿《たど》りつけない。意識できない。

まるでこの世界にとって、言語の存在が当たり前であるかのように見えてこない。

「……どうかなさいました？」

レラの声に、雫はハッと我に返る。どれくらいの時間自失していたのだろう。お茶のカップは空になっていた。雫はあわてて立ち上がる。

「す、すみません。私もう帰りますね」

「あ、お引き止めしてごめんなさい。絵本、ありがとうございました」

レラは廊下まで見送りに出てくれた。頭を下げる雫に、彼女は自嘲を含んだ微笑を見せる。

「あの……さっきはごめんなさい。私、きっと疲れているんだわ。実験もちっとも思うような結果が出せなくて……」

「分かります。謝って頂くようなことじゃないので、気になさらないでください」

雫もリオと暮らしていた時、ままならなさに苛立《いらだ》ちと不安が溢れ出しそうだったのだ。

それに比べればレラはよほど落ち着いていて、大人の対応をしてくれている。雫は自分こそ度の過ぎた態度だったと反省した。実験調査に取り組んでいる魔法士たちには、彼らにしか分からない苦労がある。望む結果が出ないのならなおさらだ。

去り際、レラは焦燥を窺わせる目を伏せてこう言った。

「本当は魂が原因でも違ってもどちらでもいいの。ただ少しでも早くこの病がなくなればいいなって。……私の姉、今妊娠しているの」

そう言うと、レラは手を振って実験に戻っていった。

人々には、それぞれの思いが、望みがある。

時に否応《いやおう》なしにぶつかりあうそれらを、けれど皆は何とか先へと繋いでいこうとするのだ。

雫はすっきりしない思いと同時に不思議な安堵を抱えて、元来た道を帰っていく。

けれど彼女はその晩、もっと別種のはっきりとした戦慄に出くわすことになった。

※

エリクが雫から預かった論文の第一部は、アイテア神と神妃《しんひ》ルーディアの出会いについての神話考察から始まっていた。広い森の奥深くにある村を訪ねた神が、助けを求めるも村人たちに無視され、妃《きさき》となるルーディアとのみ言葉を交わしたという物語。

一般的にこの嫁取り神話は、夫婦の相互理解の重要さ、もしくは神妃の真摯さやその特殊性を表すと言われている。だが当の論文では「村人たちは神を無視したわけではなく、神の言葉を聞いても理解できなかったのではないか」と結論づけていた。

エリクが、雫の話す英語やドイツ語を理解できないように、村人たちも神の言葉を何だか意味の分からぬものとしてしか聞き取れなかった。――そんな中、若いルーディアだけがアイテアに辛抱強く付き合い、ようやく意思の疎通ができたのではないかと。

「つまり、神話の時代にはまだ生得言語が統一されてなかった……ということか？」

自室に戻ったエリクは論文を広げて考えこむ。

それは彼が以前から引っかかっていたことと、半ば嚙み合うような仮説だ。

――この大陸の文字文化には、明確な境界線がある。

それは暗黒時代の始まりから更に百年ほど遡った時点だ。ここより前の記録は、何故かまったく文章として残っていない。

何せ古い時代の資料だ。文書が散逸してしまったのだとしても不思議ではないが、書物や文書の存在自体伝わっていないのはさすがにおかしい。大陸は広く、特に当時は多くの小国が乱立しており、統一からはほど遠い状態だった。なのに全ての国がどういうわけか、足並みを揃えたかのように文書を残していない。国になっていなかったような小さな集落でさえもだ。

ここから考えられるのは――意図的な処分が行われたという可能性だ。

だが都合の悪い記述だけを処分するならともかく、大陸中にわたって何者かが文書を処分したのだとしたらそれは何のためなのか。今までこの可能性を疑っても、ずっと理由が分からなかった。だからエリクは己の考えを頭の中にのみに留《とど》めて誰にも話したことがなかったのだ。

しかしそこに、この論文の仮説が加わるのなら。

「言語が統一されていなかったことを隠したかったから……文書を処分したのか？」

もしそうだとしたら大陸初期における伝承が、口承しか存在しない理由も分かる。現存している書物は皆、共通言語で書かれたもので、それ以前のものは消し去られ、口承だけが許された。結果として人々は「生得言語が全ての人間の中で統一されている」ことを当然と思うようになる。伝わる言語が一つしかないのなら、それが本来は分かれていたとは疑わなくなるだろう。

「しかしこれは……」

エリクは苦い顔で前髪をかき上げた。

この仮説が正しいとすれば、生得言語を世界に浸透させた力は尋常ではない。人々の生得言語を統一させつつ、元あった言語の痕跡を消したのだ。控えめに見積もっても人間ができるようなことではない。この論文が言うようにまさしく神の領域だ。

途方もない問題にエリクはしばし思考を漂わせた。気を取り直すと、次の一頁を読もうと論文に手をかける。

——部屋の扉が叩かれたのは、そんな時のことだ。

夜更けと言うほどでもないが、皆が仕事を終えて部屋に帰っている時間。彼は返事をする。

「いるよ」

扉の向こうからはか細い声が聞こえてくる。

「エリク、ちょっといいですか……？」

「君か。どうしたの？」

鍵を開けてやると、暗い廊下には背の低い女が立っていた。こんな格好で違う棟まで来たのか、寝着姿の雫は青ざめている。

「お、お願いがあるんですけど」

「何？」

「今夜一晩……私と一緒にいてくれませんか？」

微かに震える声。同様に細い肩が震えているのに気づいて男は顔を顰める。

そのままエリクは数秒間沈黙すると、「何で？」と率直に聞き返した。


ファルサスは一年中温暖な国ではあるが、それでも季節によっては夜は充分肌寒い。

そんな中、寝着一枚で走ってきたらしい彼女は、けれど寒さのせいではなく震えていた。黒い瞳が夜を映しこんでエリクを見上げる。

「わ、私、記憶がないんです。でも寝てるはずなのに、メアが起きてたって、本読んでたって……」

「ちょっと待って。どうしたの」

雫は平素とはまったく異なる様子だ。彼女がガタガタと震えながら伸ばしてくる手を、エリクは取った。雫の肩を叩いて部屋の中へと入れる。エリクは彼女に上着を羽織らせ椅子を勧めた。

「落ち着いて。何があった？」

彼は、子供に言い聞かせるようにゆっくりと問い直す。強くはないが聞き慣れた声に、雫はいくらか冷静になったようだった。表情に理性が戻ってくる。

――「それ」がいつから始まっていたのか、雫は知らない。分からない。

ただ異常が判明したのはファルサスに来てからだ。ファルサスの部屋でメアと生活し始めてから三週間。これまでにも雫は何度か「夜更かしはやめてください」と注意されていたのだが、そんなつもりはまったくなかった。ただ何度も言われる上、その心遣いが嬉《うれ》しかったので、最近は風呂から上がってすぐ寝るようにしていたのだ。

しかし今日、ふとしたことでまた「夜更かし」の話になった。

いつものように体を案じてくる使い魔に、雫が苦笑して「最近はすぐに寝てる」と言ったところ、だがメアは予想だにしない苦言を返してきた。

「マスターはいつも、一旦お休みになられた後、またお目覚めになって何時間も本をお読みになっているではないですか」と。

「君には、その本を読んでいる時の記憶がないの？」

事情をのみこんでエリクが問うと、雫は頷く。

「覚えてないんです。ずっと寝てると思ってましたから……。でもメアが話しかけると、その私は普段とまったく変わりない受け答えをするそうなんです。だからメアも何がおかしいのか分からないらしくて……」

それで雫は、エリクのところに「一緒にいてください」と頼みにきたのだ。彼ならば、まるで夢遊病のような雫の行動について何か分かるのではないかと期待して。

すぐには何とも判断できない話に、エリクはしばらく考えこんだ。

もちろん単なる夢遊病という可能性もあるが、それで普段通りの受け答えをするだろうか。他に考えられるのは、精神魔法をかけられたという可能性だ。彼は右耳の耳飾りに触れる。

「メアは君の部屋？」

「はい。ちょっとエリクに相談してくるからって出てきました」

「分かった。じゃあ僕も君の部屋に行く」

毎晩のように雫が記憶にない行動をしているなら、実際に見てみるのが一番早い。エリクが机を片付けながら立ち上がると、雫は目に見えてほっとした顔になった。その頭を彼はぽんと叩く。

「あと、こういう時は君が来るんじゃなくてメアに呼びに来させて。夜一人で出歩かないこと」

「でも夜にメアを出歩かせるのは不安なんです。だったらさっと走った方がいいかな、と」

「君よりメアのが強いよ」

雫にはメアが外見どおりの小鳥や少女にでも見えているのだろうか。エリクが呆《あき》れ顔《がお》で身も蓋もない事実を指摘すると、彼女はさすがにうなだれて「すみません」と頭を下げた。

エリクが雫を連れて彼女の部屋を訪ねると、困惑して待っていたメアはほっとしたようだ。使い魔の少女はお茶を出してエリクを迎える。その間に雫はエリクの指示で寝台に仰向けになった。

メアが主人の枕元で頭を下げる。

「申し訳ありません、マスター。今まで気づきませんで……」

「謝らないで。いつも通りに見えたんだし仕方ないよ」

横になった雫の額にエリクは手を触れさせた。

「いい？　眠らせるよ？」

「お願いします」

穏やかな詠唱の声。体内に力が注がれる。瞼《まぶた》が重くなり意識が沈みこんでいく。

そうして規則的な寝息を立て始めた雫が、メアの証言通り再び目を覚ましたのは、エリクがお茶を飲み始めて十分ほど経った時のことだ。


――雫の手が自分の前髪をかきあげる。

彼女はそのまま天井を見つめた後、ゆっくりと体を起こした。雫はそして、自分の一挙一動を注視するエリクとメアに気づく。

「あれ？　どうしたんですか？」

いつもと変わらぬ表情、変わらぬ口調での問い。メアはどう判断すればいいのか困り果てた顔になった。だがエリクはお茶を一口嚥下《えんか》すると、自らも普段通りに返す。

「どうもしないよ。遊びに来てるだけ」

「はぁ。びっくりしました」

「ごめん。僕は本読んでるからいつも通りにしてていいよ」

彼が英和辞書を捲り始めると、雫は首を傾げた。彼女は寝台を下りて上着を羽織り、自分は本棚から別の本を取り出す。表紙に何も書かれていない紺色の本は、エリクが知る限り、雫が元の世界から持ってきた本ではない。

彼女は寝台に座り、本を開く。栞《しおり》も挟んでいないのにどこまで読んだかすぐ分かるらしく、雫は頁を探り当てると視線を落とした。エリクは辞書から顔を上げて、その様をじっと観察する。

定期的に聞こえる頁を捲る音。元の世界の本でないにもかかわらず、彼女は詰まることなく厚い本を読んでいく。その姿は、少なくとも彼女以外の存在には見えなかった。

エリクはしばらく様子を見ていたが、やがて指で軽く机を叩く。

「雫」

「はい？」

「何を読んでるの？」

「歴史の本です」

「読めるの？」

「はい」

彼女は何故そのようなことを聞くのか、と怪訝そうな顔になった。そのまま本を閉じてエリクの前に来ようとするのを、彼は手で留める。

「そのままでいて。……その本ってどこで手に入れたの？」

「キスクで、セイレネさんから譲り受けました。ロズサークから持ってきたものだと思います」

「譲り受けたってなんで？」

「……さあ。ファルサスには渡さないで欲しいって言ってたから、そのせいですかね」

「ファルサスに？　どういうこと？」

「……分かりません」

雫はしきりに首を傾げる。それはまるで頭の中に入りこんで出てこない異物を、カラカラと動かしているようだ。眠る前と同じ不安げな瞳に、エリクは更に問う。

「その本には何が書いてあるの？　今はどこを読んでる？」

「今は、六十年前ファルサスで起きた廃王の乱心について読んでいます」

「ディスラルを殺したのは誰だと書いてある？」

「『あれ』と。それだけしか書いてありません」

——これは、決定的だ。

エリクは深く息をついた。現在公表されている記録では全て、ディスラルを殺害したのは弟のロディウスだということになっている。だが王家の封印資料に書かれた真実は違う。大虐殺を起こした狂王を殺したのは、エリクが気になっていた「名を伏せられたファルサス直系の男」なのだ。そしてその男はおそらく、ラルスの言う「この世界で生まれた対抗呪具」の使い手だった。外部者の呪具に対抗するために生まれ、外部者の呪具と同様、法則外の力を持ったもの。

だがそれは、王族と、封印資料を整理したエリクだけしか知るはずがない事実だ。にもかかわらず真実を記した本がここにある。それが導く結論は、一つだろう。

つまり——秘された歴史を記した本とは、一冊ではなかったのだ。

「少し考えてみれば、当たり前のことか……」

大陸の歴史は千年を軽く越える。その秘された部分まで一冊に収めることなど、どんなに分厚い本でも不可能だ。探していた紅い本だけではなく、最初から本は何冊かあったのだろう。

エリクは今までその可能性を疑ってみなかったことに舌打ちしたくなった。

外部者の呪具かもしれない本。異世界に帰る鍵として探していたそれは、雫にどんな影響を与えているのか。彼女は本を膝の上に支えたまま、虚《うつ》ろな視線をさまよわせた。

「エリク、最近私、怖いんです」

「怖い？　何故？」

「知らないはずのことを知っているから。でも、どうやって知ったのか私は覚えていないんです。私は、この本のことを思い出せないから」

人格が分かれているようには見えない。先程エリクの部屋に来た彼女も、今の彼女も、同じ「雫」に見える。そして彼女自身、不安を訴える言葉の中でも、自分の区別をつけているようには聞こえない。エリクは思考を落ち着かせながら確認する。

「でも今は覚えている」

「今は、そうです」

「その本が、どこから来たものか分かる？」

「この世界の外にある、浮遊都市からです」

エリクは、予想できた答えにそれでも息をのむ。これで謎の本が外部者の呪具であることがほぼ確定したのだ。彼は、焦燥を声に出さないように問う。

「君はその本に操作されてる？」

「操作……いえ、違うと思います。本はただ読まれるためにあるもので、そんなことは望まれていないんです」

「なら何を望まれている？」

「この世界の、記録と保持を」

深く吐き出す息と共に投げ出された答えは、雫を刹那、疲れ果てた老婆のように見せた。

だがその錯覚も彼女が顔を上げたことにより掻《か》き消える。雫は、初めて暗い図書館で会った時と同じ、寄る辺ない瞳で彼を見た。

「エリク、怖い」

「うん」

伸ばされた両腕は震えている。

それに応えて男は立ち上がると、雫を腕の中に抱き取った。薄い背中をそっと叩く。

——いつから彼女は怯《おび》えていたのだろう。

昼にはあるはずもない知識を不審に思い、夜は得体の知れない本の支配下に置かれる。

そんな二重の生活を彼女はずっと続けてきていたのだ。誰にも、自分にさえ気づかれることなく。

雫は泣きじゃくる子供のように顔を押しつけてくる。その頭を撫《な》でると、エリクは囁《ささや》いた。

「この本、僕が預かってもいい？」

とりあえず今は、彼女と本を引き離した方がいい。これが何らかの影響を雫に与えていることは間違いない。だが雫はそれを聞いてひどく不安そうな目になった。

「でも、そうしたら今度はエリクが……」

「大丈夫。ちょっと目を通すだけだ。危ないと思ったら遠ざける。それに、君はこれ以上この本を持っていない方がいい」

雫の目が大きく瞠《みは》られる。

これほど至近でお互いを見つめたことは、おそらくなかっただろう。

エリクは彼女の瞳に何かを読み取ろうとして目を凝らした。

茶色がかった黒い瞳は、全てを溶かす坩堝《るつぼ》のように揺らめいて彼を見上げている。そこに流れるものは不安、喪失、恐怖、哀《かな》しみ、そんなものに似た何かだ。

エリクは彼女の膝上から本を抜き取ると、それを自分の足元に置く。雫の視線が本を追おうとするのを遮って、彼女を抱き上げ寝台に横たえた。先ほど眠りの魔法をかけたのと同じように、今度は掌を両瞼の上に置く。

「さぁ、ちゃんと眠るんだ。後は僕がやる」

「エリク……」

彼はさっきより遥《はる》かに強力な構成を組むと、それを女の中に注いだ。雫の唇が何かを探して動く。魔法が効き始めるまでの数秒。それは追ってくる何かを振り切るための、永遠に似た時間にも思えた。雫の喉が動き、か細い呟《つぶや》きが洩れる。

緊張を手放し、深い眠りに落ちていった彼女をエリクは消せない苦さを以《もっ》て見つめた。

これで全てではない。

雫は意識を手放す寸前──「本は三冊ある」と言い残していったのだから。

※

目を覚ました瞬間に驚いたことは今まで何度かあるが、その日起きた雫はさすがに驚いた。

彼女は寝惚《ねぼ》けた頭を押さえながら、椅子に座って本を読んでいる男に声をかける。

「エリク……？」

「ああ。おはよう」

「あれ、あ……って、まさか徹夜してくれたんですか!?　すみません！」

「別にいいよ。本読んでたし」

昨晩は訳の分からぬ事態に怖くなって助けを求めてしまったが、まさか徹夜までさせてしまうとは思わなかった。雫はあわてて飛び上がると頭を下げる。

同室のメアは寝たのか寝ていないのか、エリクに朝食を出しているところだった。「マスターの分も持ってきますね」と言って使い魔が部屋を出て行くと、雫は改めて男に向き直る。

「そ、それで、どうでした？」

「何もなかった。よく寝てたよ、君」

「ああああああ、すみません！」

一瞬で真っ赤になった顔を押さえて雫はしゃがみこんだ。何もなかった挙句、一晩中寝ているところを見られていたなら非常に恥ずかしい。思わず悶絶《もんぜつ》しながら床を転がりたくなる。

「こ、この埋め合わせはいつか……」

「別にいいよ。大したことじゃない」

お茶を飲みながら紺色の本を広げている男は、軽く朝食を取ってしまうと立ち上がった。エリクは紺色の本を軽く上げて見せる。

「じゃあこれ借りてく。何かあったらまた呼んで」

「あ、はい！　ありがとうございます！」

疲労も不満もまったく窺わせず帰っていった男を、雫は紅いままの頬を押さえて見送った。入れ違いにメアが帰って来ると、雫はふと怪訝そうに眉を寄せる。

「借りてくって……あんな本、私持ってた？」

その答えは既に雫の中に沈んでしまった。彼女は記憶を取り出せず、思い出せない。

メアは哀しそうに微笑する。

「さぁ、召し上がってください。今日もお忙しいでしょうから」

そしてまた、変わり映えのしない一日が始まるのだ。

※

紺色の本には、新しく紙のカバーがつけられた。

それはエリクが自分で適当な紙を切って作ったもので、革の表紙を綺麗《きれい》に覆い隠している。この世界には本に紙のカバーをつけるという習慣はないが、雫の世界の本を見た彼は、興味を持って度々似たものを自作していたのだ。

エリクは、人目につかぬ自室で本を読み進める。それをしながら彼は、紙に本の内容をまとめていった。本に書かれている記述をそれぞれ「いつどこの国のものなのか」を確認して表にまとめ、詳しい内容については、さらっと読み流す程度で留めている。

エリクは章の終わりで一息つくと、疲労の溜《た》まる目を閉じた。

「やっぱり一冊じゃないか……」

書き出してみて分かったのは、この本にはまるで虫食い穴のように触れられていない部分が存在するということだ。特定の国や地域に触れていないのではなく、特定の時代が欠けているわけでもない。同じ時代でも語られている国と語られていない国があり、同様に一つの国でも語られる時代と語られない時代がある。歴史書にはあるまじき雑然さと歯抜け状態だ。

ただ、書かれている内容自体は、時代順に並べられている。目次も索引もないが確認済みだ。

「歯抜けの部分は、別の本に書かれてるんだろうな……」

少なくとも同種の紅い本が一冊あるらしいことは確実だ。エリクは、紺色の本に書かれていない部分を推測して規則性を見出そうとしたが、今のところは何も見えてこない。ただ子供たちが皿に盛られた菓子を無作為に取り合ったように、全ての歴史がばらばらに分けられているだけだ。

しかしそれでも、明らかに気になる点が二つある。

――一つは、古い時代の記述に重複があること。

この本の中で一番古い記述は、暗黒時代に入る百年ほど前、つまり書物として残されているものの中では最古の部類だ。そこから約千百年間、おおよそ今から三百年ほど前までの期間に、何故か矛盾する記述が複数出てくるのだ。

たとえば一番初めに書かれている記述では、「次期王争いの結果、兄が順当に即位した話」が、二度目には「弟が兄を陥れ自分が即位した」ことになっている。そうしていくつか書かれているもののうち一番最後に配された記述が、エリクが「歴史」として知っているものとほぼ同じ内容だ。

このような重複の箇所が一つや二つではなく、本の前半のかなりを占めている。頁数が振られていないため確かめにくいが、一見したより頁が多く思えるその本は、何も知らない人間が読めば歴史と仮想歴史を混ぜ合わせた意味の分からないものになるだろう。

だがエリクはその不可解さに心当たりがあった。

「もしかしてこれが……消された試行か？」

今は行方不明の紅い本。その持ち主の女が「この大陸は実験場で、その記録が書かれた本には、今はもうない消された試行の記録もある」と言っていたのだ。

これがその試行だと言うなら、歴史は何度も繰り返され上書きされている。その試行も三百年ほど前を最後に終わったのか、そこから記述は全て単一になっているが、遠い過去のことだとしてもいい気分はしない。エリクはファルサスの記録庫にも残っていない禁呪の構成図、彼の知る歴史には存在しないはずのそれを眺めると、忌々しさに息をついた。

「あともう一つ気になるのは――」

これはよほど気をつけていなければ、歴史の重複に隠れて見過ごしてしまっただろう。

だがエリクは表を作って記述の時代や場所を確かめていたがゆえに、それに気づいた。

――暗黒時代の初期、ある一時期を境に「書かれていない箇所」の量が減っているのだ。

それまで、この本に書かれていた量は、エリクが簡単に見積もったところ、おおよそ全体の三分の一だ。これは雫の「本は三冊」という言葉を信じるなら、記述が三つの本に均等に分けられたためと推察できる。

しかしそれが、ある時点から全体の約二分の一へと増えているのだ。

何故こんなことになっているのか。エリクはこの時期に大陸で何があったか記憶を探った。

後の魔法大国の成立、精霊術士の登場、大陸東部の混乱、武器の発達、帆船の改良、街道の誕生、アイテア信仰の拡大、そして――

「……そういうこと、か？」

エリクは辿《たど》りついた思考の更に先、それがもたらす推論に言葉を失《な》くす。

呆然《ほうぜん》にも似た空隙。真実というには信じ難い結論だ。普通の人間なら打ちのめされたかもしれない虚無感を、だが彼は嚙み潰した。

エリクは溜息をつくと、本の最後のページに挟まれていた絵姿を取り出す。それは雫から本を引き取った時に、既に挟まっていたものだ。男女一対、おそらく夫婦を描いたものだろう。エリクはそこに描かれている二人を知っている。

「リースヒェンと、オスカー……に似てるな」

亡国の王女と保護者であった男の二人組。その肖像画がどうしてこの本に挟まっているのだろう。もともとリースヒェンは、祖国が滅んだ後にしばらくロズサークで暮らしていたという。この本もロズサークにあったというのだから、その時に描かれたものと考えられなくもない。

ただ、肖像画のリースヒェンは本来の彼女より数歳年上に見える。そして絵自体も、劣化防止の魔法がかかっているが、おそらく相当に古い。どちらかというとリースヒェンの先祖を描いたもの、と考えた方が自然だ。そんな絵が、何故わざわざ本に添えられているのか。エリクは考えこむ。

「ファルサスに渡すな……か」

これらの手がかりから考えられる可能性は一つだ。ただ証明するには材料が足りない上、危険が大きい。今はまだ触れない方がいいだろう。それよりも本の記述について仮説を確かめるのが先だ。

エリクは肖像画を挟み直した本を、本棚に戻して誰も触れられないよう結界を張る。そうして彼は机の上に広げていたメモをかき集めると、足早に部屋を出て行った。

※

朝は起こされなくても大体決まった時間に目が覚める。それは雫の昔からの性質だ。

彼女は冷水で顔を洗うと、髪を梳《す》き始める。

エリクに相談をした日から、彼女が「夜更かし」することはなくなったらしい。それにはメアも安堵したらしく、「よくお眠りでしたね」と起こされることがここ数日の習慣になっていた。この世界に来て、今が一番体を休められているかもしれない。おかげで最近調子がいい。

雫は今日の予定を書いたメモを見ながら、手早く着替えると出仕の準備をする。

「よし、行ってきます！　またお昼にね」

「行ってらっしゃいませ」

雫は書類包みを小脇に抱えて部屋を出る。以前は膝丈の服の方を動きやすく感じていたが、キスクにいた時に固い格好をしていたせいか、最近は踝《くるぶし》までの長いスカートの方が落ち着く。雫は窓越しによく晴れた空を見上げ、欠伸《あくび》を噛み殺す。

ファルサスに戻って来てからもうすぐ一月、ここまで雫は数種類のカードセットをはじめ、絵本など複数の教材を作成している。その大半はキスクでの成果を移行させたものだが、カード教材などは当初のターゲット層である幼児だけでなく、少し年上の子供たちの複合単語用教材に転用を考えられ始めていた。他にも雫が「音声を録音したり聞いたりするような道具はできないか」と尋ねたところ「魔法具ならば可能」とのことで、その種の教材も考えている。エリクの契約期間が切れるまであと一月、思いつくことは全てやってしまうつもりだった。

研究室に出勤した雫は、そこに意外な人物を見つけて驚く。

「レラさん。どうかしたんですか？　絵本に何か不備でもありました？」

雫の研究室に彼女が訪ねてきたのは初めてだ。何か問題があったかと驚く雫に、レラは微笑する。

「違うの。今日は嬉しいことというか……つまりね、病の治療法らしきものが見つかりそうなの」

「え！　本当ですか!?」

詳しいことを聞きたがる雫に、レラは困ったような笑顔で説明をしてくれた。

――病の原因はまだ分かっていない。

ただエリクが「魂と言語は無関係なのではないか」という意見を出してから、別の方向性での実験も始まったのだという。その中の一つに、「何らかの感染が原因なら、既に生得言語を半数以上習得した十歳前後の子供を集め、幼児たちと接触させてはどうか」という実験があった。

そして実際、この実験を繰り返すうちに、子供たちの中にはある変化が見られるようになったのだ。すなわち、発症が確認されていた幼児たちに、生得単語が戻り始めたという変化が。

「え、それって年長の子との会話で単語を覚えたからじゃなくて、ですか？」

「もちろん、そういう例もあると思うの。でも、特定の単語を使わないよう年長の子たちを指導したり、或いはまったく言葉を発しないで同じ部屋にいさせるだけっていうのも試したわ。結果として、どちらの場合でも単語の復活が見られたの。今は実験時に部屋に張っていた魔力力場が関係あるのか、更に実験を詰めてるところ。でもこれだけでも充分進歩でしょう？　今までまったく手がかりが得られなかったのだから」

「それは……おめでとうございます」

これが生得言語を解き明かす一歩になるのだろうか。雫は詳細が気になってうずうずする。レラは雫のそんな様子に気づくと、「後で結果をまとめたものを届ける」と約束してくれた。その上で、本来の用件らしいことを口にする。

「よかったらあなたからエリクさんにもお礼を伝えて欲しいの。本当は直接言おうと思ってさっきも伺ったんだけど、最近あの人は研究室に顔を出していないみたいで」

「エリクが？」

言われてみればあの夜から彼に会っていないが、研究室に出てきていないとは知らなかった。雫は不思議に思いながらも頷く。

そうしてレラが帰っていくと、雫は思わず顔を顰めた。何だか一瞬、思い出せないことが浮かび上がってきたような、形にならない不安がよぎったような、そんな気がしたのだ。

だがそれも指の中をすり抜ける砂のように、あっという間に雫の中に埋もれていく。

残ったのは砂漠の風景だ。この世界に初めて来た時に見上げた空を思い出し、雫は強い熱気に浮かされたかのように濁る頭を大きく振った。

2. 堆《うずたか》し塵《ちり》

――初めは強い好奇心がきっかけだった。

異世界から来たという話も気になったが、それ以上に彼女が書いていた文字の多様さに惹《ひ》かれた。どういう構造で文ができあがっているのか。単語の作りはどうなのか。そして文字自体はどんなものなのか、整理し研究してみたいと思った。

ただ、今まで単なる取引を越えて彼女自身を助けてきたのは、訳の分からない状況に放り出されながらも、前を向き強く在ろうとする姿勢に感心したからだ。泣いてうずくまるわけでも諦めて捨ててしまうわけでもない。ただ少しずつでも進んでいこうとする毅然《きぜん》。人の善性を、精神の貴さを信じ、自らも誠実であろうとする彼女の意志が好ましかった。

長らく会っていない妹が傍にいたら、こんな感じだろうかと思ったこともある。喪《うしな》われてしまった王族の少女が生きていたなら、こんな日々があったかもしれないとも。

しかし、彼女は彼女だった。他の誰でもない彼女自身になった。のみこみのよさ。学ぶことへの真摯。他人を思う心。変わらない温かさ。そして何よりも、可能性を諦めない、負けることをよしとしない人間に彼女はなったのだ。

無力でありながら屈することを拒み、尊厳のためなら命を惜しまない彼女は、やはり頑固で、愚かだと思う。「夢中になると他のことが見えなくなる」といつか注意したが、本当は違うだろう。

彼女は全て見えていて、それでも、譲れない一つを選ぶ。

自分の体よりも、命よりも、意志を重んじて火中に手を伸ばす。

その頑《かたく》なさはきっと彼女を傷つけるものでもある。

世界も人も、それほどには優しくない。彼女には応えない。


だからせめて、自分だけは彼女に応えようと思った。


彼女の不安も努力もよく知っているから。それごと保ってやりたかった。

共にいる時間は面白かったから、それは自分のためでもあったのだろう。

けれど、そう思って彼女の手を取ってきたこの旅は――

はたして最後まで、彼女を裏切らないものでいられるのだろうか。

粉を水に溶いて飲むっていう。南部には少しだけあるけど、薬用よ？　どこか悪いの？」

「チョ、チョコレートが……作れる……!?」

「何それ」

※

「カカオがあるんですか!?」

「あるわよ。あの苦い豆でしょう？

報告を終えてからの雑談に、レウティシアは怪訝そうな顔になる。

何故こんな話になったかというと、この日はたまたま果物の盛られた皿がレウティシアの机にあったからだ。二人はそれを分けあって食べながら、試しに二つの世界で共通の動植物は何があるのか挙げ始めた。その中で「カカオ」の話になったのだ。

「チョコレートって何？」といった表情の上司とは反対に、雫は真剣に考え始める。だが製菓用のチョコレートを使ったケーキの作り方は知っていても、チョコレート自体がどうやって作られるのかは知らない。味噌《みそ》と醤油《しょうゆ》を作れないように、原材料を知っていても加工過程が分からないものは多いのだ。

「カカオが七十パーセントだと苦い……じゃあ残りの三十は何が入ってるんだろう。いやそもそも、勝手に異世界のレシピを持ちこむのはどうなのかな。けど、知識のない私が試行錯誤するならありかな？」

「あの、雫……？」

突然ぶつぶつ呟き始めた部下を王妹は不可解の目で見やった。雫は顔を上げる。

「レウティシア様、その豆、お菓子を作るのに入手したいんですけど！　取り寄せできますか！」

「で、できると思うけれど」

何故か仕事の報告をしている時よりよほど熱がこもっている。レウティシアは結局、その迫力に押されて「取り寄せ手配をかけておくわ……」と頷く羽目になった。ぱっと嬉しそうになった雫は、しかしすぐさま部下としての礼節を取り戻して一礼する。

「それでは次の草稿を作ってまいりますね」

「え、ええ。お願い。貴女の描く絵本って動物が喋ったりして面白いのよね。子供たちの評判もいいらしいし」

雫が新しく描き上げた絵本は、迷子になった子供が森で様々な動物たちと出くわし助けてもらうという話だ。動物の名前を覚えてもらうことが目的で、その分イラストに手間をかけた。

「こちらの世界では動物の擬人化ってほとんどされないようですね。仕事を頂いてから絵本にかなり目を通しましたけど、見つからなかったです」

「昔は、話せる動物って言うと中位魔族の可能性が多かったからかしら」

「え。それじゃ、絵本にするのはまずいんじゃ」

話せる動物が魔族というなら、絵本を読んで警戒が薄くなっては困る。だがレウティシアは笑ってかぶりを振った。

「今はそういう魔族はほとんどいないから。大体、魔女の時代に討伐されてしまったし、人間の前にはまず現れないわ」

「はー、そういう感じなんですね……」

なかなかに歴史を感じる話だ。研究などがあったら見てみたい。

感心する雫に、レウティシアは軽く指を鳴らす。

「そう言えば、少しエリクを借りるけどいい？」

「エリクを？　はい。特に問題はないですけど何故私に」

彼の上司はレウティシアであって雫ではない。なのに何故自分に断ってくるのか、雫はきょとんとしながらも頷いた。その様子に王妹は心なしか肩を落とす。

「貴女たちって本当に……いえ、何でもないわ。明後日《あさって》からしばらく城都を空けるから、何かあったら今のうちにね」

「どこにいらっしゃるんですか？」

「北部に。魔物の出現が止《や》まないから、とりあえず全ての町や村に結界を張ることになったのよ。一週間くらいかかりそうな上、とりあえずの処置なのだけれど。やらないよりはましだわ」

「そうですね……」

魔物がどのようなものかはよく分からないが、そんな仕事に向かうならエリクが心配だ。レラからのお礼もまだ伝えていないことだし、出発前に一度会いに行こう、と雫は頭の中にメモする。

レウティシアは魅力的に微笑んだ。

「せっかく北部に行くのだから、紅い本を持った女についても少し調べてくるわ。……ああ。私がいない間に兄に何かされたら魔法士長のトゥルースに言いつけておいて。言っておくから」

業務連絡なのか違うのか意味の分からない補足だ。しかし言う方も聞く方も真面目な顔でなされた注意を最後として、その日レウティシアへの面会は終わった。

雫はレウティシアの執務室を辞したその足でエリクの所属する研究室を訪ねたが、彼はいなかった。レラが「しばらく研究室に顔を出していない」と言っていたのは本当なのだろう。雫は行先を彼の自室へと変える。

部屋の扉を叩いてしばらく待つと、返事と共に鍵が開けられた。彼がちゃんといたことに、雫は自分でもおかしなほど安堵を覚える。

「エリク、今いいですか？」

「やあ。どうしたの？」

「もうすぐ出張するって聞いたんで。ご挨拶に」

彼の様子は普段と変わりがない。ただいつもそれなりに片付いている机の上は、ぎょっとするほど何十冊もの本やメモで溢れかえっていた。エリクはそれらを積み重ねて整理し始める。こういったものは他人の手が入らぬ方がいいだろうと思い、雫は一歩離れた場所で彼の作業を見ていた。

「北部に行くって聞きましたけど」

「うん。西部からファルサスに入国した時に通った国境門覚えてる？　あれの更に北」

「めちゃめちゃ遠いじゃないですか。寒いんですか？」

「そうだね。ファルサスにしては大分標高が高い土地だし。そろそろ寒いかも」

言いながらもエリクは平静だ。彼ならきっと寒い地方へ行こうとも普段と変わりなく仕事をこなしてくるだけだろう。その点は雫もさして心配していない。

「魔物が出るって聞きましたけど、大丈夫ですか」

「うん、多分。王妹もいるし護衛もつくから」

抑揚の薄い返事には、緊張も恐れも感じ取れない。雫はいくらかほっとすると、レラに言付かった実験結果とお礼を伝える。エリクは実験の進展を驚いたように聞いていたが、話が終わると「年長者と幼児の間で会話があったかどうか」など雫と似たことを確認してきた。彼女はその類似に何だかおかしくなる。

「やっぱりその可能性を疑いますよね。私も同じことを聞きました」

「一番最初に確認することだからね。……でも、そうか」

エリクは何かを考えこむ。そして思い出したように、彼は自分が積み重ねたメモを一瞥《いちべつ》した。

「あ、念のため言っとくけど僕がいない間はこの部屋のものに触らないで」

「了解しました。っていっても多分入らないですよ。部屋の人が不在の間に立ち入るってよっぽどじゃないですか」

「うん。でも一応。僕が死んでも、遺品整理は他の人間に任せて。色々危ないものもあるから」

「急に物騒な話になってません⁉」

「可能性の話だよ」

極端すぎてインパクトがあるが、触っては危ないということは分かった。危ないものとは魔法具のことだろうか。

エリクは軽く目を伏せていつもと同じ微苦笑を見せた。よく響く声が微かに憂愁を帯びる。

「君はさ、もしこの先、紅い本が見つかって、それがちゃんと外部者の呪具で、でもそれを調べても帰る手がかりが得られなかったら。……そうしたらどうする？」

突然の——そして今更の問い。

それは雫を少しばかり驚かせた。何故今になってそんなことを聞くのかとも思う。

だが、驚きはしたものの、答えはとっくに自分の中にある。

雫は眠るように目を閉じると微笑んだ。

「いつかはふんぎりをつけようと思ってますよ。本当にどうしても駄目だと思ったら」

「この世界で生きていく？」

それはまだ、はっきりとは頷けない未来だ。分かっていても踏み越えられない川の向こう。

けれど雫は、いつからかその川の幅が徐々に狭まってきていることに気づいていた。遠かったはずの世界に少しずつ馴染《なじ》んでいく。今の「自分」が、この旅の中で作られていったように。

「……まだ分かりません」

首を横に振った雫に、エリクは何も言わなかった。沈痛を薄めて溶かしたような無言の時に、雫は喉の熱さを覚える。

——口に出してしまえばすっきりするのかもしれない。

己の中で形になっていないようなものなどは、きっと特に。

だがそれをした瞬間、別のものになってしまう。よく似ていても、連続していても違うものになる。そしてもう戻れない。取り戻すことはできない。

だからこそ雫は何も言わなかった。


どれだけの時間が経ったのだろう。

気がついた時、エリクは雫の目の前に立っていた。手を伸ばし確かめるように彼女の頰に触れる。見慣れた藍色の瞳。深く広がっていそうなその奥に、雫の視線は吸い寄せられた。

「まぁそうすぐに諦めることもないよ。大陸は広い。次は別の国にでも行こう」

「それはありがたいですが……そのうちガイドブック書けそうですね」

「何それ？」

「各地の観光情報を詰めた本です」

共にいる時間は楽しい。だからこのまま今の時が続いてもいいな、と雫は思う。学びながら国を渡り、それを本に書き出してまた次へと向かうような旅も、自分が選び取れる可能性の一つだ。

雫は時々つけている日記のことを思い出す。一年分を記したら、新しいノートに変えようと思っていた旅と日常の記録だ。

けれど結局、新品の一冊を用意する前に旅は終わったのだ。

それをやがて、彼女は知ることになる。

※

冷えきった風が吹きすさぶ。

荒れた地にあるこの城は、まるで何者からも忘れられているかのように静まりかえっていた。聞こえてくるものは、中空で渦巻く風の音だけだ。

普通の人間なら五分と経たずに凍えきってしまうであろう場所。そんな城の只中《ただなか》を、二人の男女が平然と歩いていく。一歩前を行くのは長身の黒衣の男で、その後に続くのは鮮やかな朱色の髪をした女だ。

人ならざる髪色を隠しもしない女は、自分の手足を煩わしげに見やる。

「肉体ってずいぶん鈍重ね。こんな下位階層に私を呼んで何の用なの、エルザード」

「俺と契約している人間がいる。その人間に会わせたい」

「人間？」

女の眉が跳ね上がった。嫌悪が滲《にじ》み出《で》た声が、エルザードと呼ばれた男に突き刺さる。

「人間ってあの塵芥《ちりあくた》のような存在？　そんなもののために、私をこんな下位階に呼びつけて現出までさせたというの？」

「ああ」

エルザードはちらりと女を振り返る。

美しい容姿は、造作だけを見れば人間のものと変わりない。だが鮮やかなその髪と瞳の色は、彼女の存在を表したもの――人ならざる上位魔族によく見られるものだ。

上位魔族は人間を「取るに足らない存在」と一顧だにしていないことが多い。それに加えて彼女は人間を毛嫌いしている一人だ。同じ上位魔族としてそれを知っているエルザードは、だからこそ彼女を人間階に召喚した。彼は女に見えない角度で微笑む。

「会ってみるがいい。お前こそがふさわしいと思って呼んだのだから」

「ふさわしいって何に？」

「俺が選ぶのに、だ」

それは間違ってはいないが、全てを語っているわけでもない。だが女は少なからず自尊心を刺激されたのだろう。不服そうな顔ながらも頷く。彼女は紅玉のペンダントを弄《いじ》りながらエルザードの後に続いた。

ただ彼女が押し黙っていたのはほんの短い時間で、すぐにまた苛立たしげに問う。

「私はその人間に会って、何をすればいいの？」

「何もしなくていい」

きっぱりと、間を置かずエルザードは答える。

黒衣の彼は、城の窓から霜に覆われた大地を見下ろした。

「お前は何もしなくていい。決めるのは、アヴィエラの方なのだから」

※

最初に魔族の犠牲者が発見されたのは、ファルサス北端の小さな村だ。

村はずれの森際で、ある日一人の若い女が不可解な状態で発見された。足先から腰までが凍りついた状態で倒れているところを見つかったのだ。

発見された時、彼女の上半身はまだ温《ぬく》もりがあり心臓も動いていた。けれど彼女は、凍りついた足の治療を施されながらも一度も目を覚ますことなく、三日後息を引き取った。

小さな村を震撼《しんかん》させた女の異常な死は、しかしその後まもなく話題にならなくなる。断続的な魔族の襲来が始まり、人々がそれどころではなくなったのだ。

村人たちは全員が近くの街へ避難し、しかしそこにも魔族はやって来た。そうして続く襲撃が人々の心に圧《の》し掛かり始めた頃には、女の死は数多《あまた》の死の中に埋もれてしまった。


「ファルサスの北西部は広大だけど領地としては歴史が浅いからね。気候も違うし、街は新しいものばかりだ。と言っても一番古い町は二百年以上経っているけど」

「二百年経ってたらもう新しくないと思いますよ……」

雫の相槌に宮廷魔法士のハーヴは笑い出す。

暗黒時代の初期に起源を持つ魔法大国からすると、二百年は充分新しい部類に入ってしまうらしい。雫は手元の線画に色をつけながら、隣に置かれた地図を一瞥した。

レウティシアがエリクを連れて城を発《た》ったのは昨日のことだ。城に残った雫は普段通りの仕事をしながら、様子を見に来たハーヴに彼らが向かった北の街について聞いていた。

エリクの友人である彼は、友人が不在の間、彼女のことを気にかけてくれるつもりらしい。雫は歴史を専門とする彼から、かつては禁呪に閉ざされた土地であった北西部について、簡単にその成り立ちを教えてもらったのだ。

「じゃあファルサス北西部のより北って、国がないんですか？」

「ないない。高山ばっかりで住みにくいし、場所によっては魔の瘴気《しょうき》が濃いんだ。昔はそれでも強力な結界でその魔を避けてヘルギニスって国があったんだけどね。今は無人だろうな」

何だか途方もない話だ。雫は首を傾げた。

「魔とか魔物ってよく分からないんですけど。何なんですかそれ」

「うーん。一般的に魔物って言われるものは大きく分けて二つある。一つはこの世界がある階層より下層……負の海に近い階層からの干渉で、瘴気が負を孕《はら》んで形になったり、動物に取り付いて異形になったりしたものだ。よく言われる魔物はこっちの方かな。下位魔族とも言われてるけど」

「あー。何となく分かります」

雫はカンデラ城で遭遇した大蛇を思い出して頷く。あれはその種のものだったのだろう。できれば二度と遭遇したくない。

「もう一つはここより上層で、魔法構成が組まれる階層よりもう一つ上の階層に住まう存在。これが上位魔族だね。彼らは滅多なことでは人間階に現出しないし、干渉もしてこない」

「昔は神様として崇《あが》められたりしていたってやつですよね。ネビス湖の水神とか」

雫は机の上で座りこんでいる緑の小鳥に視線を送る。

「そう。その子を作った主人とかもそうだね。あとはレウティシア様の精霊、シルファもそうだよ。上位魔族は上位魔族で序列があるらしいけど、そこまで俺は知らないな」

ハーヴは机の上に転がっていた積み木を慎重に重ね始めた。次第に高くなっていくそれを見ながら、雫は嘆息する。

「何だか同じ魔物って言っても全然違うんですね。出所自体が違うじゃないですか」

「そうだなぁ。基本的にはこの世界以外の階層に由来するものをひっくるめて『魔族』って言っちゃったりするから。中には妖精や魔法生物の類を魔物って言う人もいるし、割と大雑把だよね」

「なるほど……」

普通の人々にとって「何だかよく分からない化け物」はみな「魔物」なのだろう。

だが世界構造をふまえて整理してみればそこにはかなりの差異がある。世界の上層にいるものと下層から来るものではまさに天地の違いだ。

雫はメアの頭から背を指で撫でる。

「じゃあ中位魔族はこの世界に由来するんでしょうか。上と下の間だから……」

「ああ。発想は分かるけど違う。中位魔族ってのは一番雑多なんだよ。下位魔族の中で力がついたり知能がついたりして抜きん出たものも中位と呼ぶし、逆に上位魔族に生み出されたものも中位って呼んだりする。この辺はどこに由来するかっていうより力量順だよね。雫さんの使い魔なんかは上位魔族に生み出された中位だからすごく珍しいよ。ここ数百年は、下位魔族の中から現れた中位ってのも、討伐されつくしちゃって確認されてないしね」

「あ、それ、レウティシア様も言ってました」

王妹の言っていた「喋る動物」が、この中位魔族に相当するのだろう。雫が納得していると、ハーヴは微笑する。

「一人で留守番している時に魔族の話なんて聞いて不安だろうけど、雫さんが危なくなったらエリクもすぐ戻ってくると思うよ。なんなら今でも魔法で通信できると思うし、申請してみる？」

「いえ、特に新しい連絡事項もないので大丈夫です。お仕事の邪魔になりますし」

「……雫さん」

がっくりとハーヴが肩を落とした時、研究室の扉が激しく叩かれる。

「すみません！　緊急の怪我人《けがにん》です！　魔法士がいましたら協力を要請します！」

「怪我人？」

二人が顔を見合わせたのは一瞬だ。ハーヴは素早く立ち上がると部屋を駆け出した。雫もつられて後を追っていく。

彼について治療室に入った雫は、寝台に横たえられた女の姿を見て絶句した。

そこにいるのはまだ若い女性だ。おそらく雫とそう変わらないであろう年の彼女は、だが既に血の気のない顔色をしている。肉付きのよい体。街娘らしい平服を着た全身には、見たところ出血も外傷も何もない。

しかし、その代わり——彼女の腰から下にはびっしりと霜が絡みついていた。

「……何これ」

まるで下半身だけ冷凍庫にでも放りこまれたかのようだ。魔法士が二人、その足に触れて詠唱をしていたが、少しずつ霜が溶かされていくも彼女の顔色には変化がない。うちの一人が、雫に気づいて声を上げた。

「お！　女の子か。ちょうどいい。そこにお湯あるから布絞って足さすって！」

室内にいる女性は雫だけだ。彼女は急いで円器に駆け寄ると、言われた通りお湯に浸した布で足の溶かされた部分をさすり始める。お湯は熱かったし女の足は氷そのもののように冷たかったが、そんなことを気にしていられる場合ではない。雫は必死になって女の肌に体温を取り戻そうと力を込めた。額に汗が浮かび出す。

けれど、こすってもこすっても白い肌に温かさは戻らない。霜は消えても芯から冷えた体はまったく変わらないのだ。布を絞る手が焦りで震える。その時、雫の耳に、ハーヴの「あ……」という声が聞こえた。

彼女を含め全員の視線が、ハーヴに集中する。

「駄目だ……魂が抜かれている」

死亡宣告と同義の言葉。その指摘は、一瞬で部屋そのものを凍りつかせると、彼らの行為をまるで小さな水泡のようにゆっくりと押し流していった。

※

レウティシアと北部に出立したのは、宮廷魔法士たちが二十人ほどだ。おかげで現在城には魔法士が少ないのだが、仮に王妹が残っていたとしても、これはどうにもできなかっただろう。

魂を奪われた生き物はそれを取り戻さなければ、やがて体も死んでしまう。そして彼女の魂を誰が持ち去ったのか分からぬ以上、どうにも対処できないのだ。

「で、城都の路地裏で体が見つかったらしいが……誰がやったと思う？」

中庭の芝生に逆立ちしているラルスの問いに、ハーヴは複雑な表情を見せた。横で弁当を広げている雫からすると、聞かれた内容が難しいのか王の行動に困惑しているのか判断がつけにくいが、おそらく前者だ。被害者の治療と調査に関わったハーヴは眉を寄せる。

「正直言って犯人の正体が知れません。生きた人間から魂を抜くのは困難ですから」

「何で？　すーっと抜けないのか？」

「簡単に抜けたら困ります。そういう魔法もないわけではないですが当然禁呪ですし、相手が暴れたりしたら上手くいかないそうです。かといって相手の意識がなかったり混濁していると、魂自体が綺麗に抜けなくなるとか。……はっきり言って殺してから魂を取る方が楽です」

ハーヴが禁呪について詳しいのは、レウティシアとエリクから魔法の通信で情報を得たからだ。ラルスはようやく逆立ちをやめると、雫の弁当箱から野菜の豚肉巻きをつまみ出す。

「禁呪じゃないなら魔族の仕業か？　前例があるだろう」

「前例がある被害者は男だけです。夢魔や水妖が魂を抜いたというやつでして……。ただそれもここ二百年は例がありません。あとは、女を標的とする魔族は血肉ごと食らうのです。女の方が魔法的に安定していて魂を抜きにくいですから」

「実は被害者は男だった」

「女性でした」

被害者の女性は、城都の西門近くの路地裏で倒れていたところを発見されたが、周囲には怪しい人影もなく、争った形跡もなかった。ただ被害者の足は氷漬けで路上に固定されていたという。

ラルスにおかずをひょいひょいと奪われていた雫は、最初こそ弁当箱を遠ざけようと抵抗していたが、腕の長さの差に諦めて箱ごと王に差し出す。食事を中断した代わりに雫は会話に加わった。

「足を氷漬けにして拘束してから魂を抜いたんじゃないですか？」

「とも思ったけど、あの氷で人を拘束するって結構時間かかると思う。普通ならその間に逃げられちゃうんじゃないかな」

「うーん。なんか釈然としませんね。そもそも魂を抜いてどうするんでしょう」

根本とも言える疑問にハーヴは思案顔になる。一方雫の昼食を取り上げた男は平然と答えた。

「人が犯人なら禁呪だろ。殺した後の魂より、生きたままの方が得られる力も強いらしいからな。

もしくは趣味」

「うわ、どっちも嫌だ。ところで王様、お弁当欲しいなら別に作るんで、人の取らないでください」

「お前に俺の食べるものを作らせると人参《にんじん》を混入させる」

「当然ですよ。好き嫌いしないでください、二十七歳」

「お前の作るものは味が面白い」

「嬉しくないなぁ！」

すっかり脱線してしまった話に、ハーヴは二人に分からないよう溜息をつく。

原因不明の事件にもかかわらず彼らが動揺していないように見えるのは、性格が図太いせいか、もしくは一週間もすれば王妹やエリクが帰って来るからか、のどちらかだろう。

だが、ラルスも雫もさすがに翌日には苦い顔になった。

――この日から翌日の昼にかけて、城都には続けて十人ほどの犠牲者が出てしまったのだ。


運びこまれた犠牲者は最初の一人と合わせて十一人になった。

年齢も容姿もばらばらの、ただ「女性である」というだけの十一人。

彼女たちの体は救命処置を施されて城で保護されているが、三日以内に魂が取り戻せねばどのみち体も死んでしまう。事件を受けて城都には、魔法士と兵士を四人組にした捜索隊が十組以上出されたが、犯人も、奪われた魂の行方も摑めなかった。

「気味が悪い話だね……」

騒々しく落ち着かない城内で、雫はメアに話しかけながら絵本の彩色をする。

この手の事件において自分にできることはない。そう思いながらも心配で集中力が落ちているのは事実だ。紙の隅に筆先から絵具を落としてしまった雫は、盛大な溜息をついた。

彼女は机の上で砂糖菓子を啄《つい》ばんでいる小鳥に指を伸ばす。

「メアだったら、人の魂を抜くってできる？」

その問いに、メアは少女姿に戻ると主人の前の椅子に腰かけた。

「できません。私は、魔力については多く与えられておりますが、人の魔法士が組むような複雑な構成は知らないのです」

上位魔族によって魔法装置の一部として作られた彼女は、攻撃や防御など単純な魔法には強いが、治癒をはじめ手の込んだ構成は苦手なのだ。雫は「そっかぁ」と相槌を打つと、しばらくして「じゃあ他の魔族にも無理だと思う？」と聞いてみる。

「分かりません。魂を抜くことを得手にしている魔族もおりますが、彼女たちはまず女性を狙うことはしないでしょう。女性の魂は抜きにくくて時間がかかるでしょうし、人が組む構成の方がまだ可能性が高いと思います」

「うーん。やっぱ人間か」

雫にとっては何だか分からない「魔族」の仕業より、人の悪意の方が想像しやすい。そして「人が禁呪を使っている」可能性があるからこそ城はこんなにもざわついているのだろう。

魔法大国として名高いファルサスは、禁呪の使用を許さないという点でも諸国に知られている。その城都で起きた連続事件は、国への挑戦と言っても過言ではないのだ。これ以上被害者が出る前に事件を解決しなければ、城の威信に関わる。雫は眉を曇らせた。

「レウティシア様が帰って来るまでまだあと五日もあるよ」

北部に向かった王妹たちも、魔族との小競り合いや住人への対応で休む暇もないらしい。一気にきな臭さが拭えなくなった国内に、彼女はキスクの方は大丈夫なのだろうかと心配になった。

上の空の主人に、メアが苦言を呈す。

「とりあえずマスターはお仕事をなさってらしてください」

「う、正論」

できることをやる、それが雫のこの世界での生き方だ。

彼女は言われた通り一度置いた筆を取り直すと、再び慎重に彩色を始めた。

その日、雫が昼食を城外で食べることになったのは、遊びに来たハーヴが「実家に荷物を取りに戻るけど、一緒に行って昼食べない？」と誘ってきたからだ。

ハーヴの実家は城都の宿屋で、雫も泊まったことがある。気分転換にはちょうどいい距離だ。

「最近、自分で昼ごはんを作ると王様に取られたりしますからね」

「あの方は雫さんが嫌がるのを楽しんでいらっしゃるから、適当に流しておけばいいよ」

「その適当が難しい……」

城都の通りはいつもより人が少ない。続いている事件のせいだろう。行きかっているのは旅人や商人たちがほとんどで、若い女性は少なかった。

雫は下ろした髪に指を通らせる。時折強い風が吹いてきており、絡まってしまいそうな気がしたのだ。隣を行くハーヴがふと問うてくる。

「そう言えば、使い魔の子は一緒に来なかったの？」

「部屋の大掃除をするって言ってました。もともとメアは普通の食事が要らないらしいんで」

「ああ。あの魔族なら自然の魔力を集めて動いてるのかな」

「太陽発電みたいな言い方ですね……」

今日は薄曇りの日で太陽は見えない。雫は埃《ほこり》を巻き上げる風に両目を瞑《つぶ》った。見知った宿屋が見えてくると、ハーヴが首を傾げる。

「あれ、閉まってるな」

「どうしたんでしょう」

「来るの早かったのかも。裏から開けてくるからここで待ってて」

彼は雫を店の前に置いて、建物の裏側に回る。一人になった雫は扉の前で空を見上げた。

こうしていると街はいつも通りに見えるのだが、女性たちの魂を攫《さら》った犯人は、未だどこかに潜伏しているのだろうか。雫はカーテンが引かれたままの扉を振り返った。

と、その時、微かに悲鳴が聞こえてくる。

「え？」

辺りを見回すがそれらしい人影はない。雫は閉まったままの扉を軽く叩いたが、応答もない。

困ってハーヴの名を呼びかけた時、先程よりはっきりと悲鳴が聞こえてくる。

それは、小さな女の子の悲鳴だ。

雫は束の間、逡巡《しゅんじゅん》する。しかし、迷っている時間はない。

彼女はポケットからメモ帳を出してその場に書置きを残すと、声のした方に駆け出した。角を曲がり、細い路地に入りこむ。

細かく枝分かれした道を走っていく途中、気圧が変わったかのような違和感が耳の中を撫でていった。雫は顔を顰めながら悲鳴の主を探して、手当たり次第角を覗《のぞ》きこむ。

「たすけて……！」

舌足らずな泣き声。もしそれがもっと大人のものだったら、雫はもっと用心したかもしれない。

けれどようやく見つけた行き止まりで泣いていたのは、まだ五歳前後に見える女の子だ。

長い金髪に華奢《きゃしゃ》な体。赤い靴を履いた小さな足が路上に氷漬けで固定されている。

恐怖に顔を引《ひ》き攣《つ》らせた子供は、雫を見ると悲痛な声を上げた。

「いたい！　いたいよ！」

「ちょっ、待ってて！」

雫は女の子の傍に駆け寄ると、その足元を確かめる。霜が覆っているふくらはぎに触れると最初の被害者と同じく氷のように冷たかった。雫は女の子を安心させるために笑顔を作る。

「大丈夫。今、助けてあげるから」

雫は子供の靴を脱がそうとしたが、凍りついた足はびくともしない。ただ、地面に彼女を繋ぎとめている部分自体はそれほど強固ではない。少し溶かせば靴を石畳から引き剝がせそうだ。

「お湯を取りに……は、行かない方がいいか。誰か、聞こえますかー！」

今この場に子供を置いていくのは危険だ。だが、大声を上げても誰かが来てくれる様子はない。

雫は短い間に決断すると、路上の薄い氷に両掌を当てる。あまりの冷たさに軽い痛みを覚えたが、体温で氷は溶けだし始めた。雫は濡れた手を服の裾で拭いながら、氷を溶かしていく。

「お、おねえちゃん」

「大丈夫」

地面そのものが冷え切っているのか、膝をついた雫自身も徐々に体が冷えていくようだ。爪先から感覚がなくなる。だがそんなことに弱音を吐いている場合ではない。雫は少しずつ動き始めてきた子供の足に希望を抱いた。助けを求める声を上げながら、自分の手を当ててこすり、氷を溶かす。

——くらり、と眩暈《めまい》を覚えたのは、ようやく子供の右足が外れかけた時だ。

雫は揺らいだ体を片手をついて支える。いつかもどこかで経験したような感覚。体の中を何かが蠢《うごめ》いた。雫は傾いだ視界で子供を見上げる。

幼い少女は涙を流していない。その顔には、さっき見せた恐怖もなかった。

代わりに、いつからその色であったのか、人ならざる深紅の瞳が雫を見つめている。雫の「中」をまた何かが動いた。

「そういう、こと、か」

雫は倒れかけた体を両手で留める。地面についていた彼女自身の足は、霜によって何重にも覆われていた。感覚を殺されていたのだろう。気づくと同時に氷の痛みが襲ってくる。

――どうやって女の魂を抜いたのか。人が禁呪を使ったのか、魔族によるものか。

その答えは後者だ。雫は冷やされた足に力を込める。女の魂が欲しくとも抜くには時間がかかる。だから「彼女」は襲われた子供を装ってその時間を稼いだのだろう。

地面に縫い止められた雫は、自分の魂を抜こうと中を探る力に吐き気を覚えた。痛みで麻痺《まひ》しかけた足を自分で叩く。

「痛いし、騙《だま》された……っていうか、諦めれば？」

挑戦的な声音。突如変わった獲物の様子に、今まで無表情でいた魔族は目を瞠った。雫は皮肉な笑みで返す。

「抜きにくい？　私ってこの世界の人間と魂が違うらしいんだよね。残念」

「……お前はなに？」

「イレギュラーだよ。メア！」

反撃を命ずる呼び声に応えて無形の力が生まれる。それを察した魔族は、困惑を漂わせて飛びのいた。雫の胸元に潜んでいた小鳥が、少女に姿を変じて主人の前に立つ。

「ご命令を。マスター」

「できれば捕獲。いけそう？」

「試みます」

詠唱のない力の行使。霜の這《は》う地面が砕かれ、雫はよろめきながらも立ち上がった。まだ完全には凍りついていなかった足をさすって前を向く。


『お前、囮《おとり》やれ』

そんな簡潔な命令を雫が受けたのは、今日の昼のことだ。

魂を奪われた体はせいぜい三日しか持たない。一刻も早く犯人を捕まえねば死者が出てしまう。ラルスは、雫を囮にして城都を歩かせると同時に、巡回の人数を増やして普通の民を出歩かせないようにするのだという。短期間で解決するための危険な策だ。ハーヴは失敗する可能性を危惧して反対したが、雫はよく考えた結果それを受諾した。

自分にはメアもいる。おまけに魔力がないため一見無防備だ。——そして、魂が違う。うまくすれば犯人の意表をつける可能性は高いだろう。決して勝算の低い賭けではない。

「……あなたを見た時、助けなきゃと思ったけど、罠《わな》かもと思ったんだ」

だから雫はメアを隠したまま自力で子供を助けようとした。どこかに潜んでいるかもしれない犯人に奥の手を見せないようにだ。

「さぁ、降参するなら今のうちだよ。盗《と》った魂を返して」

堂々とした宣告に、赤い瞳の魔族は後ずさる。小さな手が、服の下に隠れていた白珠《しらたま》の首飾りを掴んだ。内部から薄ぼんやりと光る、濁ったような水晶に雫は目を引かれる。

——ひょっとして、あれが人の魂ではないだろうか。

それは単なる勘であったが、メアは確信を持ったらしい。大きく一歩踏み出した。

「取り返します」

だが相手は身を翻した。赤い目の魔族は大きく飛び上がると、屋根の上に降りる。雫は人間離れした動きにぎょっとしつつ叫んだ。

「メア！　屋根に上げて！」

ジェットコースターで浮き上がる時のような浮遊感が身を包む。雫が反射的に身を竦めた時には既に、二人は屋根に降り立っていた。赤い瞳の魔族はそれに気づくと、更に隣の屋根へと飛び移る。

——このまま逃がしてはまずい。

雫は上手く動かない足を酷使して走り出した。メアの補助を受けて屋根から屋根へと跳躍する。

「ひぃぃ、怖い！　ってか待て！」

そんなことを言って待つ相手はいない。雫は敵を捕らえるべく預かっていたナイフを取り出した。彼女は魔法具であるそれを、逃げていく魔族の背中に投擲《とうてき》する。

銀の光は魔族の気配を追尾して緩やかな軌跡を描いた。刃が薄い背に刺さろうとする直前、だが魔族は横に避《よ》けてそれをかわす。ナイフは音を立てて屋根の上に跳ね返った。けれど避けた代償に魔族の体はよろめく。生まれた隙をメアは見逃さなかった。

「行きます！」

メアは屋根を蹴って跳躍する。彼女は右腕を振りかぶると、敵の体を横合いから薙《な》いだ。

小柄な魔族は、球のように弾《はじ》き飛《と》ばされる。その体が屋根に叩きつけられると、建物全体が軋《きし》みを上げた。

「ぐあ……っ」

身を捩《よじ》って苦痛の声を上げる姿は、人間の子供と何ら変わらない。

だが雫は生まれかけた同情を抑えこむと、魔族に駆け寄りその首元に手を伸ばした。白珠の首飾りを探り当て、それを真上に引っ張る。子供の首には大きすぎる首飾りは、呆気《あっけ》なく雫の手元に手繰り寄せられた。雫は無意識のうちに白珠の数を数えようと視線を走らせる。

「マスター！」

メアの警告が聞こえる。

だが、雫はその時既に気づいていた。首飾りを奪われた魔族が、子供のものであった手を赤黒く巨大なものに変形させたことに。

気づいていて、だが避けきれそうになかった。

反射的に後ろに跳び退《しさ》った雫を追って、巨大な手が凄《すさ》まじい速度で振り下ろされる。

――目をつぶってはいけない。

それでも、自分が壊されるところは見たくなかった。雫は両手で頭を庇《かば》いながら目を閉じる。

響いたのは空気が弾《はじ》ける破裂音だ。雫は衝撃によろめき、したたかに尻餅をついた。

思わず小さな悲鳴を上げた時、誰かに腕を引かれる。

「足止めご苦労」

よく知る尊大な声。雫は自分の役目が果たされたことを悟って息をついた。瞼を上げると傍には二人の男が立っている。

「大丈夫？」

彼女を庇って結界を張ったのはハーヴ。

そして彼と共に現れた王は、アカーシアを一閃《いっせん》させると、結界に食いこんだ魔族の腕を流麗とも言える動きで斬り落とした。

「ギャアアアア！」

魔族の上げる絶叫に、雫は思わず首飾りを持ったままの手で両耳を塞ぐ。

だがその叫びも、ラルスが一歩踏み出したことでかき消えた。更なる一撃を加えようとするファルサス国王を見て、魔族は踵《きびす》を返《かえ》し逃げ出したのだ。

「あ、こら、逃げるな」

逃げるなと言って待つ相手もいない。幼子の姿をしたそれは、片腕を失ってバランスを崩しながらも次の屋根へと飛び移る。

ラルスは自分も魔族を追って走り出した。雫の体を支えていたハーヴがあわてて主君に続く。それを皮切りに連絡を受け集まってきたのだろう。他の魔法士や兵士たちの姿も地上に見え始めた。

雫はほっとして回収した首飾りを手元で確かめる。

「これ……温かい」

まるで生きているかのように温度がある白珠。数は見たところ三十粒以上はある。この魂を体に戻せば、保護された人たちも目覚めるはずだ。安堵した雫は、隣に来たメアを振り返った。

「メア、地上に――」

けれどその時、唐突に視界からメアの姿が消える。

「え?」

弾き飛ばされたメアが、隣家の硝子《ガラス》窓に叩きつけられて消える。

代わりに雫へ伸びてきたのは男の手だ。

唐突に目前へ現れたその手は、彼女の持っていた首飾りを摑んだ。

「返してもらおう」

低い声。強い力で糸を引く指に、雫はあわててそれを引っ張り返した。

「だ、駄目っ!」

どうやって現れたのか、屋根の上に立っている黒衣の男は、雫の抵抗に笑う。彼は優雅な仕草で空いている左手をかざした。

「……っ」

本能的な危機感。捕食者に見入られたがゆえの萎縮。

それらの只中で、けれど雫は手を離さなかった。

男は軽く指を弾く。空気が幾つもの刃となった。遠くから王の怒声が聞こえる。

「馬鹿が! 離せ!」

雫の眼前に結界が張られる。

屋根に上ってきた魔法士長トゥルースが雫を押し退《の》けた。

だが彼の体は、鮮血を上げて一瞬で崩れ落ちる。

その体を引き裂いた刃が、首飾りを握ったままの雫の右手に向かった。


時間の流れが、やけに遅く感じる。

雫は手の中の白い珠を見つめた。

誰かの魂であろう一粒。

奪われてはならない命。

だから雫は――指を離さなかったのだ。

そして彼女の五指は、音もなく切り落とされた。


「ああぁぁぁあああぁぁっ！」

城都の一角に絶叫がこだまする。

混乱と痛みに、雫の頭は真っ白になった。自分から離れた指と、糸を切られバラバラに落ちていく白珠が、混ざり合って見える。

しかしその中で、白珠だけは見えない糸に引かれるように、黒衣の男の手に引き寄せられ始めた。

断裂しかけた思考。激痛に意識を手放しかけていた雫は、けれどそれを見た瞬間、「奪われる」

という恐怖に弾かれた。

左手を上げる。

雫は、空中を逃げていく白珠を摑み取ろうと腕を伸ばした。

だが、体は上手く動かない。いくつもの珠が彼女の手にぶつかり、地上へと落ちていく。

「つまらぬ邪魔を……」

男は不快げな表情になると、再び手の中に刃を生んだ。

だが、その刃を揮《ふる》う前に、彼はその場から飛び退く。代わりに一瞬前まで男がいた場所をアカーシアの刃が通り過ぎていった。

ラルスは無言で更に一歩を踏みこむと、風を切る速度で剣を振るう。

しかしそれも大きく後退して避けた男は、手の中に引き寄せた十数粒に視線を落とした。不吉な笑みを見せる。

「これだけか。仕方ない」

そんな言葉を残して、男の姿は詠唱もなくその場から消え去る。

後に残されたのは苦痛と混乱と血臭だ。

こうして城都で起きた不可解な連続事件は、不可解なままその幕を下ろすこととなったのだ。

※

「——最終的な被害状況はどうなったのです？」

溜息混じりの妹の問いに、執務机に頬杖《ほおづえ》をついた王は苦々しさを隠さなかった。彼は前髪を乱雑にかき上げる。

「回収できた魂は十九。ただし、その中で体を保護してあったのは八人だ。残りの体は近辺の街を探させているが、普通の街で起きた事件ならまずもう死んでいるだろう」

「でしょうね。北部でも少し前に似た事件がありましたが、被害者は三日で亡くなったそうです」

城都の事件を受けてレウティシアが調べたところ、「足を凍らされ魂を抜かれる事件」はファルサス北西部から城都までの範囲で起きており、全て合わせて約百件ほどに及んでいた。

これほどまで大きな事件が今まで明るみに出なかったのは、北部では魔族の襲撃に紛れてしまっていたということと、それ以外の街では一人か二人しか犠牲者が出なかったということが原因だろう。犠牲者を発見した者たちはそれを不審に思いつつも、一、二件ならば城に報告するまでもないと判断してしまったのだ。城都で十人以上が襲われたのはおそらく、それらの街と比べて人口が桁違いに多かったからだ。

報告書を前にラルスは大きく息を吐く。

「魂の粒は、あの娘曰《いわ》く三十ほどあったそうだ。残りは持ち去られた」

「水妖を何人か使役してやらせていたのでしょうね。捕らえた水妖は何と言ってました？」

「それがあんまり。魔族は尋問しにくくて困る」

「シルファにやらせましょう」

王家の精霊の名が出たところで話は一段落する。レウティシアは大きくかぶりを振ると書類の一枚を取り上げた。

「それにしても……雫を襲ったその男は、皆の証言をつき合わせるだに上位魔族ですね。兄上がいらしたとはいえ、上位魔族が出てきてこちらに犠牲者がいなかったのは幸運です。魂を全て取り戻せなかったのは、こう言っては問題ですが、仕方のないことでしょう。向こうが本気で逃げれば追いきれません」

「気を使うな。俺の失態だ」

珍しくぶっきらぼうな兄の声音に、レウティシアは困った顔になる。気を使ったつもりではなく、本当に「仕方ない」と思っているのだが、兄には兄で思うところがあるのだろう。上位魔族に対抗できるのは、あの場ではラルスだけだった。彼は逃げ出した魔族の捕獲を部下たちに任せ、自分こそが首飾りを回収するべきだったのだ。

しかしまさか上位魔族の介入があるなどと思ってもいなかった彼らは、いい様に翻弄された。結果としてトゥルースとメアは重傷を負い、雫は指を切断された。彼らの傷は魔法で治癒され大事には至らなかったが、十全とはほど遠い幕切れだ。

ラルスは滅多に見せない機嫌の悪さで机を蹴ると、背もたれに体を預けた。普段は隠されている彼の本性が、自責を帯びて垣間《かいまみ》見える。

ずいぶん久しぶりに思えるそんな兄の顔に、レウティシアは何と声をかけようか迷ったが、結局沈黙するに留まった。踏みこむわけでも慰めるわけでもなく、ただ黙って待つ。

別段難しいことではない。長い時間が要るわけでも。

そうやって二十年以上もの間、彼らはお互いの間に横たわる隔絶を無視し続けてきたのだ。

※

部屋にはカーテンが引かれ、昼だというのに暗く閉ざされていた。

音の無い部屋。窓際に置かれた小さな敷布《しきふ》の上には緑の小鳥が眠っている。

一方、部屋の主人である女は、寝台の上に両膝を抱えて座りこんでいた。

瞼は閉じられているが、眠っているわけではない。扉が開かれると彼女は顔を上げる。

「雫」

彼女の名を呼んで入ってきた男は、薄暗い部屋の様子にも構わず燭台《しょくだい》に火を灯《とも》すと寝台の前に立った。手を伸ばし、彼女の右手を取る。白い指には切断された痕も残っていない。ただ微かにわななないただけだ。彼はそれを確かめると手を離す。

「ちゃんとついたんだね。よかった」

「エリク……」

「話は聞いたよ。無茶をしすぎ。魔族を侮っちゃ駄目だ」

叱る声。温かくも厳しくもない、だが思ってくれる言葉。

それを聞いた雫は、張り詰めていたものが途端に緩んでくるのを感じた。涙の滲む目を閉じ、顔を膝に埋める。

「わ、私、魂を取り戻そうと思ったんです」

「うん」

「でも、取れなくて、いくつも取られて……」

「仕方ない」

城で保護されていた女性たちのうち、三人の魂は結局取り戻せなかったのだ。

雫は意識を取り戻した被害者たちの姿を安堵で見やった一方、助けられなかった犠牲者たちが家族に引き渡されるところもまた見てしまった。徐々に冷たくなっていく母親に取り縋《すが》った少年が「どうして助けてくれなかったのか！」と叫んだ、その声を忘れることはきっと一生できないだろう。

指を切り落とされた恐怖よりも、白珠を掴み取れなかった後悔の方が、ずっと重い。

声を殺して泣く女の隣にエリクは座る。彼は遠い目を伏せると、小さな頭をそっと撫でた。

「助けられなかった命を思うなら、助けられた命も思うんだ。全体を見なければ次に生かせない」

励ましているのか、諭しているのか分からない言葉。

雫は彼らしい慰めに思わず唇を噛んだ。長い沈黙の後、喉の奥から掠《かす》れた声を絞り出す。

「難しい、です」

「うん。まぁ上位魔族なんて二度と会わないに越したことはないし」

もし次があるとしたら、今度はどうすればいいのだろう。

その答えは分からない。それでも雫は少しだけ凪《な》いだ痛みに、一人ではないことを感謝した。

※

屍体《したい》が、積み重なっている。

折れ曲がった腕。どす黒く変色した足。破れかけた翼。濁りきった瞳。

壊れ果てた無数の肉体が雑然と絡みあい、一つの異様な姿を曝《さら》け出《だ》している。

動くものはない。そこには生も、個もない。時折外から吹きつける寒風が、誰のものとも分からぬ髪を揺らしていくだけだ。

伽藍《がらん》のごとき冷えきった空間。誰も住まう者のいない城の吹き抜けを、女は一人見下ろしていた。

数階分にもわたる高さの空間には、人と魔族両方の死体が堆《うずたか》く積まれている。死の厳然を前に、しかし女の目には何の感傷もない。ただそれをそこに在るものとしてしか見ていなかった。

「――アヴィエラ」

涼やかな男の声に女は振り返る。帰ってきた男は手を広げて見せた。そこには白珠が十数個握られており、アヴィエラは鷹揚《おうよう》に頷いた。

「ああ。回収したのか。手間を取らせたな」

「構わない。が、下位上がりの魔族は駄目だな。街を回るようにさせたのはいいが、ファルサスの城都にまで行っていた」

「そうか。ファルサス王家には感づかれたか?」

「アカーシアの剣士に追われた」

端的な報告に女は声を上げて笑いだす。危機感のまったく見られない反応に男は肩を竦めた。

「ずいぶんと余裕だ。魔女に成ったせいか？」

揶揄を口にしながら、男は欄干の向こう、死体の山を覗きこむ。

呼び出された魔族とそれを倒そうとした人間。

力に引き寄せられた魔物と攫われてきた人々。

彼らはいまや、単なる残骸として乱雑に混ざり合い小高い山となっている。

凄惨で厳粛な終わりの光景。それは真の意味で、種族の境界を超越した一つの姿とも言えただろう。女は薄く微笑むと、足元に落ちている首飾りを見下ろす。そこにつけられた大きな紅玉には、深いヒビが入っていた。

「魔女というほどではない。お前と同程度にしか過ぎないからな。ただ、誤解のないように言っておくが、私自身は別に魔力を欲しがったわけではないぞ。お前の連れて来た女があまりにも人間を侮辱するから、肉体の檻《おり》に取りこんでやったのさ」

優雅な微笑には、慈しみはあっても憐《あわ》れみはない。男は予想できた答えに傲然と返した。

「あれはお前を怒らせると思った。お前に食わせるために連れて来たんだ」

上位魔族は死ねば肉体は残らない。元々が概念的な存在だからだ。

アヴィエラは今はもう自分の力となって消えた魔族を思い出すと、小さく鼻で笑った。

「ファルサスに感づかれたとしても構わん。可能性は全て平等だ。むしろ彼らも試されればいいのだ。継いできた力と血が、更なる時代に必要であるか否かをな」

芯のある強い声は、全てを俯瞰《ふかん》し操る者のように聞こえる。

男は契約上の主人を愉《たの》しげに見やった。

「その試金石に、お前がなるというわけか」

「いいや？　私はただ教えてやるだけだ。この大陸も人間たちも――多くの苛烈な過去を忘れ去り、惰眠を貪っているに過ぎないということを」

女は右手を眼下に向けると詠唱を始める。

複雑な構成は死体の山に降り注ぎ、腐りかけたそれらを徐々に乾いた塵へと変えていった。

開けられたままの城の扉から吹きこむ風が、端から塵を押し流していく。

やがて吹き抜けに何も残らなくなった頃、二人の男女の姿もまた見えなくなっていたのだ。

3. 黄昏《たそがれ》

「ない……ないのだ」

それは聞き飽きた呟きだ。

老いた父の狼狽《ろうばい》をシロンは聞き流した。手元の手紙を捲り、寄せられた嘆願に目を通す。

「ないのだ！　シロン！　あれを知らぬか？」

「知りませんよ。賊がどこかに売り飛ばしでもしたのでしょう」

「あれがなければ我が家は終わりだ！」

「父上がそう仰り始めてから既に一年以上が過ぎておりますが、いまだ問題は起きておりません」

「魔物が出ているではないか！　陛下にどうお詫《わ》びすればよいのだ……」

たたみかけるような父の反論に、シロンは鬱陶しさを隠しもせずに顔を顰めた。まさに「ああ言えばこう言う」だ。この一年半ずっとこれを聞いていた自分の忍耐はかなりのものだと思う。

彼は国内西部からの手紙全てを確認してしまうと、次の仕事に取りかかり始めた。椅子に座りこみ何やらまだぶつぶつと呻《うめ》く父を、本当は執務室から叩き出したいのだがそうもいかない。先代の宰相であった父はまだ城への影響力が強く、シロンが乱暴なことをすれば若輩である彼の方に非難が向いてしまうのだ。

彼は忌々しさを隠しきれないまま、提出された資料を見ていった。その内の一つ、薄い装丁の本を手に取ったところで動きを止める。

「これは……」

何故このようなものが存在するのか。驚きと共に凍りついたシロンは、けれどしばらくすると現状を変えるために、急いで書状をしたため始めた。

※

厚めのカップの中には、薄茶色のどろっとした液体が湛《たた》えられていた。

泡を含んだ表面は見た目からして怪しい。魔法薬でももう少し普通の様相を呈している。

レウティシアは恐る恐る匂いを嗅ぐと、決心がついたのか小さな唇をカップにつける。

口の中に広がったのは苦味とコクと甘さと脂だ。王妹は美しい面を動かさぬままそれを嚥下してしまうと、一呼吸ついて言った。

「微妙」

「ですよねえええ！」

同じものを飲んでいた雫は悶絶して机を叩く。

あれから希望通りカカオ豆を取り寄せてもらったのだが、チョコレートの作り方が分からず、試行錯誤してココアもどきを作ってしまったのだ。

「本当はもっと美味しくなるはずなんですよ。何が悪いのかなぁ……」

「この脂、何とかならないの？　ちょっと濾《こ》したいくらいなのだけれど」

「ああ……。次はそうしてみます」

チョコレート作成までの道のりは遠そうだ。元の世界で新しい食材や料理を発見した人は、これ以上の苦労を重ねたのかと想像すると、尊敬の念にたえない。食材を無駄にしないよう失敗作を全て食べている雫は、肩を落とすと本来の話題へ軌道修正した。

「それで、生得単語が戻ってきた原因は、まだ確定できていないんですよね」

「ええ。元々生得単語自体がどこに由来するのか分からないのだから、仕方がないのだけれど。でも、仮に生得言語位階というものがあって、そこと魂の間に何か問題が生じて障害が起きているのだとしても、正直別の位階のことは調べるのが難しいの。通常は認識できないものだし」

「なるほど……。あ、でも魔法構成って上位位階にあるものって聞きましたけど。そこから接触はできないんですか？」

「魔法士が触れられるのは、魔力階と魔法構成位階だけなの。魔法構成の位階を視認できる人間のことを魔法士と呼ぶ、と言ってもいいかしら。でもそれ以外の位階は、同じ場所にありながら触れられない。魔法士以外に構成が見えないようにね。それが人間の限界だわ」

レウティシアは「お手上げ」とでも言うように両手を挙げて見せる。

要するに生得言語を司《つかさど》る位階が実在するかどうか、それ自体確かめられないのだ。

逆に言えば「別の位階だ」と言ってしまえば可能的には何でもまかり通る。あまりにも茫洋とした話に、雫は嘆息した。

「でも、肝心の言語障害が何故だか治りつつあると」

「そうなのよね……」

色々と状況を変えて実験を繰り返してはいるものの、未だ回復原因は特定できていない。

ただ生得単語が戻ってきたのは、城に連れられてきた子供たちだけであり、城都全体までは回復が確認されていないのだという。これはやはり、実験の何かしらが影響しているのではないか。雫は何とはなしに天井を仰ぐ。

「そう言えば……昔、漁船が別大陸の人間を拾った記録があるってエリクに聞いたんですけど、それって東の大陸の人間だったんですか？」

「え？　――いえ、あれは確か違ったはずよ。交流もない大陸だったわ」

「その人も言葉が通じたんですか？」

素朴な疑問に王妹は目を丸くした。何故、雫がこのようなことを聞いたかといえば、単に交流のない別大陸にも同じ生得言語があるかどうか気になったからだ。

もしエリクが言うように生得言語が何かしらの感染であれば、交流のない大陸には行き渡っていないはずだ。レウティシアもそれに気づいたのか言葉に詰まる。

「どう……だったかしら。でも確かその漂流者の出身大陸についての記録が残っていたから、言葉は通じたのだと思うけれど」

「うっ、そうですよね」

何だか堂々巡りだ。雫は抱えていた絵本の草稿を抱き直した。レウティシアはココアもどきが気になるのか、もう一口飲むと顔を上げる。

「ともかく原因が分からない以上、治ったと言ってもいつまた発症するか分からないのだし、貴女にはこのまま仕事を続けてもらうわ」

「かしこまりました」

「貴女がいてくれるとエリクも残りそうだし。ねえ、一生ファルサスにいない？」

「そ、それはちょっと……」

昔からエリクの才能を買っていたというレウティシアは、彼の契約期限が近づいていることが残念で仕方ないらしい。エリク自身は最近あまり研究室に顔を出さないが、それについても「ああいう人間は発想からして才能だから。やりたいことをやらせた方がいいのよ」と鷹揚に構えている。

ある意味理想的な上司である王妹は、話の締めくくりとして一枚の書類を差し出した。雫はそれを受け取ってみたが全ては読めない。目に付いたところだけを声に出す。

「メディアルの……言語の、招待、要望？」

「それがね。少し前に主だった諸国に向けて、流行り病についての対策――つまり貴女の仕事の状況を送ったのよ。キスクも同じ方向で進めていることだし、ある程度は情報公開しておいた方が混乱が少ないと思って」

「はい」

「そうしたらメディアルが、貴女の作った教材を見て『作成者から直《じか》に説明を聞きたい』って言ってきたの。ファルサスとしては構わないのだけれど……どうする？　面倒なら断るわ」

「うおっ、出張ですか」

まさか自分にそんな仕事が舞いこむとは思ってもいなかった。雫は大陸地図を思い浮かべる。メディアルと言えば、大陸北部に広がる大国だ。先日エリクが行ったファルサス北部よりももっと北。普通ならば移動にかなりの時間がかかりそうだが、国の仕事であれば転移が使えるだろう。

雫は少し考えて、まったく別のことを聞き返した。

「あの紅い本って、確か持ち主の人がメディアルで消息を断っているんですよね？」

「そうね。今のところ」

「じゃ、私、行ってきます」

ファルサスの調査隊が摑めなかった本の行方を、自分が摑めるとまでは思っていない。それでも、機会があるなら自分で問題の国を見てみたかった。そもそもエリクが宮仕えを辞めたら二人でメディアルに向かうのかもしれないのだ。国の後ろ盾があるうちに様子を確認しておいた方がいい。

雫のあっさりした受諾に、レウティシアは教師のように微笑む。

「ではお願い。ああ、護衛としてエリクをつけるわね。他にも何人か」

「エリクを？　でも彼忙しいんじゃないですか？」

「いいのいいの。こないだのことがあるし、彼の方から行くって言うと思うわ。——それに、今の彼は強いわよ」

美貌でも名を知られる王妹は、形のよい指で自分の右耳をつついてみせる。

こうして雫は、ファルサス所属の研究者として、エリクと北の大国を訪問することになったのだ。

※

力が巡っていく。

それは女の魂を原動力として、高い岩山に囲まれた荒地に円を描く。左回りで流れていく力は、土地にたちこめていた魔の濃度を高め、人の立ち入らぬその場所を半ば異界へと変じさせていた。

凍えるような冷気と瘴気。

遮られた陽と腐れ落ちる地。

忌まわしい歴史の果てに沈黙する廃都にて、聳《そび》えたつ城はただ荘厳な姿を佇《たたず》ませている。

今は死と共に在り、深く眠る城。

その巨大な塔の如《ごと》き姿が衆目に曝される日が、もうまもなくに迫っていた。

※

ファルサスは温暖な国だった。キスクも暑くはなかったが暖かかった。

だからこの大陸はどこも暖かいのだと、雫が誤解していたのも無理はない。もちろんそんなはずはないのだが。

「さ、寒い……」

ガタガタと震える女の声に、隣にいたエリクは呆れ顔になった。彼は、厚手のショールを羽織って凍りついている雫を眺める。

「ずいぶん薄着だから、そういう健康法を試しているのかと思った」

「試してないです。指摘してやってください」

「メアはどうしたの？」

「寒くないようくるんで荷物の中です……」

「賢明だね。その賢明さを自分にも適用できたらよかったね」

「はは……」

泣きたいくらいだが、泣いたら涙が凍りそうだ。雫は柱と天井だけで壁がない城の広間を見渡す。

「ここ、なんで壁がないんですか。ピロティじゃないですか」

確かに見える景色は絶景だ。ずいぶん高い場所に城を建てたのだろう。土地は城都の方へ緩やかに傾斜しており、街部分には彩られた建物が見て取れる。その更に下には城都を囲む壁と森林が広がっていた。

左手には切り立った岩山も見え、自然の厳しさと美しさがよく映える。視界を占める白と黒の鮮烈なコントラストは、絵葉書にしたらさぞ人気が出るだろう。現実逃避でそんなことを考えている雫に、エリクは返した。

「壁がない理由は知らないけど、この場所に城都を置いたのは、攻められにくくするためだってことらしい」

「冬将軍の前にはナポレオンも退却を考えます」

寒風が直に吹きこむ広間に余計な装飾品はない。ただ黒い石床と白い柱があるだけだ。

ファルサスで着ていた正装の上に一枚上着を足し、更にショールを羽織っただけの雫は冷えきった両耳を押さえる。一方エリクは普段の魔法着の上に防寒用の上着を着ているだけだ。おまけに少しも寒そうな顔をしていない。

「エ、エリク、くっついていいですか？」

「……君はファルサスからの正式な使者兼学者としてここに来ている」

「うわあああ！　中に入れて欲しいいいいい！」

「ここが中だよ」

真剣なのかそうでないのか分からない二人のやり取りに、護衛としてついてきている兵士たちは何とも言えない表情になった。転移陣でやって来た彼らが、城の門をくぐりこの広間に通されてから十五分が経過している。いい加減壁のある部屋に移動しないと、エリクはともかく雫が限界を迎えそうなのだが、メディアルの人間はまだ現れない。

「もう辺りを走ってきていいですかね……」

「二度目になるけど君の身分は国の使者だし、走るとかえって汗が冷えて凍えるよ」

「死んでしまう！」

その時、ようやく奥の扉が開いて文官が現れた。彼は一礼して扉の向こうを示す。

「面会のご用意ができました。こちらへ」

見も知らぬ人間の言葉が、これほどまでに嬉しかったことはないかもしれない。

雫は深く安堵すると、姿勢を正しメディアルの宮廷内部へと足を踏み入れた。

石造りの城は、今まで雫が訪れた中でもっとも古さを感じる。老朽化で穴が空いている床や隙間風が吹く窓などもあり、いささか心もとない風情だ。

「あの、ちなみになんであの部屋って壁がないんですか?」

城の廊下を行きながら雫が文官に尋ねると、平然と答えが返ってくる。

「いざという時、狙撃を可能にするためです」

「わー……ありがとうございます」

げっそりした雫は、「何故狙撃が必要なのか」とは聞かなかった。


メディアル国王ヴィカスは六十過ぎの小柄な老人だった。

この世界では人間の寿命は約七十年らしいので、かなり高齢な王だろう。

謁見の間にて、数段高い玉座の前に立った雫は、老いた王の容貌を無礼にならない程度に見上げる。しわがれた声が白髭《しらひげ》の下から響いた。

「よくぞいらした。異国の客……それも貴女のように若い方に会うのは久しぶりだ」

「お目にかかれて光栄です、陛下。この度は生得言語の代わりとなる教育について、ご質問にお答えすべく参りました」

「うむ。儂《わし》ももちろん興味があるが、儂の宰相が是非とも直接話を聞きたいと申すのでな」

王はそこで、傍に控える男を示す。雫よりは一回り以上年上に見えるその男は軽く頭を下げた。

「シロンと申します」

「雫です。よろしくお願いいたします」

シロンは柔和な顔立ちをした男だが、灰色の両眼だけが雫を品定めするように注視してくる。

彼女はそれに気づいたものの、あまり気にしても失礼だろうと思い、表情には出さなかった。

一通りの挨拶が済むと、一同は同じテーブルについて具体的な話を始める。

雫は自分の話を始める前に軽く探りを入れてみたが、やはり生得言語が戻りつつあるのはファルサス城だけのことらしい。シロンは表面上、残念そうに語る。

「メディアルでも症状の出た子供を隔離して実験を行っていますが、成果は芳しくありません」

「ファルサスは年長の子供たちを一緒にしての実験も始めています。まだ原因の特定には至っておりませんが、小さな子にはよい影響が出ております」

これは感染の結果か、教育の成果か。雫はさりげなく隣を窺ったがエリクは無表情だ。ただ彼は普段からあまり表情が変わらないので、このような場では余計に無表情のままだろう。

「では、教材について説明させて頂きます」

雫は持参してきた教材を広げる。それぞれの使用方法や視覚、聴覚効果、また実際の使用においてどういう効果を上げているかを要点ごとに説明していくと、王は若者のように興味津々の表情になった。自ら率先して質問を重ねてくる。

「この魔法具は面白い。角度によってそれぞれ違う絵と音を出すようになっているのか」

ヴィカスが手に取ったのは小さな銀の箱だ。

見かけも美しいその箱には、それぞれの面に硝子窓が嵌《は》めこまれており、覗くと中に絵が浮かび上がる仕組みになっている。また硝子窓の隅に埋めこまれた水晶のボタンに触れれば、絵の名前が記録音声で読み上げられるのだ。単価は安くないが子供たちには好評だった。

「他の教材は、大人が読み上げることを前提として作ってありますが、これだけは音声を組みこんでみました。言葉の学習において『聞く』ことが一番の早道ですので。魔法具で音声を補えば大人の手が回らない時でも学習が進みます」

「なるほど。便利なものだ」

「ただやはり最善は大人が傍にいて辛抱強く会話を試みることです。言ってしまえばこれら教材がなくとも、会話を諦めなければいずれ子供は言葉を身につけますから」

強すぎはしないが、自信を窺わせる雫の言葉にヴィカスは考えながらも頷く。かつては鋭かったのであろう眼光が、年若い女を穏やかに見つめた。

「実に面白い。それに貴女の話を聞いていると、この病が恐れるほどのものではない気さえしてくる。不思議なことだ」

それは雫が欲しかった最たる反応だ。彼女は照れくさそうにはにかんだ。

「子供の教育において、言葉そのものを学ばせるという行為は決して回り道ではありません。整然とした思考は、口には出さずとも言葉を使用して為《な》されるものです。また、単語によっては名前を得て概念化されるからこそ、曖昧模糊《あいまいもこ》とした状態から離れ『それ』として認識され得ることもあります。言葉は思考の道具であると同時に、思考に大きく影響を与える基盤でもあるのです。それを子供たち自身によってその精神に築かせることは、思考の成長にとっても大きな手助けになると考えております」

「なるほど。言葉を覚えることでその役割に意識的になれば、思考をも鍛えられるのだな」

王は満足そうに微笑む。

そして、この日の面会はつつがなく終わりを告げた。

※

「面白かった」

壁のある客室に通された後、開口一番エリクはそう言った。

半球状の暖炉に寄っていた雫は、振り返って連れの男を見やる。

「何がですか？　壁のない部屋がですか？」

「君の話が。言葉が対象を認識させるとか、言語が思考に影響を与えているとか。なるほどなと感心した」

「ああ……私の世界は言葉の成り立ちからして研究されたりしますから。私も授業でそういう学問の初歩とかをやったんですよ。それに、やっぱりエリクと議論とかしてると思いますよ。思考は言葉がないと難しいなって」

——何故「悲しみ」に『悲しみ』という名がついているのか。

それは決して単一の感情を示しているわけではない。多種ある感情のいくつかを束ねて『悲しみ』と呼ぶからこそ、それはあたかも「一つのもの」「似たもの」として認識されている。

胸が痛むこと、泣きたくなること、喪失、痛み、それらのいくつか、もしくは全て。

形のないものは、名前を与えることによって『それ』となる。いわば言葉とはそれ自体が思考の産物でありながら、より複雑な思考を形成するための重要なパーツでもあるのだ。

「たとえば、複数言語において『おおよそ同じ意味に対応している』と思われている単語でも、意味合いには差異があったりします。あとは外来語が輸入されることによって、それの示す概念自体も持ちこまれることがありますね」

雫は暖炉から離れると、メモを取り出してエリクの前に戻る。そこに『夢』と“dream”という単語を書くと、男に指し示した。

「例を挙げると日本語の『夢』って、昔は夜寝ている時に見る幻影だけを『夢』って言ってたんです。ただ英語の“dream”が輸入された時、“dream”には夜見る夢と将来の希望の両方の意味がありました。その“dream”に『夢』という訳語を当てはめて以来、『夢』にはそれまでなかった将来の希望という意味も加わったんですよ」

「……へぇ。『ユメ』は後から二つの意味を持つようになったのか」

「はい。特に日本語には漢字がありますから、同じ単語でも違う漢字を使えばニュアンスが変わります。意志と意思とか……伝わります？」

雫はメモに二つの熟語を書いたが、自分の話し言葉が共通言語に翻訳されている以上、上手く伝わるかどうか分からない。ただエリクは漢字の違いを確認すると頷いた。

「そういうのは基本的な定義の中にも幅があって、更に細かく分かれているんだろうな。乱暴なことを言えば、どこまでの意味を一つの単語にまとめるかに歴史と文化が出る……違う？」

「多分あってます。時代に応じて新たな言葉や用法がどんどん生まれてきますし。私の時代でもたった数年で新たな意味が加わった言葉とかありますよ」

エリクは雫の走り書きを手に取ると、じっとそれを見つめている。

また漢字が気に入ったのだろうか、と雫は思ったが、彼が口にしたのはまったく違うことだった。

「僕は今まで、言語の方がそこまで思考に影響を与えているとは考えてもみなかった」

淡々とした言葉。綺麗な顔立ちには若干の翳が差している。

雫はそれを、何かを考えこんでいる時の彼の表情だと知っている。だがいつもより暗く見えるのは気のせいではないだろう。雫は怪訝に感じながらも彼の言葉に返した。

「でも、この世界ではそれを意識しないのは当然なんじゃないですか？　言語がもともと備わっているわけですから。いわば身振り手振りとか……手を動かすことが思考自体に影響を及ぼすかどうかって考えるようなものでしょう？　さすがにそれはきついですよ。私の世界も、言語の変遷や複数言語があるからこういう問題を研究しやすいわけですし」

エリクは肯定も否定も返さない。ただ雫の視線に気づくと、自嘲ぎみに微苦笑しただけだ。

部屋にいくつかある窓の外は、全て白一色で覆われている。のしかかってくるような厚い雲ばかりの空。気づくとそこからは、舞い散るような雪が降り出していた。

メディアルでの滞在は三日間を予定している。

雫は、エリクが与えられた別室に帰っていくと、夕食までの間に日記をつけるべくノートを取り出した。少女姿のメアがお茶を淹れてくれる。

雫は新しい頁に日付を記して、ふとその数字が見覚えのあるものであることに気づいた。

「あ、もう一年か……」

「何がですか？」

「この世界に来てから。何かすごく早かったよ」

こちらの世界では一月はきっかり二十八日だ。元の世界とは同じ一年でもずれがある。

それでも、一年が経ったことは事実だ。雫は大陸のあちこちを転々としたことを思い出し、しばし物思いに耽《ふけ》る。

「新しいノート買わなきゃな……帰ったら街にでも出てみようか」

「お供いたします」

使い魔の相槌に雫は破顔した。白いノートの上にペンを走らせる。

壁のない広間、雪景色、ヴィカスの問い、反応、そしてエリクとの会話。

それらを書きとめていった雫は、宰相として紹介されたシロンのことを思い出した。雫と「是非とも直接話をしたい」と言ったわりに、一度しか質問をしてこなかった影の薄い男。主君の前であるから気を使ったのか、それとももともと率先して質問をするような性格ではないのか。判断がつかないながらも雫は彼から受けた質問だけを日記に記す。

――「これらの絵本の話はどうやって考えたのか」と、それだけの質問を。


夕食に供された料理は煮こみ料理が多かったが、その一つ一つが実に美味しかった。黄金色のスープに浮かんだ青菜を、雫は匙で掬い上げる。キャベツに見えるが同じだろうか。口に含むと蕩《とろ》けるように柔らかく甘い。野菜独特の自然の甘さに彼女は顔を綻ばせた。雫がもう一匙を口に運ぶ間に、王に代わって賓客を接待するシロンが、エリクに問うた。

「近頃ファルサス北部に魔族が現れるという話も聞きましたが、本当なのでしょうか」

「本当です」

エリクの返答は平然としたものだ。こういう質問に関してほとんど雫の出る幕はない。その分彼女は料理に夢中になっていた。牛肉を野菜を煮こんでチーズをかけたメインの皿が非常に美味しい。ファルサスの料理は、香草や香辛料をよく使い刺激的である分、薄味なところがあるのだが、メディアルの料理は素朴で濃い味が染みている。切り分ける端から肉の断面をとろとろと伝っていくチーズは、視覚的にも非常に魅力的だ。

舌鼓を打っている雫を置いて、シロンとエリクの話は続いていく。

「実は、大分前からメディアルの西部でも魔物が多く出没しているのです。一時は誰かが傭兵《ようへい》を雇ったらしく、相当数の討伐隊が集まったのですが、彼らの大半も犠牲になったそうでして」

「魔物戦は特殊です。よほど慣れている人間か、大集団で当たらないと撃退は難しいでしょう」

「仰る通りです。ですがこの時代、我が国では宮仕えの人間でも、魔物と戦った経験がある者などそうはおりません」

シロンの含みある言葉に、エリクは食事の手を止めると眉を寄せた。温度のない視線がメディアル宰相に向けられる。

「もし貴君がファルサスに救援を期待なさるなら、改めて王に要請をお出しになった方がよろしいでしょう。僕には彼女の護衛の他に何の権限もない。お答えできることもほとんどありません」

「し、失礼いたしました。そういう意味ではなかったのです」

エリクの忠告が図星だったのか、シロンはあわてる。それを横目で見ていた雫は、確かにラルスは「ついで」の要請を受けるような人間ではないが、本気で要請しても受けてくれなそうだ、と思った。あの王は気分屋に見えるが、駄目なものはどうあっても駄目だ。その最たる被害者でもある雫は、飾り切りされた果物に手を伸ばした。素手で食べるものらしいので、滴る果汁に気をつけながら齧《かぶ》りつく。

大国の学者というよりは行儀のよい少女のように食事を進める彼女は、しかしその時、射竦《いすく》めるように自分を凝視するシロンの視線に気づいて、小さく首を傾げた。

※

メディアルは大陸で唯一、宰相位が世襲制の国だ。

代々の王は必ず補佐として宰相をおくのだが、かといって宰相は世襲制に胡坐《あぐら》をかいているわけではない。何故なら宰相は、結婚と自身の子を儲《もう》けることを法で禁じられており、世襲制といっても実際は、見込みのある子供を養子にして教育するという私情のない繋がりが代々続いているのだ。

そして現宰相であるシロンもまた、父に特別な愛情は抱いていない。もちろん自分を見出し充分な教育を与えてくれた恩はあるが、それは単純な感謝であって実の親に抱くような情ではない。

少し前までは、四十年にわたり優秀な宰相であった父への尊敬もあったが、それは「あれ」の存在を聞いた時、いびつなものとなった。

その日より生まれた感情の一つは、失望だ。歴史に深い造詣を持ち、また他国のことを手に取るように理解していた父の有能さが「あれ」に依存したものであったことへの落胆。

そしてもう一つには「そのようなものなど存在するわけはない」という疑いもあった。

相反するこれらの感情は、その時々で比率を変えながらもシロンの内心にわだかまる。

そして一年半ほど前、「あれ」が屋敷から盗まれた時、父への感情は決定的なものとなった。

「あれ」が失われたことに憤り錯乱した父は、毎日のように「もう駄目だ」とシロンに絶望を吐きかけるようになった。そこにはもはや名宰相と謳われた冷静さも思慮深さも残っていない。屋敷をさまよい歩き、譫言《うわごと》を呟き続ける父に、「いっそ早く死んでくれ」と思うことさえある。そんな自分に気づく度、シロンは自身にも嫌気が差すのだ。

そうして鬱屈とした日々を送っていた彼は、けれど意外なところで「あれ」の手がかりを掴んだ。

※

メディアルでの滞在二日目は、宮廷魔法士たちや学者が見学する中で、実際に雫が子供たちへ教材を使って指導を行うことになった。

と言っても相手が幼児である以上、その光景は一見してただの遊びだ。現に雫が、子供たちの前に小さな動物の模型をいくつも並べた時、魔法士の中には「子供が子供と遊んでいる」と小さく嘲った者もいたくらいだ。

しかし雫はそれを聞いても何の反応も見せなかった。遊びに見えるくらいでちょうどいい。興味を引くやり方でなければ子供たちは多くを覚えてくれないのだ。

「はい、これ何だか分かる？」

「うさぎ？」

「そう。うさぎ。言ってみて」

子供たちが口々に「うさぎ！」と復唱すると、雫はうさぎを手の上に載せ、生きているかのように動かしてみる。たちまち幼い視線が集中し、うさぎに触れようと小さな手が伸ばされた。

しかし雫は笑いながらそれを元の場所に戻すと、今度は別の人形を手に取る。

注意を引き、名前を呼ばせ、遊んだ後に次へと進む。そして時折、前の人形に戻ってみる。

そんなことを根気強く一時間も繰り返した後には——子供たち全員が二十種類ほどの動物の名を全て当てられるようになっていた。


休憩を入れながら午前中に三時間、そして午後に二時間、実地と質疑応答を行った雫は、さすがに全て終わると疲れ果てて寝台の上に転がった。慣れない場所で気を張りながらふるまっていたことへの疲労が、どっと体に押し寄せてくる。

彼女のやり方に、メディアルの学者たちは興味と関心を持ってくれたようだが、魔法士たちは全員が受け入れてくれるわけではないらしい。表情や言葉の端々に、雫のやることを「浅薄なその場しのぎ」と思っていることが窺えたが、彼女はそれを悠然と無視した。

何と言われても自分が間違っているとは思っていない。それに、雫は現在ファルサスの代表としてこの場に来ているのだ。卑屈なところを見せればラルスに怒られ、レウティシアには謝られてしまう。ならば堂々としているのが一番だ。

——ただやはり、ストレスが溜まると言えば溜まる。

雫は気だるげに上体を起こすと半眼で窓の外を眺めた。

「うー……エネルギーを発散したい」

「外に出て体温でも発散してくれれば？」

「生命も発散しそうな気がしますよ。その案」

彼女の呟きにまったく熱のない相槌を打った男は、本から顔を上げないまま少し笑った。

雫は起き上がると窓の前に歩み寄る。雪で覆われた中庭を見下ろした。

「……カマクラが作れそうですね」

「何それ。要塞？」

「お、近いですよ！」

中庭は、人が立ち入らないらしくかなり雪が積もっている。

雫はしばらく考えこむと、脱いだ上着の袖に手を通す。扉に向かいながら男に笑顔で手を振った。

「じゃ、遊び行って来ます！」

「待って」

当然のように制止された。


雪遊びの服を借りたいと言ったところ、メディアルの女官たちは困惑しながらも厚手の上下と手袋を貸してくれた。雪だるまのような重装備になった雫を、魔法着のエリクは呆《あき》れた目で見る。

「君の発想は時々分からない」

「だって元の世界でも私の住んでたところだと、こんなに雪積もらないんです。ちょっとくらいいいじゃないですか」

彼女は手袋をつけた手でポスポスと隣にいる子供の頭を撫でる。子供たちの面倒を見ている責任者に「遊びに連れ出していいですか？」と聞いたところ、ちょうど大人は手が塞がっていたらしく、快諾をもらったのだ。そのまま皆で一緒に中庭に来て、今に至っている。

「よし、じゃあ遊ぼっか！」

雫は子供たちにそう声をかけると、自分は雪かき用のシャベルで雪山を作り始めた。楕円《だえん》形の匙をそのまま大きくしたシャベルは少し重いが、雪がまだ固くなっていないせいかさくさく掘れる。

こまめに叩きつつ山が大きくなっていくと、子供たちが登ろうとし始める。しかし彼らは、掴むところもない半球型の雪山を前にあえなく滑り落ちていった。

「これね、中に穴をあけるの。ちょっと待ってて」

カマクラにしては小さいが、彼女一人ではあまり大きくはできない。エリクは中庭に面した回廊で立ったまま本を読んでいるし、少女姿のメアはその隣に立っている。

あまりはりきりすぎて筋肉痛にでもなったら困る。雫は身を屈《かが》めると山の側面にトンネルをあけ出した。周囲の子供たちに気をつけながらシャベルで慎重に雪をかき出す。

そんな風に夢中になっていると、体の大きさが違うだけで雫はほとんど子供と変わらない。

防御結界だけを張って、遊びについては傍観しているエリクは、本から顔を上げると微苦笑した。

「本当にじっとしていないよね」

「あれがマスターの本分でございましょう」

「かもね」

雫はかき出した雪で小さな雪だるまを作っては子供たちの前に並べていく。あんなことをしていてはいつまで経っても穴は完成しないだろう。エリクはいい加減手を貸すために、開いていた本を閉じた。中庭へと歩き出そうとした彼は、けれど人の気配を感じて振り返る。

そこにはたまたま通りかかったのか違うのか、書類を抱えたシロンが立っていた。その視線は明らかに雫に向けられている。シロンは雫を見たまま言った。

「あの方は何をなさっているのです？」

「遊んでいます」

身も蓋もない返答を雫本人が聞いたなら「言い繕ってくださいよ」と言うところだろうが、当然エリクはそんなことはしない。正直な答えにメディアルの若い宰相は、困惑した顔になる。

「まもなく暗くなりますのでお気をつけを。最近はこの辺りにも魔物が出るという話ですので」

広い国土を持つメディアルの城都は、国内でも北西の高山地帯に近い。山に遮られ日が落ちるのも早く、夜が長い街だ。位置的に大陸北西部に出没する魔物も姿を見せることがあるのだろう。

エリクは「分かりました」とだけ答えて、去っていくシロンの背を眺める。

どうもあの宰相は何を考えているのか分からない。怪しいと言ってしまってもいいのだが、それはさすがに早計に思える。

「どこの国の城にも、色んな人間はいるものだね」

エリクは本をメアに預けると、四苦八苦している雫からシャベルを取り上げる。そうして彼が代わりに穴を広げ始めて、小さなカマクラができあがったのはその十五分後のことだった。


「う、腕がぷるぷるする」

エリクと別れて部屋に戻った雫は、腕の疲労にがっくりとうなだれた。

それほど無理をしていたつもりはないのだが、二時間近くシャベルを持って遊んでいた影響は大きい。日記を書こうとしてペン先が定まらないと分かると、雫はひとまず諦めて横になった。荷物を片付けていたメアに話しかける。

「それにしても、最初は極寒に感じたけど雪国も楽しいね。住むとなるとまた大変なんだろうけど」

「確かに夏は涼しそうです」

「避暑地かぁ。ファルサスは暑すぎるよ」

雫は数ヶ月前のファルサスの真夏を思い出しげっそりした。疲れた両腕を真上に上げ、ぶらぶらと振ってみる。もう風呂に入って寝てしまおうかと思ったその時、しかし扉を叩く音が響いた。雫は上着を羽織りながら扉を開ける。

「はい、どなたですか」

そこに立っていたのは女官だ。彼女は深々と頭を下げる。

「宰相様のご命令で、夜のお茶にお招きするよう仰せつかりました」

「夜のお茶？」

「月と雪を見ながらのご歓談です。お連れの方もお呼びしておりますので」

「はー、風流ですね。了解です」

エリクも来るというなら問題ないだろう。雫は振り返ってメアを手招きした。部屋の奥にいたメアは、緑色の小鳥に変じると羽ばたいて雫の肩にとまる。一人と一匹は、女官の案内を受けて城の廊下を歩きだした。

すっかり夜に沈んだ城の廊下は、窓から差しこむ雪明かりに照らされていた。複雑な窓枠が切り絵に似た影を床に落としている。何となくその影を踏まぬよう、光の落ちる部分を選んで歩いていた雫は、女官の案内で三階の小さな広間に通された。

そこには既にシロンが待っていたが、エリクの姿はない。シロンは穏やかに微笑む。

「おかけください。すぐにお連れの方もいらっしゃいますので」

「はい……あの、他の方は？」

部屋にはシロンしかいない。雫は戸口に立ったまま彼に問う。若き宰相は笑顔を崩さず返した。

「すぐにいらっしゃいます」

「じゃあ、それまで廊下で待ってます」

雫がそう言ったのは、ささやかな不穏を感じたからだ。まがりなりともキスクで玉座にまつわる権力闘争に関わって、嗅覚が鍛えられた。

けれどシロンは様子を変えないままだ。彼は手元の茶器でカップにお茶を注ぐと、雫を促す。

「そう仰らずに。私もあなたにお伺いしたいことがありますし」

「昼間お話ししたこと以外にですか？」

「ええ。あの絵本に書いてあった話、あなたはそれをどこで知りましたか？」

「絵本？」

何故今、改めて絵本のことなど聞くのか。雫が描いた絵本は今のところ六冊ある。そのうちの三冊は元の世界の童話をアレンジしたものだ。そして二冊は、この世界の話に基づいており、残る一冊が動物の名をメインに据えている。

「すみません、どの絵本のことですか」

「白々しい」

シロンは苦々しげに吐き捨てる。

「とぼけないで頂きたい。あの話……あれを知る人間は他に誰もいないはずなのです。あなたはご存じなのでしょう？　――一年半前に私の屋敷から盗み出されたあれが、今どこにあるのか」

「盗み出された？」

それはまるで覚えのない話だ。雫はとりあえず、シロンの詰問に正直に答えてみる。

「私の描いた絵本のどれが問題なのか分かりませんが……盗品など知りません。何か誤解があるんじゃないですか？」

雫は言いながら、一番最後に描いた絵本の内容を思い出す。

貧しい盲目の娘の話。元にした実話は謎が残る話だったが、雫はその謎を排して子供向けの内容に変えた。正直者の娘がその心根によって救われる話にしたのだ。あれが「誰も知るはずのない話」だとしたら、雫自身どこでそれを知ったのか。思い出そうとしても何故か分からない。

シロンは困惑する雫を射すくめるように睨む。

「誤解のはずがない。いいですか？　私は何もあなたが盗ったと言っているのではありません。ただ手がかりを得たいだけなのです。けれど今までどれほど父が騒ごうとも、あんなものを大っぴらに探すことはできなかった」

あれ、とは何なのだろう。シロンは真剣そのものだが、雫はまずそれが分からない。

だが彼は雫の困惑そのものを無視して続ける。

「私自身が、あれを利用しようというのではありません。あんなもの……本当かどうかさえ疑っているほどだ。しかしあれが戻らなければ、いつまでも私は父の譫言《うわごと》に悩まされなければならない。だから、あなたに尋ねているのです。――あの話をどこで聞いたのです？」

「どこでって……」

どうして自分の中に、出所の分からぬ知識があるのだろう。言葉に詰まる雫の態度を、シロンは言い逃れようとしていると取ったらしい。彼は一段声を低くした。

「教えて頂けるまで、あなたを帰せませんよ」

「は？」

どん、と後ろから背を押される。転びそうになってたたらを踏んだ雫の背後で、ドアの閉まる音がした。雫が振り返ると、扉の前に女官が立ちふさがっている。

雫は顔を顰めてシロンに視線を戻した。

「このようなことをして、国交に影響が出ますよ」

「危害を加えるつもりはありません。素直に言うことを聞いてくださるならば」

「私は本当に分からないんです。なんのことです？」

「……秘された歴史を伝えるものです」

「え？」

——それが何を指すのか雫は知っている。

雫は瞬間気のせいかと思うほど軽い眩暈を覚えた。男の灰色の瞳を見つめる。

「もしかして……それって」

謎の女が持っているという紅い本。王家の機密や禁呪さえ記されている本のことだろうか。

雫の反応が得られたことにシロンは表情を変えた。強い語気で聞き返す。

「思い出しましたか!?」

「多分……私もそれを探しています。ある女性が持っていて、メディアルで消息を絶ったって——」


その時、二人のいる城全体が大きく揺れた。

外から聞こえてくる轟音《ごうおん》。

それが何か雫は分からなかった。シロンも同様だったのだろう。彼はよろめきかけた体を戻すと窓辺に駆け寄る。磨《す》り硝子になっている窓を開けて、夜空を見つめた。

「なんだあれは……」

雫の位置からも見えるそれは、夜空を飛び回る何かの群れだ。

鳥に似て、それよりももっと大きな……

「ドラゴン？」

「ち、ちがう。あれは……魔物だ」

「魔物!?」

雫の調子はずれな声に、遠くの悲鳴が重なる。

城が魔物の襲撃を受けているのだ。どこかで何かが崩れる音がする。

静かであった夜が、たちまち混乱の坩堝となる。雫は素早く身を翻すと、立ちふさがる女官を押しのけた。扉に手をかけ――

けれどその時、背後で窓が砕ける音がする。

シロンの悲鳴と、引き攣るような高い鳴き声。思わず振り返った雫は、そこに異形の姿を見た。

「……嘘《うそ》でしょ」

窓と壁を蹴破ってきたのだろう鋭い鉤爪《かぎづめ》。

一番似ているのは鳥だ。だがその大きさは一メートル近い。黒と茶のけば立った羽。正面と左右に三つあるぎょろりとした目の一つが、雫を捉えた。魔物の足元で尻餅をついているシロンが、息も絶え絶えに怪鳥を見上げる。

「た、助けてくれ……」

その声に同情を覚えたわけではない。ただ、雫は手をかけた扉を大きく開け放つと──魔物の方に向き直った。肩にとまる小鳥に囁く。

「メア、あそこに座ってる人を助けつつ、エリクと合流したいんだけど、いけるかな」

主人の問いを受けて、小鳥は姿を変じる。

緑の髪の少女となったメアは、雫の前に立った。

「離れないでください、マスター。──押し戻します」

メアがそう言うと同時に、魔物の巨体は外に跳ね飛ばされる。雫はその隙に、シロンに駆け寄るとその腕を摑んだ。

「逃げますよ！　早く！」

「あ、ああ」

何とか立ち上がったシロンの手を引いて、雫は廊下に向かう。女官の姿は既にない。逃げたか助けを呼びに行ったかだろう。

とは言え、この城には魔物との戦いに慣れた者はほとんどいないと、シロン自身が言っていたのだ。遠くから聞こえてくる怒声や悲鳴は、各所で混乱が起きていることを窺わせる。

「エリクの部屋は──」

廊下に出た雫は、けれどぎょっと足を止めた。

行く手を、先ほどと同じ黒い怪鳥が塞いでいる。その爪の下にはさっきの女官が倒れ伏しており、ぴくりとも動かない。彼女の体の下にはおびただしい量の血が広がっていた。

「……あ」

「マスター、手遅れです。亡くなっています」

メアの指摘はただの現実だ。喉まで出かかった声をのみこんだ雫は、すぐに床に落ちる大きな影に気づく。反射的に飛びのくと同時に、廊下の窓が破られた。三匹目の怪鳥が、ぎょろぎょろと目を動かして二人を見る。後ろにいるメアが叫んだ。

「伏せてください！」

言われて雫がその場に伏せるのと、廊下を突風が駆け抜けていったのはほぼ同時だ。

怪鳥が放ったのだろう風は、分厚い窓硝子を次々割っていく。頭の上に降り注ぐ破片に、雫はひやりと背筋を凍らせた。顔を上げて窺うと、怪鳥は床に倒れたシロンを嘴《くちばし》でつつこうとしている。

雫は使い魔を呼んだ。

「メア！」

怪鳥の体が廊下の奥へ跳ね飛ばされる。その巨体は窓に叩きつけられ、周囲の壁を崩落させながら外へと落ちて行った。だがすぐにそこから別の怪鳥が入ってくる。それだけでなく、さっきいた部屋の扉からも、巨大な嘴が現れた。

「うわ、まずいね。これ」

魔物とは何かよく分からない、と言っていたのに、こんな状況に陥るとは思わなかった。

前にも後ろにも魔物だ。メアに排除してもらいながら強行突破してもいいのだが、窓の外を見るだに空を飛ぶ影は一つや二つではない。

床に這いつくばっていたシロンが顔を上げる。その目が雫を探し、震える声で言った。

「どうすればいい……？　あなたなら分かるだろう」

「そんなこと言われても……」

自分は魔法士でもなければ魔物に出くわした経験もない。雫が困惑する間に、じりじりと前後から巨大な鳥が迫ってくる。雫は意を決すると、言った。

「進もう。前に突破で」

見知らぬ城だが、一度通った廊下は覚えている。距離はあるが、エリクの部屋はそちらのはずだ。そして彼と合流すれば転移門で避難も可能になる。

主人の決断にメアが頷いた。少女は前に出る。

「分かりました。止まる時は仰ってください」

「頑張ってついてくよ。エリクのところまで駆け抜ける」

それを聞いて、シロンもあわてて立ち上がった。雫が頷くと、メアが前方の怪鳥に手をかざす。

「行きます」

少女の言葉をきっかけに三人は駆け出す。廊下を塞いでいた怪鳥が、見えない手に横殴りにされ壁の穴から落ちて行った。雫たち三人はその脇を駆け抜ける。穴の空いた場所からは息も凍るような風が吹きこんできたが、それに構ってはいられない。前に現れる魔物を排除していくメアから離れないように、雫は石の廊下を走る。

けれどその時、すぐ後ろでシロンの悲鳴が上がった。振り返ると彼は床に躓《つまず》いたらしく、大きくよろめている。倒れる先は壁に開いた穴だ。

「危ない！」

雫は考えるより先に反転してシロンに手を伸ばす。メアが気づいて肩越しに振り返る。

その時、三人の立つ石床が激しい音を立てて崩れ落ちた。

※

軽い地響きが伝わってくる。

エリクは怪訝に思って本から顔を上げた。近くで雪崩でも起きたのだろうか。

彼は手元の本を見やる。題名のない謎の本は、見かけよりも遥かに頁数がある。それと論文をつき合わせて読んでいたのだが、中断して様子を見に行くべきだろうか。

だがその直後、扉が激しく叩かれる。エリクが返答をせずに鍵を開けると、そこには真っ青な顔の女官が立っていた。

「た、大変です。魔物が……」

「魔物？」

最近大陸北西部で相次いでいる魔物の襲撃が、この城にまで来たというのか。

エリクは部屋を駆け出す。まず確保すべきは雫の安全だ。彼は廊下を曲がった先にある雫の部屋へと向かう。

「雫！」

扉に鍵はかかっていない。部屋の中を覗くと、そこには誰もいない。荷物だけはそのままで、緑の小鳥の姿もなかった。エリクはもう一度彼女の名を呼んで返答がないと分かると、廊下に戻る。再び地響きが城を揺らし、どこかで重いものが崩れる音がする。遠くから悲鳴が聞こえてくる。

ちょうどその時、ファルサスの護衛兵たちが駆けつけてきた。

「エリク殿！　魔物の襲撃が起きています！　いかがいたしますか！」

ここはメディアルの城だ。エリクたちはただの客で、襲撃を撃退する義務はメディアルにある。むしろ下手に手を出す方が、芋づる式に今後の助力を期待されて面倒なことになるかもしれない。だから、ファルサスに転移で避難するという選択肢の方が無難と言えば無難だろう。ただ――

「撃退に参加する。雫がいないんだ。何かに巻きこまれた可能性もある。どちらかと言えば捜索を優先で」

「了解しました！」

雫を無事に確保することが第一だ。もともとそのために自分はファルサスに仕官している。

エリクは自分と護衛兵たちに結界を張りながら、寒風吹きこむ廊下を駆けだす。

だが一時間後、魔物たちの襲撃を退けた後も、雫とメアの姿は見つからなかった。

雫は、異国の城で忽然《こつぜん》と姿を消してしまったのだ。

※

突然の魔族の襲撃によって、メディアルの城には三十人あまりの死傷者行方不明者が出た。

建物はあちこちが壊れ、廊下や城壁、外庭など、犠牲者が出た場所は目を覆うような鮮血の惨状となった。

宰相のシロンも怪我を負った一人だ。城が魔物に壊された際に、巻きこまれて外庭に転落したという彼は、けれど積もっていた雪のおかげで一命を取り留めた。

「お連れ様が行方不明になってしまったことは、こちらの防護が行き届かなかったがゆえです。誠に申し訳ございません。おそらく魔族に攫われたのでしょう。目撃した者がいないか調査はしておりますが、今のところ情報もなく……」

シロンから報告と謝罪を述べられ、エリクはしばし沈黙する。

突然の襲撃を受けたメディアルの城は、確かにひどい混乱に見舞われたのだ。

だがその最中に、雫を見たという人間は誰もいない。メディアルはそれを「魔族に攫われたのだ」と言っている。エリクは感情を含まない声音で返した。

「いえ、彼女の護衛としてついてきたのにもかかわらず、役目を果たせなかったのは私です」

彼女の行方が知れないのは自分の責任だ。こんなことになるのなら他国の城だからと遠慮せずに、床に紋様を刻んで結界を強固に張っておくべきだった。

しかしそれとは別に腑《ふ》に落ちないこともある。

つまり、いつも主人と共にいるはずの使い魔は、何故いないのか。魔族が魔族を攫うことなどまずないし、死んでしまったなら主人の権利を持つエリクにもそのことが伝わるはずだ。

なのにメアは、雫と共に消えてしまっている。エリクが魔法で探査しても城内には反応がない。

彼は無表情ながらも探る目でシロンを見返した。

「生き残った魔族たちがどこに逃げて行ったか分かりますか？」

「おそらくは西の方だと。主に出没するのは国境近くの街々ですから」

「ありがとうございます。――ではまず、私どもで城内を調査させて頂いてもよろしいでしょうか」

間髪いれずの要求にシロンは顔を引き攣らせる。それはいわば「メディアルが情報を隠蔽しているのではないか」という疑いと同義だ。若くして一国の宰相を務める男は、瞳に険を帯びてエリクを見据えた。だが、魔法士の男は平然とそれを受け止める。

二人が睨みあっていたのはほんの数秒でしかなかった。

シロンは視線を逸らしながら慇懃《いんぎん》な声音で返す。

「よろしいでしょう。ご自由にどうぞ。ですが一通り調査なさって納得なさったなら、以後そのような発言はご遠慮頂きたい。今回のことは誠に申し訳ないことでございますが、我が国は貴国と永くよき関係を築きたいと思っておりますので」

一礼して部屋を出て行くシロンを、エリクは氷のごとき目で見送る。

そして彼は一人になると、城の捜索よりも先にファルサスへと連絡を取るため部屋へ戻った。

「まいったわね」

要点を伝えてまず返ってきたのは、レウティシアの苦々しい声だった。

音声だけを遠隔でやり取りする魔法具は、さすがに映像までは送らない。だがそれでもファルサスにいる彼女がどのような顔をしているのか容易に想像がついた。女の呆れた声音が後に続く。

「面倒ごとが起きないよう貴方《あなた》をつけたのに。一緒の部屋にいなさい。まったく」

「そうできる時はそうしていました。が、僕の失敗だ」

さすがに一国の城に、ここまで派手に魔物の襲撃が為されるとは思わなかった。城都全体に防御結界が張ってあるファルサスなら、こうはならなかっただろう。

レウティシアは小さく溜息をつく。

「それで？　メディアルは無関係だと思う？」

「いえ、状況に不明な点が多いです。雫の部屋は無事だった。彼女が自分から外に出たなら、それなりの理由があったはずです。にもかかわらず目撃者がまったくいないのはさすがにおかしい。本当に目撃されていないのだとしても、そんな状態で雫が魔族に攫われたと半ば断定してくるのは不自然です」

「まあそうね。でも、だとしたらメディアルの狙いは？」

「単純に考えれば責任逃れです。ファルサスから招いた客に何かがあり、その落ち度を問われたくない、というものですね。だから知らないふりをしている」

「でも、向こうは自分たちの防御が甘かったと認めているわ」

雫がいなくなったことへの関与をメディアルが否定するつもりでも、客を守れなかったことをファルサスに批難されれば責任は免れない。それならばまだ「雫自身の勝手な行動で行方不明になった」と証言をでっち上げた方がましだ。

なら、他に考えられるメディアルの目的は何か。

エリクは手元に置いた本を一瞥する。黒いカバーをかけたその本は、雫から引き取ってきた外部者の呪具だ。彼は雫がいなくなって真っ先にこの本の一番最後の部分を確かめたが、そこに求めるものはなかった。

エリクは少し考えて、シロンとの会話を思い出す。

「……雫が攫われたということにしてファルサスの対魔族出兵を促すつもりかもしれません」

「そんな無茶な」

雫は確かに或《あ》る意味代わりのいない人材だが、彼女一人をきっかけに軍を動かすことなどない。第一兵権を握っているのはラルスなのだ。ファルサスでの王の性格を知っている者なら誰でも、そのように馬鹿な考えには至らないだろう。

ただ――軍は動かせなくとも個人が動く可能性はある。

たとえば、現状大陸でも上位の魔法士に入るであろうエリクや、ファルサス王族であるレウティシアなど。この二日間でエリクがつかず離れず雫を守っていたからこそ、そのような判断に出られたのだとしたら裏目にもほどがある。エリクは通信用の魔法具の隣にあったペンを指で弾いた。それは勢いにのって机から落ちていったが、彼は拾おうともしない。

「本当に城内にはいないか探したの？」

「まだです。しかし探してもいいと向こうから言うくらいだ。どこかに隠しているとしても、すぐに見つかるようなところにはいないでしょう」

「或いは実際に魔物に攫われたか、ね」

それが一番問題だ。魔物の襲撃は実際に起こったのだ。

或いは、もっと悲惨な結末になったか——

「……いや」

それを考えるのはまだ早い。雫は生きていると仮定するべきだ。

ただもし雫が本当に魔族に襲われて行方不明になっているなら一刻の猶予もない。エリクはメディアル西部の街々のうち、転移陣が配備されている街を記憶の中からさらい出した。

彼女はどこにいるのか、何が正解なのか、判断を要求する王妹の声が魔法具から響く。

「貴方はどうしたいの？　エリク」

「……西部に行きます。代わりに城の捜索には別の人間をよこして頂きたい」

迷っている時間はない。一番危険な可能性から潰していく。

エリクはレウティシアの了承を聞くと黒いカバーをかけた本だけを手に、転移陣を借りるべく部屋を出て行った。

シロンは自分の執務室に戻ると、腹心の兵士を呼び出した。低い声で問う。

「あの娘の件は大丈夫なのだろうな」

「確かに。人の立ち入らぬ森へと捨ててまいりました。城の近くではありますが、雪が解けるまで人が踏み入ることはない場所です」

「よくやった」

そういう場所であれば、彼女が見つかったとしても「魔物から一人で逃げて森に迷いこんだ」と言える。シロンは治したはずの脇腹がずきりと痛む気がして、そこを手で押さえた。

※

――あの時、崩れた床と共に落ちた三人は、城の外庭に放り出された。

シロンはしばらく気絶していたのだろう。体を起こすと脇腹がひどく痛んだ。どうやら落ちた際に強く打ち付けたようだ。辺りを見ると、雫は少し離れたところに倒れていた。

彼女は気絶しなかったのかもしれない。辺りには、魔物の死体がいくつか落ちていた。そんな中、雫は何かを庇うように自分の胸を抱きこんでいて、意識がなかったのだ。

まずい、と思った。

こんなことがファルサスに知られれば、彼の立場はなくなる。雫を護衛から引き離して詰問したのは彼だ。彼のせいでこうなったと言われてもおかしくない。

シロンは周囲を窺ったが、幸いまだ彼女の護衛は来ていない。魔物たちもいない。彼らが落ちて来た三階の穴から、探しに来たのだろう兵士たちが顔を出した。

「シロン様、ご無事で！」

「大声を出すな。急いでこちらへ来い。やるべきことがある」

そしてシロンは兵士たちに雫を指して、「見つからないところに捨ててこい」と命じた。

城の周りは森と崖ばかりだ。この国の人間でも立ち入れない場所はたくさんある。ましてやファルサスの人間が探し出すことは無理と言っていいだろう。

これで全ては闇の中だ。「あれ」の行方が分からないままなのは痛手だが、絵本を描いた本人もその在りかを知らなかった。ただ「メディアルで消息を絶った女が持っている」との情報が手に入っただけだ。

これだけでは雲を掴むような話だが、もともと半ば諦めかけていたのだ。自分が失脚してしまうよりはいい。

シロンはそう己に言い聞かせると、事後処理に手をつけていく。

※

北西部で増え続けている魔物、その襲撃がついに自分たちの城に達した事実に目を背けながら。

メディアルのもっとも北西に位置するベルブは、高山地帯に築かれた街で、冬場は徒歩や馬で辿りつくことはまず不可能と言われている。ただその代わり国内への転移陣が充実しており、交易商人や冒険者が多く立ち寄る要所にもなっていた。

北の高山から流れてくる冷気。大通りだけは人が多いせいかきちんと除雪されているが、屋根や路地に積もった雪は固く凍りついて、春まで当分溶けそうにない。

通りでは旅人たちがみな分厚い防寒着に身を包んでいる。何の対策もなく外を歩けば、たちまち体が冷え切って後遺症さえ残る可能性があるのだ。

だがそんな中を行くエリクは、いつもの魔法着に防寒の魔法をかけた外套《がいとう》を羽織っただけだ。

彼は、ファルサスから来た兵士と合流すると、メディアル西部での魔族襲撃の状況について簡単な調査結果を受け取った。

「やっぱりファルサスよりも頻度が高いね。人を攫うって事例はあるの?」

「女性ばかりですがかなりの人数が攫われています。中にはファルサスと同様、魂を抜かれたと思《おぼ》しき事例も多数確認できました」

「ああ、あれか」

先日の事件の際、雫の魂は抜きにくかったということが分かっているが、それでも抜けないとは限らない。エリクは顎に指をかけて考えこんだ。肝心なことを聞き返す。

「魔族の本拠地がどこかは分かってる?」

「正確には分かっておりません。ただ……魔族が現れ始めた初期に、傭兵たちが雇われ大規模な討伐隊が組まれたそうです。討伐自体は失敗に終わりましたが、そのうち生き残った何人か言っているそうです。――『山の中に城があった』と」

「城？」

それはおかしな話だ。この辺りはメディアルの城以外、領主の城も城の遺跡もない。第一ここより西部の高山地帯は国がない空白地帯となっている。西や北の海際まで行けば小国が存在するが、それらはメディアルと国境を接しておらず、「空白の向こう」の国だ。

「その傭兵ってまだ近くにいるの？　直接話を聞きたいんだけど」

エリクは兵士からいくつかの酒場や宿屋の場所を聞いて、その一つへと足を向ける。

そしてそこで、思いもかけぬ人物と再会した。

「――あれ、お前生きてたのか」

あっけらかんとした言葉に、酒場に入ってすぐのエリクはさすがに少し面食らった。中の薄暗さに目が慣れると得心して返す。

「君か。生きてたのか」

「おかげさまでな」

カンデラ国内で一度会ったきりの相手だ。しかし禁呪事件の際、雫を連れてカンデラ城へ襲撃をかけたという傭兵を忘れることはできない。

長身の鍛えられた体軀《たいく》を持つ男――ターキスは酒瓶を手に、にやにやと笑いながら立ったままのエリクを見上げた。

「雫は？　無事なんだろう？」

この男と雫は、カンデラ城にてお互いの安否が分からぬまま別れたと言うが、雫が「やっぱり無事じゃないかな」と思うように、相手もそう思っていたらしい。今となっては皮肉な問いに、エリクは「昨日まではね」と感情を抑えて答えた。

「昨日？　今は？」

「行方不明。だから情報を集めてる」

簡潔かつ不穏な返答にターキスは眉を顰《ひそ》める。

エリクはそんな彼の向かいに座ると、「魔族について知っていることがあったら教えて欲しい」と本題を切り出した。

※

勝手の分からない他国の城だが、見落としがあっては不味《まず》い。

レウティシアの命令でメディアルへと派遣された魔法士のハーヴと武官のユーラは、それぞれ部下に指示を出しながら広い城内に捜索をかけていた。一通り目ぼしい場所を調べてしまうまで約半日、だがそれでも雫は見つからない。二人はメディアルの人間たちの白い目をかいくぐって小さな会議室で落ち合うと情報共有することになった。ハーヴはお茶を淹れながらユーラに問う。

「どうだった？」

「駄目ですね。正直、城なんて複雑な作りをしてますし、城外だとしたらお手上げです」

「だよなぁ。メディアル王も本当に知らないみたいだし……」

西部へと向かったエリクは「宰相が怪しい」と伝言していったが、その宰相についても決め手はない。ハーヴは自分のお茶を一口啜《すす》ると大きな溜息を吐き出した。

「やっぱり西部なのかな。不味いよな」

「その可能性もありますが、この城は不審ですね」

「え、そう？」

きょとんとするハーヴにユーラは頷いた。捜索と平行して調査していた内容を口にする。

「昨日の襲撃事件によって、壁や廊下が破壊された箇所があるんですが、どちらも破片の様子から見るだに中から魔法で壊されてます。でも、メディアルの宮廷魔法士でそれらの場所で戦っていた人間はいないんです。人数が少ないので証言で特定できました」

「ひょっとして、雫さんの使い魔が戦ってた？」

「その可能性は高いです。ですが、まったく目撃証言がないのはやはりおかしいですよ。現に、当の破壊された廊下のすぐ外庭には戦闘の形跡がありましたし、数人分の足跡が残ってます。おまけに相当量の血が雪に染みこんでました」

「それ、目撃した人間は亡くなってしまったとかじゃ」

二人の間に沈黙が落ちる。そこまで苛烈な戦闘現場から雫が攫われたのなら、無事でいるか怪しい。だが、ユーラが疑っているのはもっと現実的な可能性だ。

「私は、目撃者に口留めをしたのだと思っています。怪しいそぶりの人間は何人かいましたし」

「その場合、やっぱりメディアルが雫さんについて知っていて隠してる、って感じか」

「理由は分かりませんが」

ユーラは言い捨てると、新しいカップにお茶を注いで口をつけた。笑顔を繕う気にもなれないらしく、彼女の眉の間には深い皺《しわ》が刻まれている。

不可解さは募るが、もしメディアルが雫の行方不明に関わっているとしたら、捜索は難航するだろう。ファルサスほどではないとはいえ、広い国土を持つ国だ。城外だとしたら追いきれない。

「参ったな……よりによってなんで彼女を」

「そもそも最初から雫さんを名指しで呼んだんですよね？　宰相とやらの希望で。でも言語教育について知りたいってだけなら、名指しまでしますかね。ファルサスから人員を呼ぶというなら、普通なら魔法研究者を呼ぶと思うんですが」

ユーラの疑問にハーヴは目を瞠る。

——何故、雫は呼ばれたのか。

今まで考えてもみなかった疑問に二人はしばし黙考すると、予定通りレウティシアに報告を入れ、彼女の命令でメディアルを後にした。


「——だそうですよ。兄上」

「この国、最近舐《な》められてないか？　誰のせいだまったく」

「兄上のせいだと思います」

「まぁいい。ファルサスが怖くないというのなら、もっと怖い奴を動かしてやるさ」

※

――さむ、い。

うっすら目を開けて、まず感じたのはそれだ。

何も見えない。寒い。つめたい。雫は浅く息を吐く。

苦しい。冷たい。半ば無意識のうちに手を動かそうとする。

だがそれはまるで拘束されているかのようにうまく動かない。雫は朦朧《もうろう》とする意識を奮い立たせて、重い腕を上げた。緩慢に思える時間を経て、自由になった手が顔の上にかかっていた雪を払う。

「……ここ、は」

うっすらと白んでいる空。だが辺りは明るいとは言い難い。鬱蒼《うっそう》と茂る木々が天に伸びているのが見える。雫は感覚のほとんどない顔を動かして、自分が雪の中に横たわっていることに気づいた。

体は濡れて冷え切っている。半ば雪に埋もれているのだから当然だ。

雫はぼんやりと記憶をたどった。

「わたしは……たしか」

メディアルで魔物の襲撃を受けて、庭に転がり落ちたのだ。

外は空を飛ぶ魔物たちにとっては格好の戦場で、けれど雫はメアと共に抗《あらが》った。際限なく現れる敵に疲弊し、ひどい傷を負って、それでも反撃し――

「っ、メア……」

雫はうまく動かない手で自分の胸元を探る。その指先が小鳥の羽に触れた。小さな体は冷え切っているが、雫の指が触れると微かに動く。

「生きて、る」

一人で戦ったメアが力尽きかけた時、雫は小鳥になるよう命じて自分の胸に庇ったのだ。そうして逃げ出そうとして、けれど背中を怪鳥に摑みかかられてからの記憶がない。気を失ってしまったのだろう。

「エリクと……合流しないと……」

雫は凍えきって自分のもののようではない体を動かす。上体を起こし辺りを見ると、そこはどことも知れぬ森の中だ。怪鳥に摑まれて、ここに捨てられてしまったのだろうか。

どちらに進めば城に戻れるのか分からない。

そもそも城に戻っていいものか。宰相のシロンとはどさくさで別れてしまったが、雫は盗人《ぬすっと》と疑われていたのだ。今度は軟禁でもされたらたまったものではない。

どこへ行けばエリクと会えるのか。城は山の上にあった。なら山を下っていけば街に出られるだろうか。

雫は立ち上がろうとしたが、足が埋まって動かない。少し考えた彼女は手探りでハンカチを取り出すと、爪が割れた右手の指に巻く。雫は手で自分の足を掘り起こすと、ようやく立ち上がった。

「ここは……」

わずかに傾斜している地面を見回す。どちらに行くか迷って、緩やかな坂を降り始めた。

一歩進むごとに足が埋まる。体力が吸い取られる。疲れて眠ってしまいたい。

それでも歩き出さなければ。雫は痛む全身を奮い立たせて歩き出す。

「さむ、い、けど」

雪に足を取られながら、彼女は黒い木々の中へと踏みこんでいく。

ひどく眠い。ぐらぐらと体が傾いで、すぐにでも倒れてしまいそうだ。

「……すごく……ねむく、て……」

足が埋まっていく。体中が痛い。思考が働かない。

雫は半ばよろめくように雪の森を麓へ降りていく。

その背は、血で真っ赤に染まっていた。

※

暗い土地。そびえる城の一室で女は目を閉じている。
外界を凍えさせる冷気も、人の精神を蝕《むしば》む瘴気も、ここまでは入りこまない。灰色の石壁が囲む
小さな部屋は、異界に取り越された現実のようだ。

椅子に座る彼女は、瞼を上げて窓の外を見やる。

雪よりも透明に光る銀髪。彫像のように変わらない貌は、静けさを思わせた。

彼女は多くを語らない。彼と共にいる時は特に。白い手は紅い本の上に置かれている。彼女の人生を変えることとなったその一冊を、エルザードは異物のように見やった。

「アヴィエラ、明日には始めるぞ」

それが何を意味しているのか、知っているのは二人だけだ。彼女は子供を見るように笑った。

「性急な奴だ。上位魔族はもっと時間に鷹揚かと思っていたが」

人である彼女と、概念的存在である男とは元々の寿命からして違う。

老いもなく、決まった年月で死ぬということもない男の短気にアヴィエラは穏やかな目を見せた。

「好きにすればいい。いつでも意気のある者は挑んでくるだろう」

「その中に俺を楽しませる人間がいるのか？」

彼が彼女に従っている理由がそれだ。女は歌うように小さく息を吐き出す。

——上位魔族たちの中でも「最上位」といわれる十二人の王たちの一人が、人間に傾倒した異端者であったことは、同族ならば皆よく知っている。

人間とは本来、彼らにとって塵芥にも等しい存在だ。興味を持つことなどありえない。

だが、その異端者の男だけは違った。人の時間にして千年近くもの間、人間階に下りて人に関わった。権力の集まるところに紛れこんでは、人心を操り揉《も》め事《ごと》を起こして楽しんでいた。

まったくろくでもない気紛《きまぐ》れだ。子供の遊びにも程がある。

けれどそれは――いつの間にか気紛れではなくなっていたのだ。

男は、最後に一人の非力な人間を愛した。彼女を守りその生を支えた後、彼女の死と共に人間階を去った。そしてそれ以来ずっと自分の領域に閉じこもり、同族の前にも姿を現していない。

あれほど力のあった男が、何故人間などという存在に惹かれたのかエルザードには分からない。意味も見出せない。

ただほんの少し興味を持った。不変が満たす自分の位階とは違う、常に揺れ動く不安定な位階に。そしてそこを這い回って生きる人間という存在に。人間と共に在って生まれる感情というものに。

だから彼は、女の召喚に応じた。彼女に力を貸して世界を巡り城を作った。

それはわずか十数年間のことだ。未だに彼は人間の何が面白いのか分からない。

「人は美しいぞ、エルザード」

女はよくそう言って笑うが、彼はそうは思わない。人は弱く、愚かで、醜い。

だがもう少しだけ、付き合ってみてもいいだろう。彼女の言うことは分からないが、やることは面白い。まもなく人間たちはあわてふためき、大陸は大騒ぎになるだろう。ちょっとした祭りだ。

そんな混乱を大陸にもたらす魔女――アヴィエラは、諭すように彼に言った。

「エルザード、今はもうないものならば、それは一度もなかったものなのか？　忘れられたなら、存在しないものになるのか？　人間がみな平穏な今のみを見るのならば、その安寧の下に積まれた屍《しかばね》はどうなる。無数の可能性を無視し、小さき世界に堕していくのならば、人は人たる精神を持たないただの泥塊だ」

「元々泥塊のようなものではないか。脆《もろ》くて弱い塵だ」

エルザードの相槌にアヴィエラは唇の両端を上げた。赤みがかった瞳に、矜持《きょうじ》と慈愛が浮かぶ。

人について彼がその儚《はかな》さを指摘する時、何故彼女がいつもこのような目をするのか、エルザードは理解できない。

ただ、それが分かる日が来たのなら、少しだけこの渇いた好奇心も癒《いや》されるような気がするのだ。

※

雫が行方不明だと聞いてタ－キスは詳しい事情を知りたがったが、緊急時ということは把握したのだろう。メディアルに来てからのここ二ヶ月間で得た情報を、駆け引きなしにエリクに教えると請け負った。

代わりとして奢《おご》られた酒を手に取りながら、タ－キスは酒に手をつけない魔法士を見やる。

「俺だけ飲んで悪いな」

「いいよ。それより早く教えて」

「まぁ待て。素面《しらふ》で話すのはきつい。あそこまで酷《ひど》い仕事に参加したのは初めてだったからな」

経験豊富で豪胆な傭兵がこうまで言うということに、エリクは眉を顰めた。魔族の襲来はファルサスでも起きており、エリクも北部で魔物と交戦する機会はあったが、それは凄惨というほどの戦闘ではなかった。

しかし目の前の男の表情は仄暗《ほのぐら》い。憂鬱と言ってもいい視線が、酒のグラスに落ちた。

「もう二ヶ月以上前のことだ。俺は魔族退治の仕事が多いと聞いて、魔法士の相棒とこの国に来た。実は魔族狩りってあんまり得意じゃないんだが、連れの女が戦争よりもそっちの方がいいって言ったんでな。実際、この街についてすぐ仕事は見つかった。一人の女が傭兵を大量に雇い上げて、ここら一帯で対魔族の指揮を取ってたんだ」

「女？　城の人間か誰か？」

「違う。領主や貴族筋でもない。単なる個人だ。でもかなり腕の立つ魔法士だった。転移門をぽんぽん開いて傭兵たちを移動させてたからな」

確かにシロンの話でも、襲撃が始まった初期には多くの傭兵が集まり、魔物の迎撃を行っていたのだと聞いた。

しかし彼らの多くは今やどこにもいない。それが何を意味するのか、目の当たりにしてきたのであろうターキスと大体を察しているエリクは、重く淀《よど》む気鬱を感じながらも、だがそれに引《ひ》き摺《ず》られはしなかった。続きを求められる空気にターキスはグラスをテーブルに置く。

「俺たちは、何度か街での防衛を果たした後、最後に国境を越えて西の高山地帯へと踏み入った。そこに魔族たちの大本があるんじゃないかという雇い主の推測に基づいてだ。実際そこには、今までとは比べ物にならないほどの魔物がいた」

「多かったの？」

「質も量も、ってやつだ。山に囲まれた荒地で戦闘になったが、ほとんどの奴らがここで死んだ。

今思い出しても酷い有様《ありさま》だったよ。人も魔物もぼろぼろになって死骸が無数に積み重なってた。街から攫われてきたらしい女の死体とかも混ざっててな。それらは半ば腐って酷い臭いを放ってた」

男の瞳は瞬間、ここではないどこかを見やるように宙に向けられた。その目にどれほどの惨状が映ったのか。ターキスは目を閉じると笑う。

「で、俺を含め生き残った人間たちは、必死で一度は撤退したんだが、その内の何人かがもう一度戦闘に行くって言い出してな。雇い主も死んだし皆はもうやめようって言ったんだが、それを振りきって十人ほどが荒地に戻ったんだ。――だが、奴らはすぐに青ざめて戻ってきた」

「城があったから？」

それがエリクの一番気になっていたことだ。懸念よりも深刻な疑惑で、できれば否定が欲しいと思っていた。けれどターキスはあっさり頷く。

「お、知ってんのか。そうだ。さっきまで何もなかった場所に城が建っていた。それでようやく怖くなったらしい奴らを加えて、全員で街に戻ると後は口を噤《つぐ》んだ。城が突然現れたなんて言ったら正気を疑われるだろう？」

大きな溜息はどちらのものか判別がつかない。エリクは額を指で押さえた。苦い声で返す。

「疑わないよ。上位魔族がいるならそれくらいできる」

「上位魔族!?」

かつて大陸中を覆った戦乱と裏切りの暗黒時代。上位魔族はその時代において「神」とも呼ばれた存在だ。ターキスはあんぐりと大きな口を開ける。

しかし今それについて詳しく説明している時間はない。エリクは軽く指を弾いてタークスの意識を引き付けると気になったことを問うた。

「それより一つ聞いていい？　雇い主ってどんな人間だったの？　何で個人で魔族討伐をしようとしたのか知ってる？」

傭兵への報酬は基本的に全額が前払いだ。個人で大量の傭兵を集めたということは、費用だけでもかなりのものだろう。

その女は何故、国に任せずそこまでして魔族討伐を行おうとしたのか。魔族の本拠地の情報はどうやって得たのか。あまりにも不透明で見えて来ない状況に、エリクは思考材料が不足していると感じていた。問われたタークスは腕組みをして首を捻る。

「うーん、動機は知らないぞ。聞かなかった。恨みや使命感に駆られてって感じでもなかったし、いつも飄々《ひょうひょう》としてたな。容姿は、銀髪の美人で二十代後半。目は赤茶だったかな。さっきも言ったとおり魔法士だったぞ。かなり強かったが、乱戦の中いなくなっちまった。若い女だったし食われたんだろうな」

「名前は？」

「アヴィエラ」

——ざわめく。

砂に打ち寄せる波のように、予感がざわざわと音を立てる。

風の強い夜のように。月が届かぬ暗闇のように。

似たような容姿の女などいくらでもいる。

それでも積まれた思惟《しい》が彼に囁くのだ。『見つけた』と。


エリクは脇に置いておいた本をテーブルに載せた。カバーを剝ぎ取り、紺色の表紙を曝け出す。

「その女は、これの紅いやつを持っていなかった？」

それは、大陸の根底に関わる問いだ。

期待と恐れをないまぜにしたかのような間に、ターキスは題名のない本を覗きこむ。

「……ああ、言われてみれば似てるかも。革張りで装飾がしてあって題名がない。俺も近くではっきり見たことはないけどな」

題名のない本。紺色の表紙は何も語らない。頁を捲らなければ何も得られない。

それでも、これは望みさえすれば膨大な知識を与える異物なのだ。エリクは事態の混迷を悟ると、片手で顔を覆って息をついた。

彼はたっぷり数十秒を考えこむと、顔を上げる。

「その城に行きたい。場所を教えて」

「は!?　正気か？」

「いたって正気だよ」

とんでもない要求と共に地図を広げ始めるエリクに、ターキスは唖然《あぜん》と口を開く。

二百人もの傭兵が犠牲になったという話を信じていないのかとも思うが、藍色の瞳を見るだにどうやらそうではないらしい。むしろ分かった上での言葉と知って、ターキスはさすがに眉を顰めた。

「ひょっとして、雫はそこにいるのか？」

「分からない。魔物に攫われたって言われたけど、本当かどうかも不明だ。だから手分けして、僕は急を要するところから当たってみてる」

「急を要するって……外れたらどうするんだ。お前が死ぬぞ」

「そうなる前には救援を呼ぶよ。大丈夫」

軽く言ってはいるが、そう簡単なことではない。ターキスは苦い顔のまま髪に指を差し入れると、わしわしとかき回した。大きく溜息をつく。

「攫われたって言っても、もう手遅れかもしれないぞ？」

「その可能性もあるけど、もし君の言う女が一枚嚙んでいるなら雫を殺してないかもしれない」

「何でだ」

「あの本の持ち主にとって、彼女は利用価値があるからだ」

それがどういうことなのか、ターキスには分からない。そしてエリクにとってもただの憶測に過ぎない。

――けれど、そう考えれば全てが繫がる。雫の特異性も何もかも。

アヴィエラがそれに気づいているかは分からない。だが、可能性を諦めるべきではないだろう。

エリクは強い語気で問いを重ねた。

「教えて。どこ？」

大陸北西部に焦点を当てた地図を見て、ターキスはしばらく逡巡していたが、やがて諦めたようにある一点を指差す。高い岩山に囲まれた荒地。かつて暗黒時代に一つの国があった場所だ。

エリクは今は空白地帯となっているその場所を見て、約六百年前に大陸から消えた国の名を呟く。

「……ヘルギニス、か」

その消失によって暗黒時代の終わりとされた国。

一夜にして魔女に滅ぼされた国の跡地を、男の無骨な指は確かに指し示していたのだ。

※

地は雪に、空は雲に覆われ、世界は昏かった。

男は陰鬱さを感じさせる景色を前に、不快げな視線を鋭くする。吸いこむだけで鼻に痛みを与える冷気は、忌まわしいことこの上ない。彼は軽い詠唱を以て自身の周囲に結界を張ると中の気温を上昇させた。

「まったく……面倒をかけさせて、あの馬鹿女が」

仕事と言えば面倒ごとばかりだが、今回の案件は一際面倒だ。だが、だからと言って無視するわけにもいかない。さっさと結果を出してしまえばいいだろう。

白一面の景色。城は確か、この山の上のはずだ。麓には街が広がっているが、彼は人目につくことを嫌って独自の転移座標を使った。あとは城に登る道に合流すればいいだけだ。

そう思って周囲を見回した男は、視線の遥か先、雪ばかりの坂を色鮮やかな緑の何かが降りてくるのに気づいて眉を寄せた。

※

窓の外を見やるとまた雪が降り出している。

シロンは書類を置くと息をついた。思いもかけぬ魔族の襲撃があってから三日、彼自身の傷は魔法で治癒したが、城の補修はまだまだかかりそうだ。

あと気がかりなのはファルサスから来ていた女のことだが、幸いまだ見つかっていないらしい。遺棄させたのは城から少し離れた森の中だ。城の人間は立ち入ることはないし、街に降りるにも距離がある。このまま行方不明で終わるだろう。

「運の悪い娘だ……」

最初から素直に質問に答えていれば、こんなことにならなかったかもしれない。もっと早く自室に戻れて、護衛の魔法士が彼女を守っただろう。

だが、結局彼女は巡り合わせの悪さで命を落とすことになった。シロンとしても別に彼女を死なせたかったわけではないが仕方ない。

おまけに残念なことに、一人の少女の命が失われても、「あれ」について得られた成果はほとんどなかった。シロンは後味の悪さを自覚すると、それを誤魔化すようにお茶に口をつける。

結局、父親の代で「あれ」の隠匿は終わったのだ。形式的な世襲制の意味していたものは「あれ」を受け継いでいくというだけのことだった。それを知った時には、己の未来に不安を覚えもしたが、失われた以上、やれることをやっていくしかない。

シロンは頬杖をついて失笑する。

「全ての歴史が分かる、か……本当にそんな力を持っていたのか？」

直に「あれ」と接したことのない彼には分からない。しかし実際に神がかった洞察力を見せていた父を思うと、焦燥が募ってくる。「あれ」としか呼んではいけない宝物。代々伝えられてきた「真実の歴史」を持たない自分は、本当にメディアルの宰相たる資格を持っているのか、と。

シロンは気を取り直すと、執務に戻ろうとする。

その時、文官が一人飛びこんできた。

「宰相閣下！　大変です！」

「どうした。ファルサスが苦情でも寄越したのか」

苦情を言われても仕方がないが、既にしらを切り通すと決めてはいる。ファルサスの調査隊も、城を探して何も見つけられなかったのだ。何を言われてもこれ以上差し出せるものはない。

だが、呑気《のんき》に構えていた彼は、次の一言でペンを取り落とした。驚愕《きょうがく》を隠せぬ顔で聞き返す。

「それは本当か？」

「本当です！　既に使者が……」

「邪魔をするぞ」

二人の会話を遮って、部屋の入り口に一人の男が現れる。

皮肉げな目つきが印象的な魔法士は、シロンを認めると唇の片端を上げて笑った。男は自ら遮った文官の言葉を引き取って、用件を述べる。

「キスク女王オルティアの使いとして伺った。この国である女が消息を断ったと連絡を受けてな」

「な、何故キスクが……」

ファルサスの隣国であり大国の一つでもあるキスク。

先だって両国間で小規模な戦闘があったことはシロンも知っているが、何故キスクがこちらに出向いてくるのか分からない。即位したばかりの女王の手腕と、それ以前から大陸に轟《とどろ》く悪名を思い出して彼は顔を引き攣らせた。

魔法士の男は嬲《なぶ》るような目でシロンの動揺を眺める。けれど彼は体面上、慇懃な態度で右手を広げてみせた。

「ああ。ご存じなかったのか。いなくなったあの女は、正式な条約に基づいてキスクがファルサスへと引き渡した女だ。それがたった一月で行方不明では都合が悪い。だから女王は『徹底的に探せ』と仰ったのだ」

「それは……しかし、彼女は魔物が攫ったのですよ。ファルサスの調査隊も既に充分に探していらっしゃいましたし……」

「探し方が充分ではなかったという可能性もある。現に俺は——来てすぐにこんなものを見つけたのだがな」

一段低くなった声。

男は後ろに回していた左手を前に差し伸べる。

そこにあるものを見て、シロンは絶句した。ところどころ血に汚れた緑のハンカチ。その中に包まれていたのは、雫の肩に留まっていた緑の小鳥だった。

※

両手で包みこんだカップは涙が出るほど温かい。

砂糖をたっぷり入れた牛乳に口をつけて、雫はまた体を震わせた。毛布にくるまりながら呟く。

「さ、寒い……」

「当たり前だ、馬鹿。あのままいたら死んでたぞ」

扉を蹴り開けるようにして戻ってきた男を、雫はぼんやりした目で見上げた。まだ血の気が戻りきらない手を上げて挨拶する。

「ありがとう。遭難救助隊」

「ふざけてるのか？」

オルティアの命を受けてやって来たニケは、見るからに嫌そうな顔になると雫の額を指で弾く。

雫は「あいた！」と悲鳴を上げた。寝台の隣に座った男に改めて頭を下げる。

「助かりました。ありがとうございます」

九死に一生を得た、と言っても過言ではない。どことも知れぬ森の中で意識を取り戻した雫は、とりあえず雪山を降り始めたのだ。

けれどその途中で再び気を失ってしまった、気がする。気がついた時、雫は雪の上で、かつて同僚であった男に顔を覗きこまれ、ひたすら頬を打たれていた。

「馬鹿だと思っていたが何をやってる！　死ぬぞ！」

そう言われても、意識が朦朧として何のことか分からない。ただ体を支えてくれている男の腕がとても温かいものに感じて、これでようやくちゃんと眠れると思ったくらいだ。

しかし彼女の希望とは裏腹に、ニケは「寝るな阿呆《あほう》！」と叱りながら彼女を麓の宿屋に運びこむと、自分は女王の命を果たすために出て行った。

その間に宿屋の女将《おかみ》の手を借りて着替えた雫は、体温の戻りきらない体で縮こまりながら男の帰りを待っていたのだ。

「……今回は本当に死んだと思った。危なかったよ」

「俺も死体だと思った。血塗《ちまみ》れだったしほとんど凍ってたからな。お前は両生類か何かか？」

「一応人間です」

森を降りていた雫は途中で力尽きたが、交代で目を覚ましたメアが目印替わりに雫のハンカチをくわえて麓にまで降りてくれたのだという。それを偶然見つけたニケが助けて、雫を探しに来たらしい。彼は雪に埋もれて倒れていた雫を救助してくれた。

怪我や凍傷は魔法で治してもらったが、体の芯にまで染みこんだ寒さはそう簡単には抜けきらない。ガタガタと震えながら雫はニケに問う。

「シロンさんは何だって？」

「最初は言い訳ばかりで話にならなかったがな。お前が最初に目が覚めた森だが、魔物がお前を投げ捨てたにしては辺りの枝が傷んでなかった。それを指摘したらようやく白状したぞ。お前が死んだと思って恐《こわ》くなって森に捨ててきたとな」

「生きてる生きてる」

魔物の襲撃で動転していたのかもしれないが、もう少しちゃんと確認して欲しかった。

雫はカップを置くと、ニケの手からハンカチにくるまれたメアを受け取る。疲れ果てているらしい使い魔は、雫が助けられた直後から眠ったままなのだ。

「メア、大丈夫かな……」

「魔族はそれくらいじゃ死なん。そのうち起きるだろう」

「うん……ありがとう」

礼は後でオルティアにも言わなければ。城を捜索し雫を見つけられる可能性が低いと踏んだファルサスは、むしろ自国の調査を退《ひ》かせてシロンの油断を誘った。その上で、入れ違いになるようにキスクを動かして、揺さぶりをかけることにしたのだ。「俺は寛大で通ってるけど、お前は残虐で有名だからな。お前の方が効き目あるだろ？」とラルスから要請を受けたオルティアは、怒りで血管が切れそうになったらしい。雫はそれを聞いて心中で姫に謝罪した。

「それにしても埋葬までされなくてよかったよ。火葬中に目が覚めるとか怖い」

「この辺りは土葬だな。布でくるんで埋められる」

「あんまり深いところに埋められるのはちょっと……土を掘り進む体力に自信がないな」

雫はカップをテーブルに戻すと指を動かしてみる。まだ感覚が鈍い気がするのだ。隣に座るニケがそれを見咎《みとが》めた。

「何だ？　違和感があるのか？」

「少し。ちゃんと動くんだけど」

「凍傷で黒くなっていたからな。適当に治したつもりだが」

ニケはひょいと雫の手を取る。その手の温かさに雫は目を瞠った。

「あったか！　すんごいあったかいよ！　人間カイロ？」

「……お前が冷えてるんだ」

「そっかー。それにしても温かい」

雫はひとしきりニケの手に触れて温度を取り戻すとようやく手を離す。

しかしその時、彼女は逆に手を摑まれ体ごと引き寄せられた。急な至近距離に雫はぎょっと目を丸くする。以前の別れ際に何をされたのか、忘れかけていた記憶をようやく思い出した。

雫は強張《こわば》った笑顔を浮かべる。

「あの、ファルサスに連絡いれてくれた？」

「それよりお前、背中は本当に大丈夫なのか？」

「平気だけど……」

ニケに拾われてすぐも同じことを聞かれたのだ。その時は意味が分からなかったが、着替えた際に服の背中部分にたっぷり血が染みこんでいたので、怪我でもしたのかと思われたのだろう。

だが、雫の背には傷はなかった。他の誰かの血だろう。あんなに一人で出血したなら死んでもおかしくない。雫は軽く手を振って見せる。

「寒いくらいで平気だよ。全然元気。ほら」

「お前の元気は信用できるか」

「耳が痛い……」

言われるのは仕方がないが、体が触れ合うくらいの距離での説教は非常に居心地が悪い。そろそろ逃げ出したいが手を掴まれたままだ。

「ニケ、そろそろ放して欲しいんだけど……」

どことなく気まずさを噛みしめながら、雫は一応頼んでみる。

けれど男はじっと彼女を見つめているままだ。気まずさが溢れて冷や汗をかきそうだ。

せめて何か言ってくれないだろうか、と思いつつ、雫は視線を逸らして膝上を見る。

しかし、もう一度口を開きかけた時——ひゅっと何かが空を切る音がした。

雫は視線を上げて、思わず声を上げる。

「うわっ！」

目の前で苦い顔のまま硬直している男。そのこめかみに刺さる寸前の空中に、いつの間にか小さな金色の矢が静止している。それはキスクにいた時、ニケを追いかけて来たものと同じ矢だ。

「な、なんでこれがここに……」

「――無事でよかったわ、雫」

「え、あ、レウティシア様！」

絶世の美女と皆が賞賛するファルサス王妹レウティシアは、一分の隙もない笑顔で微笑みながら部屋の中に入ってきた。上司がわざわざ来てくれたことに雫はあわてて立ち上がりながら、けれどやはり動けないままの男を振り返る。

「あの、この矢って……」

「ああ。――貴方が『あの』キスクの魔法士ね？　今回はどうもありがとう。雫に余計な手出しをしたら後悔させるわよ。女王にもよろしく言っておいて」

「…………」

途中にひどい脅しが混ざっていた気がする。何故ニケがレウティシアを恐れているのか、その理由が垣間見えた気がして、雫はそれ以上触れるのをやめた。

レウティシアが指を弾くと金色の矢は跡形もなく消え失《う》せる。つきつけられていた刃が退かれたことで、ニケはようやく立ち上がると儀礼的な挨拶をした。

だが、その挨拶が終わるか終わらないかのところで別の声が割りこんでくる。

「何だお前、この娘が欲しいのか。いいぞ、くれてやる」

「兄上！　勝手にやらないでください！　雫がファルサスに居ついたら、エリクも残るんですよ！」

「お前そんなこと考えてたのか。魔法士のことは好きにすればいいけどなー」

「あの、私の人権は一体……」

何故王までもがこんなところに来ているのか。

レウティシアの後ろに現れたラルスは、妹の頭をぽんぽんと叩きながら背後にある廊下の窓を指し示した。雪の汚れで見通しの悪い硝子の向こうには、白く聳える山が見えている。

「ここにはまだ来ていないのか？　あの宣戦布告は」

「宣戦布告？」


それは、歴史に刻まれる祈り。

血と絶望に彩られた試練。


黄昏時にさしかかろうとしていた城都。

その空はしかし、ラルスの言葉を待っていたかのように突如闇に閉ざされた。

雫は暗くなった空に唖然とする。

「日蝕《にっしょく》……？　でもこんなに一瞬でなんて」

厚布を投げかけたように地上を影が覆い、黒い靄《もや》が上空に揺れる。

灯《あか》りも少なかった城都は途端に、異界に落ちたかと思うほど世界から切り離された。

陽光の残滓《ざんし》を遮って宙をたなびくものは瘴気だ。ラルスは不敵に笑いながら窓を開け放つ。

「ほら、来たぞ」

唐突な闇の訪れに、他の住民も気づいたらしい。あちこちの窓が開けられ、人々が空を仰ぐ。

畏れと戸惑いの視線が集中する空。

天変地異としか思えぬ光景の中、不意に一人の女が宙に現れた。

見覚えのない貌。細身の黒いドレスは首元から足先までを覆っている。長い銀髪は、そこだけ月光を受けたかのように淡い光を放っていた。色の分からぬ瞳が眼下の街を見下ろす。

まるで現実味のない存在だ。雫は暗い空に投影された映像のようだ、と思う。

しかし女は紅い唇を開くと、どこまでも響く声を降らせた。

「――暗黒が、来たる」


埋もれた歴史の果て、失われた記憶の続きに、人は生まれ続ける。

その現実を人々は知らない。

知らず、忘れたからこそ試練は現れる。

大陸の歩んできた、脅威と過ちが再臨する。


「暗黒が来たる。闘争がやってくる。安寧にまどろむ人間たちよ。今再び、闇に怯え死を恐るる時代が来た」

朗々と紡がれる言葉。

それは何を意味するのか。ラルスは笑い、レウティシアは目を閉じる。

「罪のあるなしにかかわらず、闇はお前たちを蝕み、腐らせていくだろう。理不尽な終わりがそこかしこに溢れ、守るべきものは失われていく」

かつて大陸を、七百年の長きにわたって支配した時代があった。

間断なく戦が人と大地を灼《や》き、数多の国が作られ倒れる時代が。

奪いしものが奪い去られ、育てしものは蹂躙《じゅうりん》される暗黒の時代。

その再来を宣言するような言葉に、雫は息を止めて立ち尽くす。

「死が降り積もる。例外は何処《どこ》にもなく、絶望は等しく与えられる。境界は薄らぎ、負が世界を浸していくだろう。──お前たちがそれに屈して敗北するのならば」

女の声は、淀みもなく濁りもなく、ただ意志を持って透き通っていた。

美しいと思わせる、だが言うことを憚《はばか》らせる気高さを以て彼女は笑う。

「その意気があるのならば、人よ、挑め。力を見せ、喪失を退けよ。血と怨嗟《えんさ》の頂に辿りつきし者こそが、新たなる王としてこの大陸を手に入れるだろう」


女は息を切るとふっと微笑んだ。雪に覆われた世界を見回す。

その一瞬だけ彼女の目からは鋭さが消え、祈るような光が浮かぶ。

苛烈な宣告とは矛盾するようにも見える眼差《まなざ》し。雫の視線はその一点に引き寄せられた。

そして女は、最後に謳う。


「私の名はアヴィエラ。七番目の魔女。時代の終わりと始まりでお前を待っている」

※

女の姿が空から掻き消え、闇に閉ざされていた街に黄昏の光が戻ると、雫はラルスを見上げた。問う語尾が自然と震える。

「何ですか今の……」

「宣戦布告だろ？　魔女の」

「ま、魔女って」

「ただの人間だ」

暗黒時代の次に訪れたのは、魔女の時代だ。

五人の恐るべき魔女たちが歴史の影で沈黙していた時代。

その魔女さえも忌んだという剣を持つ王は、何と言うことのない顔をしている。ラルスの傲岸な青い瞳が雫の頭上を越えて、廊下の先に現れた男に問うた。

「それで？　どこに来いって？」

「──ヘルギニス跡地。新たな城が建っていました」

「エリク！」

雫に呼ばれた彼は、一瞬彼女を見て複雑な目になった。駆け寄ろうとする雫を手で押し留める。

「魔物の返り血浴びてるから。寄らない方がいい」

「すみません！　私……」

「謝るのは僕の方。無事でよかった」

エリクはニケに視線を移すと軽く頭を下げる。

「ありがとう。君のおかげで助かった」

「……礼を言われる筋合いはない」

そっけなく言うニケに、エリクは少し考えると歩み寄った。ニケの耳に彼は何かを囁く。ニケは思いきり顔を顰めて嫌そうに返した。

「知らない。向こうも追われないよう用心してるだろう」

「そうだね。もしかしたらと思ったんだけど。すまない」

何についての話なのか、雫が怪訝に思う前にエリクは王に視線を戻した。彼は報告を続ける。

「城の中も少し見てきましたが、かなり広いですね。魔法建築だけあって、通常では不可能なほど塔状に上へ伸びています」

「そこにあの『魔女』がいるのか？」

「おそらく。城都に現れた上位魔族も」


変革が始まる。

暗黒の再来とその打破が近づいている。

雫は己の中が、物言わずざわめくのに気づいて胸を押さえた。無意識のうちに息を殺す。

何故こんなにも不安を覚えるのか。視線をさまよわせた先でエリクと目が合うと、彼は眉を顰めた。珍しく迷いが男の顔に現れる。

しかしすぐに、王の力ある声がその場を叩いた。

「まだ何かあるんだろう？　言え」

エリクは自分に視線が集中すると、顔から逡巡を消した。温度を感じさせない瞳が王を見返す。

「あの魔女は――紅い本の所有者です」

探していた本。秘された歴史を記すもの。外部者の呪具と疑われる存在。

その在り方を聞いて絶句したのは雫だけだった。

レウティシアは溜息をつき、ニケは怪訝そうな顔になる。

ラルスは喉を鳴らして笑うと昏い空を見上げた。


日が落ちていく。

短い黄昏が幕を下ろす。

そうして始まる長き夜は、この大陸において類を見ないものになるだろう。かつての闇に届かんと、七番目の魔女は宣戦布告をしたのだから。

雫は眩暈にも似た揺らぎを覚えて額を押さえる。浅い息を吐いて目を閉じる。

始まりと同じ闇。

手が届きそうで触れられないそれが、世界全てを覆っていくような気がした。

4．人の祈り

鋭い鉤爪が男の腹を突き破る。

それは内腑を掴み取ると鮮血を撒《ま》き散《ち》らした。男の体は剣を取り落とし、声もなく崩れ落ちる。

「お兄ちゃん！」

少女は叫んで兄に駆け寄ろうとした。だが彼女は、横合いからの攻撃を感じて飛び退る。吹きかけられた酸がそれまでいた場所を焼き、強い刺激臭が広がった。

遠くから子供の泣き声が聞こえる。肉の焼ける臭いが漂い、濃い血臭が立ちこめる。

けれどもう、目の届くところに動いている人間はいない。小さな村には、ただ一本の剣を頼りに体を支える少女がいるだけだ。

彼女は自分を狙う魔物たちの視線に、傲然と顔を上げる。

「わたしは、負けない」

少女は剣を構えた。彼女の体には大きすぎる剣だ。「お父さんを追うのもほどほどにしなさい」といつか母親から言われたことを覚えている。

けれど今この時、彼女と共に在るべきはこの剣以外にはない。

他の誰もいない。村の皆は魔女のせいで死んでしまった。

視界の隅に捻じ曲がった誰かの体が見える。その上に覆いかぶさる黒い影。何かを咀嚼《そしゃく》する音。

空を羽ばたく魔物が襲いかかる機を見計らう。少女の肌に爪を立て血肉を食らおうと待っている。

絶望が、雨よりも優しく降り注ぐ朝。

彼女は大剣を振りかざし絶叫すると、脇目もふらずただ一人、魔物の中へと飛びこんでいった。

※

闇が押し寄せる。忘却によって遠い彼方《かなた》に置き去りにされた闇が。

長い夜が始まる。それは人々の精神に変質を強いる。

闇に怯える無力な者には、忘れえぬ戦慄がもたらされるだろう。

力なくとも戦う意志のある者には、死と賞賛が。

そして力と意志を兼ね備えた人間には、真実が与えられる。

かつて一つの時代が終わり、そして始まった廃都ヘルギニス。

魔に堕《お》ちた地に聳える城は、沈黙と共にその姿を曝け出していた。

——どこで選択を誤ったのだろう。

※

シロンは震える手で書類に署名をすると、それを文官に渡した。「軍を編成し、国境を越えた先へと動かす」というその内容は王の手を経て実行に移されるだろう。彼は昨日のことを思い出す。

「さて嘘つきはどういう目にあいたい？」

死んだはずの女を小脇に抱えて突如現れたファルサス国王は、そう言ってシロンを見下ろしてきたのだ。まさかこんなことになるとは思わなかった。これでは一人の女をきっかけに大国二国を相手取る羽目になりかねない。遠い暗黒時代には、そうやって一人の女に端を発して三国が滅んだという話も残っているが、件《くだん》の女は大層な美女だったと伝えられている。それに比べれば彼が遺棄した女は、平凡極まりない娘に過ぎない。

混乱するシロンに、ラルスは辛辣な笑みを湛えて言った。

「軍を以て七番目の魔女の城を攻めろ。それができたなら今回の件は見逃してやる」と。

ファルサスからの手打ちとも言える要求を、シロンは散々迷った末にのんだ。

どの道、七番目の魔女がいるという城はメディアル国境の西側、隣国とも言える場所だ。そこから魔物が現れて襲撃をしかけているなら、いずれは対処せねばならない。あの「宣戦」には驚いたが、魔女などしょせん御伽噺《おとぎばなし》だ。

それに——雫が言う通り、本当に魔女が「あれ」を持っているというなら、この討伐によって取り戻せるかもしれないのだ。

シロンが署名した書類を見たメディアル王は、何かを問いたげな目をしたが、結局は黙って承認を出した。そして王命をもとに編成された軍が三日後、城を出てヘルギニス跡地へと向かう。

しかし二万の軍は結局、魔女の城に到達することさえ叶《かな》わなかったのだ。

魔女に感づかれないよう秘密裏に動かされた軍は、転移を使い国境手前に集結したちょうどその時、魔物たちの襲撃にあって半壊した。突然の強襲に兵士たちは為すすべもなく敗走し、メディアル城へはその日、主だった将軍たちの首が届けられた。

そこには「意志がある者のみを迎える」という魔女からの伝言もまた、添えられていたのだ。

※

「つまり、軍を動かさずに個人として来いってことか」

ファルサス城の執務室にて、王は一通りの報告を受けるとぼやく。敵方の勢力を計るため、圧力をかけてメディアル軍を動かしたが、想像以上に面白くない結果だ。

魔女の幻影が大陸全土の主要な街に現れてから一週間。

未だ、城の頂に到達した人間がいるとの情報は入ってきていない。

何しろ城があるヘルギニス跡地は大陸の北西部、高山地のため、踏み入ることさえ普通の人間には困難だ。戦いを生業《なりわい》にする者であっても、場所がそこと知って諦めた者は少なくない。

しかしそれでも「大陸の王になれる」との言葉に野心を煽《あお》られた者や、御伽噺にしか聞かない魔女の存在に興味を持った人間も少なからずいた。彼ら百人近くが、数日の間に転移陣を使って近隣の街を経由し、魔女の待つ城に向かったという。

もっとも結果としては、命からがら逃げ帰ってきた者は少数いれど、戻ってこなかった人間の方がずっと多かった。他にもヘルギニス跡地から見て北と西の小国に連絡が取れないという報告に目を通して、ファルサス国王はやる気なく手を振る。

「これ、どう足掻いても俺に要請が来そうだな」

「来るでしょうね。魔女討伐と言えばアカーシアの剣士です」

「そんな伝統を作った先祖が憎いぞ」

「伝統というか、アカーシアの力が諸国に知れてからずっとそうですよ、兄上」

妹の冷静な指摘に王は悪童の仕草で舌を出す。彼は椅子の背に寄りかかると天井を見上げた。

「ファルサス北部の街に張った結界は持ちそうか？」

「日に日に魔族の数は増えてきています。これでは長くは持たないでしょう。時間の問題ですね。既に他国では街ごと滅ぼされたところも出てきているようですし」

「さすがに放置はできないか。おまけにあの魔女は紅い本とやらを持っているんだろう？　例の外部者の呪具を」

ラルスの視線が妹の隣にいる男を捉える。何冊かの本を小脇に抱えたエリクは頷いた。

「魔女は城を建てる以前、自ら魔物討伐を謳って傭兵たちを魔物と戦わせていたようです。その時、雇われていた傭兵から『題名のない紅い本を常に持ち歩いていた』と証言が取れています。現に彼女はその本を使って、普通には分からないはずのメディアルの動向を、ある程度把握しているようだったとのことです」

「ほぼ黒で決定だな。で、そいつはなんで魔族を召喚して、自分で討伐隊を結成したんだ？」

「城を作るためでしょうね。両者を大量に殺し合わせて、そこから生じた魂や負を力にして禁呪で城を建てたんです。暗黒時代初期にはその手の魔法建築も試みられていましたからね。本来はとうに失われているはずの技術ですが」

「じゃあ城を建てた時点で黒じゃないか」

「そうですね。そもそもヘルギニス跡地自体が、現在は禁呪によって異界化しています。おそらく、かつてあの土地にあった浄化結界を復元し、効果を反転させたのでしょう。ヘルギニスの浄化結界についてはどこにも記録が残っていませんが、あの本なら記載されていてもおかしくありません」

「失われた知識の悪用か。ぽんぽんやられていいものじゃないぞ。大陸の歴史がどれだけ面倒事だらけだと思ってるんだ」

兄の呆れたような言い分に、レウティシアが付け足す。

「私たちの分かっている分の歴史だけでも、秘部は相当量です。そこに消された試行が足されたなら目も当てられません。あちこちの街で女の魂を集めたのも、異界化と城の建築の材料だったのでしょうね」

王妹は怒気も色濃く吐き捨てる。

魂を抜かれた女たちや、材料として集められた傭兵たち、襲われた街や村の住人など、現時点での犠牲者数は既に相当のものだ。

歴史に残るであろう大事件に、執務室にいる三人はしばし、それぞれの考えを巡らせた。

※

研究室の机の上には、いつもの絵本の原稿の代わりに大陸地図が広げられている。

その北西の一点を指すのはハーヴだ。彼は雫に説明する。

「ヘルギニスっていうのは、暗黒時代の最後に滅んだ国の名なんだ。というか、この国が滅んだことを契機に暗黒時代が終わったと言われてる」

「え、こんなに大陸のすみっこにある国なのにですか」

ファルサスの北西、メディアルの西にあるヘルギニス跡地は、さほど大きくもない高山地帯の辺境だ。ハーヴはその疑問を予想していたのか微笑した。

「当時大陸全体が、長く続き過ぎた戦争の時代に疲弊してたんだ。みんながそろそろやめたいと思っていて、でもきっかけがなかった。そんな時、それまでずっと岩山に囲まれてるせいで戦火から逃れてたヘルギニスが、一夜にして滅んだんだ」

「一夜にしてって……禁呪ですか？」

この世界に来て一年、まっさきに思いつく可能性がそれだ。けれどカーヴはかぶりを振る。

「違う。魔女だ」

「……魔女」

その存在を、雫はメディアルで目にしたばかりだ。大陸に宣戦布告した七番目の魔女。

ハーヴは雫の考えを分かっているように、微笑んだ。

「七番目の魔女じゃないよ。当時、大陸にいた魔女は五人。でも彼女たちは荒れた情勢に積極的に関わってこようとはしていなかった。そんな時、突如一人の魔女がヘルギニスに現れて、国を焼き尽くした。これによって人々は、魔女とはやはり脅威であることを理解し……お互い争うことをやめた。そうして暗黒時代が終わって、ようやくの平穏を享受しながら彼女たちを畏れる魔女の時代が訪れたんだ。当の魔女にとっては勝手な話だろうけどね」

冗談めかしてハーヴがそう言うのは、ファルサスが魔女と縁深い国だからだろう。

魔女の時代が終わったのは、三百年前ファルサス国王が魔女の一人を娶《めと》ったからだと聞いている。その王と魔女の間に産まれた子の一人が、既に故人ではあるが六番目の魔女、王姉フィストリアであり、だからアヴィエラが七番目なのだ。

ハーヴはお茶のカップを取ると、喉を湿らせる。

「ちょっと脱線しちゃったけど、ヘルギニスの歴史についてはこんな感じだ。で、今問題になってるのはあの土地の方」

「土地？　高山に囲まれてるのが問題なんですか？」

「違うんだ。あの土地は、もともと魔が濃い場所だったんだよ。別位階への境界が薄いっていうのかな。大陸にはところどころそういう場所がある」

「……あ、そういえばメアのいた湖も、御伽噺だと『もともと魔力が濃くて魚が棲《す》めない』ってなってました。それを水神様が城を建てて浄化して、漁ができるようになったって」

名前を呼ばれて、テーブルの隅にいた小鳥が顔を上げる。メディアルでは力を使い過ぎて弱ってしまったメアも、今はすっかり復調したようだ。

ハーヴは教師のように嬉しそうに頷く。

「そうだね。ネビス湖は有名な例の一つだ。ヘルギニスもそうで、ずっと魔が濃くて誰も立ち入れなかった土地なんだ。けれど千百年ほど前、聖女と言われる人間が来て、自らの命と引き換えにそこを浄化した。で、彼女に付き従っていた者たちがその死を嘆きながらも無駄にしまいと、ヘルギニスを建国したんだよ」

「はぁ……何かすごいですね」

何故わざわざ命を犠牲にして住みにくい場所を住めるようにしたのか分からないが、そういうものにはそれぞれの事情があるのだろう。歴史を専門とするハーヴは、軽く指を立てた。

「ヘルギニスにはどうやら、聖女の死後も浄化を継続するための巨大な魔法装置があったらしい。けど、魔女に滅ぼされたせいでその詳細は残っていない。多分、一緒に壊されてしまったんだな。で、ヘルギニスの滅亡後、あの土地は再び魔に包まれるようになった。それ以来何百年も人の立ち入らぬ土地のままだったんだよ。つい最近までね」

「今は大陸中の注目の的ですもんね。悪い意味で」

現状を言葉として指摘すると、二人ともその深刻さに押し黙らざるを得なくなる。

雫はすっかり冷えてしまったお茶を啜ると、ここ数日のことを思い返した。


――アヴィエラの宣戦布告が大陸中に放たれて以来、人々は「暗黒の再来」「魔女の再臨」と恐れ戦《おのの》いている。実際ヘルギニスを根城としてあちこちの町や村が魔族に襲撃され、日を追うごとにその犠牲者は増えていっているのだ。

各国は対応に悩み、だがメディアル軍の敗北を知って二の足を踏んでいる。

大陸全てが闇に覆われてしまったかのように陰鬱さに包まれる一方、けれど野心や正義感に駆られて城に向かう個人はおり、ファルサスでもまた昼夜を問わずその対処が議論されていた。

実際エリクなどは、魔女の城まで行き内外部を調べてきているので、対策会議の筆頭として忙殺されているらしく、雫は帰ってきてから彼と顔を合わせていない。その代わりかハーヴが様子を見に来てくれたので、ついでに彼から色々教えてもらったのだ。


ハーヴは大きな溜息を地図の上に落とす。

「エリク曰く、魔女はヘルギニスの魔法装置を復元、反転させて、あの土地を異界化させてるんじゃないかって話だけどね……。魔女とか参るよね、本当に」

「あの、魔女ってどれくらい強いんですか？　国を滅ぼしたってどんな感じだったんです？」

エリクと出会ったばかりの頃、「非常に強い魔法士の女を魔女と呼ぶ」とは聞いたが、その強さがどのような種類のものなのか、いまいちイメージできない。

素朴な疑問を呈する雫に、ハーヴは苦笑混じりの息で返した。

「魔女って言っても個人差はあったらしいけど、大体一人で数万の軍隊に匹敵したって言われてるね。使える魔法の巨大さや威力が比じゃないんだ。ヘルギニスも普通に大規模破壊魔法で焼き払われたって話だしね。人間の域を越えてるよ」

「うわぁ。火力の塊だ……」

本当にそんな人間が現実に存在しているというのか。雫はあの日、闇の中に浮かんでいた女の横顔を思い出す。

暗黒の再来を謳い、挑戦を手招く彼女の貌はけれど、まぎれもなく人のものに見えた。雫はそう感じたのだ。自らを忌まれし「魔女」と名乗った女は、一体何を考えてあのようなことを言ったのだろう。

「やっぱ魔王を倒すにはレベル五十くらいないと駄目なんですかね……」

「何それ」

まったく噛み合わない雑談をしていた二人は、扉を叩く音に気づいて立ち上がる。

訪ねてきたのは兵士が二人だ。そのうちの一人が雫に言う。

「王がお呼びだ」

「私ですか？」

突然の呼び出しに驚きはしたものの、雫には拒否する権限はない。彼女は付き添ってくれるというハーヴと並んで、兵士に先導されながら王の執務室へと向かった。

「何の用なんでしょう。人参ケーキでも食べたくなったんですかね」

「それだけはありえないと思うよ。また二時間走りこみとかじゃないの？」

「あれは食欲なくなるから嫌です。二回に一回は吐くし」

呑気な会話を彼らが続けていられたのは、執務室に入るまでのことだ。兵士が扉を開けると同時に、室内からエリクの鋭い声が飛んでくる。

「雫！　来るな！」

「え？」

目を丸くした彼女に、王の腕が伸びてくる。雫はたちまち、鍛えられた男の腕に拘束され目を白黒させた。抗議しようとする前に、喉にラルスの手がかかる。

王の手は、呼吸を圧するように雫の喉を前から掴む。思わず息を止めた彼女の耳元で王は笑った。

「言え。言わなければこのまま首をへし折るぞ」

「貴様！」

憎々しげな女の非難。その時になって初めて雫は、部屋の中にオルティアがいることに気づく。だがラルスの視線は彼女ではなく、一人の男に向いていた。藍色の瞳が怒気を孕んで王を見返す。

「彼女を放してください」

「俺の言うことが聞こえなかったのか？」

冗談ごとでは済まない険悪な空気。

ラルスの手に力がこもるのを感じて雫は凍りついた。意味も分からぬままエリクを見つめる。

けれどその時、視界の隅に入ったのは、テーブルに置かれた紺色の本で——それを見た瞬間雫は、息苦しさよりも何故か眩暈を覚えてよろめいた。

※

それは、雫が執務室に呼び出される二時間前の話だ。


「——にしても、情報が洩れるのが早すぎるな」

ラルスが書類を捲りながら言ったのは、メディアルの一件についてだ。

メディアルは仮にも二百年以上広大な土地を支配した大国だ。彼らは軍の編成も移動も速やかにやってのけた。

にもかかわらず、国境を出る前に彼らは魔物の大群をぶつけられ敗北したのだ。これは宮廷内に密偵でも入りこんでいたのだろうか。面倒くさげな国王に対し、しかしエリクは首を横に振る。

「おそらく本のせいです。あの本には様々な事柄が記されますが、そのうち国や有力者の動向の『確定したこと』も歴史として記されます。おそらく、メディアルの出兵が決まった時点で記述が加えられたのでしょう」

レウティシアがそれを聞いて眉を顰める。

「加えられたって……まさか勝手に記述が増えるってことなの？」

「はい」

「それは反則だなー。現在進行形の歴史書なんてあったら筒抜けじゃないか」

紅い本のその力が事実だとしたら、国や重要人物ほど動きにくくなる。大陸一の国家の王であり、アカーシアの剣士としても名が知られているラルスは、さすがに嫌そうな顔になった。彼は腕組みをしながら、エリクを見やる。

「で、お前は妙に本について詳しいな。何故知ってる？」

「僕も同じものを持っていますから。あと現状、ファルサス国内の情報が向こうに洩れることはありませんね。紅い本ではなくこちらの本に書かれます」

「どういうことだ？」

「ご覧になった方が早いかと」

エリクは言いながら無造作に一冊の本を差し出す。黒いカバーをかけられた本に、ファルサス直系の二人はさすがに唖然となった。

彼らにとっては排除すべき対象である本。外部者の呪具と思われる一冊が、今この場に出てきたのだ。レウティシアは自失から立ち直ると、恐る恐る本を手に取った。

「見ても平気？」

「おそらく。僕も読みましたが平気です」

レウティシアは、兄が頷くのを一瞥すると題名のない本をぱらぱらと捲った。

――膨大な大陸の歴史を綴《つづ》った本。

丸一冊、千数百年にわたる記述の最後は、第三十代ファルサス国王ラルスが、前触れなくメディアルへと向かった、という箇所で終わっている。一週間前にあったばかりの出来事に、レウティシアは眉を寄せるとそれを兄へ渡した。ラルスは片肘をつきながら本を見やる。

「……本は複数あったのか。盲点だったな」

「僕が調べたところ、大陸の歴史についてはこの本と魔女の本の二冊に分かれて記載されているようです。どちらの本にどの国が記載されるかは固定されておらず、時代によって異なっています。ですが現在こちらの本は、ファルサス、キスク、ガンドナをはじめとして中央部から南西部の国々を記述範囲としています」

「それで向こうがメディアルら北部と残りの東部というわけか」

王はいったん驚きはしたものの、口伝によって呪具の異質な力を知っていたせいか順応は早い。エリクはラルスの指摘を首肯して続ける。

「記述に関しては『どこの国の人間が為したか』よりも『どこで為したか』が優先されるようです。現にこちらの本には陛下が先日メディアルに向かったことは書かれていますが、メディアルで何をしたかは書かれていません」

ならばそれは、紅い本の方に書かれたということであろう。ラルスは舌打ちして頁を捲る。流し読むように中ほどの数十頁を捲った彼は、その中に「ファルサス」の国名と外に洩れるはずのない封印された歴史を見出して口を曲げた。

「勝手に記録するな、と言いたいところだが、ファルサスのことがこちらの本に書かれるのは好都合だな。国内で準備を整えて、向こうに感づかれる前にヘルギニスを叩けばいい」

「それはそうかもしれませんが……兄上、本当に本物だと信じてらっしゃるんですか？」

レウティシアの問いは、エリクを疑うというより「本当にそのようなものが実在するのか」を怪しんでのことだ。おそらく誰に説明しても一度は問われるだろう疑惑に、ラルスは首を傾げる。

「じゃあ実験してみるか。何かやってみよう。アヒルの銅像建立とか」

「……他にないのですか？」

実験したいのは山々だが、そんなことのために訳の分からない像を建てられても困る。第一それでは結果が出るまで時間がかかって仕方ない。妹の苦言に、ラルスは首を反対側に倒した。

「じゃあ手っ取り早く行くか。そうだなー。ああ、オルティアを呼びつけろ」

隣国の女王であり休戦交渉を行ったばかりの相手。その召喚にレウティシアは目を丸くしたが、すぐに頷くと部屋を出て行った。妹がいなくなるとラルスはまた本を捲る。


王が本の最後の頁を眺め出してから十分後。

何も書かれていなかったはずのそこに、不意に文字が浮かび上がってきた。

それは、たった一文『ファルサスは、王命によりキスク女王を自国に招いた』との言葉だ。

誰の手にもよらぬその文章を見て、王は瞬間ひどく冷たい目になると、黙って本を閉じた。

※

魔女の幻影は、当然ながらキスクの城都にも現れていた。

せっかくファルサスとの戦闘が終わったばかりだというのに、不穏な宣戦を受けて人々は慄《おのの》いた。しかし、キスク自体はヘルギニスと距離があるせいか未だ魔族の襲撃は起きていない。そのためオルティアは、いつも通りの執務といざ襲撃が来た場合の対策の両方に手をつけていた。

彼女は国境の探知結界を強化するための書類に目を通し、署名を加える。

「それにしても魔女とはな。大言にもほどがある」

歴史上記録されている魔女は六人だが、そのいずれもが強大な力によって恐れられながらも、表立って人と対立しようとはしなかった。ヘルギニス滅亡に見られるように、時折歴史の表に現れ畏怖を刻みつけることはあっても、彼女たちは魔族の大群を操って数万もの人命を屠《ほふ》るなどの、激しい敵対行為に出ることはなかったのだ。

新しい魔女とやらは何をしようとしているのか。オルティアはペンを手にしたまま「宣戦」の言葉を反芻《はんすう》しようとした。けれどその思考は、先日に引き続きファルサスからの急な連絡が届いたことで中断させられる。

「またファルサスか……。人の迷惑を弁《わきま》えぬやつめ」

女王は不機嫌になりながらも書類を受け取った。目を通してみると、そこに書かれているのは意外にも「魔女の一件について極秘の相談をしたい」というまともなものだ。

「相談？　妾《わらわ》を呼びつけるとはいい度胸だ」

転移を使えばすぐとは言え、何故女王である自分が出向いていかなければならないのか。

オルティアは不満を感じたが、ここで拒否して押しかけられたらその方が迷惑だ。

彼女は手早く処理中の書類に署名をしてしまうと、魔法士を呼びファルサスへと向かう。

しかしそこで彼女は、あまりにも荒唐無稽な「本」についての話を聞くことになったのだ。


「――世界外から持ちこまれた秘された歴史の本？　寝惚けているのか？　ついに気が触れたか。

もっとも、お前はもともとまともではないがな」

説明を聞いて一言目に、オルティアはそう嘲弄する。

けれどラルスは、人の悪い笑みを浮かべると平然と返した。

「本気だ。しかも現在進行形で自動的に記述が増えていくときている」

「……冗談か？　そのようなこと、あるはずがないだろう」

「なら試してみるか？　昔のことでも今のことでもいいぞ。何を当てて欲しい？」

それを聞いてオルティアは言葉に詰まる。自国と自分自身の知られたくない過去が頭を過《よ》ぎった。

男は彼女の目の前に一冊の本を差し出す。それは題名がないせいか今聞いた話のせいか、妙に忌まわしいものに見えた。両手で受け取ると、革張りの装丁はまるで生きた人肌のような感触だ。

オルティアは苦手な虫でも見るようにそれを見下ろした。栞の挟まれた箇所を開いてみる。

そしてそのまま若き女王は立ち竦んだ。呆然とした呟きが漏れる。

「何故、トライフィナの話が……」

キスク王族直系以外は知りえない、初代女王についての真実。今となってはオルティアしか知らないはずの記述を見つけて、女王は思わず本を取り落とす。厚い本は床にぶつかる直前、ラルスの手によって受け止められた。

「これで信じたか？」

「……馬鹿な」

「信じなくても別にいいぞ。お前の用事は済んだからな」

「何だと？」

オルティアは傍若無人な男に詰め寄ろうとしたが、最後の頁を見せられ自分が「実験」のために呼びつけられたと分かると、美しい顔を引き攣らせた。同じ頁には他にも「キスクは国境の魔法結界を強化することにした」との記述がある。これはついさっき決定したことで、ファルサスは知るはずもない情報だ。オルティアは怒りと薄気味の悪さを感じて何度もその頁を読み返す。

――馬鹿馬鹿しいと、一蹴できるならそうしたい不気味さだ。

けれどそれでもオルティアがその場に残ったのは、いわば訳の分からないことへの恐怖と興味があったからだ。ラルスは人形のように固まったオルティアを椅子の一つに座らせると、ざっとファルサスの口伝について説明する。それから王は、エリクへ視線を戻した。

「この本を焼いたらどうなると思う？」

「僕の推論では、以降全ての記述が紅い本へと移ります」

「なるほど。今処分しても相手を利かせるだけか」

すぐにでも炎に本をくべたそうな男に、オルティアは呆れた目を向けた。ラルスは強力な禁呪の数々までも記された本を手に思案顔になる。彼は、壁によりかかる妹を見やった。

「記述の振り分けが『どこで起きたか』で決まるなら、一度ヘルギニス領域に入ってしまえば、俺の行動は向こうに筒抜けになるな……。さてどうするかな」

「いくら魔女が個人の挑戦を受けると言っても、兄上が行って他の剣士たちと同様に扱われるかは疑問ですね。軍を動かすならどれだけ迅速に、かつ短時間で城を落とせるかが肝になるでしょう」

「だよな。まぁそれについては後で考えることにしよう。——今はとりあえず、お前だ」

軽い声音。けれどそれは剣を覆う布のような軽さだ。

王の目に射抜かれたエリクは、眉を寄せる。

「何でしょう」

「この本をどこで手に入れた？」

「一月ほど前に、行商人から」

「嘘をつくなよ」

他の人間であれば、鋭いラルスの眼光に覚えがなくともうろたえてしまっただろう。だがエリクはそれを平然と見返す。そこに「嘘」を感じさせるものはない。何もなさすぎて問うこと自体憚られるくらいだ。

しかしラルスは笑ったまま視線を逸らさなかった。険悪になっていく空気に、オルティアとレウティシアは戸惑いを見せる。

王はエリクを正面に見据えて続けた。

「本の機能が分からないままだと、魔女に勝てないと思って情報を明かしたんだろう？　だが、俺を騙すつもりならあの娘にも徹底させるべきだったな。正直に言え。――この本は、あの娘の持ち物だろう。違うか？」

肯定以外は許さない確認。エリクは目を細めて王に対する。

張り詰めた空気は目に見えそうなほどだ。エリクは否定を返そうと口を開きかける。

或いはそのまま話が進んだのなら、彼は自身の言い分によって王を納得させられたかもしれない。

けれどそこに……何も知らない雫が来てしまったのだ。


――息が苦しい。眩暈がする。

しかしそれは、王の手による圧力のせいだけではなかった。現にラルスの手は、雫の呼吸を阻害してはいない。顎を上げさせ、細い首を軽く摑んでいるだけだ。

何故こんなことになっているのか理由が分からない。雫は一歩よろめいて王の体にぶつかる。ラルスはついてきたハーヴや兵士たちを軽く手を払って下がらせると、崩れ落ちそうな女の体を支え直す。そして、再度エリクに問うた。

「言う気がないのか？　そのせいでこの娘が死んだら本末転倒だな」

「彼女は何も知りません」

「だが、あの時お前もいただろう？　キスクの砦でオルティアと交渉をした時だ。こいつはあの時、オルティアも知らない王家の隠し財産を知っていた。これはどういうことだ？」

それを聞いて、表情を変えなかったのはエリクだけだ。

あの場に居合わせたオルティアも、そして雫本人も虚をつかれて目を瞠る。

彼女は己の中の、「知らないはずの知識」を揺さぶられて吐き気を覚えた。


頭が痛い。気持ちが悪い。

足場が失われるような感覚が全身を襲う。

隣にいるはずの王の声が、ひどく遠くに聞こえる。

「キスクのあの水晶窟については、こっちの本には書かれていない。つまり魔女の方の本に書かれているんだろうな。なら、何故こいつはあれを知っていた？　こいつは内通者なのか？」


何故、知っているのか。

それを一番知りたいのは雫だ。いつの間にかその知識は彼女の中に入りこんでいる。

まるでずっと昔からそこにあったかのように。彼女の奥底に潜むように。

それと戦うことはできない。存在に気づけないからだ。

誰かの溜息が部屋を伝う。

それを吐いたのは、レウティシアかオルティアだろう。エリクは溜息をつかない。ただ苦い顔で雫を見つめただけだ。

雫は生命に繋がる息を嚥下する。それはエリクが王に答えるとほぼ同時だった。

「分かりました。説明しましょう」

「本当のことを言えよ」

「もちろん。彼女は単なる被害者だ」

ラルスはようやく雫の首から手を離すと、彼女を持ち上げ机に座らせる。

首を押さえた雫をはじめ、全員の視線が魔法士の男に集中した。

壁に染みこんでいくような緊張。エリクは中央のテーブルに置かれた本に視線を走らせる。そこに微量の侮蔑が含まれているように見えたのは、雫の気のせいだろうか。

「この本も魔女の持つ本も、世界外から来たものです。そしてどちらも大陸の歴史を無差別に記しています。ただ、これらの持っている力はそれだけではありません」


彼が何を言うのか、雫は知っている。

知っていて思い出せない。取り出せない。

だが、思い出せなくても分かる。感じている。

彼だけが気づいたのだから。

彼だけが辿りつける。

それを雫はずっと前から確かに分かっていたのだ。

「この本が持っている力は、大陸における生得言語の植えつけ。――人間には元々生得言語なんてなかった。外部者の呪具が記録を取るために、人の言語を統一させていたんです」

「名前を教えて欲しい」

彼がそう言うと、少女は金の目を丸くして首を傾げた。彼女は困ったような顔をした後、彼の持つ水瓶《みずがめ》を指して何かを問う。それが「水の味が気に入らないのか」という意味の言葉らしいと気づいた彼は、首を左右に振った。

「違う。名前だよ」

このような隠れ里では、彼の使う第零言語は通じないのだろう。少女はますます困ってしまったようで、何度も村の方を振り返った。その小さな手を取って、彼は少女を振り向かせる。

「名前。分かる？」

彼はまず自分の胸を叩き、「アイテア」と名乗った。続いて少女を指して首を傾げて見せる。

言葉の通じない同士がやる自然な仕草。彼女はそれでようやく理解したようだった。無垢《むく》な花のように笑って自分の胸を指す。

「ルーディア」

それは昔々——神と神妃のお話だ。

※

※

エリクの発言は、無形の発火物のように執務室内に広がっていった。

その中にいる王族三人が示したのは受け入れ難さだ。程度の差こそあれ、三人が三人とも生得言語を「人の根底に根差したもの」と思っている。

にもかかわらず、エリクはそれを「世界外の力によって植えつけられた」と指摘したのだ。

誰もが何も言えぬ中、雫は息をのんで彼を見つめた。

エリクはいつもと変わらず、淡々と言葉を続ける。

「僕は長らく彼女といて、彼女の世界の言葉について学んできました。その結論として得た答えは『言葉は人の作りしものだ』ということです。彼女の世界において言語は国や土地ごとに無数に存在し、また同じ言語であっても、時代や文化によって人の思考が変わると共に移り変わっていきます」

「は？　そんな話は初耳だぞ」

「言ってませんでしたから。――彼女の世界では言語と思考は密接に連動していて、人は言語があるからこそ複雑な思考も可能になる。お互いを補いあって進化していくものなのです」

それが、エリクの辿りついた答えだ。言語の自然な姿。

だが――この世界は違う。

「それに比べて、生得言語は固定されたものとして人に備わっています。ですがこの言語は、人が作る言語と比べて、単語の有無がいびつです。生得単語の中に、どうして自然のものだけでなく人が発明したものの名があるのか、それに対する明確な答えは未だありません」

レウティシアが形の良い指《い》で顎を支える。

「たまたまその単語が用意されていただけではないの？　人が作ったものでも、複合語で対応しているものの方が多いでしょう」

「ええ。ですが人造物などの生得単語の有無には、実は境界線があるのです。暗黒時代の始まりより百年ほど遡った時点、最古の文章記録が残っている辺りを境として、それ以前に存在していたものには固有の名称があり、そこより後ろに生み出されたものは複合語になっています。これはつまり、『生得単語とは、その時代の状況に合わせて作られたものだった』と考えられないでしょうか」

「作られたって……生得的なものをどうやって――」

そこまで言ってレウティシアは口を噤む。「不可能と思われることを可能にするもの」こそが、外部者の呪具の性質だと思い出したのだろう。エリクは上官を一瞥しただけで続ける。

「生得単語についての不自然な点は今まで『生得言語を司る位階があって、そこに魂が繫がっているからだ』という仮説をもとに見逃されていました。ですが僕は、これまでの魂の欠損事例を調べた結果、『生得言語は魂に依拠しない』という主張に辿りつきました。ただ、魂が無関係なら、生得言語はどこから来たのか」

彼はそこで息を切ると全員を見回す。

「生得単語は神代が終わった後、暗黒時代が始まる前の空白期に、外から突然もたらされた――そう考えると、様々なことのつじつまがあうのです」

「でもだからって……」

レウティシアは言いながら軽く頭を振る。エリクの上司である彼女は、「生得言語は魂に依拠しない」という彼の主張をあらかじめ聞いていたはずだ。ただその主張を認めても、生得言語が即、外部者の呪具によるものだとまでは思えないのだろう。もし本当にエリクの仮説が正しいのだとしたら、今まで自分たちはずっとそれの影響を受けてきたことになる。

——受けてきて、気づけなかったのだとしたら。

それは、忌々しいという言葉には収まりきれない。

王妹は言葉をのみこむ。代わりにその兄が顔を斜めにした。

「何故そう思ったか根拠を言ってみろ。つじつまがあうとはどういうことだ？」

「今から説明します」

エリクは持っていた書類の束から一枚の表を取り出した。

「これは、僕の持っている紺色の本に記述があった国を抜き出し、十年ごとの年代順に分けて一覧にしたものです」

レウティシアはそれを受け取ると、軽く目を通して眉を寄せた。暗黒時代の初期のある時、歴史上目立った事件があったわけでもない時を境に、記載されている国の数が倍近くにまで増えているのだ。彼女は紙をオルティアに回しながら、部下に問う。

「これって……この時期に爆発的に国の数が増えたってことではないのよね？」

「違います」

「――ざっと数えて、当時大陸にあった全国家のうち、三分の一から二分の一にまで記述範囲が増えているな」

オルティアの美しい声がまとめる。彼女はもっぱら傲慢と嗜虐《しぎゃく》の悪名で知られる女王だが、実際のところは勉強家だ。エリクは隣国女王の指摘に「その通りです」と頷いた。

オルティアの手から書類を取り上げたラルスは、問題の時期を見て「ふーん」と気のない相槌を打つ。エリクは回っていく紙を目で追いながら説明を再開した。

「暗黒期のある時期を境界線として、前後で記述量が変動している。この変化の意味していることは――本の増減です」

藍色の瞳が雫を捉える。

いつか、どこかで、同じ会話をした。

そんな錯覚に囚《とら》われて雫は口を開く。

「本は最初、三冊あったんですね」

「うん、正解。それが途中から二冊になった。だから一冊の負う量が増えたんだ」

瞼を閉じれば、おぼろげな映像が浮かんでくる気がする。

白い机の上に並べられた三冊の本。

それは既視感よりも更に摑みどころのない霧の中の景色だ。

ぼんやりと白昼夢の中に落ちて行きそうになった雫を、けれど王の声が引き戻す。

「ということは、一冊処分されたのか？」

「違います。この一冊がどうなったのかは、実は資料に残っているんです。暗黒時代の始まりから約百三十年後……この時期に大陸で何があったかを考えてみてください。戦乱の激化、アイテア信仰の拡大、帆船の改良。つまり——」

魔法士は答えを求めるようにラルスを注視する。当然気がつくであろうとの無言の問いかけに、王は望まれた回答を口にする。

「移民か。本は、東の大陸に移動したんだな」

「ええ。アイテア信徒の一人がそれを持ちこみました。『預言が記された神の書』としてです」

エリクは持っていた書類の中から論文を取り出す。見覚えのあるそれに、雫は「あ……」と小さく声を上げた。エリクは彼女に視線が集中する前に解説を始める。

「この論文は、生得言語欠損の病について、アイテア信徒が提出したものです。『神代における言語非統一の可能性』という論述から始まって、多くの興味深い記述が見られました。非常に量があるので全てを紹介することは省きますが、その中には初期の移民だったアイテア信徒の手記が引用されています。『東の大陸の人間とは最初、充分な意思の疎通ができずにいた。だが、彼らが神の書に触れその理解を得ると、皆が我らの話に耳を傾けてくれるようになった』という内容です」

「それは……」

エリクが何を言いたいのか、四人はすぐに理解した。

その文は一般的には「神の教えが相互理解に繋がった」という意味で解釈されるだろう。けれど本当は「単に本の力によって言葉が通じるようになった」というそのままの意味だと、エリクは指摘しているのだ。

足を掬われるような解釈の転換に、レウティシアは溜息をつくと壁に寄りかかる。

肘掛に頬杖をついていたオルティアが眉を顰めた。

「その論文、キスクより持ち出したものか？」

「ええ。問題がありましたか？」

「構わぬ。どうせニケが雫にでも渡したのであろう。それより、妾はその記述だけで本と本の効果を特定できるとは思えぬな。東の大陸に持ちこまれたのは違う本かもしれぬし、言葉についてもまたまではないのか？」

「僕もそう思ったので、『神の書』に関して、現存する全ての記述にあたってみました。別大陸の資料なので数は少ないですが、いくつか『神の書』の具体的な内容が書いてあるものがありました。書かれていたのは、暗黒時代初期の大陸の歴史、東の大陸の歴史、そして矛盾する複数回の歴史の記述などです。三冊目は東の大陸に移ってから、あちらの歴史を記すようになったのでしょう。『消された試行』が記されているせいで、彼らはそれを『未来を記した預言書』と崇めた。他にも『神の見えざる手により歴史は記され続ける』とも書かれていますが、これは自動的に記述が増えることを意味していますね。こんな本は他にないでしょう」

エリクはそこで言葉を切ると息を整えた。全員の顔を見回すと話を再開する。

「そして問題の本の効果について、ですが。――本来三冊の本は、この大陸用にもたらされた呪具だったのでしょう。充分な効果を出すためには三冊全てが必要だった、と仮定します。大陸の膨大な歴史を記すために三冊要するわけではありません。一冊が東の大陸に移動した後、記述が二冊に分かれたことからもそれは明らかです。では、何故三冊なければならなかったのか。それは生得単語を充分に行き渡らせるためです。実際、本が二冊になってしまった後、この大陸にはささやかな不都合が現れた。――地方によっては訛《なま》りが出るようになってしまったんです」

遥か遠くの暗黒時代、東の大陸へと移住した者たちがいた。

向こうの大陸は、こちらよりも戦乱が多いため当時の記録はほとんど残っていないが、少なくとも現在においては東の大陸でも生得言語が当然の存在になっている。

ただ違う点があるとしたら、東の大陸では訛りがきつく、それが出る地方も多い。

一方こちらの大陸では、移民が大量に出航した後、何故かある地方で訛りが出るようになってしまったのだ。

「歴史の記述と言語の統一、どちらが主目的であったのかまでは分かりません。ただ、言語が思考そのものに影響を与える以上、言語を統一させることによって思考の制限を行った可能性もあります。現に彼女……雫の世界では、言語自体がその国の歴史と文化を内包しており、他国の人間がその全てを理解することは容易《たやす》くありません。しかし、外部者にとっては、国家間に生まれるそのような齟齬《そご》は不要だったのだったのでしょう。言語を統一し、起こりうる問題を削った」

――もしかしてエリクは非常に怒っているのかもしれない。

雫はいつもと変わらぬ冷静な彼の貌を見ながら、けれどふとそんなことを思った。

メディアルで雫が言語についての持論を述べた時、エリクは何かを考えこんでいるような浮かない反応だったのだ。その時から彼は「言語を統一されたことによる不自由」を考えていたのだろう。異世界からの技術知識の混入を不自然だと拒むエリクにとって、思考の基盤たる言語に外部からの手が加えられていたという結論は、許し難いものだったに違いない。普段はあまり動くことのない彼の感情が、平静な説明の下で大きく波立っている気がして雫は藍色の両眼に見入った。

「大陸において全ての文章は、ある時点を区切りに失われています。先ほど僕が『生得言語が外からもたらされた時』と仮定した、暗黒時代に入る百年ほど前のことです。これ以前にあっただろう文章は、おそらく複数の言語で書かれていたのでしょう。だからこそ処分されてしまったと考えられます。現に、残っている昔の話は口承だけです」

エリクは雫の上で視線を留める。

「外部者の呪具が影響を及ぼし得るのは生得言語だけで、それは音声言語に限定されていますが、音声言語がそろえば文字もおおよそそろえることができた……。以後の記録は、全て統一言語になりました。外部者はそこまで徹底して、言語が一つであることに不審を抱かせないよう大陸を整えました。――だからこそ外部者にとって、大陸外からの来訪者は邪魔な存在だったのです」

邪魔、と言う言葉がまるで金槌《かなづち》のように雫を殴りつける。
ここからはきっと、自分の話になる。その確信が雫にはあった。
自分でもよく分からない自分の話。
それが彼女にもたらすものは何なのだろう。

「かつて漁船が未知の大陸の遭難者を拾ったという事件がありました。その男は岸についてから領主に迎えられ、その片腕となりながら故郷についての手記を残していますが、彼を助けた漁師はこんなことを言っていたそうです。『助けた男ははじめ衰弱し錯乱していたらしく、何だか分からないことを言い散らしていたが、やがて落ち着いたのか町につくと普通の言葉を話すようになった』——つまり最初は呪具の効力が及ばず、別大陸の言葉を話していた男が、岸に辿りついてから言語を変えられたのでしょう。呪具は巧みに来訪者を探知して、懸念要素を取り除いたのです」

そうして別の大陸から来た男は、この閉ざされた箱庭に馴染んでいった。
故郷を思いながらも帰れぬまま一生を大陸で終えた。
彼は己の運命を詰《なじ》っただろうか、恨んだだろうか。

「けれど言語統一から千四百年が経った頃、大陸には前例のない来訪者がやってきました。彼女は別の言語を話すというだけではなく、言語の多様性を当然のものとして認識している異世界の人間だったのです」

全員の視線が雫に集中する。

彼女はそれに気まずさを感じたが、うつむくことはしなかった。顔を上げてエリクを見つめる。

男は瞬間、いつも通りの優しい目で彼女を見た。

そして複雑な微苦笑を浮かべると、生まれながらに与えられた言葉を紡ぐ。

「呪具は彼女の言語を変えるため、そして『この大陸の違和感に気づかせない』ため、かなりの力を使ったと思われます。結果としてそれは成功し、彼女は『何故言葉が通じるか』を疑問に思わず、ただ元の世界に戻るため旅をするようになった。しかしその代わりとして――彼女には副作用が現れました。呪具から強い影響を受けたせいでしょう。彼女は無意識下で本と繋がり、その内容を読めるようになったのです」

「……本、と繋がる？」

「以前も彼女が倒れた際に、『夢で見た』と言って存在しないはずの歴史を口にしたことがありました。キスクとの交渉時だけでなく、他にも何度か出所不明の知識を彼女が持っていたことはあったのです。その中には、ここにある紺色の本には書かれていない知識もありました。おそらく彼女は三冊全ての本と繋がりがあるのでしょう」

まるで、誰か別の人間のことを話しているようだ、と雫は思う。

けれどそうではないと、彼女は知っている。がくがくと足先が震える。

「もちろん、はっきりと覚醒している時は本との繋がりは思い出せません。けれど眠っている時は違います。彼女は夢の中で本に近づき……その知識を自分の中に取りこむようになったのです」

何故、どうして、知っているのか。
あるはずのない知識が怖いと、彼に訴えたことが二度ある。
だがそれも思い出せない。
思い出せないようになっている。
はじめから彼女はずっと、檻の中に閉じ込められていた。
箱庭の中の檻に。一人で。知らぬ間に。
どこまでも広がる白い部屋。そこに並んでいるのは三冊の本だ。
その全てを雫は読むことができる。繋がっていると知っている。
普段は思い出せないだけで、つまりそれは──

「私は……っ！」
頭が痛む。
記憶の底で誰かが悲鳴を上げる。
世界が歪《ゆが》んでいく。外も内も、等しく傾きひしゃげていく。
執務机に座らされていた彼女は、言葉にならない悲鳴を上げて跳ね落ちた。
雫は床に倒れながら嗚咽《おえつ》を吐き出す。短い爪で己の顔を掻《か》き毟《むし》る。

明かされたこと。知らなかったこと。思い出せなかったこと。

それらを突きつけられた思考が断裂し、精神が吐き気に痙攣《けいれん》する。

――けれど、それもほんの数秒のことだ。

彼女を男の手が抱き起こす。こみあげる拒絶から顔を掻き毟り続ける手を、彼は留める。

「大丈夫」

雫からもっとも遠い場所にいたはずのエリクは、王族たちを半ば圧して彼女を支え上げる。彼は黒茶色の双眸《そうぼう》を開かせその奥を覗きこんだ。

エリクのその行動にあるものは、単なる心配だけではない、雫の中に何か変化がないか探している。その意図を感じ取った彼女は、溺れるように手を上げた。

「わ、私は、私、です」

「うん。君は君だ」

手を取る。

指を絡める。

そしてきつく力を込めて、握り返される感触だけが雫をかろうじて繋ぎとめる。

この世界には誰もいない。子供だった頃の自分を知っている人間も、自分と血を分けた人間も。足場がないのだ。「本当は人間ではない」と突きつけられたとしても、それを否定しきれるほどの土台がない。

帰りたい。

元の世界に、元の生活に戻りたい。

姉に会いたい。妹の顔が見たい。

もう自由になりたい。

——だからもう、言わないで。


陸に打ち上げられた魚のように苦悶《くもん》する雫を、オルティアとレウティシアは憐憫と困惑が入り混じった目で見つめる。

確かに時折、雫の言葉には理解できない単語が混ざることがあったのだ。それはおそらく、この世界には馴染みの薄い「変えにくい」言葉だったのだろう。

けれどそれら以外は全て変換させられた。捻《ね》じ曲《ま》げられた。

雫の話す言葉にも、彼女が聞いていた言葉にも、全てに呪具の力が潜んでいたのだ。

「ち、ちがう……わたし……」

小さく首を横に振り始めた雫に、エリクは眠りの構成を注ごうと手をかざす。しかしその手は構成が形になる前に、後ろから別の男に摑まれた。凍《い》てついたラルスの目が彼女を見据える。

「立て」

「兄上、何を……」

「聞こえないのか？　自分の足で立て。こちらを見ろ」

普段の軽さが微塵《みじん》もない、重い命令。

その声に雫は体を震わせた。焦点を失いかけていた瞳がラルスを探してさまよう。


どうやって、証明するのか。

人であると、意志があると、尊厳があると。

それを為すのならば、矜持があるのならば、彼女は自ら立たなければならない。

血によってでも肉によってでもなく、精神によって、彼女は己を証明するのだ。


無体とも言える厳しい叱咤《しった》に、眉を顰めたのは二人の女だ。

オルティアは半ば腰を浮かし、レウティシアは体を起こしながらラルスを留めようとした。

けれどエリクは王を止めない。構成を消し、雫の手を握る。それは彼女をゆっくりと落ち着かせ、理性を取り戻させる温度を持っていた。

雫は何度か深く息をすると、エリクの手を借りてよろめきながらも立ち上がろうとする。

ラルスはそれを急《せ》かすことはせずに、ただ黙って待っていた。雫がようやく自分の前に立つと、その姿を見下ろす。

揺るがない強者の目。雫は青い両眼を怯《ひる》まずに見据えた。

——いつかどこかで、これと似た目を見上げたことがある。

自身に振り下ろされるアカーシアの刃の恐怖を覚えている。

それは今すぐに逃げ出してしまいたいほどで、だから雫はただ立つために精神を振り絞った。

王の静かな声が、彼女に問う。

「あの時お前は、俺と戦うために塔から跳んだな」

「はい」

「ならばその命をもう一度使え」


戦えないのは気づけなかったからだ。

ならばこれから先はどうすればいいのか。

逃げるのか蹲《うずくま》るのか、それとも……


「俺は魔女を殺しに行く。——お前は魔女の本を読め」

全てが記される本には、王の行方も書かれるだろう。魔女の一手も書かれるはずだ。

それを読んで、魔女と相対する。注がれた力を逆に使う。

この広い大陸で、あまりにも平凡であまりにもちっぽけな雫の軌跡は、きっと歴史には残らない。本には記されない。

けれどだからこそ魔女の目を逃れて、雫は本を読むことができる。今この場にある本だけでなく三冊の本全てと繋がりがあるというなら、魔女が持っている本の知識も引き出せるはずだ。自分だけが紅い本に触れられると思っているアヴィエラは、雫の存在にこそ足を掬われるだろう。

雫は、ファルサスの城都で奪われてしまった魂を、メディアルの城で死んだ女官の姿を思い出す。

そしてそれらは、氷山のほんの一角だ。こうしている間にも犠牲は出続けている。

周辺の街への襲撃は、日に日に苛烈さを増しているという。今も魔女に反しようと剣を取る人間がいて、彼らの軀《むくろ》が積まれている。慄きながらも逃げることさえできない小さな村が壊されている。

それを嘆くのも憤るのも、人であるがゆえだ。

雫はテーブルに置かれた本を見る。彼女を半ば支配してきた呪具。大陸を縛し続けた本の一冊を。

恐るべき力だ。だがそれは単なる道具だ。誰かの実験のための道具で、それ以上のものではない。

ならば――自分がそれを使えぬはずがないだろう。道具を統御し支配すればいい。

雫はテーブルに歩み寄ると本を抱き取る。そして振り返ると、王を見上げた。

「やります」

震えを帯びた返答に、ラルスは頷く。

魔女の宣戦が行われてから一週間後、こうして一人の無力な女が戦う意志を示す。

そして変革の歯車は回り始める。

※

出立は二日後、ヘルギニスへと向かう準備ができ次第ということになった。

アヴィエラの持つ紅い本への干渉を確実なものとするため、雫もまた紺色の本を持って現地に向かう。オルティアは雫のその決定を聞いて、唇を噛み締めた。

「お前は馬鹿だ。死ぬかもしれぬのだぞ？」

「大丈夫です。姫、帰ってきますから」

命の危険は今まで何度もあった。それでも雫は、自分で戦うことを選んだのだ。

女王の目に雫は困ったように笑って、けれど表情を引き締めると姿勢を正す。

「命じてください、姫。魔女を何とかして来いって。私はそれに応えます」

誰かに支えられて走り出すなら、きっとどこに在っても挫《くじ》けずにいられるだろう。

かつての臣下の願いに、オルティアは美しい顔から苦渋を消した。琥珀色《こはくいろ》の瞳を軽く伏せ、そして再び雫を見つめ直す。

そこにはもう、不安も恐れもない。ただ強い意志だけがある。

オルティアは芯のある声で雫に命じた。

「行ってこい。そして必ず帰って来るのだぞ」

「ご命令のままに。任せてください」

本当に伝えたいことは、言葉にはしきれない。

だからオルティアは、女王として自分の国へと帰っていく。

※

「結局あの本には、雫を元の世界へ帰す手がかりはなかったのですね」

エリクからの提出書類に目を通して、レウティシアは呟く。

そこには紺色の本の調査結果として「世界を渡る手段については分からない」という記述の他に「ファルサス城で一時的に生得言語が戻ったのは、本が城に持ちこまれたことが原因だろう」と補足もされていた。病の原因については不明のままだが、もしかしてそれは、魔女の持つもう一冊に起因しているのかもしれない。

ラルスは妹の嘆息を聞きながら、軍を編成する書類を調える。同時に彼は、「個人として」城へ向かい得る人間たちも選出していた。魔法士、武官の中でも一定以上の腕を持つ人間たちを選び出しての作戦は、しかし王命としては異例なことに拒否権を与える予定だ。

彼は書き上げた一枚の書類を妹に手渡す。

「よし。これをお前に預ける。ちゃんとやれよ」

「え？　これって……兵権委譲ではないですか！　何故このようなものを」

「俺が他の人間と先行して、魔女を殺し本を破壊する。そしたらお前は軍を指揮して城を落とせ」

全てを読み取る本を排除してからの全面攻撃。それを十全に為し得るためには確かに王族の指揮が必要だ。だがレウティシアはそこに、建前とは違う意図を読み取って声を荒げた。

「何を仰るのです！　私も行きますよ、兄上！」

「駄目だ。お前は残ってろ。出てくるのは後からでいい」

「兄上！」

いくらラルスが抜きん出た剣士でアカーシアの持ち主だとしても、人間という枠の中での強者だ。

一方魔女は、半ば人外と呼ばれるほどの魔法士なのだ。その上、相手にはおそらく上位魔族もついている。そんな敵を相手に、王族の魔法士の守護を欠いて敵地に踏み入るなど、さすがに無謀だ。

王妹は何とか兄を思い留まらせようと口を開きかけた。しかしラルスは静かな声でそれを遮る。

「レウティシア」

兄に本名を呼ばれるのは、何年ぶりのことだろう。

久しぶりのそれは、自分たちが何者であるか、思い出させる力を持っていた。

凍りついた妹に、ラルスは問う。

「レウティシア。お前は王の命令が聞けないのか？」

王者の声が彼女を打ち据える。それは踏みこむことを許さぬ意志だ。

王妹は唇を嚙み締めると、小さな頭をゆっくりと垂れた。

「……そのようなことはございません、陛下」

「ならいい。あ、魔族召喚禁止の構成も用意しとくといいぞ。念のためな」

そう言って肩を竦めるラルスは、もういつもの彼だ。

レウティシアは瞬間、泣き出したい衝動に顔を伏せた。優しくあろうとする兄の声が彼女に届く。

「俺に何かあったらもうお前だけだからな。そうなったら女王になって子を産めよ」

彼女はそれには答えない。書類だけを持って退出する。

——自分たちは、ファルサス直系の最後の二人だ。

疑い、裏切り、欺きあって争ったファルサスの王族が残した二人。

だから彼らもまた「血族を疑え」と叩きこまれて育った。「兄妹《きょうだい》で助け合うように」などとは言われなかった。互いが王族としてふさわしい責を果たせないのなら、殺して廃することさえ選ばなければいけない間柄だ。

そう育てられて。けれど今まで危うい橋を渡りながらも、相争わずにやってこられた。

だから、このまま兄を支える一生を過ごせるかとも思い始めていたのだ。

「私が女王になんて……」

レウティシアは感傷をのみこむと顔を上げる。

勝てばいいだけだ。相手が魔女であろうとも関係ない。何一つ失わずに勝利する。

魔法士の頂点にいる女はそうして、冷ややかな殺意をたぎらせていった。

※

ヘルギニス遠征に選出された人間の中には、ハーヴも入っていた。

彼は緊急かつ極秘の要請書を見下ろすと、向かいに座るエリクに苦笑する。

「どうするかな……。お前は行くんだろ？」

「行くよ。王妹は行かないしね」

それに何よりも雫が行く。ならばこの友人が行かないはずはないだろう。

ハーヴはもう一度書類を読み返すと、それを手の中で焼いた。

「俺さ、正直怖いんだよな」

「みんなそうだと思うよ。相手は魔女だし」

研究室には他に誰もいない。四方の壁に並べられた本からは歴史そのものの圧力を感じる。

ハーヴはそれら文献を見回すと、カップに注がれたお茶に視線を落とした。

「魔女も怖いけど、それだけじゃなくてな……」

ぽつぽつと滴る言葉。そこに垣間見える思惟は不透明なものだ。

エリクは手元の本から顔を上げると友人を見やる。

「どうかした？」

「いや……何でもない」

再び沈黙が訪れる。形のないそれは少しずつ部屋の中を浸していく。

やがてそれぞれのカップが空になった頃、ハーヴはどこか吹っ切れたような顔で笑うと「やっぱり俺も行く」と立ち上がった。

※

人と人との出会いは、どこまでが偶然でどこから違うのだろう。

もしこの出会いが誰かの意図によるものだとしたら、皮肉がきいている。廊下を行くエリクはそんなことを考えてふと微苦笑した。

だが、だとしても彼女と出会ったことに後悔はない。そう思ったことは一度もない。

彼女と会い、彼女を知ったからこそ多くのことに気づけた。それは偽られ続けて一生を終わるよりもずっと有意義なことだろう。その結果、魔女と相対することになったとしても。

ただ雫は、彼女自身は、この旅によって何を得られたのか。この世界に来たことで、自分と出会ったことで、少しでもいいことがあったのだろうか。

彼は埒《らち》もない自分の思考に気づいて自嘲を浮かべる。

その疑問に答えはない。他人のことは分からない。

――だからせめて、彼女には未来を贈りたかった。


「エリクさん」

女の声に呼び止められ、彼は振り返る。

そこにはレラが本を数冊抱えて立っていた。彼女は持っていた本を男に差し出す。

「これ、研究室内に残ってたのを見つけたので。回収してるってうかがいました」

「ああ、ありがとう」

「でも、どうなさるんですか？　全部回収したらかなりの量になるでしょうに」

「処分するよ。また何か問題が起きると困るから」

「あら……無理もないですけれどもったいないですわね。子供たちは気に入ってましたのに」

レラは名残惜しそうな目を本に向けながらも、一礼して去っていく。

その姿が見えなくなると、エリクは再び歩き出した。腕の中に雫が描いた絵本を抱えて。

精神と命、どちらを守ってどちらを損なうのか。

彼女を裏切るのか、支えられるのか。

その答えを出す日が来ないことを祈りながら、彼の姿は廊下の先に消える。

※

魔法で眠りを操作される感覚。はじめは慣れない気だるさがあったそれも、十数度目の試みからは次第に「そういうもの」として馴染んできた。

雫は黒い睫毛《まつげ》を上げて、自分を覗きこんでくる男を見上げる。

「平気、みたいです」

「気分は？」

「比較的明瞭」

試しに手の指を動かしてみると、思った通りに動く。雫は寝台から立ち上がって伸びをした。肺の中の空気を吐ききり、また深く吸いこむ。

そんな雫の様子をじっと観察したエリクは、手元の本を開きながら問いかけた。

「ファルサス暦四百五十五年」

「第十八代ファルサス国王レギウス・クルス・ラル・ファルサスの治世。北の隣国ドルーザより魔法生物兵器を用いた侵攻が開始された」

「うん。いいね。問題ない」

雫は自らが引き出した知識に微笑む。

――自分の意識が遠くにある別のものと繋がっているというのは、実に不思議な感覚だ。最初こそそれに気づいた瞬間、嫌悪感と侵蝕《しんしょく》感に錯乱したが、落ち着いて意識を広げれば、繋がりや情報自体には意志がないと分かる。無数の記述が漂う海に、自分も浮かんでいるようなものだ。記述の中から望む情報を取り出すことも、最初に比べれば大分早くできるようになってきた。

雫は「もう一段階」と声をかけられ寝台に戻る。横になった彼女の額に男の指が触れた。

「眠らせて、一分経ったら引き戻し始める。いいね」

「お願いします」

出立が二日後と決まってから、雫は起きている時も本の情報を引き出せるよう、エリクの手で訓練を受けることになった。

外部者の呪具が彼女に行った操作は実に巧妙で、覚えのない知識を持っていることは意識できても、その出所はおろか不自然さについて深く考えることができない。雫が自身を不審に思わぬよう「元の彼女」をできるだけ維持させようとしているのだろう。暗示は彼女の精神の奥深くに、薄く広がっていた。

しかしその欺瞞《ぎまん》は、「本と繋がっている」と指摘された瞬間、罅割《ひびわ》れた皮のように剥がれ落ちた。

本来個として分けられているはずの精神が、別のものと混ざりあっている。境界が曖昧で、どこまで繋がっているか先が見えない。

その自覚をようやく得た雫は、今度は自らが繋がりを辿って本に接触する練習を始めたのだ。

「よし、そろそろ一分」

まずは魔法によって深く眠り、紺色の本と接触することで呪具との繋がりを確立させる。その後エリクが構成を弄って段階的に覚醒させ、緩やかに雫を完全な覚醒へと引き戻していった。

段階は主に三つ。ほとんど眠っているが受け答えはできる段階、半覚醒の段階、眠りがわずかに残っている段階を何度も行き来し、調整を繰り返す。途中で本との繋がりが薄らいでしまったり、記憶が曖昧になる失敗も最初は多かったが、丸一日かけて意識を慣らしていくうちに、雫は何とか起きながらも本の内容を取り出すことが可能になった。

「ファルサス暦五百五十九年」

「六番目の魔女、ファルサス王姉フィストリアの結婚。城都北東に離宮が建築開始される」

「あってる。離宮が完成したのは?」

「五年後。その後、ファルサス暦七百三十二年に改築され、魔法資料館となった」

「そうだね。僕も一度だけ行ったことがある。――全問正解だね」

雫ははほっと息をつく。寝台に座る彼女は前髪をかき上げた。

「これカンニングし放題ですよね。どんな本にも繋がってたなら科挙とか通れるかも」

「大体言いたいことは分かるけど、君の変な前向きさはどこから来るの」

「どんなことにも長所を見出せば楽しくなるかと」

雫は言いながら、メアが淹れてくれたお茶を受け取る。体力的な消耗はないのだが、短時間に眠りと覚醒を何十往復もしていると、さすがに疲れる。だが、同じように何十回も魔法を使っていたエリクの方は、特に疲労の様子もない。彼は真面目な顔で花の形をした茶菓子を摘んでいた。

エリクは少し考えこむと、別の本について質問する。

「三冊目の本って感じ取れる？」

「東の大陸に行った本ですよね。分かりますよ。まだ向こうの大陸にあります。ただ距離があるせいか内容はあまり取れないんですよね。繋がりは確かにあるんですが」

三冊目の本は、遠すぎて内容を引き出すのも難しい。ただその代わり、アヴィエラの持っている本の内容は引き出せる。それは何回か試して確証を得たことだ。紅色の本は今この場にはないが、ファルサスの禁呪資料の中にはそれに関連した記録もあり照合できた。今回の作戦の肝は、雫が魔女の本を読むことだ。それが可能だと確かめられたことは、既に王にも報告されていた。

——あとはもう一つ、雫と本の繋がりを逆に利用して、決定的な策を打つ。

その策はエリクのとある推論を元に考えられたものだが、アヴィエラに感づかれることを用心して最低限しか試していない。ただ雫自身は自分の意識の奥底に潜り、遠くにある本に触れる度、「できる」と確信する。ラルスもその確信を元に各国に要請を出してくれているのだ。

エリクは凝った肩をほぐしながら考えこむ。

「別大陸に本が残ってる、っていうのは気になるけど、やっぱりそれは対処するのも難しいな。向こうの大陸のこと自体よく分からないし」

「ですね」

今彼らが解決すべきは、猛威を振るう魔女の方だ。遠く離れた別の大陸については、その大陸の人間が何とかするのかもしれないし、しないかもしれない。この土壇場にあってそちらに気を取られていては為すべきことも揺らいでしまう。

雫は砂糖菓子を一つ手に取った。

「もし魔女が倒せて、本を破壊したらこの大陸ってどうなっちゃうんでしょう。みんな言葉が通じなくなるんでしょうかね」

「多分、病が病ではなく当然のものになると思う。既に言語を身につけた人間は変わらないだろうけど、これから生まれる子には学習が必要だ。でも君の世界ではそれが当然なんだろう？」

「です。けど……」

雫は「もうすぐ姉に子供が生まれる」と言っていたレラのことを思い出す。

この大陸には彼女だけではなく、真剣に子供の病を憂い、治したいと思っている人たちが多数いて、今も奔走している。彼らの願いや祈りを思うと、生得言語をも排除しようとしている自分たちの行いがまるで驕《おご》りにも思えるのだ。

だが、だからと言って本をそのままにはできない。言語を統制されているということは、思考の統制と同じだ。だから本を排除することで言葉が乱れ、誤解が生まれ、多くの齟齬が生まれるのだとしても、そこにはそれだけではなくきっと自由がある。

だから今は、人の可能性を信じて前に進むしかないのだ。

エリクは雫の表情から察したのだろう。お茶のカップを置くと苦笑する。

「まぁ生得言語に関しては、僕の推論が間違ってる可能性もある」

「それ言っちゃいますか!?」

「当然だよ。まだ証明されていない段階だからね。だから、それほど気負わなくてもいいよ。本を壊しても生得言語はなくならないかもしれないんだから」

男の言葉は抑えられてはいたが、雫の肩の荷を軽くするためだけにしては、強すぎるようにも聞こえた。雫はわずかな引っかかりを覚えたが、彼の表情はいつもと何ら変わりがない。

エリクは怪訝そうな視線に気づくと顔を背ける。

「さて、今日は早寝した方がいい。明日の出立は早朝だから」

「寝た方がって……何か眠れる気がしないんですけど」

今日一日、寝たり起きたり半覚醒になったりを繰り返していたのだ。とてもではないが寝付ける自信はない。翌日寝惚けてラルスに怒られる自分が想像できるようで、雫はげっそりした。

しかしエリクは軽く手を振る。

「眠らせてあげるよ。じゃないと体持たないだろうし」

「え。本当ですか？　やった！」

それなら何も問題はない。雫は、二時間後にもう一度エリクに来てもらうよう約束すると、あわただしく翌日の準備に取りかかった。メアが食事を用意する間、レウティシアから支給された魔法具を改め、明日の服を用意する。普段彼女がスカートを穿《は》いているのはこの大陸の文化にあわせてのことだが、明日は動きやすさを考えて、日本で買ったサブリナパンツを穿《は》いていくことにした。代わりに剥《む》き出《だ》しになる足元は頑丈なブーツにする。自分でも変な格好かもと思うのだが、馬での移動ならともかく鎧《よろい》を着て歩けるほどの筋力はない。

そうこうしているうちにメアがパンケーキと野菜のスープを運んできてくれた。雫は甘い香りがする楕円形のケーキに、金色の蜂蜜をたっぷりとかける。少女の姿をした使い魔は、温めた牛乳のカップだけを手に主人の向かいへ座った。

今まで何度も繰り返した二人だけの食卓。平凡で温かく、けれどこれで最後かもしれない夕食に、雫の脳裏には様々な思い出が去来する。

「メア、怖い？」

「いいえ」

まったく間を置かない返答に雫は微笑んだ。ほんのり甘いスープを一匙口に入れる。

きっと自分は幸福で、申し訳ないほどに恵まれている。生まれてからずっとそうであったからこそ、この大陸でも生きてこられたのだろう。

そしてこの異世界でも恵まれていたおかげで、胸を張って戦えるのだ。

無謀すぎる彼女の決断は、他の人間からすれば「人のため、世界のため」に見えるのかもしれない。けれどそんな身の丈にあわない理由ではなく、「罪もない人が殺されていくのは嫌だ」という単純な感情のために、そして人間としての矜持ゆえに雫は立つことを決めた。

雫は温められた息を吐き出す。

「戻ってきたら次はどこに行こうか。雪国はもうやだなあ」

「南の海は青が澄んでいると聞きます」

「え、いいなぁ！　私この世界に来てからまだちゃんと泳いでないんだよね。濠とかばっかで」

「城都の南には湖もありますよ」

「知らなかった。あー、日記帳も買いに行ってないんだよね。帰ってきたら買い物行かないと」

未来の話に雫は声を上げて笑う。

幸福を幸福と気づける時。それはとても温かく、何故か少しだけ物悲しかった。


エリクは時間通りに再び雫の部屋へやってきた。湯上りの彼女に迎えられた彼は眉を顰める。

「君はどうして寝着で人前に出てくるかな」

「え。だってパジャマですよ。これから寝るのに」

「そうだけど」

オルティアなどは肌が透けそうな格好で寝ていることもあったが、雫は上も下も木綿の服をきっちり着ている。運動着とさして変わりがないはずだ。

そう思っていることを隠しもしない雫に、エリクは溜息をつく。

「君の世界はそうなんだね、分かった」

「なんか諦められた気がするんですけど……」

違う世界で育ったのだから、文化の違いが埋まらないのは仕方ない。雫は乾かされたばかりの髪を纏めると寝台に上がって横になる。エリクが枕元に立った。

「例の本は、念のため今晩は僕が持っていくよ。眠らせたのに起きられちゃ意味ないから」

「お願いします」

「じゃあ明日の朝、集合二時間前に目が覚めるようにする。それでいい？」

「はい」

エリクは雫の返事に頷く。彼は詠唱をしかけて、思いだしたように付け足した。

「そういえば、君はリースヒェンと連絡が取れる？」

「え？　いえ、連絡先知らないです」

亡国の王女であった少女が、今どこで何をしているか雫は知らない。ただ幸福に、穏やかに暮らしていてくれればいいと思う。エリクはあっさりと頷いた。

「そうか。キスクの彼も知らないみたいだったし、うまく隠れているんだろうね」

「何かリースヒェンさんに用事があるんですか？」

「特には。少し気になっただけだ」

何でもないように言う彼だが、その思考は常に未来を見ている。だから、この会話にも意味があるのかもしれない。ただ今はまだ、捲られない手札というだけだ。

雫は目を閉じる。そうして視界を閉ざすと、この一年間の思い出がよぎる。

「エリク、ありがとうございます」

「まだ術をかけてないよ」

「そうじゃなくて」

今、静かで穏やかな時間を過ごせているうちに言っておきたい。雫は目を閉じたまま微笑んだ。

「この一年間、ありがとうございました。色んなことがありましたけど、ここまで来られたのはあなたのおかげです」

暗い図書館で泣いていた時からしてそうだ。カンデラで禁呪と相対した時も、ファルサスでラルスに殺されそうになった時も、キスクで倒れた時も、彼が手を伸ばしてくれなかったらどうなっていたか分からない。そもそもこの旅を提案してくれたのもエリクなのだ。彼はいつも雫の一歩先を行きながら、広大な大陸に道を示してくれた。

そんなことを思うと、やはり礼を言いたくなるのだ。

雫の言葉に、少しの沈黙が返る。彼の手が雫の前髪をくしゃりと撫でる。

「ここまで来たのは、君が諦めなかったからだよ」

その声音は、いつもより気のせいか優しく聞こえる。雫は笑いを堪えた。

「それだけが取り柄という気もしますしね。姫にもよく頑固で怒られました」

けれど、今のこの自分でいいと思う。「諦めなかった」こともそうだが、きっと「譲らなかった」からこそ今を肯定できるのだ。

「じゃあ、始めるよ」

詠唱が始まる。彼の声は、聞いているだけで気分が落ち着く。額に触れる指にも慣れた。

雫はゆっくりと胸を上下させながら目を閉じる。

明日起きたなら、その時は戦いの始まりだ。自分がそこでどうなるのか予想もつかない。

雫は落ちていく意識の中、彼の瞳をもう一度見たいと思って目を開ける。

けれどその意志とは裏腹に瞼は重くなり、雫は抗う間もなく夢のない夜の中へと落ちていった。


エリクは雫の寝息が聞こえ出すと、軽く黒髪を引いて眠りの深さを確かめた。魔法がちゃんと効いていることを確認すると、彼は寝台の傍を離れ、本棚へと向かう。その中からエリクは絵本の草稿が纏められた紙袋を取り出した。

彼は紙袋から数枚の原稿と草稿を選び出すと、後は元通り棚へ戻す。

雫がメディアルに召喚された原因とも言える絵本は、既に彼の指示により可能な限り回収されている。もちろん公表しても問題がない数作はそのままだが、あとは原稿が残っていてもまずい。

エリクはそれらを紺色の本と重ねて小脇に抱えた。メアに鍵をかけるよう命じると音を立てずに部屋を出て行く。

その日の夜は、皆が早々に眠りについた。

全ては明日。

新しい時代はここより幕を開ける。

※

冷えきった魔女の城では死体が腐ることはない。

それらは腐敗する間もなく魔物たちに食い荒らされ、残りは塵となって消え去る。

天高くそびえる石の城は空虚だ。あちこちを雪混じりの風が吹き抜け、壁は触れれば皮膚が凍りついてしまいそうに冷たい。その廊下を行く者はおらず、ただ死だけが色濃い場所だ。

そんな生命を感じさせない城の最上階で、玉座に座るエルザードは目を閉じる。

この城は彼が作ったもので、だからこそどこにいても城内のことは大体把握できる。今も下層階で誰かが絶命する気配を感じて、男は面白くもなさそうに鼻を鳴らした。

「脆い」

アヴィエラは人間のことを好んでいるが、彼からするとどうにも彼らは、草花と変わらぬ壊れやすい存在にしか思えない。生物として、個として、そして集団で生きる種として、人間はいくつもの欲望を使い分け、あわただしく短い生を送っている。この位階ではもっとも複雑な作りをした生き物だが、見るべきところは特にない。上位魔族のエルザードにとって、この世界での十数年は決して長くはなかったが、既に人間の全ては理解できた気がした。

「アヴィエラ」

飽いたことを告げる声。けれどその声に返事はない。彼女は今頃、城のどこかを歩いているのだろう。世界に魔女と名乗った女は、よくそうやって下層階に下りて行っては拾い物をしてくる。人の骨や、剣や、くたびれた装飾品など、ガラクタを集めては自室に持ち帰り溜めこんでいるのだ。

その収集癖が何を意味しているのか聞いたことはない。彼女のことは理解できない。ただ漠然と感じるのは、アヴィエラは何かを「残したい」のではないかということだ。

小さな村を襲わせる時も、彼女は全ての人間を殺さない。何故か一人二人を生かして残す。エルザードはそれを、より大きな実を得るための間引きだろうと思っていたが、彼が理解できないだけで実質はまったく異なるのかもしれない。

上位魔族に血縁はいない。自分以外のものを保とうとする思惟に共感を覚えない。彼らは完全に個としてのみ在り、同族意識も薄い。

だから、エルザードは時折考えてみるのだ。

アヴィエラが望む「残す」とは、一体何なのであろうと。

※

朝を告げる鳥が囀《さえず》り始める。

澄んだ空気と静寂が広がる早朝。ファルサス城の中庭には、武官と魔法士合わせて約三十人ほどが集まっていた。

魔女に挑むにしては余りにも心もとない小隊程度の編成だ。しかも今回は軍としての戦闘ではなく、個々人としての戦闘である。蓋を開けてみなければ分からない事態に、緊張が色濃い者も多い。けれど彼らは不安を口にすることはなく、思い思いに自身の装備を確認しながら出立の時を待っていた。

その中の一人である雫は、人の輪の中央近くで腰に帯びた二本のベルトを調整していた。革でできた細ベルトの片方には魔法具である短剣が留められており、もう片方には魔法薬の小瓶が並んでいる。どこかに絡まないよう髪を一本のみつあみにした彼女は、厚手のブラウスとサブリナパンツの上から防御魔法と防寒魔法を織りこんだケープを羽織っていた。腰の下まで届くケープは切れこみが入っていて腕の動きに支障はないが、普通にしていれば彼女の手は見えることがない。つまり、紺色の本を持っていることは一見して分からないようになっている。

今回の戦闘において情報戦の鍵となるだろう雫は、ベルトが落ちていかないことを確かめると顔を上げた。

「これ、大学受験より緊張しますね」

「比較対象がおかしいのではないかしら」

雫の隣にいるレウティシアは白い魔法着を着ている。そう言えば高名な魔法士である彼女の戦闘着を目にするのは初めてだ。雫は惚《ほ》れ惚《ぼ》れと美しい上司を見上げた。

レウティシアは今回城の中までは入らない。転移門を開いて戦闘部隊を送り、なおかつ彼らが城内に踏み入るまで援護をするだけだ。その後彼女は一旦北部の砦に戻り、軍の指揮を執りながら攻撃の機会を見計らう手筈《てはず》になっていた。

直系の兄妹を、それぞれ戦闘部隊と軍の支柱に据えての作戦は、魔法大国ファルサスの本気を窺わせる。この国において王族とは、戦場にあって他を圧する者を意味するのだ。

雫は真向かいに立つ鎧姿の王に視線を移した。

「王様ってちゃんとしていると格好いいんですね」

「朝から不敬罪か。いい度胸だ」

「敬えるなら敬いたいとは思っているんですが、どうにも力及ばずで申し訳ありません」

アカーシアを佩《は》いたラルスは、キスク戦時とは違い全身鎧を着ていない。胸部を始めとして各急所を覆う部分鎧を装備している。馬上での戦闘がないのと寒冷地での戦闘になるからだろう。

ただ簡略した姿であっても、王剣の主人として彼の威は堂々たるものだった。かつて大陸を恐怖で震え上がらせた「魔女」に、わずか数十人で挑まなければならないという状況でも皆が平静でいられるのは、この王の存在があるからだ。

傲岸不遜の見本のような王は、雫の頭を叩きながら彼女の後ろを見やる。

「俺とこいつが一緒にいると向こうの本で読まれるからな。中に入ったら別行動だ。ちゃんと面倒見ろよ」

「分かりました」

このような時でも揺らぎのないエリクの声に、雫は密《ひそ》かに安堵した。

彼女に求められていることは魔族との戦闘ではない。いかに死なずに相手の手を読むかだ。

護衛兼、連絡担当の魔法士として彼女につくエリクは、黒い魔法着に細身の長剣を佩いている。

相変わらず薄着の彼は、その剣以外はいつもと何ら変わりがないように見えた。

もう間もなく出立だ。雫は肩の上の使い魔に笑いかけた。

「行こうか」

できる限り気負いを減らした言葉。それを汲《く》み取《と》るかのようにレウティシアが手を上げる。何の声もない合図に、しかし中庭にいた全員の視線が王妹に集中した。自然と中央に空間が生まれる。

彼らのうち何人が生きて魔女に到達できるのか、彼女に打ち勝てるのか。

本も今はそれを語らない。記されるのはいつでも終わってしまったことだけだ。

雫は腕の中の一冊を抱きしめながら、開かれる転移門を見つめる。

それはこの世界に迷い込んだ時の穴よりもずっと、人の決然を思わせる美しい門だった。


分かっていたことだがヘルギニスは寒い。

雫は肌を切るような寒風に、手で両耳を押さえた。

「イヤーマフも探してくればよかった……」

雪の森に遺棄されたことを思い出し、雫は身を震わせる。だがその時とは違って今回は、防寒用の魔法がかかったケープを羽織っているのだ。

雫は白い息を吐き出しながら、左右に聳える切り立った岩壁を見上げた。

「すごい景色ですね」

「この山道を少し登ればすぐだよ」

彼らが転移で出た細い山道からは、岩山に遮られ魔女の城は見えない。だが、この先の空気が淀んでいることは雫にも分かる。エリクの話では、城の周囲は魔法装置によって瘴気に満たされており、外からは転移座標の指定がきかないほど異界と化しているのだという。

一行は雪が積もる山道を速やかに移動し始める。雪道にもともと複数の足跡がついているのは、個人で魔女討伐をしようと向かった人間がいたのだろう。彼らが今も無事でいるのかどうか……そんな考えに雫は一瞬気を取られた。けれどすぐに雪道を転びかけて思考を手放す。

彼女の顔が雪に突っこむ前に、手を伸ばして体を支えた男は呆れ顔になった。

「ちゃんと前と足元を見る」

「す、すみません」

これではまるで幼児だ。雫は気を引き締めると一歩一歩に注意を払って進んでいった。エリクの言う通り、緩やかなカーブを描く山道をしばらく登ると、一気に視界が開ける。

六百年前にはヘルギニスの国境門であった場所。岩山を縫う道の終わりに立って、彼らはその先を見つめた。

「これは――」

皆が皆、その異様な光景に絶句せざるを得ない。

それくらい目の前に広がる荒地は、形容し難い圧力に満ちていた。

暗く閉ざされた土地。そこにはこれまでの山道が嘘のように雪が積もっていない。

乾いて黒い大地は、冷えきって岩のように固かった。草も木もなくただ石が転がっているだけのそこは夜の始まりに似て重暗く、永遠の曇天に閉ざされているようだ。

凍えた風が周囲の雪片を巻き上げて吹きすさぶ。暗雲よりも黒い靄が一帯を覆って蠢く。

その中央に聳える黒い城を、王は顔を上げて注視した。

かつてヘルギニスに建っていた城とそれは、まったく異なる。

魔女の城はまるで塔のように、天へと突き抜ける形を取っていた。頂までどれくらいの高さがあるのか、城の先端は上空の瘴気に埋もれて見えない。

ラルスは吹きつける風と同じくらい冷ややかな視線で黒い靄を見上げた。

「レティ、魔族召喚禁止の構成が敷けるか？」

「この瘴気では無理ですね。普通の生物でも長くいれば汚染されかねません。かと言って、瘴気を生んでいる魔法装置を破壊することも、力の均衡を崩すので難しいです」

ヘルギニスを異界と為した魔法装置は、領域内の外周、東西南北に一つずつ据えられた構成と、城内部にある核の五つより成っている。

そこまでは、雫が本から取り出した知識によって判明しているのだが、あまりにも巨大すぎるその装置に、現状では「破壊はほぼ不可能」という結論が既に出されていた。

中央の核を破壊できれば力の流れが弱まるため、東西南北の構成を破壊することもできるだろうが、核が生きた状態で外周の構成を崩そうとすれば、均衡が崩れて辺り一帯吹き飛びかねない。

それがヘルギニス領内に留まらず、大陸北西部丸ごと吹き飛ぶとなれば「外周の構成を破壊してみよう」と言い出せる人間はいなかった。


レウティシアは周囲の瘴気を忌々しげに見やる。それは人の心身を消耗させ、魔物には逆に力を与えるのだ。この中で戦わざるを得ない人間は、最初から不利を背負っている。

一方兄の方は、妹の苦い返答に落胆も見せなかった。

「それは残念」

ラルスは迷いない足取りで、雪上から荒地へと踏み出す。

その一歩に他の人間が続いた。だがすぐにラルスの背後から女の声が飛ぶ。

「王様、気づかれました」

「そうか」

雫からの報告に王は剣を抜く。城までの距離は全速で走って五分ほどだろうか。比較対象が何もないため距離感が掴みづらい。

本をケープの下に抱えこんだ雫は、この場にないものに集中できるよう片目を閉じて続けた。彼女はそうして、アヴィエラの持つ紅い本を読んでいく。

「迎撃用の魔族が放たれます。数は五、六十。空からです」

「じゃあ一人二体でちょうどいいな。倒せなかった奴は夕飯抜き」

「それって私も人数に入ってませんか？　無茶ぶり過ぎるんですけど」

「さー、頑張るぞー」

いつも通り綺麗に無視された雫が小石を蹴ると同時に、城の方角、空に数十の黒点が現れる。

みるみるうちに近づいてくる飛影。その接近に対して、次々に武官たちが剣を抜いた。そこに詠唱の声が重なる。

雫は、人よりも一回り大きい異形の姿を視認して緊張に足を止めた。本を左脇に抱え、腰に帯びた短剣を探る。――だが、それを抜く必要はなかった。

王のすぐ傍から、詠唱もなく苛烈な白光が放たれる。

「……っ！」

強い閃光《せんこう》は避ける間もなく黒い一群をのみこむ。雫は眩《まぶ》しさに思わず目を瞑った。

遅れて静けさが辺りに広がる。何が起きたのか、身を竦めたままの彼女の肩をエリクが叩いた。

「大丈夫だよ」

恐る恐る雫が目を開けると、空には一つの影もない。

ラルスの呑気すぎる声が代わりに響いた。

「あー……レティ、加減しろ。全員の夕飯抜きが決定したぞ」

「馬鹿仰ってないでさっさとお進みになってください」

魔法大国に集まる魔法士たちの、更に頂点に位置する女。直系王族唯一の魔法士は、絶大な力を見せつけながら冷ややかに返す。彼女は長い黒髪を払って兄の前を歩き出した。

「城に入るまで兄上にはかすり傷一つ負わせません」

それは、強すぎる感情を隠しもしない声だ。雫は先頭を行く王妹の後ろ姿を、憧憬を以て見つめる。改めてケープの下で本を抱きしめた。

この本では魔女の思考を追うことはできない。細かい行動も分からない。

ただ魔女が魔女として決断を下し場を動かす時、本はそれを記すだけだ。

本来であれば先手を取ることが有利を作れる戦場において、けれど雫は決して魔女の先手を取れない。その代わり魔女の下した判断が、また打たれた手が、実際目の前に現れるまでのタイムラグを利用して被害を抑える。まるで綱渡りのような危うい試みだ。

だがそれはまた、共に戦う人間たちの命綱ともなるだろう。

「――ここで迎撃をやめました。城内の魔法装置をいくつか動かし始めています」

「ん」

雫がそう報告したのは、一行が三度目の攻撃を退け、城の入り口に到着した時のことだった。

ラルスは斬り捨てた魔物の体を跨《また》ぎながら、聳え立つ城を見上げる。

「どんな装置か分かるか？」

「転移装置と罠の類のようです。詳細は分かりません。あと城内に魔物が放たれています」

「罠か」

さすがにそれらの内容一つ一つまでは細かすぎて本には記されない。雫に分かるのは「魔女がファルサス国王を迎えうつためにどんな手段を取ったか」の概要だけで、それ以上は用心しながら実際に進んでみるしかないのだ。

魔女の城の入り口たる巨大な両開きの石扉。

王はその前に立つと、何もない空中をアカーシアで払った。

だが何もないと思ったのは魔力がない人間たちだけで、そこには何らかの魔法構成があったらしい。ラルスが手を触れさせると、厚い石扉は耳障りな摩擦音を立てながらも自然に奥へ開き始める。

「じゃ、行ってくるからな、レティ。一人で帰れるか？」

「帰れます。外には転移ができるようですから」

王妹はそれだけ言って足を止めた。兄をはじめ城内に踏み入っていく面々を見送る。

たった一人の兄を危地へと見送る彼女の気持ちはどんなものなのか。姉妹しかいない雫は、想像がつくようなつかないような思いで外を振り返った。

彼女と目が合うとレウティシアは微笑む。

「頑張って」

短い中に込められた万感。

雫はその言葉に頷くと、再びゆっくりと閉まり始める扉を背に、前へ歩き出したのだった。

※

最後の頁に新たな文章が浮かび上がる。

短い一文は、ファルサス王妹がこの場から去ったことを示していた。紅い本を開いていたアヴィエラは、薄く微笑む。

「王妹を下がらせたのは王の指示か？　全力で挑んでくればいいものを」

「手間が増えるだけだ。あの女は精霊とやらを連れている。上位魔族同士でやりあうのは面倒だ」

レウティシアが使役している精霊とエルザードは、両者とも上位魔族だ。

アヴィエラは、王家の精霊と比べて彼が強いのかどうか知らないが、エルザードもそれを明らかにする気はないらしい。ただ平静に抑えた彼の声音に、多少の負けん気が混ざっている気がしてアヴィエラは唇の両端を上げた。彼女はからかうように問いかける。

「ずいぶん弱気なことだ。ならばアカーシア相手なら勝てるのか？」

「造作もないな。使い手を狙えばいい」

男は言い放つと玉座の上で目を閉じた。到達者が現れるまで眠るつもりなのかもしれない。彼はアヴィエラが言えば手を貸してくれるが、それ以外は気紛れにしか動かないのだ。

魔女は本を閉じると、玉座の後ろを振り返る。

硝子のない大きな窓。そこから見えるものはただの瘴気だ。ヘルギニスが健在だった六百年前なら、澄んだ空気の中、絶景の山々が見渡せだろう。アヴィエラはそれを少しだけ残念に思う。

だが彼女は表情に気だるい失望を見せることなく微笑んだ。

「アカーシアの剣士に殺されるのでは、結末として面白みがないな。ファルサス国王には悪いが、退場をお願いしたいところだ」

※

扉をくぐった先、城の一階に廊下はなかった。

というよりも何もないと言ったほうが正しい。そこはフロア全てを使った広い空間になっており、何の装飾もなかった。床には氷のように冷えた石が敷き詰められていて、天井は吹き抜けだ。

がらんどうとしか言いようのない大きな広間だ。雫は天井を見上げた。隣を歩いていたエリクがさりげなく彼女の背後に移動したのは、上を見過ぎて転ぶとでも思ったのだろうか。

一行が警戒しながら広間を調べ出す一方、雫は立《た》ち眩《くら》みしそうなくらい上方にある吹き抜けの終わりを見つめる。案の定よろめきかけてエリクに支えられた彼女は、隣にやって来た王とハーヴに気づくと目礼した。ラルスもまた吹き抜けを見上げる。

「結界の核は上か」

「はい。ちょうど真ん中くらいの階ですね。最上階には魔女と上位魔族が一人います。本は魔女が持っていますね」

「魔女と上位魔族か。まぁ何とかなるかな」

王の呟きに周囲の人間には緊張が走る。先日は不意を突かれたとは言え、上位魔族の前に魔法士長であるトゥルースが一瞬で重傷を負ったのだ。

その彼は今回、軍の指揮に加わっていてこの場にいない。押し黙る部下たちをラルスは見回した。

「無理しなくていい。魔女も上位魔族も俺に回せ。お前たちはそこまでの魔物を掃討できればいい。ああ、魔女の持っている紅い本も破壊対象だが、破壊できないようだったら俺のところに持ってこい。アカーシアで壊す」

外部者の呪具とは、本来破壊が困難なものらしい。

だからこそアカーシアが対抗武器として意味を持っているそうなのだが、ラルスにばかり負担が集中しそうな状況に、雫は複数の意味で心配になった。

王は左手に嵌めた指輪を弄っている。普段は装飾品の類をつけていないのだから、魔法具か何かなのかもしれない。彼はついで時計を取り出すと、雫に視線を移した。

「もうそろそろだ。いけるか」

「やってみます」

雫は意識を集中させると、広間を右往左往しながら場所を探した。座標をそろえることに意味があるのか自信はなかったが、何となくその方がいい気がして動き回る。

時間はあまりない。彼女はようやく中央近いある一点に立つと両目を閉じた。

ケープの中の本と、その遥か真上にある一冊に雫は意識を同調させる。離れた場所にある本に触れて、時を待つ。

——ここからが、アヴィエラと戦うために用意した、もう一つの策だ。

※

同時刻。

メディアル城の一室には十一人の王が集まり、その時を待っていた。

城の主であるヴィカスはもちろん、キスク女王オルティアやガンドナ王ダラスなど大国の王たちをはじめ、有力国家の王権を持つ者が一堂に会している。平時には揃うことのない彼らが、時と場を同じくしているのはある目的のためだ。

ファルサスから要請を受けて集まった王たちは、この行動によって、果たして本当に魔女を退けられるのか確信を持っていない。ただ一人、オルティアだけが要請の持つ真の意味を知っていた。

「そろそろか……」

ヴィカスの声に一同の視線が集中する。

メディアルは、空白地たちである隣の領地に魔女の城が出現したことにより、前例のない苦境に立たされている。けれどヴィカスは長年玉座に在り続けたものの落ち着きを以て、中央に座していた。彼は机上の時計を見やる。魔法仕掛けの湾曲した針がゆっくりと円を描き、中央を指す。

指定された時の始まり。

老王はおもむろに口を開いた。

「今この時をもって……メディアルは魔女アヴィエラに宣戦する」

——始まった。

その衝撃は雫の精神に、濁流のように押し寄せる。

唐突な宣戦布告は、しかしメディアルだけのものではなかった。

ガンドナ国王ダラスは軽く手を挙げて笑う。

「ガンドナもだ。総力をもって魔女を排除する。過去の遺物は沈黙していろ」

「キスク女王オルティア・スティス・リン・キスクは只今《ただいま》より魔女に宣戦を布告する」

「ベストルは本日、王の権限を以て魔女への戦争を行うことを宣言する」

「ナドラスは魔女に屈することをよしと思わず。これより国を挙げて戦争に入る」

決められた時間。

決められた宣戦。

十一人の王によるそれらは、単なる宣言に留まらない。次々に具体的な指示が飛び、軍の編成とその布陣までもが決定されていく。

同じ部屋にいる王たちは、お互い議論を交わすことはしない。他の王の言葉など聞かず、ただ自国の軍策を文官たちに伝達するだけだ。異様としか言いようのない彼らの指示に、それまで静寂に満ちていた部屋が一気に喧騒《けんそう》で溢れかえった。

その全てを手配したラルスは、冷え切った城の広間で一片の畏れもなく笑う。

「もちろんファルサスも宣戦だ。首を飾ってやるから待っていろ」

かつて魔女の一人を屠った王剣を手に、ラルスは上階を仰いだ。

その傍らでエリクは周囲の様子に気を払いながら、雫の体を支えている。


――大陸に残る二つの本。これらの本はそれぞれ大陸の歴史を二分して記している。

それは大陸の土地を二分しての記述であり、仮に本同士を同一の場所に置いたとしても、一帯の記述は先にその場を担当した本に優先される仕組みだ。エリクは雫が行方不明になった際に紺色の本を確認し、メディアルについての記述が増えないことから二冊の本の優先法則を知った。

ただ雫が本と繋がる訓練をし始めた時、それを手伝っていてエリクはふと気づいた。

今より二百六十五年前に起きたとある戦争、「五ヵ国以上」が同じ戦場で入り乱れ歴史が動いたこの大事件に関して、紺色の本には「四ヵ国分」しか記述がない。それまで戦場となった国について全てを記していたはずの本は、戦争の一番の佳境に際して記述が一部欠落してしまっているのだ。けれど、雫自身は欠けることなく当時の状況を本から引き出してきた。つまり途中から、記述の優先順位を無視して紅色の本に一部が流れたということだろう。

「多分……溢れちゃったんだと思います。小さな排水溝に、たくさん水を流しこんだ時みたいに」

雫は本との繋がりから、そんな風に記述の欠落を評した。

つまりは、歴史の転換点が一か所に集中しすぎて本の記述容量を超えたというのだろう。

エリクはその現象を「興味深い」と思いながら、更に一歩踏みこんで推論をたてる。

すなわち――同時刻、同じ場所に、大陸における歴史の転換点を集中させたなら、優先法則を越えてもう一冊に記述を移動させることができる。エリクは意図的にこれを引き起こせないかと考え、雫に問うた。

『君は二冊の記述権に揺らぎが出た場合、記述権そのものに干渉して操作することができる？』と。

雫はその問いに少し考えて……「できます」ときっぱり返した。

確信を窺わせる彼女の答えを受けて、エリクは王に策を進言したのだ。


――記述の奔流が起こる。

本と精神を繋げている雫は、嵐に似たその只中に立っていた。

無形の力に押し流される情報をかき分け、自らへと引き寄せる。己を失わないように意識を保ちながら、できるだけ多くの記述をかき集める。

二つの本を接近させた上で情報量を決壊させる、というこの試みは、本と繋がる雫がどれだけ二冊の優先順位を逆転させられるかにかかっていた。アヴィエラの持つ紅い本へ、溢れんばかりに注ぎこまれる情報を抜き取り、それを通じて一帯の記述権を徐々に奪い取る。全ては自分の外にまで精神を流出させ、能動的に本に働きかけねばできないことだ。いくら本と繋がっているとは言え、この挑戦は雫の自我に多大なる負担をかけていた。頭蓋を割るような初めの頭痛が薄らぐと、代わりに「自分」という意識も曖昧になっていく。

「っ……あ、あ……」

「雫」

名を呼ぶ声と共に、肩を叩かれる。

その声で、感覚で、雫は自分に肉体があることを思い出す。自身を思い出す。

彼女は閉じていた目を開くと、重みのない頭を振って息を吐き出した。正面に立つエリクが顔を覗きこんでくる。

「大丈夫？」

「すみません。平気です」

呼吸をすれば体を思い出すのは何故なのだろう。

この息こそが自分の魂なのかもしれない。雫はそんな空想に少しだけ笑う。

そして彼女は再び目を閉じると、また見えない海へと漕《こ》ぎ出した。少しでも多くを掴み、魔女の手から奪い去るために。これは彼女と魔女の戦いであると同時に、彼女と本との戦いでもあるのだ。

「……っ」

予定されていた時間は五分間。

それ以上は雫の精神が持たないとあらかじめ決められていた。

ひどく長く思える五分が終わると、彼女はエリクの腕の中に崩れ落ちる。

肩で息をしながら、雫は王を見上げた。ラルスは笑いもせず問う。

「どのくらい取れた？」

「六割。すみません」

「上等だ」

本当ならば、この場所の記述権を完全に奪い取りたかった。

だが、無から六割まで引き上げたところが限界だ。雫は汗の滲む額の下で悔しそうに苦笑する。ともあれ事態は好調と言えるだろう。これで、以後アヴィエラが知り得る情報はそれまでの四割だけになったのだ。どちらの本にどの記述が為されるかの振り分けは無作為だが、全て筒抜けと半分以下では大分違う。おまけに雫がいれば、ファルサスは紅い本に書かれたことも知れるのだ。

ラルスは満足そうに頷くと、壁に沿って上階へと向かう階段を見やった。彼は自分付きの連絡係であるハーヴを手招きすると、雫とエリクに言う。

「ご苦労。お前たち二人はここにいろ。俺たちは上。行ってくる」

「気をつけてください、王様。階段登りすぎて足ががくがくにならないように」

「実はちょっとそれを心配している」

最上階に到着するまでにはどれくらい階段を登らなければならないのだろう。密かに雫は上に向かう人間たちに同情したが、どうにもならないことは仕方ない。

ようやく眩暈を乗り越えた彼女は、エリクの手を借りて立ち上がると服を調えた。腕の中の本を抱き直す。

その時、女の笑い声が聞こえた気がした。

「危ない！」

唐突な叫びに雫はたたらを踏んだ。

すぐにエリクが彼女の手を引き、その場を離れる。

何が起こったのか分からない。

雫にできたことはただもつれるように走ることだけで、本に同調することもできなかった。

背後から重い衝撃音が響く。

床を揺るがす振動に、雫は地震を連想した。

次いで何人かが驚愕の声を上げ、一同の視線が中央に集中する。エリクが手を離すと、雫もそれにならって振り返った。

「……大岩？」

「だね」

広間の中央に巨岩がめりこんでいる。

高さは大人の背丈二、三人分はあるだろう。付近の高山を思わせる鋭く尖《とが》った岩は、遥か上階から落下してきたのか床に突き刺さっている。幸い押し潰された者はいないが、逃げ遅れていたならまず命はなかった。

思い思いの方向に避難した人間たちは、ぞっと青ざめてその岩を見やった。

ラルスが眉を顰めて吹き抜けを見上げる。

「これが罠か？」

「いいや？　これからだ」

割りこんできた女の声。

全員が一瞬で臨戦態勢に入りかけた。

しかしそれより早く、中央の大岩が砕け散る。

「――っ！」

無数の石礫《いしつぶて》が全方向に飛び散る。

雫は、全身を打たれる予感に片手で顔を覆った。彼女を庇ってエリクが前に立つ。

けれど次の瞬間、雫が見たものは跡形もなく消え去る彼の背だ。

「エリク!?」

思わず叫んだ直後、雫もまた石を胸に受け……その場から消え去った。


気がついた時、雫は体を二つに折って激しく咳《せ》きこんでいた。半ば無意識のうちに小石があたった部分をさする。怪我をした、というほどではないが、気管の上に当たってしまったらしい。何とかそれ以上の咳《せき》をのみこむと、雫は涙目で辺りを見回した。そして思わず立ち尽くす。

「あれ……？」

そこは、先ほどまでの広間ではなかった。

灰色の冷えきった壁と床。小さな部屋に窓はなく、家具の一つもない。

見覚えのない部屋だが、この寒さや壁の感じからしてヘルギニス城内のどこかだろう。ただし部屋には他に誰もいない。さっきまですぐ傍にいたはずのエリクも姿が見えなかった。

雫は我に返ると、ケープをめくり上げ内ポケットに囁く。

「メ、メア。いる？」

「おります」

少女の声に雫はほっと安堵した。寒い場所に来たのだからポケットに入っていてもらおうと考えたのが幸運だったようだ。肩の上に戻ったメアは、小部屋を見回し事態を分析する。

「先ほどの石一つ一つに転移構成が含まれていたのでしょう。当たった人間は片端からばらばらに転移させられたようです」

「いきなりか！　やられた！」

ただでさえ少なかった戦力を分散させられてしまった。それも一人一人レベルの分断だ。他の人間が無事か心配になったが、他の人間はもっとも無力な雫を心配しているだろう。

雫は部屋に一つだけある扉を見ながら片目を閉じた。二冊の本に同調する。

「王様は……一人か。他のみんなも分断された、ってだけしか書いてないな。メア、人の気配って分かる？」

「瘴気が濃すぎて今の状況では不可能です。もう少し近づけば分かるかもしれませんが」

「ってことは近くには誰もいないのか……」

ついつい肩を落としてしまったが、いつまでもそうしてはいられない。はぐれた時の基本は「はぐれた場所で待っている」だ。雫は広間に降りる階段を探すため、用心しながらも扉に手をかけた。

扉の隙間から見える外は、広い廊下になっていた。廊下は長く緩やかに弧を描いており、ところどころにある窓から寒風が吹きこんでくる。風の中に雪片が混ざっていることからして、この廊下が城の外周部分にあたるのだろう。少なくとも広間から見上げた吹き抜けより高層階のはずだ。

雫は大体を把握すると、音を立てないよう扉の隙間を広げた。息を殺し気配を窺う。

通路は薄暗さが否めない。

だが幸か不幸か動くものは何もなかった。雫は意を決すると扉の外に踏み出す。右に行くか左に行くか迷って結局右にした。どちらも同じに見えるので賭けのようなものだ。

雫は何度も振り返りながら慎重に進んでいく。出てきた扉が見えなくなると肩の小鳥に囁いた。

「朝なのに暗いなぁ」

「瘴気がありますから。マスターは影響ないようですね」

「こういう時、異世界人って便利だ」

カンデラでもそうだったのだが、今のところまったく瘴気による息苦しさも気分の悪さも感じない。人によっては瘴気に接しすぎると精神に悪影響が出るというのだから、その点は助かった。

もっとも、精神に悪影響というなら、雫以上に外部から影響を受けている人間などいないのかもしれない。魔法法則を越えた呪具と繋がり、その力を逆手に取る。言うは易《やす》いが、彼女に課せられた役目は、いつ精神がのみこまれるか分からぬ危険性をも秘めているのだ。

「エリクは自分がいない時に本を使うなって言ってたけど……どこにいるんだろ」

「この近くにはいないようです」

「ぐう」

雫はとぼとぼと廊下を歩いて行き――そして足を止めた。廊下の先に見える黒い塊を凝視する。

「……何あれ」

「マスター、注意してください」

馬一頭が蹲ったくらいの大きな塊。廊下の中央に在るそれは、会話に反応したのか、ゆっくりと動き出した。山が崩れ落ちるように一つ一つが意志を持ってほどけていき、それは二十四ほどの「何か」になる。

耳のない猫に似た、ぬらりとした四つ足の生き物。潰れた目とその下の牙を見て取って、雫は生理的嫌悪に青ざめた。それらは彼女に向かってよろよろと動き始める。

「……魔物？」

「そのようです」

「現代日本出身者としては、ああいうのに殺されたくないな……」

「――来ます」

殺されたくないのなら、それ相応の対処をしなければならない。

雫はメアの声を合図に身を翻すと、廊下を元来た方向へ駆け出した。

※

振り下ろされる豪腕の一撃。

石床をも砕くそれに、エリクは跳び退って空を切らせた。大振りによって生まれた隙を逃さず、短い詠唱で二本の矢を作る。炎を纏った鏃《やじり》は曲線を描くと、寸分違わず異形の両眼に突き刺さった。

上半身だけは人間に見えなくもないそれは、苦痛の金切り声を上げる。ぶよぶよとした腹から突き出る六本足がのたうった。

「やれやれ」

エリクは軽く息を整えたが、相手にそれは聞こえていないようだ。視力を失った魔物は怒りの咆《ほう》哮《こう》と共に、見当違いな場所へ太い腕を振るう。拳は重い音を響かせながら廊下の壁に食いこんだ。

砕けた石片が床の上に飛び散る。魔物はそこに標的がいないと分かると振り返った。

「これは放置できないか」

あまり余計な魔力は使いたくないが、このままにしておいて他の人間が通りかかっても困る。エリクは改めて詠唱すると空気の槍《やり》を作った。

狙いは腹の中央だ。こういった形の魔物は腹の中に心臓があることが多い。エリクは槍を手に取ることなく、構成だけで狙いを定める。

「――撃て」

槍は空を切ると、まっすぐに膨らんだ腹部へ食いこんだ。それは正確に肥大した心臓を貫く。先ほどのものよりも甲高い絶叫が上がった。けれどエリクは顔色一つ変えずに詠唱を続ける。

「弾けろ」

槍が、魔物の体内で弾け飛ぶ。六本の腕全てが肉片となり、魔物は声もなく倒れこんだ。

エリクはまじまじと胸から上しか残らなかった異形の体を検分する。文献でしか見られない魔物を目の当たりにできるのは興味深いが、今はそれどころではない。一刻も早くはぐれてしまった雫を探し、塔の一階に戻らねばならないだろう。

「本を使ったりしてないといいんだけどね」

あの本は乱用していいものではない。特に彼女は。今は緊急事態だから仕方ないが、魔女に打ち勝てたのならすぐさま彼女から本を遠ざけ、本の存在自体忘れさせる必要がある。

それを彼の欺瞞と非難する人間もいるだろう。雫自身も嫌がるかもしれない。

けれど既にエリクは、それを決定事項と考えているのだ。

「さて、上か下か、どっちだろう」

男は目にかかる髪をわずらわしげに払うと、城の廊下を歩き出す。誰のものとも同調しない足取りは、冷えて乾いた石の上に小さな音を響かせ、何も残さずに消えていった。

※

数階分もの吹き抜けを通して見下ろす階下に人の姿はない。ただ石床に突き刺さっていた巨岩の残骸が見えるだけだ。

一人になってしまったラルスは、先ほどまでよりずっと近くに見える天井を仰ぐ。

「どうせならもっと上に飛ばしてくれればよかったのに」

岩が砕け散った時、彼は向かってくる破片のほとんどをアカーシアで相殺した。しかし周囲の部下たちがその破片を受けて消えていくのを見て、彼は剣を引くと、あえて破片を受けることを選んだのだ。

結果として転移させられた先は、それまで見上げていた吹き抜けの上だ。ここまで歩いて登らずに済んだのはよかったが、どうせだったらもっと上層階がよかった。

「仕方ない。自力で登るか」

高さ以外に何ら不安を抱いていない王は、嘯きながら階段へ向かおうとする。

だが彼は、不意に足を止めた。

ラルスはアカーシアを意識しながら、吹き抜けに向けて隙なく体を返す。

吹き抜けの真上、空中にいつの間にか一人の女が浮いている。

目を細める王に、アヴィエラは妖艶な笑みを見せた。

「よく来た、と言うべきか？　アカーシアの剣士よ」

「寒い。もっと暖かいところに呼べ」

「ああ。ファルサスの人間には堪えるだろうな。だがこの地が一番異界化させやすかったのだ」

魔女は剣の届かない空中で肩を竦めてみせる。どうやら幻影ではなく実物のようだが、あの位置にいられてはラルスから直接攻撃することはできない。無茶をするならアカーシアを投擲することもできるが、それをして避けられたら確実な死が訪れるだろう。

王は気づかれぬよう投擲用の短剣を探りながら魔女を見やった。

「しかし魔女とは大見得を切ったな。それを名乗っては大陸も本気になるしかないだろう？」

ファルサス直系である男の目には、魔女が内包する魔力の大きさもまた見えている。彼は王剣の剣士で、魔法については妹にまかせきりだが、構成や魔力を見ることだけはできるのだ。

事実を指摘する言葉に女は微笑む。そこにたじろぎはない。

「私の魔力が分かるのか。さすがはファルサス王家だな。そうだ。私は魔力から言えば歴代の魔女たちの足下にも及ばないさ。ただ――――こんなものがある」

取り出された紅い本をラルスは冷淡な目で見やった。それが世界外から来たものであると、彼は知っているが、女は未だ知らない。

「王よ。秘された歴史を知りたくはないか？　起こったことも起こらなかったことも、忘れ去られたものも隠されたものも全てだ。過去のことと侮るな。これには諸国の暗部や天才たちの策が溢れるほどに書かれ、封じられた魔法の数々もまた記されている」

魔女の言葉は、多くの人間にとっては甘美な誘惑として響いただろう。

知によって力を得るための本。これさえあれば大陸も手に入ると女は弄言し、人の目を眩《くら》ませる。

だが、本の本質を知っている男はその誘いを一蹴した。青い瞳が皮肉に細められる。

「知りたくないな。歴史については充分やった」

「それは歴史のほんの一部分だ。真実はもっと無数にある。忘れ去られた歴史にどれほどの重みがあるか、この本を得て自らの立つ足下を見下ろしてみればいい」

千数百年をゆうに越える大陸の歴史。「今」に行き着くまでにどれ程の積み重ねがそこにあったのか。埋もれてしまった、なくなってしまった過去を振り返れと魔女は囁く。

そこに人を誑《たぶら》かすためだけではない熱を嗅ぎ取って、ラルスは冷笑した。

「なかったと思われていることであれば、それはもうなかったことだ。しがみつくならば自分一人でしがみつけ。他人を巻きこむな。鬱陶しい」

嘲るというよりも斬りつける言葉。それはアヴィエラを沈黙させ、感情を閉ざさせる力を持っていた。途端に無表情になった女を王はねめつける。

「できそこないの魔女が。お前の望みは過去の顕示か？」

観察者の道具に踊らされた女。そのために彼女は暗黒の再来を謳い、無数の骨を積み上げたのか。人々を煽り本をちらつかせ、自らの望みを投射しようというのか。

肌を凍らせる空気よりも冷えた問いに、女は少し微笑んだ。赤みがかった瞳が宙をさまよう。

「私の望みは大陸の歴史に名を残すことだ。——王よ、お前は自分の名を残したくはないのか？」

「ごめんだな。死後も語られる王など虫唾《むしず》が走る」

「ならば他の者に聞くとしよう」

軽い笑い声を残して魔女の姿は消えた。誰もいなくなった空中をラルスは眺める。

王はそのまましばらく気配を探っていたが、二度と彼女が自分の前に現れないと悟ると、踵を返し階段へと向かった。

※

鋭い牙が右腕に突き刺さる。灼けつくような痛みに、武官の男は奥歯を噛み締めた。食らいついている魔物の腹を思いきり蹴る。

「グギャッ！」

小さな翼を生やした猿は床に転がり悲鳴を上げた。男は苦痛を堪え距離を詰めると、猿の脳天めがけて剣を振り下ろす。脳漿《のうしょう》が飛び散り、頭を割られた猿の体は大きく痙攣した。それも数度で止むとぴくりとも動かなくなる。

「仕留めたか……？」

彼の周囲には同じ猿の死体が数十転がっていた。最後の一匹の絶命を確認すると、男は布を裂いて腕の傷を止血する。

しかし、傷を縛ってもじくじくとした痛みは強くなる一方だった。それだけではなく牙から何か混入したのか、徐々に熱を持った痺《しび》れが広がっていく。

「参ったな」

今、この状況で利き腕が使えなくなるということは、すなわち死を意味する。男は剣の柄を何度も持ち直したが、上手く握れない。彼は他に誰もいない廊下を見回す。

——ここで死ぬつもりはない。ただそれは、死ぬ覚悟がないということと同義ではなかった。魔女に挑むのだ。むしろ生きて帰れる可能性の方が少ないだろう。怖くないと言いきれば嘘になる。それでも自分はファルサスの武官なのだ。国のために戦い、王の盾となる人間だ。

だからこそ死の危険が高い要請も迷わず引き受けた。王自ら乗りこむというのに、同行せずして武官である意味はないと思ったのだ。腕の立つ人間たちの中でも、独身者ばかりを選んで要請を出したのは王のせめてもの配慮だろう。

剣の落ちる音が廊下に響く。彼はついに感覚のなくなった右手を見下ろした。

血の臭いに引かれたのか、低い唸《うな》り声が角の向こうから聞こえてくる。重い足音が近づく。

「……運が悪いな」

男は苦笑しながらも左手で剣を拾い上げた。足音が聞こえる方向に向かって剣を構える。

絶望はまだない。ただ悔しさだけがこみ上げる。

——最期の瞬間、彼が目にしたものは、自分に食らいついてくる大きな顎だ。

食われながらも左手の剣で魔物の頭蓋を貫いた男は、何も知らぬまま彼の帰りを待っている母の顔を思い出し……目を閉じた。

※

背後から複数の何かが追ってくる気配がする。

ぴちゃぴちゃと舌なめずりをする音がやけにはっきり聞こえるのは、それらが足音をほとんどさせないからだろう。雫は飛ぶように走りながら肩の上の小鳥に命じた。

「メアっ！　近いのから一匹ずつ！」

「かしこまりました」

主人の命令に応えて小鳥は力を放つ。それは先頭を走っていた魔物に命中し、小さな頭を四散させた。次にメアは二番目の魔物を狙う。

雫はその間も足を止めない。廊下の先を見据えて床を蹴る。

――相手は複数だ。

立ち止まって迎え打てば、すぐに囲まれてやられてしまう。そう判断した雫は反転逃走を選んだ。だがそれは逃げることが目的というより、走りながら敵を撃破していくための逃走だ。そして雫の狙い通り、魔物の数は徐々に減っていった。

走る速度も拮抗《きっこう》しているのか。一度に複数に追いつかれることはない。このまま走り続ければ無傷でしのげるかもしれない、そう思った時、元いた部屋の扉が見えてきた。

「げ……」

あの扉までは何もいなかったと確認している。だが、この先は何がいるか分からない。雫は短い計算の結果、新手に出くわす可能性を考えてブレーキをかける。

「迎撃するよ！」

「はい」

雫は短剣を抜いて反転する。同時にメアは、三匹をまとめて吹き飛ばした。すかさず跳びかかってくる一匹めがけて雫は短剣を振るう。

剣など使ったことのない雫の動きは、空中を乱雑に薙《な》ぎ払《はら》っただけのものだ。

だが、魔法のかかったその刃は魔物の顔に食いこみ、あっけなく頭部を両断した。豆腐でも切ったような手ごたえに彼女は嫌な顔になる。

その間にもメアは敵を減らすことをやめない。最後の一匹に雫が短剣を突き刺すと、小さな体は霧散して消えてしまった。

廊下に静寂が戻ってくる。一人と一羽《わ》は顔を見合わせた。

「勝った、かな？　やけに柔らかくなかった？」

「死肉処理用の魔物だったようです」

「うぇ」

気分が悪い話だが、それならあっさり消え去ったのも納得だ。元から生きた人間を相手にするようには作られていないのだろう。

雫は気を取り直すと再び廊下を進み始めた。その直後、背後から獣の唸り声が聞こえてくる。

「……」

内臓に直接響く低い声。確かに感じ取れる気配。

さっきの魔物とは比較にもならない圧力を背に感じる。雫は強張った指で短剣を握り直した。

振り返りたくはないが、確認しないわけにはいかない。彼女は意を決すると首だけで背後を見た。そして戦慄する。

「……嘘でしょ」

白い牙。赤い瞳。

雫の体のゆうに三倍以上はありそうな巨体。

そこにいたのは――肉色の虎に似た魔物だ。

ぬらぬらと光る肌。その目は紅く光っている。明らかに肉食と思しき牙と爪に、雫は自分の顔から血の気が引くのを感じた。

「こういうのは檻越しでも勘弁してほしいな……」

そう嘯いたのは半ば虚勢だ。魔獣が一歩を踏み出すと同時に、雫は一歩後ずさる。

「メア、勝てる？」

「生命力が強い種です。殺すには時間がかかります」

「……そっか。まぁ、やってみよう」

メディアルで出くわした黒い怪鳥よりは大きいが、禁呪の大蛇よりは小さい。やってやれないことはないはずだ。

雫は短剣を一旦ベルトに戻すと、代わりに魔法薬の小瓶を手に取った。肩の上のメアに指示を囁く。そして、自分にも言い聞かせた。

「落ち着いて……動く」

それがもっとも重要だ。震えるほど怖くても、恐れに鈍れば死に繋がる。

けれど冷静に動けば、まだそこには活路が残っているはずだ。

雫は紅く光る魔獣の目を見据える。恐怖を表には出さない。それをすれば侮られると分かっている。だから、彼女はゆっくりとタイミングを計った。相手が攻撃を仕掛けてくる時を待つ。

音はない。どちらも音をさせない。呼吸音さえも聞こえない。

雫は奥歯を噛み締めて敵を見上げる。

「――来い」

魔獣の体が跳ね上がる。

武器を持たない女の体を引き裂こうと、虎はおもむろに跳びかかった。誰の目にもそれは、捕食者が獲物を仕留めるだけの光景として映っただろう。

しかし肉色にぬめる巨体は、雫に触れる寸前、空中でメアの力に押し止《とど》められる。

使い魔の結界に搦《から》め捕《と》られた虎に向かって、雫は小瓶を投げつけた。

鼻につく刺激臭。消毒用の魔法薬である液体は、魔獣の顔にかかると人間でさえ顔を顰めたくなるような臭いを発した。そしてそれは、獣にとってはより強烈な効果をもたらしたようだ。悲鳴じみた咆哮がこだまする。

「メア！　目を狙って！」

雫は短剣を抜き直しながら叫んだ。同時に魔獣の両眼に見えない礫《つぶて》がぶつけられる。

獣は怒りの咆哮を上げた。視覚と嗅覚の両方を奪われた虎は、闇雲に大きな爪を振るい、敵を叩き伏せようとする。

しかしその時には既に、雫は魔獣の脇をすり抜け背後に回っていた。暴れ狂う巨体から目を離さぬまま距離を取る。

「メア、止められる？」

「杭《くい》打ちます」

肩の上で小鳥が新しい力を練った。それは魔法の杭となり、魔獣の四肢へと次々突き刺さる。次第に動きが取れなくなっていく魔物を見やって、雫はようやく息をついた。

「何とかなりそう、かな？」

言う間にもメアの攻撃は続き、床にはどろりとした血溜《ちだ》まりが広がっていく。

肉色の虎がただの肉になっていく過程。それはとてもでないが正視に堪えないグロテスクなものだった。けれど雫は唇を嚙んで睨み続ける。

今ここで目を逸らすようなら、それは覚悟が足りないということだ。

そして自分はそうではない。魔女の挑戦を受けて、自らの意志でこの城へと来たのだ。

雫は短剣の柄をきつく握る。

「ガ……ア……」

初めはくびきを逃れようと猛《たけ》り狂《くる》っていた魔獣も、体に刺さる杭が増えるにつれ弱まっていく。

肉色の虎は、ついに足を折って床に伏した。血肉の生臭さが充満する中、雫は動かなくなった相手の気配をおそるおそる窺う。

「死んだ？」

「マスター！」

メアの忠告と、魔獣の半身が跳ね上がるのはほぼ同時だった。

死に掛けた獣は最後の力で体を返すと、雫に向かって飛びかかろうとする。

彼女は衝撃を予感しながらも後ろへ跳んだ。目をつぶりそうになるのを堪える。

しかし次の瞬間──虎の体は、空中で炎に包まれた。

唖然とする雫の前で、獣は隅々まで焼き尽くされると焦げた塊となって床に転がる。代わりに少し息を切らせた男の声が、背後から彼女を振り向かせた。

「無事だった？　雫さん」

「ハーヴさん！」

人のよい笑顔を浮かべる魔法士の男。分断された敵地でようやく知己と再会できた雫は、深い安堵を覚えて、ようやく笑顔を見せた。


「参ったな。みんなバラバラだもんな。俺はすぐ下の階にいたんだけど……」

「この城って何階建てなんでしょうね。一フロア一人だったら途方もないと思うんですけど」

逆方向からやって来たハーヴによると、この階にはもう他の人間はいないらしい。

また城の外周にあたる廊下は大きな円を描いているが、一周が繋がっているわけではないという。

廊下は視力検査の輪のように端と端が切れており、それぞれ上りと下りの階段になっているのだ。

つまり、城を上っていくにしても下っていくにしても通る階全ての廊下をぐるりと回らなければならない。それを聞いた雫は「設計のあこぎなデパートみたいですね」とずれた感想を洩らした。

彼女はハーヴと並んで下り階段に向かいながら、窓の外に目をやる。

そろそろ時間的には昼近いと思うのだが、瘴気に包まれた荒地は薄暗いままだ。今頃他の皆はどうしているのだろう。雫は自分の力によって分かる唯一の人間について触れた。

「そう言えば王様って一人なんですよね。無事かどうか見てみましょうか」

「陛下もお一人か！　って駄目だよ、雫さん！　一人で使っちゃ危ないってエリクに言われただろ」

「あー……」

もともと紅い本の情報を持ちこんだ本人のハーヴは、雫が異世界人であることこそ知らないものの、二冊の異様な本の存在と雫がそれに繋がっていることは知っているのだ。加えて友人からその危険性を知らされていたのだろう。彼は諫《いさ》める目で雫を見下ろす。

「大体、陛下がお一人って知ってるってことはもう使ったのか。駄目だよ。気をつけなきゃ」

「す、すみません。状況が知りたくてつい……」

「気持ちは分かるけど。これ以上はやらない方がいい」

「かしこまりました……」

力を使わないでいるのはもったいないと思ってしまう。自分は他に何もできないのだから特に。

けれどこの場合はハーヴが正しい。雫はうなだれると己の軽挙を反省した。しかしそこで、別の方法に気づく。

「あ！　ハーヴさんがこの本読めばいいんじゃないですか？」

「え……」

「そうですよ！　私が読むとどうしても本に繋がっちゃいますけど、ハーヴさんならただ読むだけですから。六割こっちに書かれますし、上手くいけば王様の状況も載ってますよ！」

雫は自分でも名案と思う提案に、ケープ下の本を差し出した。ハーヴはぎょっとして紺色の呪具を見下ろす。

秘された歴史までもが記されている記録書。そこには今の状況に関しても何らかが記されているのかもしれない。

だが目の前にいる男は少し青ざめて、その本を手に取ろうとはしなかった。

雫は訝《いぶか》りながら相手の顔を覗きこむ。

「ハーヴさん？　多分危なくないですよ。エリクもレウティシア様も読んでましたし」

「あ、ああ……」

確かに得体の知れない本だが、雫以外の人間が読む分には支障がないだろう。ハーヴは躊躇《ためら》いながらも本に手を伸ばそうとする。

しかし男の指が表紙にかかったその時……彼らの目前で不意に空気が歪んだ。

魔法士が転移で現れる際に生まれるひずみ。それを目にして二人は咄嗟《とっさ》に身構える。

――覚悟はある。

あるからこそ、この城を訪れた。

本を支配し、魔女に打ち勝つ、そのためだけに。

けれどその覚悟は、今、このような状況に対しても果たして有効なものだったのか。


「ようこそ、挑戦者よ。私の城に」


雫は言葉なくその場に立ち尽くす。

奥歯がカタカタと鳴る音。それを、彼女はまるで自分のものではないかのように聞いていた。


七百年にわたる暗黒時代がヘルギニスの滅亡で幕を下ろした後、大陸に訪れた次なる時代は「魔女の時代」と呼ばれている。

強大な力を持つ五人の女たちが歴史の影で沈黙していた時代。だがそれも三百年ほど前に終わりを告げ、遠い御伽噺となって久しい。今や「魔女」は子供に語り聞かせる昔話にしか姿を見せず、その力が誇張であったと思う者も少なくないだろう。

けれどある日、安寧を拭い去る新しい魔女が現れ、大陸中に宣戦を突きつけたのだ。

そして世界は再び恐怖を思い出す。

大陸を彩るは変革の時代。これは変革の物語だ。

「ああ、まだ名乗っていなかったな。私が七番目の魔女、アヴィエラだ」

深紅の魔法着に長身を包んだ女は、穏やかな微笑を浮かべる。

美しいというよりも艶《あで》やかな容貌。それは彼女の内から染み出るものだ。深淵《しんえん》を覗いているような眼差しは、思考を吸い取られるような印象を見る者に抱かせる。

長い銀髪。赤みがかった茶色の両眼は底知れなく昏い。その瞳が、二人を順に捉えた。

挑戦者を値踏みする視線に、雫は我知らず身震いする。けれどその震えで彼女は逆に冷静さを取り戻した。雫は紺色の本の、無い題名を隠すよう抱きかかえる。様子を窺う目で魔女を見上げた。

「……挑戦者？」

「そう。挑戦者だ。魔女に挑み、大陸の王にならんとする人間。お前たちのことだ」

挑戦者の定義がアヴィエラの言う通りのものであるなら、彼ら二人の答えは否だ。二人はファルサス所属の人間として魔女討伐に参加しているのであり、己の野心のためではない。

しかしその事実を素直に口にしていいものかどうか、雫もハーヴも判断がつかなかった。

ハーヴは雫を庇いながら一歩前に出る。

「大陸の王とはずいぶん大げさだ。未だかつてそのようなことを為し得た人間などいないが」

「今までは、だ。それは決して不可能なことではない」

「なら自分でやればいいだろう。何故俺たちにそれを求めるんだ？」

慎重に照らす範囲を広げようとするハーヴの問いに、アヴィエラは不透明に微笑んだ。

その微笑に雫はまた意識を引き寄せられる。彼女の見せるその表情は、よく知っている感情のような、それでいてふさわしい言葉を見つけられないような、そんなもどかしさを雫に与えるのだ。

魔女は困惑した来訪者を見やると、いささかの稚気を表に出した。

「誇大妄想と思うか？　大陸の統一など不可能と？　それを可能にするものがあると言ったらどうする？」

挑発的な口調に雫は瞠目する。アヴィエラが何のことを言っているのか、分からないはずがない。同じものを、雫もまた持っているからだ。

全てを記す二冊の本を、雫は「過ぎ去ったばかりの現在」を知るために使っているが、この本の真価はむしろ、各国の詳細な情報や、数々の強力な魔法構成図、暗黒時代に現れた天才たちの政策軍策の記録にこそ見られるものだろう。

一冊では半分しか書かれていないとは言え、その情報力は絶大だ。これさえあれば諸国の弱みや盲点を知ることもでき、また禁呪の構成図を用いて大いなる混乱をもたらすこともできる。かつてカンデラがそうして危機に陥ったように、陰謀を繰って内から破滅を導くことさえ、本の所持者にとっては難しいことではないのだ。

雫はそこまで考えて、緊張に息をのむ。

――これはチャンスかもしれない。

ここで紅色の本を奪えれば、魔女の有利は一気に揺るぐ。魔女への情報流出を止められるのなら、極端な話この戦闘を中断し、十二ヵ国を動員した総力戦に切り替えても構わないのだ。

だから雫は、無知と野心を装って口を開く。

「……本当に、そんなものがあるんですか？」

「ある。詳しく知りたいか？」

魔女の手に紅い本が現れる。雫とハーヴは食い入るように題名のない表紙を見た。雫は自分の本を片手に抱きながら、恐る恐る右手を伸ばす。

「知りたい、です」

もしここで紅い本を処分できたなら。

その後、魔女に何をされるか、今は考えない。ただ目の前の本を取ることだけに専心する。

アヴィエラは、自分に差し出された手が震えているのに気づいて、声を出さずに笑った。

「いい覚悟だ。……だが、これが気になっているのはお前だけではないらしいぞ？」

魔女は言いながら振り返る。そこには、いつの間に現れたのか粗野な格好をした男が三人、野心と恐怖が渾然《こんぜん》となった目で、彼女たちを凝視していた。

ファルサスの人間ではない。ということは、魔女の宣戦を聞いて個人としてここに来た人間――つまり魔女の言葉を借りるなら、「挑戦者」だ。確かにあの雪道には足跡がついていた。雫たちより先に来ていたか後から来たかは分からないが、この塔に他の人間がいてもおかしくない。

雫は剣を帯びた見知らぬ人間に、どう対応すべきか迷ってハーヴを見上げる。男たちの方も、雫とハーヴをじろじろと無遠慮な視線で眺めた。

アヴィエラを除いた全員が、判断に迷って動きを止める。

だがその迷いを切り裂いて、魔女は鮮やかに笑った。

「ほら、王になれる本だ」

軽く、空中に投げられた本。

虫たちの中に砂糖を投げるように、宙高く放られたそれを見て、男の一人が素早く駆け出した。

雫もまたその動きに弾かれ走り出す。

何人もの思惑が一瞬のうちに錯綜《さくそう》する。楽しそうに目を細めるアヴィエラの目前で、落ちてくる本を受け止めたのは、剣を佩いた若い男だった。

しかしその体はすぐに、ハーヴの放った魔法により弾き飛ばされる。雫は男の手の中から零《こぼ》れ落《お》ちた本を拾い上げた。

「小娘が！」

「メア！」

二人目の男が雫に向かって剣を振り下ろす。

その腕をだが、小鳥は不可視の力で逆に捻った。骨の折れる嫌な音がする。奇妙な悲鳴を上げ男は蹲った。しかしそれには拘泥せず、雫は本を背後に放り投げる。

ハーヴがその本を受け止めると同時に、雫は魔法薬の小瓶を手に取った。緑の液体が入った瓶を怒りの形相で走ってくる最後の男に投げつける。

硝子が砕ける音がして、男は激しく咳きこんだ。

雫は緊張に喉を震わせて叫ぶ。

「ハーヴさん……！」

――燃やして、と。

それさえ為せば、勝利に手が届く。魔女の暴虐を食い止められる。

思いもよらず降ってきた好機に、雫の心臓は跳ね上がった。掌が汗で濡れる。

しかし名を呼ばれた当の男は――呆然とした目で、手の中の本を見つめただけだった。

ほんの数秒、ハーヴに訪れた自失。振り返った雫が何か言うより先に、魔女の手が優美な仕草で彼から本を取り上げる。元通り本を小脇に抱えたアヴィエラは、満足そうな笑みを二人に見せた。

「そうだ。そうして足掻けばいい。他者を退けろ。高みを目指せ。意気のある者こそがこの大陸を塗り替える」

煽動《せんどう》の声が軽やかに転がる。玉を転がすような笑い声を残して、アヴィエラはその場から消え去った。束の間湧き立った廊下は、一転して冷えた空虚に取り残される。

雫は急速に冷えていく汗を感じ取って小さく嘆息した。

あっという間に好機は失われた。ハーヴは何もない手の中を見下ろしてぽつりと呟く。

「ごめん、雫さん……」

「ハーヴさん」

「ごめん……」

重い溜息をついて男は頭を抱えた。

その顔は、単なる自省だけではない深い後悔に満ちていて、雫は何も言うことができなかった。

雫とハーヴは、手分けして男たちを拘束すると柱の隅に寄せた。

あまり手荒なことはしたくないが、彼らは雫にも剣を振るってきたのだ。放置しておいてファルサスの他の人間たちと戦闘になっても困る。

だが、ハーヴはそれをしながら、先ほどの自分の失敗を引きずっているのか何度も溜息をついていた。改めて廊下を歩き出しながら、雫は申し訳なさに頭を下げる。

「すみません、無茶ぶりして……。いきなり本を燃やせって言われても困りますよね」

「いや……」

ハーヴはそこでかぶりを振った。翳りのある目に自嘲を浮かべる。

「本当はね、最初はここに来ること自体やめようかと思ってたんだ。こういう失敗するんじゃないか、って気がしてさ」

「失敗、ですか？」

「うん。――白状すると、俺は師匠にあの本の話を聞いてからずっと……あれを読んでみたくて仕方なかった」

目を丸くする彼女にハーヴは微苦笑する。初めて見る彼のそんな顔は、普段は隠されている研究者としての貪欲が少しだけ透けて見えるものだった。

どう相槌を打っていいのか分からない雫の前で、男は苦渋の目を伏せる。

「危ない本だって陛下から聞いたのに駄目だよな……。あれがあるから陛下も雫さんも、こんなところに来てるっていうのに。いざ本を燃やすって場面になったら体が動かなかった。もったいないって思っちゃったんだよ。この中には貴重な真実が無数にあるだろうにって」

歴史を専門とする彼は、本の存在を知った時からその禁忌を知りつつも惹かれていたのだろう。だからこそ雫が紺色の本を差し出した時、それをすぐには受け取れなかった。あの時青ざめた彼は、本そのものではなく、本に傾倒しかねない自分こそを恐れていたのだ。

度し難さを悔いる溜息を、ハーヴはまた一つ廊下に落とす。

「歴史なんてただの過去だ、って言えばその通りだけど、そこに知られざる記述があるって聞いたら、やっぱ知りたくなった。その時何があったのか。誰が何を考えて何を為したのか。人がどうやって時代を動かしたのか……ごめん。そんな場合じゃないのにな」

「いえ……分かります」

学究心に囚われている場合ではないと、分かっていてもその気持ちは分かる。知りたいという欲望は時に、雫にとっても逆らい難い力を発揮するからだ。まるで悪魔の囁きに似た誘惑は、一方では進歩を、もう一方では破滅を人にもたらしながら、常に人間に付き纏い離れていかない。それを人らしいと思っても非難することはできないだろう。少なくとも雫はそうだ。

彼女は大きく伸びをして気分を切り替えると、ハーヴに微笑みかける。

「きっとあれでよかったんですよ。本を燃やしてたら私たち二人とも殺されてたでしょうから。無茶苦茶してすみません」

「いや……」

苦笑と言うには苦味だけが多い表情でハーヴはかぶりを振る。

――その時、二人の背後で唐突すぎる悲鳴が上がった。

「え？」

雫はあわてて振り返る。そうして目にしたのは、さっき拘束したばかりの男が胸を刺されて絶命するところだ。その隣には既に、縛られたままの男が倒れ伏している。

雫はつい今まで生きていた人間が死体となって重なる様を、ただ呆気に取られて見ていた。止める間もなく、最後の男の首が短剣で切り裂かれる。

鮮やかすぎる手際。動けない人間を殺すことに躊躇《ちゅうちょ》を見せない一連の動きに、雫は戦慄よりも先に納得した。それを為した殺人者の顔を、彼女はずっと前からよく知っていたので。

「……何でここに」

「また君？」

一度目の対面は血の海で。

二度目の対面は剣を突きつけられて。

そして三度目には魔女の城にて、雫は少年に出会う。

――言葉が通じるとしても、人は分かり合えるとは限らない。

それを誰よりも彼女に教えた人間、カイト・ディシスは血に濡れた剣を軽く振ると、不快げな目つきで雫を睨んだ。

印象が悪い、という言葉だけに収まるのなら、これほど印象が悪い相手はお互いいないかもしれない。雫は嫌な汗を背に感じながら、廊下の先に立つ少年を見やった。カイトは長剣を鞘に戻すと短剣だけを手にゆっくりと距離を詰めてくる。

戦うべきか逃げるべきか、迷う雫にハーヴが問いかけた。

「知り合い？」

「顔見知りというか……傭兵の人です。結構危険人物」

「だろうね」

何しろ突然現れた彼は、あっという間に拘束してあった人間を全て殺してしまったのだ。これで穏健な人物と言っても到底信じてはもらえない。

雫は逡巡したが、両手を上げるとカイトを留めた。

「ちょっと止まって。話し合いたい」

「何を？　話すこととか何もないと思うんだけど」

「こっちには聞きたいことがあるんです。――どうしてここにいるの？」

少なくともカイトは「大陸の王になりたい」と言い出すようなタイプではない。ならば傭兵としての仕事でこの城を訪れたのだろうか。

だとしたらタイミングが悪いにもほどがある。せめてあと一日待って欲しかった。

少年は、雫の疑問に眉を寄せる。

「どうして、って。知ってるんじゃないの？　つい一時間ほど前に、いくつかの街に魔女が現れた。

それで人を招いたんだよ。魔物や競争相手を下して城の最上階に到達できれば、大陸の王になれるってね。で、自分の腕を過信した人間たちが二百人近く魔女の転移門に入ってここに来たけど、すぐ斬り合いになったからほとんどは一階で死んだ。あとは転移罠を踏んだりなんだりでバラバラ」

「げ……」

それは、時間的に雫たちが分断されてすぐくらいのことだろう。

ファルサスの人間たちが入りこんだこの城に、魔女は何故あえて挑戦者を招きいれたのか。

それは、野心がある者もそうでない者も含め、人間同士で相争わせるためとしか思えない。つい今しがた、雫たちと招待客の闘争を煽ったように、アヴィエラは駒を追加してはぶつけあって楽しんでいるのだ。

もっとも、それでファルサスの人間が困惑し手を緩めることを期待しているなら、少なくともラルスはまったく気にしないに違いない。前に立ち塞がる相手が魔物だろうと人間だろうと、王は気にせずに斬り捨てていくだろう。

そんな光景を想像して頭痛を覚える雫に、カイトは冷ややかな声を投げかけた。

「で、君こそどうしてここにいるんだよ。また意味不明な正義感？」

「仕事だよ。ってかあなたも王になりたいの？」

「別に。盛大な殺し合いになりそうだから来た」

予想通りの答え過ぎて何も言えない。三度目ともなると相互不理解が念頭にあるので、雫もすぐには苦言を呈す気になれなかった。

困り果てた顔になってしまった彼女を見て、少年はますます顔を顰める。

「何だよ。また何か言うつもり？　本当君は鬱陶しいんだよ。考えれば分かることを見ない振りして、それで説教とか見苦しいよ」

「見苦しいって……」

「その様子だとさっきの三人怪我させたのは君らなんだろ？　利き腕折った上、拘束して放り出すって、それ後は魔物に食われるしかないだろ。だったら殺してやった方がよっぽどましじゃない？　嫌なところだけ手を汚さないくせに文句言わないで欲しいな」

たたみかけるような少年の言葉は、あながち的外れとは言えなかった。雫は絶句してカイトを見つめる。

魔物たちが跳梁跋扈《ちょうりょうばっこ》するこの城で、戦えない状態の人間を更に拘束するということは、どういうことか。考えて分からないはずがない。雫自身が力を持たない人間なのだ。逃げられなくなったらどうなるのかよく分かる。

それでも雫は——確かにそこまでは考えていなかったのだ。

それどころか、メアに命じて人間を攻撃させることにも躊躇いを持たなかった。彼女はそのことに気づくと思わず自分の足下を見下ろす。

「……私は」

旅を始めたばかりの頃、武器を持たせようとしたエリクの提案を拒否したことがある。自分の道のために人を傷つけることはしたくないと思っていたからだ。

にもかかわらず雫の中でそれは、いつのまにか仕方のないことになっていた。向こうから攻撃してきたから、自分たちには大義があるから、そんな理由をあげて正当化しようと思えばいくらでもできるだろう。けれど雫は、無自覚の変質を指摘されて何も言えなくなった。

人の死に鈍感になったのか、争いの空気に慣れすぎたのか――とにかく彼女は知らぬうちに、昔と変わってしまっていたのだ。

呆然とする雫の肩をハーヴが叩く。

「聞かない方がいい。ああしなきゃまた攻撃されてたんだ」

「そうだね。僕は別にそれを否定する気はないよ。僕だったら最初から殺してただろうし。でも君はいつもいつも煩いんだ。君にあるのは自分が殺されてもいいってだけの気持ちで、殺すことについては何も考えちゃいない。けど殺されることに何の覚悟が要る？　そんなものがあろうとなかろうと、殺される時は殺されるんだ。そんなことは誰にだってできる」

覚悟がなくとも、死ぬ時は死んでしまう。

死は誰にでも訪れる。そこに不平等はない。

では不平等を生み出す覚悟とは何か。

「綺麗事を振りかざすのもいい加減にしなよ。君の理想じゃ何もできないし、君自身もうそれに気づいているんだ。それともまだ生温《なまぬる》いままでいたいっていうなら――ここから出て行けよ」

滔々《とうとう》と述べられた雫への反論は、まるでずっと長い間温められていたもののように淀みなかった。前回の別れから、もし彼女に再会することがあるのならこれを言ってやろうと思っていたのかもしれない。

忌々しげに吐き捨てた少年を雫は瞠目して見つめる。

キスクで二度目に会った時も、彼には「自分の命を軽んじている」と痛いところをつかれたのだ。そして今も、カイトの言葉は雫の固まりきっていなかった部分に突き刺さる。水に似た冷たさが自分の奥底へと染み渡っていった。

彼女は己のうちを振り返る。

――覚悟はあった。戦うための覚悟と死ぬ覚悟。

けれどそれは本当に、自分の手を汚すことを踏まえた上でのものだったのか。

魔女を倒す。或いはそれを為すために妨害者を排除する。それは実際何を意味するのか。ずっと力を持たずにいた自分は、結局誰かに攻撃を加える覚悟を分かっていなかったのではないか。

――鈍感ではいたくない。人の命に関することなのだ。

雫は目を閉じる。

短い間。しかしそれは決して無ではなかった。彼女は長く息を吐き出すと前を向く。そして相対し続けてきた少年を真っ直ぐ見つめると、雫は深く頭を下げた。

「ごめん。浅薄だった」

「って雫さん!?」

声を上げるハーヴと似たり寄ったりの驚愕を、カイトもまた浮かべている。まさかそう返ってくるとは思わなかったのだろう。彼は口を開けて彼女を見やった。雫は顔を上げ、続ける。

「確かに分かってなかった。言ってくれてありがとう」

ここで言われなければ、ずっと無自覚なままだった。知らぬまま力を揮い、少しずつ破綻していく……もしかしたらそんな未来を迎えたかもしれない。

そうならずに済んだのなら、この邂逅《かいこう》はきっと幸運のうちだ。

けれど、それでも、譲れぬものはある。

「でもやっぱり、私はできるなら人を殺したくない。私が武器を取るのは戦うためで、人を殺すためじゃない。あなたのことも……」

雫はカイトの後方に横たわる死骸に目をやる。重い悔恨が刹那、彼女の喉につかえた。

──彼らが死んだ責は自分にある。自分が鈍感だったからこそ彼らは殺された。

誰が何と言おうとそれは真実の一つで、おそらく一生忘れることはできない。魂を抜かれた女性を救えなかった時のように。

掬い上げられなかったものの重さを雫はずっと負っていく。今までの旅で、何人もの死を見送ってきたように。この世界で出会った人たちは皆、そうして覚悟を決めながらも生きてきているのだ。

「あなたのことも肯定はできない。殺さないで済むなら、その方がずっといい」

「あっそう。それで？」

「だから……私に協力して」

雫の言葉に二人は声を失くす。まるで煮えたぎる油の中に水を落とすような発言。唐突すぎる転換に、ハーヴはおろかカイトでさえもぽかんと口を開けた。

だがその愕然とした空気を感じ取りながらも、雫は怯まない。目を逸らさない。発言を撤回する気はない。ここから先は、後戻りがきかないことばかりなのだ。

「……は」

カイトは数秒の忘我から戻ると唇を曲げた。顔を斜めにして雫を見やる。

「協力って、馬鹿？　君って前から思ってたけど馬鹿でしょ」

「馬鹿はよく言われるけど煩いよ。というよりあなた傭兵なんでしょ？　私に雇われてよ」

「へ？　払えんの？　高いよ？」

「金額言ってみて」

自慢ではないがそれなりに貯蓄はある。キスクで働いていた四ヶ月間、オルティアはかなりの高給を雫に払ってくれていたのだ。おまけにその金額は女王の要請でファルサスにも引き継がれている。宮廷に住みこんでいる彼女は食と住は保障されていて、性格上浪費もしない。結果としてもらった給料を使うことはほとんどないのだ。せいぜいエリクに差し入れる菓子の材料費くらいで、それも微々たるものだ。

カイトは提案が予想外だったらしく、むすっとした顔になったが、それでも一日分の金額を口にする。その額は相場を知らない雫には高いか安いか分からなかったが、充分に支払い得る額だった。彼女はほっと安心する。

「あ、それなら払える。じゃあ今日一日お願い」

「本気？　前金なんだけど」

「え。今は持ってない……城戻らないと」

無言で長剣を抜こうとする少年に、雫はあわてて手を振った。

「ああ、待って！　絶対後で払うから！　五割増しにする！」

「……何でそんな必死なの？」

理解できないとあからさまに蔑む視線に、雫はほろ苦く微笑んだ。

「殺されたくないし、殺したくない。でも私にはやることがあるから。力を貸して欲しい」

理想はきっと理想でしかないのだろう。それを現実にすることはできない。分かり合えない相手を自分の思うまま変えることができないように。

けれど今だけは。

こんな時くらい少しの妥協を求めてみたい。

条件を示して、言い分を擂《す》り合《あ》わせて。剣を取るのはその後でもいいだろう。たとえこのままお互いに理解できずとも、言葉は確かに通じているはずだ。

カイトは不機嫌そのものの顔で雫を睨む。雫そのものを拒絶するような目に、ハーヴが無詠唱で構成を組み始めた時、けれどカイトはぶっきらぼうに吐き捨てた。

「二倍。後金にするなら二倍。じゃなきゃこの話はなしだ」

「分かった。払う」

雫は頷くと、ハーヴに「私が死んだら私のお金の中から彼に報酬を渡してください」と念を押す。

魔法士の男は困惑を隠せない顔ながらも「保証するよ」と声に出して支払いの意志を明確にした。

不機嫌そうな少年は、激しい舌打ちをして雫の前に立つ。自分より幾分背の高い彼を、彼女は微苦笑で見上げた。

「ってことで今日一日よろしく。えーと……名前聞いていい？」

雫は今更ながら彼の名を知らないことに気づく。二度会って、どちらも強烈に衝突しながら名乗りもしなかったのだ。ここで再会しなかったら一生相手の名前を知らないままだったかもしれない。

少年は苦々しく返した。

「カイト。カイト・ディシス」

「よろしくカイト。あ、この人はハーヴさん。で、私は」

「雫。ターキスから聞いた」

自分の名を知られていたことに雫は少しだけ驚いた。けれどすぐに「そっか」と苦笑する。

——人を殺したくない。殺させたくない。

でも今、大陸では多くの人が殺されていて、それが嫌だから自分は戦うことを決めた。

ただそう思う自分は、果たして本当に肝心な時、為すべきことを為すことができるのだろうか。

ハーヴが本を燃やすことを躊躇ったように、自分もまたその場で躊躇ってしまうのではないか。

雫は改めて、起こりうるかもしれない未来について考え始める。

もし魔女を殺せる……そんな場面に出くわしたのなら自分はどうするのだろうか、と。

瘴気で閉ざされた山間部。

遥か遠くに聳える城を監視していた魔法士は、次第に増えていく魔物の気配に戦慄を抑えられなかった。ヘルギニス領内には、レウティシアの手によって各所に探知結界が敷かれている。それで敵の状況をいくらか把握しようというのだ。

それら探知結界に振れていた魔法士は、隣にいる同僚を見やる。

「これは……不味いぞ。魔物の大群が召喚されつつある」

「大群？　どれくらいだ」

「数万か、もっと多いか？　対軍用かもしれない」

ファルサスはレウティシアの指揮で軍を編成して、城攻めを開始する予定だ。だが魔女はそれを察知して魔物の大群を当ててくるつもりなのかもしれない。少し前にメディアルの軍がそうして敗走させられたことを彼らは思い出す。

「王妹殿下に連絡を取れ」

彼らがあわただしく連絡を取る間にも、城を中心とする気配は徐々にその数を増していく。遠目にも空を飛ぶ幾つもの黒影が見え、耳障りな鳴き声が風に乗って広がっていった。

世界の終わりを予感させる仄暗い光景。

そこに慈悲はなく、ただ絶望だけが漂っている。

昏い土地に日は差さない。異界の淀みは清浄を拒む。

しかしその中に聳え立つ城だけは——誰のものとも分からぬ孤高を貫いているかのように、未だ沈黙を続けていた。

※

城の窓から見下ろした地上は遥か下方だ。

ここから飛び降りたら間違いなくばらばらになるだろう。窓から首だけ外に出した雫は、そんな深刻味のない感想を抱いた。

見渡す限り辺り一帯は昏く、空気は淀んでいる。遠くに見える山々を眺めていた雫は、けれどすぐ上で大きな羽ばたきの音を聞いて首を竦めた。おそるおそる真上を見上げてみると、更に上空には異形の怪物が飛び交っている。その数は数百を超えるだろう。奇声を上げる魔物の大群に、雫はあわてて頭を引っこめた。

ちらりと見ただけであれだけの数がいるのなら、全部でどれくらいの魔物が召喚されているのか。

全ての魔物が一斉に外から攻撃を仕掛けてきたなら、この城は途中でぽっきり折れるかもしれない、そんな光景を思い浮かべて雫はげっそりした。溜息をつきながら廊下に視線を戻すと、ハーヴが怪訝そうな顔をする。

「何か見えた？」

「いやー……上、凄《すご》いですよ。空真っ黒」

「ああ。瘴気のせいか」

「いえ。魔物で真っ黒。大量発生です」

雫は乾いた笑いで廊下を歩き出した。先ほどからほとんど口をきかないカイトがその後に続く。最後にハーヴが窓を振り返りながら、床に横たわる魔物の死体を踏み越えた。大型犬ほどの大きさをしたトカゲの魔物は、首を切り落とされぴくりとも動かない。石床に広がる緑色の血を彼らは踏まないように避けていく。

魔女により新たな人間たちが城に招かれたと言っても、現状雫たちの目的に変更はない。アヴィエラの打破、上位魔族の殺害、本の処分などやらなければならないことが複数ある。もっともその全てを三人でできるわけではないので、目的を同じくする人間たちと合流し、対策を練り直すことが当面の目標だ。

雫は階段に向かいながらカイトを振り返った。

「一階って今、危険なのかな。本当はそこに行こうかと思ってたんだけど」

「危険かどうかは知らないね。死体はいっぱいだけど。ああ、死体を食う魔物も集まってきてたな」

「よーし、無理」

死体だけならともかく魔物も集まっているというのなら、それはもう虎口だ。別の合流地点を探した方がいい。幸いこの城は、転移罠を除いてはどこに行くにも同じ階段、同じ廊下を通らなければばならないのだし、すれ違うということはまずないはずだ。とりあえず近い階段に向かって様子を窺おうということで、三人は廊下を黙々と進んでいく。

　時折遠くから聞こえてくる爆発音と振動に、雫は肩を竦めた。

「これって何の音ですか。さっきから砲撃でもしてるんですか」

「うーん。誰かが大きな魔法使ってるんじゃないかな」

「城折れたらどうしましょう。あっという間に建つって手抜き工事っぽいですよね」

「さすがにそれはないと思うけど……。そういう建物を建てる魔法があるんだよ。それができる魔法士はほとんど残ってないから、失われた技術だけどね」

「魔法も魔法で技術失伝とかあるんですね。後継者探しとかしないんですか？」

「学べば誰でも身につけられるものばかりじゃないから。あと、建築魔法が現役だったのは暗黒時代だから、あまり人に魔法を教えるって文化がなかったんだ。技術が流出したらまずいからね」

「世知辛いですね……」

　雫とハーヴは気の抜けた会話を交わしながら長い廊下を歩き、ついに階段に到達する。

　そこで爆発音の理由を知った。

「うっわぁ……」

　大人がゆうに二、三人は通れそうな大穴が壁に空いている。階段奥の壁をぶち抜いて作られたその穴によって、本来すぐには行き来できない上り階段と下り階段は、強引に通行できるよう変えられていた。

「すんごい強引なショートカット……」

壁を破って近道を作るなど、まともな人間の考えることではない。しかし雫もハーヴもそういう発想をしそうな人間に心当たりがあった。お互い苦めの顔を見合わせる。

「これって王様ですかね」

「いかにもそれっぽいけど。でも陛下は魔法を使えないよ」

「じゃあ魔法士の人にやらせたとか」

「それはありえる」

本来ならここはただの上り階段だ。しかし今は壁の穴越しに、奥の下り階段も見えている。ならば更に上の階はどうなのかというと、それは雫のいる場所からは角度的に分からなかった。

一段目に足をかけた彼女をカイトが留める。

「僕が先に行く。人の声がする」

「え。本当？　全然聞こえない」

「耳悪いだけだろ」

棘《とげ》のある言葉に、けれど雫は平然と「人だったら殺さないでね」と釘を刺しただけだった。返ってきたのは大きな舌打ちだが反論はないらしい。三人は慎重に階段を上っていく。

カイトは残り二段というところで体を返すと軽く跳躍した。おそらくそこにも穴が空いているのだろう。彼の姿は視界から消える。

一拍置いて、頭の上から声が降ってきた。

「いいよ。来なよ」

雫も一人であったなら、階段の途中から斜め上方へ飛び上がるなど不可能だったに違いない。しかし今は幸いメアが補助をしてくれる。彼らはそのまま空けられた穴を辿って三階分を上った。次第に雫の耳にも人の言い争う声が聞こえてくる。

「……って……ら、………！」

「そんな……………だ！」

「お前たちは…………ろう！」

二人や三人ではない、十人以上もの声。どうやら衝突寸前といった感じの口論に彼女とハーヴは顔色を変えた。あわてて階段を上っていく。

――問題の口論は、そこから更に二階上の階段前で行われていた。

穴を抜けて雫が顔を出してみたところ、剣を抜いた男たちが二手に分かれて激しく言い争っている。いつ斬り合いになってもおかしくない空気だ。互いの態度を非難する罵り合いは、見たところファルサスの人間とそれ以外の人間たちに分かれての応酬となっているようだった。

他の階にまで聞こえる声に引かれて集まってきたのだろう。分断されたはずのファルサスの武官や魔法士が十人以上居合わせているのを見て、雫はひとまず胸を撫で下ろす。剣を手にした武官の一人が、彼女たちに気づいて表情を緩めた。

「無事だったか」

「おかげさまで。ところで、何がどうしたんですか？」

口論の断片を聞いても事情がまったく分からない。怪訝な顔の雫に、彼は簡単にあらましを説明してくれる。

――元はと言えば、誰かが階段の壁を抜いたことで通路が縦一直線になったことが間接的な原因らしい。そこを上ってきた挑戦者がファルサスの武官たちと出くわし、小競り合いになりかけてしまったのだ。

ファルサスの人間は「こんなところで何をしている。危険だから退去しろ」と彼らを押し返そうとし、魔女に弄された招待客たちは「ファルサスが王になれる本を奪おうとしている」と彼らを非難する。言い争いは、一度は双方剣を抜くところまで行ったが、ファルサスの魔法士が結界を張ってそれを押し留めたことと、魔女に招かれた者たちの中でも比較的冷静な人間が場を抑えて、再び口論に戻ったのだという。かと言って現状、対立はまったく収まる気配がない。

「あー……こんなことしてる場合じゃないのに」

「殺す？　大して手間じゃないしね」

「待って待って待って」

雫はカイトを押し留める。そんなことをされては彼を雇った意味がない。彼女が頭を痛めていると、不穏な会話を聞き取ったのか傭兵らしき一人が雫を睨みつけた。

「何だって？　今何と言った」

「殺してやろうかって言ったんだよ。雑魚が煩いから」

「あああ、事態が加速度的に悪化！」

一触即発の一触どころか、思いきりめりこむようなカイトの発言に、雫は思わず絶叫した。

これで戦闘にでもなったら責任はきっと彼女に回ってくるだろう。実際責任があるのだから仕方ない。「人間同士で争わせる」という魔女の意図に面白いほど踊らされてしまっている。

しかし相手の傭兵は、雫の予想とは逆に青ざめた。

「お前……カイト・ディシスか」

「そうだよ。だから何？　何番目に殺されたい？」

「ま、待て」

「待ってってば！」

男と同時に雫が叫ぶと、カイトは舌打ちする。その声に周囲の注目も集まった。雫はままならなさを嚙みしめる。

——まったく、腹立たしいことこの上ない。

こんなことをしている場合ではないのだ。外では魔物が大量に召喚されていて、人間同士争っている場合ではない。

だから……人心を揺るがし操作することが魔女の手管というなら、その逆をやるしかない。

言葉を以て、この状況を変えるのだ。

雫は真面目な表情を作って皆を見回す。

「すみません、誤解があるみたいですけど、あの本って王になれる本なんかじゃないんですよ。ただの魔法具です」

「何だと？　だが、魔女はあれには禁呪の構成図も描かれていると言っていたぞ」

カイトには怯んだ男も、年若く見える雫ならば圧しやすいと思ったのだろう。険を作ってすごんでくる相手に、雫はかぶりを振った。

「違います。あれは人間の精神を侵蝕する魔法具なんです。今回の魔女討伐でも破壊対象に入ってます。ほら、以前カンデラ城で宮仕えの人間が同士討ちをして壊滅する事件があったじゃないですか。あの時に使われたのが、魔女の持っていた本です。彼女はカンデラの事件で糸を引いていた一人として、ずっとファルサスに捜索されてたんですよ」

嘘も混ざっているが、大筋では事実だ。今は熱くなっている彼らに「自分たちは騙されているのかもしれない」と疑ってもらうことが第一で、本当のことを混ぜれば気づいてくれる人はいる。

実際、相当の騒ぎになったカンデラ事件を知っている人間は多いのだろう。何人かが顔を顰めて囁き合った。雫は少し困ったように続ける。

「第一、本当に王になれる本なんてあるなら、どうして魔女はそれを自分だけのものにしないで皆さんに教えたりするんですか」

何故本の存在を明らかにするのか。それはきっと、人の戦意を煽るためだ。

「皆さんがここに招かれたのは、ファルサスの討伐隊が城に入ってからのことなんです。おそらく皆さんを煽動して私たちを排除しようとしているんでしょう。でも残念ながら、王になれる本なんて話は嘘ですし、本を手にすれば精神を狂わされて魔女の力になるだけです。――たとえばこの城がどうやって作られたか、皆さんはご存じですか？」

水を打ったような沈黙が場に広がる。

ややあってそれに答えたのは、今までずっと沈黙していた剣士の一人だ。彼は静寂に添うような低い声で答える。

「人の命を使って作ったんだろう。傭兵たちを何百人も雇って魔物と戦わせて」

「ええ、そうです」

興味を引くため問いかけという形を取ったが、正解が返ってくるとは思わなかった。

どうして知っているのか、いささか驚いた雫に男は苦い顔を見せる。

「俺はその時の生き残りだ……。あれは酷いものだった。古くからの知り合いが何人も死んだ。だから今はせめて魔女に一矢報いたくてな。正直な話、王などはどうでもいい」

男の隣にいる魔法士も同様なのか小さく頷く。彼らの纏う決意は疑いようもないもので、その重さに今までいきり立っていた者たちも皆、口を噤んだ。煽られていた野心が冷えた彼らは、自分たちが今、魔女の城にいることを思い出したのか、顔を強張らせる。

雫の目の前にいる男も、また絶句していた。いくらか顔を青ざめさせた彼は、しかしまだ引き下がれないのか、幾分弱くなった声で問う。

「しかし……だったら何故魔女は、お前たちを自分の力で殺さない？　魔物だってなんだって使えばいいだろう」

「――そんな余裕がないからだよ」

涼やかな声は、上階に続く穴から降ってきた。

多くの視線がそちらへ向くと同時に、穴から魔法着を着た男が現れる。雫は飛び上がって彼の名を呼んだ。

「エリク！」

「うん。今、魔女は僕らを相手にしてる暇がないんじゃないかな。十二ヵ国から宣戦されたし、それに対抗して魔物の大軍を召喚してる。今、外は酷いことになってるよ。全面戦争まであとちょっと、ってとこ」

「え……」

その場にいた全員の顔色が変わる。何人かが窓の外を見やった。

暗い空。濃すぎる瘴気。それはもはや目を逸らせない現実だ。

諍《いさか》いの狂熱が綺麗に拭われていく。雫に食ってかかった男は、完全に血の気が引いた顔になると、震える声で呟いた。

「……まさか。本当なのか？」

「人を欺くのは魔女の常套《じょうとう》だよ」

追い討ちをかけるエリクの言葉。それは短い口論の幕切れとも言えるものだった。

※

報告に上がっている魔物の数は、既に十万を越えていた。

一体一体はそう強い種ではないが、魔女の城周辺に集まっているそれら大群の存在を聞いて、各国軍の指揮を取る者たちは緊張を隠せなかった。

今回の作戦に参加した国の中でも、王族自身が陣頭指揮に立つ国は多くない。

そのうちの一つ、ロズサークは、三万の軍を一旦ファルサス北部の砦へと転移させると、そこで連合国軍に合流した。広い草原に諸国の軍が集まる中、まだ若いロズサーク国王オルトヴィーンは、馬上からレウティシアを見つけると簡単に打ち合わせをした。

「魔物は無限に補充されるのか？　だとしたら、いくらなんでもやっていられん。対策はないのか」

「ヘルギニス城内の核が破壊されたら、瘴気を生んでいる四方の構成を切り崩すわ。そうしたら召喚の勢いも止まるでしょう」

「構成を切り崩すのにどれくらいかかる」

「一時間。向こうもそれをさせまいと防衛してくるでしょうけど」

「迂遠《うえん》だな。城内に入りこんだ者たちが死んでいたらどうする」

「……うるさい」

違う国の王族である二人は初対面ではない。カンデラの事件の際、ファルサスが代理統治を依頼したのがロズサークで、その時に顔をつき合わせている。そもそも極秘の話ではあるが、二人は血縁なのだ。オルトヴィーンは血の濃さ的にはファルサス直系と言っていい人間で、だが彼自身がそれを面倒事として伏せている。

オルトヴィーンはついでのように言った。

「魔女とか名乗っている女だがな、前歴が出てきた。同名の人間が大陸歴史文化研究所に論文をいくつか寄稿してる」

「大陸歴史文化研究所？　あちこちの国に支部を置いてる？」

「そうだ。無所属の学者の論文を集めているところだな。年齢制限も特にない。アヴィエラが初めて論文を寄稿してきた時は十四歳だったそうだ。論文は全部で十二。提出された支部はその時ごとに違う国だ。大陸を転々としていたみたいだな」

「論文の内容は？」

すかさず問うてくるレウティシアに、オルトヴィーンは皮肉げに笑った。

「俺もざっと目を通したが、どれも禁呪使用の弊害について訴えるごく平凡なものだったぞ。実際、当時も特に注目されなかったらしい」

「弊害……？」

その話が本当ならアヴィエラは、かつては禁呪に対しまともな姿勢を取っていたということになる。カンデラでは邪教側についていたという彼女は、その後に変節したということだろうか。

考えこむレウティシアにオルトヴィーンは補足する。

「ただ、最後の論文が載った紀要だけは発行後、回収と処分が為された。中に書かれていた禁呪構成が実現可能なものだと指摘が入ったんだ。その知識目当てに、小国がいくつかアヴィエラに接触をはかったという噂《うわさ》もある」

「馬鹿なことを……」

そうして禁呪を伝える魔法士が生まれたのだとしたら、愚かにもほどがある。

「歴史学者の成れの果てが魔女なんて迷惑な話だわ。大陸全土を相手に戦争をしかけるなんて」

「しかもこちらが劣勢ときている。笑えない話だ」

二人は苦い顔を見合わせる。だがそうしていても何ら事態は前進しない。レウティシアは溜めこんだ息を吐き出すと、軽く手を振る。

「城に入ってる人間が全滅した時は、私が中に入って核を壊してくるわ。代わりに総指揮をお願い。ついでにファルサスもよろしく」

もしこの戦闘でファルサス王族の二人が死亡しても、オルトヴィーンが残る。だがそれを聞いて、彼は端整な顔を顰めた。

「お前たち兄妹は人使いが荒い。ファルサスなど誰が要るか」

「ならアカーシアだけでも持ってきなさいよ」

「要らん」

「貴方にじゃないわ。貴方の息子に渡すのよ。――あの城には、ヴィエドを守った子も行っているのだから」

「……あの娘までもか？」

オルトヴィーンは目を瞠る。しかし彼は、すぐに表情を消すと手綱を引いて自軍のところへ戻っていった。レウティシアは青い瞳をヘルギニスの方角にさまよわせる。

闇はまだ来ない。けれどそれは人の心に強い不安を投げかける。

そして彼らがその不安と戦いながらも敗北し絶望した時、この大陸には六百年の時をおいて、再び暗黒が訪れるのだ。

※

魔女に利用されていただけだと分かると、招かれた者たちのほとんどは元の街に帰りたがった。

だが、一階に下りるにしてもそこは既に魔物だらけで、外もまた魔物がひしめき始めている。

そのため、エリクは手近な一室を使って結界を張ると「比較的安全地帯」を作ってやった。不安げながらもそこで待つことにしたらしい十数人を置いて、残りの者たちは城を上っていく。

雫はエリクの手を借りて階段の穴をくぐりながら、彼の耳に囁いた。

「この穴空けたのってエリクですか？」

「違うよ。王じゃないの？」

「あれ。王様もうそんな上まで行っちゃったんですか」

エリクと再会してから雫は、一度ラルスの居場所を知るために本と繋がったが、その時は彼についての記述は何もなかった。ということはおそらくまだ無事なのだろう。そして無事でいるのなら上に向かっているに違いない。

またこの穴は、雫のいた階の更に下から空けられていたのだ。そこから既にここまで穴が空けられているということは、穴を空けた人物はかなりのスピードで城を上っていることになる。

もしラルスの仕業であるのならつき合わされている魔法士はさぞや大変だ。雫は誰かも分からぬ魔法士の苦労を思って、声には出さず同情した。

階段を上りつつ、雫は後ろに続く人間たちを見やって浮かない顔になる。

「他の人たちって無事なんですかね。大分減っちゃいましたけど」

「断言はできないけど時間が経ちすぎている。ここにいないほとんどの人間はもう駄目だと思うよ。ただ生きていれば階段の穴に気づくだろうし、いずれ合流できる」

エリクは可能性の薄い気休めは言わない。雫は自分でも薄々疑っていた答えに眉を曇らせた。皆きっと、こうなることが分かっていただろう。それでも悼まずにはいられない。彼らは意志のない駒ではなく、紛れもない挑戦者だった。その精神の強靭《きょうじん》さを思って彼女は息を詰まらせる。

「もうすぐ全面戦争って本当ですか……」

「本当。今外では瘴気を利用してどんどん魔物が召喚されてる。早く魔法装置を壊さなきゃ不味い」

「あ、じゃあ核を……」

「うん。そのつもり。今そこへ向かってる」

ヘルギニスを覆う瘴気も、城にある魔法装置の核と東西南北の構成を崩せば少しは緩和される。そうなれば異界化は解け、ヘルギニスは元の「魔に閉ざされた土地」に戻るだろう。そこまで考えて雫は首を傾げた。

――本当にそれでいいのだろうか。魔法装置を壊しただけで魔女に勝てるのか。

疑問に思いながらも彼女はエリクに手を引かれ、階段の穴をくぐっていく。

言葉少なに階段を上り続ける彼らが核のある階についたのは、それからしばらくのことだった。

今までの階は円状の廊下の内側に小部屋がいくつか配されていたが、この階には小部屋が一つもない。代わりに廊下の内側は大きな円形の広間になっており、中央に魔法装置の核が配されていた。床に描かれた大きな魔法陣。複雑極まる紋様を描くそれの各所には、透明な水晶球が埋めこまれている。加えて陣の中央には直径二メートルほどの真円の窪《くぼ》みがあり、薄く水が張られていた。

まるで水鏡のようなそれが気になって、雫は魔法陣に近づく。

だが次の瞬間彼女は、見えない壁に爪先と額をぶつけ、声もなく蹲った。

周囲の人間たちが困惑の目でその姿を見やる。特にカイトは雇い主に氷の視線を注いだ。

「君ってどうしようもない馬鹿だね。他の人間が何で止まったかとか考えないの？」

「うう……結界が張ってあるとか思わなかった……」

不注意に関してはまったく反論のしようがないので、雫は額を押さえながら立ち上がった。魔法陣の周りには既にエリクをはじめとして九人の魔法士が立ち、中を覗きこんでいる。

「これは、暴走させないよう破壊するのは大変そうだな」

「ある程度解いてから破壊するか？　時間はかかりそうだが」

「アカーシアがあった方がいいかもしれない。陛下を探してこよう」

「待て。陛下は他になさることがある。これくらいは我らで何とかせねば……」

悩みながらもとりあえず不可視の壁を解こうとする彼らを背に、雫は窓のない部屋を見回した。壁に隔たれて見えない四方、東西南北を順に見やる。

荒地に建つ城。それを中心とした異界。

けれどこの土地は、もともと強い魔の気のために、人の住めぬ土地であったのだ。それを暗黒時代の数百年間、巨大な魔法装置が浄化していただけで——

魔女はその魔法装置を、反転させて瘴気を生み出しているという。そんなことを可能にしたのは、あの紅い本だろう。ヘルギニスの浄化装置についての記録は残っていない。かつて魔女によって滅ぼされた際に消滅してしまった。

けれど紅い本には、すべての歴史が載っている。アヴィエラはその記述を元に、今の装置を作り上げたのだ。

「……なら、もしかして」

一つ、思いつく。

そんなことが可能なのか雫には分からない。だから彼女はエリクを手招き、小声で問うた。

「エリクってキスク戦の時、魔法使用禁止の構成を書き換えたんですよね」

「ああ。そんなこともあったね。うん」

「じゃあ今もそれってできますか？」

彼女が何を言おうとしているのか、摑みかねて男は首を傾げる。雫は改めて言い直した。

「この装置って、もともとヘルギニスを浄化するためのものを悪用してあるんですよね？　なら、それを元に戻すことってできますか？　……元の、浄化装置に」

異界化を解くだけでは有利にならない。それではヘルギニスは魔の土地のままなのだ。ならば、ここにある装置を逆に利用したらどうなるのか。国を建てられるほどに土地を清めたという装置に戻せば、有利は手に入るのではないか。

彼女の提案にエリクは目を丸くする。

「できるかもしれないけど……元の構成が分からないときつい。闇雲に書き換えることはできないから……って、まさか」

「元の構成なら私が読めます」

魔女の本にはそれが書かれている。そして本に繋がる雫であれば、構成を知ることができるのだ。不利を有利に転じさせる一手。彼女の提案を把握してエリクは絶句した。

「……それは、不可能ではない、と思う」

エリクは、彼にしては長い沈黙を経て口を開いた。消せない苦渋が平坦《へいたん》な声に浮かぶ。

「けど僕は正直、君にあまりこの本を使って欲しくない。記述権を奪ったことで充分すぎるくらいだ。これ以上はやりすぎだよ」

「でも、できるんですよね？　なら、やらせてみてください。このままじゃ取り返しのつかないことになるかもしれません」

魔物と人間の軍隊がぶつかりあうことになれば、その惨状はこれまでで最大のものとなるだろう。そうなる前にできるだけの手を打ちたい。何かをしたいと思ったからこそ、この城に来たのだ。

真剣に訴える雫にエリクは整った顔を顰める。彼はそのまましばらく雫を見つめていたが、小さく溜息をつくと魔法陣を振り返った。

「……分かった」

「エリク！」

ほっと笑顔になる彼女の肩を叩くと、エリクは魔法士を集めてなにやら相談を始める。

洩れ聞こえるその内容は、雫にはよく意味が分からなかったが、どうやらこの核が巨大な装置の効果を制御していることを確認しているらしい。他の魔法士たちは悩みながらも一人一人魔法陣を見下ろす。そのうちに皆の意見が一致すると、エリクは指を上げて東の方向を指し示した。

「多分、四方の構成はヘルギニス国にあったものと共通だと思う。実際に見たけど核から効果を受け取りながら、一帯に力を回すための構成だった。だから、ここを書き換えてしまえば四方の構成はそのままで浄化装置に使える」

「なるほど……。それができれば外にいる魔族も半分以上は送り返されるだろうな。浄化結界に耐えきれない」

「だが机上の話だろう。規模が尋常ではないし、元の構成も分からない」

「その辺りは何とかするよ。書き換えも僕がやる」

話がまとまり、魔法陣を覆っていた結界が解かれる。

エリクは魔法陣の上、水盆の向こう側に立つと雫を手招いた。彼女はそれに応えて恐る恐る魔法陣に踏みこむ。

一同の視線を受けて、エリクは周囲を見回した。抜きんでた構成技術をファルサス王妹からも賞賛される彼は、淡々とした声で宣言する。

「これから、ヘルギニスを異界化させている魔法装置を浄化装置に転じさせる。かかる時間はどれくらいか分からないけど、成功すれば多分魔物のほとんどは消滅するか弱体化するだろう。ただ、書き換え途中で気づかれれば魔女か魔物が妨害に来る可能性が高い。その間、君たちには攻撃を食い止めてもらいたいけど、これはかなり危険な戦闘になると思う。居合わせたくないと思う人間は今のうちに避難しておいて。僕には責任とれないから」

熱のない口調だ。しかしそれに呆れる人間はいても、立ち去ろうとする者は一人もいなかった。全部で二十三人いる彼らは、思い思いに無言の視線で応える。

エリクは苦笑もせず頷くと、二十四人目である女を見下ろした。

「構成図の読み方って教えたよね。覚えてる？」

「覚えてます。大丈夫です」

それは彼に代わって構成図を描いた時、散々やったことだ。少なくとも構成図に限って言うならエリクと意志を通わせる自信は充分にある。彼は少しだけ微笑むと足元の魔法陣を見下ろした。

「これを見て、違う箇所を指摘して……って、君は魔力が見えないか。仕方ない」

「え。あれ。まずいですか」

床に刻まれているものが全てではないのか。焦る彼女に、エリクは自分の額をつついて見せる。

「大丈夫。表層意識を共有させよう。僕の表象が伝わるから君にも魔力が見えるようになる」

彼は言いながら魔法陣の上に片膝を立てて座った。手を引かれた雫はそのすぐ前に膝立ちし、男と顔を見合わせる。

エリクは片手で彼女の腰を抱いて体を引き寄せた。途端に間近になった彼の顔に、雫はさすがに赤面しそうになる。こんな近くで彼の顔を見るのは初めてかもしれない。だが前にもそんなことを思った気がして内心首を傾いだ。

そんな混乱が伝わったのか伝わっていないのか、エリクは平然とした顔で彼女に注意する。

「あんまり余計なこと考えないで。意識が濁る」

「うっ……プライバシーは自主防衛」

おかしなことを考えてそれが伝わりでもしたら、目もあてられない。

平常心を唱え始めた雫を置いて、エリクは複雑に張り巡らされた線を見やると、その中の太い一本に手を乗せた。指先に耳飾りから汲み出した魔力を集中させる。

「アカーシアがあれば侵入しやすかったんだけど。強引に入るしかないか」

エリクは集めた魔力を圧縮し、構成の一端を狙う。

雫を除いた全員の視線がその手に集中した一瞬後、火花が弾けるような音が鳴った。

侵蝕の始まり。

エリクは顔を上げて、じっと雫を見つめる。

その藍色の目を見て、雫は自分が何をするかを理解した。

目を閉じる。自分の額を彼の額に触れさせる。

意識を共有させる。浮かび上がるイメージを共にする。

そこに見えるものは、本来魔力を持たない彼女には見えない景色だ。

魔法陣の上に浮かび上がる複雑かつ優美な線の交差。それらは感嘆の息を禁じ得ないほど凄まじく、美しい。雫の意識はその光景にしばし圧倒される。

——見えている世界が違う。

魔法士と、魔力を持たない人間の違い。それは、頭では分かっていても理解できてはいなかった。

同じ人間同士が同じ世界を見ているのに、見えるものが違っているなどとは。

けれどずっと、彼の目にはこの世界が見えていた。

魔力という皮層を被《かぶ》せた世界。

可能性の無限を伝える深遠。

違う位階を含むその光景に、雫は泣きたいような震えを覚える。

彼女は熱くなる胸に、題名のない本を抱えこんだ。

意識を繋げる。雫は膨大な情報の中から、かつてこの地にあった魔法装置の構成図を引き出した。

落ち着いた男の声が言う。

「いいよ。教えて」

「……はい」

触れている額と、自分の体を支える彼の片腕だけが現実の感触だ。

あとは全て、精神の沃野に広がっている。エリクの視界を通じて見える構成と、本から引き出した構成図、その両方がどちらも手に取るように分かる。雫は二つの差異を基盤部分から探った。

「まず第三系列……始点と終点を入れ替えてください」

「うん」

「第四を九十度時計回りに回転。第九まで同様にずらします」

「ちょっと待って……いいよ」

「第十一と第三十三の交差を解除。第四十七と繋げてください」

淡々と重ねられる指示と、それに応える力。

一対となって構成を書き換えていく男女の姿を、皆は固唾をのんで見守る。

この一手が、戦況を転換させることを祈りながら。

※

最上階に戻ってきたアヴィエラは、ぼろぼろに刃こぼれした長剣を一振り抱えていた。またどこかで拾ってきたのだろう。大切そうに剣を見下ろす彼女をエルザードは呆れ混じりに見やる。

「魔物の召喚はもういいのか」

「ああ。あとは自然発生するようにしてきた。瘴気が濃いからそれで充分だろう？　数が五十万を越えたら攻勢をかけるさ」

「お前の連れてきた人間たちは、ほとんどが脱落したぞ」

「そうか」

魔女はそれを聞いても何ら気にする様子はない。余裕というよりは、全てを達観し受け入れているかのような態度にエルザードは苛立ちを覚えた。

「最初に来たファルサスの奴らは約半数死亡した。生き残った奴らは中層階にいるな。……一人、凄い速度で上ってきている奴がいるが。もう近いぞ」

「アカーシアの剣士かな」

天敵の接近を楽しげに笑うアヴィエラは、しかしそこでふと目を瞠った。彼女は目に見えぬものを探るように視線を辺りに漂わせる。女の変化に魔族の男は軽く眉を上げた。

「どうした」

「誰かが装置の核に触れているな。これは……構成を書き換えているのか。そんなことが可能だとは思わなかった。面白い技術を持った人間がいるものだな」

「感心するな。殺してこよう」

一帯を異界化させている構成を書き換えられては、召喚そのものはおろか、既に召喚している魔物たちにも影響が出る。

玉座から立ち上がりかけたエルザードを、しかしアヴィエラは手を上げて留めた。

「いい。私が行く。どんな奴がやっているのか見てみたいからな」

「誰がやっていようと同じだ。どうせ殺す」

「違うさ。人が死んでもそれは無ではない」

アヴィエラの目に、ここではない景色が映る。

まだ世界に絶望していない少女のように。

裏切られながらも諦めなかった大人のように。

魔女に成った女は、無数の感情に満ちた目で謳う。

「歴史は無数の人間の軌跡が作るのだ。人間は美しいぞ、エルザード」

「……お前はまたそれか」

理解できない言葉に男が吐き捨てると、魔女は楽しそうに笑った。彼女は持っていた長剣を玉座の脇に立てかけて、踵を返す。

「私がいない間にアカーシアの剣士が来たら丁重にもてなしておいてくれ」

「肉塊に変えておこう」

女は返事の代わりにくすくすと笑うとその場からかき消えた。綺麗に伸びた背筋の残像がまだ辺りに残っている気がして、エルザードは目を閉じる。

彼女が何を望んで戦乱を引き起こしたのか、彼は知らない。

だから男は退屈そうに欠伸を一つして、再び両瞼を閉じた。

※

エリクと雫が構成を書き換え始めてから、二十分が経過した。その間二人は微動だにせず、ただ構成の書き換えを指示する声とそれに対する返答だけがぽつぽつ続いている。

あまりにも巨大な構成の中を、少しずつ少しずつ動かしていく魔力はささやかなものだが、それでもエリクにかかる負担は少なくないらしい。頰を伝っていく汗に彼は息をつくと、腕の中の女に促した。

「いいよ。次を教えて」

「……第百十二系列を複製してください。第百十五をそれで上書きでお願いします」

雫は目を閉じたまま、若干の間を置いて修正箇所を口にする。最初からその繰り返しだ。半分夢の中にいるような雫の表情は、けれど時々現実を見失ったかのように薄弱としたものになり、その度に男の声が彼女の意識をゆるりと引き戻していた。

まるで不可思議なその光景。始めは彼らに注目していた者たちも、ここから先のことを考え、各人準備をするようになった。魔法士たちは二人を中心に何重にも結界を張り、剣士や武官は意識を研ぎ澄ませながら己の愛剣を簡単に磨き直す。

まるで嵐の前の静けさに似たひとときだ。その中にあってカイトは、緊張するわけでもなくただ短剣の刃を確かめながら、時折雫の背を振り返っていた。

乱戦を期待してこの城を訪れたというのに何だか妙な成り行きになってしまったが、それはそれで別に構わない。むしろ魔女を殺す機会が回ってくるなら願ったり叶ったりだ。彼は笑おうとして、しかし不機嫌そうな表情になる。

——さっきからいまいち気分がよくないのは、きっと自分を雇った女のせいだ。彼女がいちいち小うるさく注文をつけるから。

或いはこの変化はもっと以前から始まっていたのかもしれない。

いつからか彼は、人を殺しても前のように面白いとは思わなくなっていたのだ。


『笑えなくなった』

カイトがそう古くからの知己に洩らした時、相手は『年を取ったんだろう』と返してきた。

それを聞いた時は「そうなのか」という気持ちと「そんなはずがない」という気持ちがせめぎあったが、理由を考えても後付けにしかならないだろう。

ただ彼は、笑えなくなった。

人を殺すことに抵抗はないが、それを楽しむことはなくなった。

刃物を振るい敵を絶命させるのは仕事で、もはやただの作業だ。面白いとも何とも思わない。相手が見苦しく命乞いをした時などは不快でさえある。

けれどそれを認めたくないカイトは、危険な仕事も次々と引き受けた。魔女の城にも飛びこんだ。

結果として彼はまた、彼女に出会ってしまったのだ。やたらと腹立たしく、頑固で口うるさい愚かな小娘に。

正論や正義を振りかざす人間には、今までもたくさん出会ってきた。彼らは皆、自分の偏狭な視野でしか物事を見られない、幸福で無知な人種だった。彼女もそうだ。

しかしその中でただ一人、彼女だけがもう一度彼の前に現れ、二度、彼の嗜好《しこう》を拒絶した。

それは最初の時、たまたま彼女が知己の依頼人で、殺さなかったせいだ。見逃していたからこそ再会した。そこに特別な何かがあったわけではなく、子供じみた意見に感銘を受けたわけでもない。

二度目に会った時、彼女はまだ似たような批判を彼にしてきた。前回脅されたにもかかわらず、そしてまた、刃物を突きつけられたにもかかわらずだ。

その内容は相変わらず陳腐で愚かしかった。けれどそんな彼女の態度は、彼に苛立ちと……埒もない想像をもたらしたのだ。

『もしあの人間を殺していなかったら』

『もしあの人物にもう一度会っていたのなら』

彼らは、再会しても一度目と同じようなことを言ったのだろうか。それともカイトを恐れて変節したのだろうか。生きていればそこには必ず、何かしらがあったはずだ。

もはや起こりうることのない想像。それは考えても仕方がない、考える意味もない仮定だ。

――だがカイトは何故かそこから、笑えなくなってしまった。

「……暇すぎ。苛々《いらいら》する」

カイトは手に持った短剣を何度か返してみる。よく磨かれたその刃に、雫の小さな背が映った。

鎧も何も着ていない背は、今短剣を投擲すればそれだけで死に至るだろう。

だが相手は仮にも雇い主だ。殺してみようとは思わないし、そうでなくても面倒臭い。ああいう人種とはさっさと別れて以後顔を合わせないに限る。

彼は思考を閉ざすと、ただ自分が必要とされる時を待った。

そして、その時が来る。


微かに空気を揺らす音。

魔法士たちが一斉に振り返る。その視線の先、広間の入り口近くにひずみが現れた。

転移魔法の前兆を見て、全員が臨戦態勢に入る。

間を置かずして、その場に一人の女が現れた。

深紅の魔法着。艶やかな銀髪が転移の余韻を残して揺らめいた。

赤みがかった茶色の瞳が広間を見回す。

「ほう……面白い。構成を書き換えているのはファルサスの魔法士か？」

魔女が見出したのは魔法陣の中に座する二人だ。その視線に気づいた数人は、咄嗟に動くと自らの体によって二人の姿を隠した。戦意が水位を上げていく。

ファルサスの武官が、女に向けて誰何《すいか》した。

「お前が魔女か？」

遠慮のない問いに、アヴィエラは微笑んだ。

「そうだな。今はそう名乗っている。この城の主だ」

「……ならば、外の魔物たちの召喚を止めてもらおう」

「そんな要求を私が聞くと思っているのか？　何故私がここに来たか分かっているだろうに」

喉を鳴らし魔女は笑う。それは強者からの宣戦布告だ。広間の空気が息も許さぬほど張り詰める。

アヴィエラは、恐れを越え自らに挑もうとする者たちを一人一人見つめた。紅い唇に笑みを刻む。

「全力でかかって来るといい。私を止めたいと思うのならば」


かつて六百年の昔、ここには一つの国があった。

聖女が清めた土地に生まれた国ヘルギニス。

戦乱溢れる暗黒時代にあっても長く平和を保っていた辺境の小国はしかし、ある夜突然滅びさる。

街を焼き、城を破壊したのは魔女と呼ばれる女。

人にして人ではない畏れの存在。


「……魔女か。上等だよ」

カイトは左手に短剣を握りなおす。

ここしばらくどんな仕事をしても面白いと思えなかった気分が、今確かに昂揚《こうよう》していた。少年は右手に長剣を抜き放つ。

恐れはない。そんなものを感じたことはない。

だから彼は息を細め、「獲物」を見つめた。

アヴィエラは微笑んで細い左腕を伸ばす。

長い指。しなやかな思惟。

「さあ、始めよう」
魔女が軽く指を弾く――それを合図として、ヘルギニス城の広間では苛烈な戦闘が開始された。

※

城の最上階、大きな窓からは濁った風が強く吹きこんでいた。

広間に一つきりの玉座には、魔族の男が目を閉じて座している。

代わり映えのしない時。だが、永遠も一瞬も彼にとっては大差ない。生まれては死んでいく人の生が、泡沫《うたかた》と等しく思えるように。

――ならば何故、まだこの世界に留まっているのか。

彼とアヴィエラを繋ぐ契約は、いつでも破れるような拙いものだ。彼女が紅い本に書かれた知識をもとに彼を呼び出したのはまだ十代半ばの頃、当時の彼女は未熟さが残る魔法士だった。

だから、帰ろうと思えばいつでも帰れる。この世界の全てに飽いてしまったのなら。

けれどエルザードは目を閉じてその場に座ったままだ。そして彼女が帰ってくるのを待っている。時の変化を感じ取れないからこそ、未来のことなど想像もせずに。

「――何だ、お前だけか」

ぞんざいな男の声が響く。

足音はしなかったがその接近は分かっていた。エルザードは片目を開けて侵入者に対する。

世界で一振りしかない、そして上位位階にもない魔法の効かぬ剣。それを携え一人現れた王は、広間の入り口から不敵な目で玉座を見据えた。

「無駄に階段を上らされて腹が立ったぞ。魔女はどこだ？」

「ここにはいない」

「ならお前を殺した後に探しに行くか。面倒だが」

「大言壮語を」

ただの人間が、神とも呼ばれる上位魔族に大きな口を叩いている。そのことが妙におかしくてエルザードは笑った。彼は滑らかな仕草で立ち上がる。

「探しに行く必要はない。ここで待てばいいのだ。肉塊になってな」

死を告げる言葉に、だが王は傲岸な目で返しただけだった。ラルスは剣を下ろしたまま、躊躇なく距離を詰めてくる。その態度にエルザードは舌打ちしたくなった。

「一応忠告しておくが……アヴィエラより俺の方が強い」

「だから？」

ラルスは顔色一つ変えずアカーシアを構える。ファルサス王家に顕著な青い瞳が挑戦的に輝いた。

「一番強いならなおさら、俺が相手をするのが筋だろう？　――さっさと来い。死を教えてやる」

淀みを孕む冷えた風。

窓の外から無数の羽ばたきが聞こえてくる。

だがそれら忌まわしい喧騒も玉座の間を侵せない。研ぎ澄まされた空気だけがそこにある。

「……人間風情が」

エルザードは詠唱もなく構成を組むと、それを指先に灯した。青白い光越しに人の王を見やる。

未来のことなど想像できない。

変わりゆく時間というものが分からない。

だからこそ彼は自身の敗北など微塵も考えずに——脆弱《ぜいじゃく》な命を貫く雷光を打ち出した。

※

——それはもう十年以上も昔のことだ。


本を読むことが大好きだった。そこには世界の広がりがあった。

遠い異国のことも過去のことも、様々な装丁の本とそこに並ぶ文字列に凝縮されている。人の精神と肉体は切り離せないものと魔法理論は語るが、本を読む時確かに、彼女の精神は肉体を離れ自由に世界を渡っていた。

遠い神話の時代や暗黒の時代、魔女の時代や、その後の再来期。

無数の人々が紡いできた歴史は時に人の貴さを、時に愚かさを示しながら流れていく。

「どうして人は何度も同じ失敗をするんだろう。前にもたくさん人が死んでいるのに。そういうのって、もったいないと思わない？」

歴史書を読みながらの少女の質問に、本を蒐集《しゅうしゅう》していた彼女の祖父は苦笑した。

「自分だけは違うと思っているからだろう。それか、もしかしたら昔のことを忘れてしまったからかもしれないね」

「忘れてしまう？」

どうしてそんなことがあり得るのか。本を読めばそこにはまだ鮮やかに過去のことが描かれているというのに、何故忘れることができるのだろう。自分を基準にしか考えられない少女は、いたく怪訝そうな顔になる。

机を挟んで彼女と向かい合う老人は、顔に刻まれた皺より深い溜息をついた。

「記憶は風化するものだ。そして記録はしばしば忘れ去られる。長い暗黒時代が終わりを告げたのは人々が争いに疲れたからで、実際その後二百年ほど大陸からは戦争がなくなった。けれどそれも永遠ではないのだよ。禁呪によって国が滅べば人々はみな禁呪から遠ざかる。しかし記憶が薄れれば、再びそれは歴史の表に浮かび上がってくるだろう。今度こそそれによって何かが得られるのではないかとの期待を負ってね」

「分からない。だっておかしいもの」

理解できないことを前面に出す孫娘に、彼は肩を竦める。老いた男の背には、少女の何倍もの月日が背負われていたが、その全てを彼女に伝えることは不可能だ。そうして人の記憶は、感情は、少しずつ風化していく。人の死と共に持ち去られていく。

彼は瞬間、双眸に無数の記憶をよぎらせた。それを穏やかな笑顔で押し留めると、代わりの言葉を口にする。

「たとえば悲しいことや辛《つら》いことがあった時、いつまでもそれを強く覚えていては苦しいだろう？　だから人は、それらを覚えていながら同時に薄らいでもいく」

自分でも覚えがあることに、少女は茶色の目を大きく瞠った。老人は微笑んで続ける。

「そしてそれは、もっと大きな視点で見てもそうだ。どんな酷い事件があっても、戦争があっても、それらは記憶されながらも忘れ去られていく。やがて世代が代わり、それを知らない人間たちが増え、過去のことは記録の中にしか残らなくなる。そうなるとまた人々は似たようなことをやってしまったりするんだ。辛かったことを知らないし、伝え聞いてもさほど己の身に沁《し》みない。——これはもう人の性《さが》だろう」

何度も何度も繰り返し同じ失敗を重ねながら、人は少しずつ前進していく。全てを俯瞰するなら、それは子供の手遊《てすさ》びに似たもどかしいもので、だが個人には変えがたい流れだ。

老人はそのことを知っていたが、まだ若い少女には納得いかないものらしい。不満げな表情を読み取った彼は立ち上がると、部屋の隅から一冊の本を出してきて孫娘に差し出した。

「だからもし、お前がこの人の性を度し難いと思うのなら。本を読みなさい。本を書きなさい。そうすれば自分を律し、人の記憶に留めることもできるだろう。皆が忘れてしまう悲しい過去のことも……」

両手で受け取った本には、不思議なことに題名が書かれていない。

彼女はそれを怪訝に思ったが、手に馴染む紅い革の感触に惹かれてすぐにどうでもよくなった。

少女は埋めこまれている装飾を指でなぞりながら祖父を見上げる。

「そうすれば同じ失敗も繰り返されなくなる？」

その答えは結局もらえなかったのだと、アヴィエラは覚えている。

※

閉ざされた視界に白い閃光が走る。

それは雫のいる場所までは届かなかったが、周囲の異変は容易に窺えた。彼女は焦りを覚える。周りの様子を知りたいという思いが精神を揺らす。

しかしその瞬間、目の前に見えていたはずの構成が薄らぎ、男の声が彼女を叩いた。

「駄目。落ち着いて。共有が解ける」

やるべきことをやれと叱咤する声を聞いて、雫は焦燥を押し殺した。次の箇所を指摘する。

「第八百二十四系列。回転を逆に。第千四十四と三度交差」

「分かった」

今はこれをやる。これをやらなければいけない。

集中が乱れれば見えるものも見えなくなってしまう。雫は溜まった息を吐き出し、深く吸いこむ。

「いいよ、次」

「第八百三十二系列。南北を境界線として線対称に」

「うん」

彼女は唇をきつく嚙む。全ての精神をつぎこむ。

他に何も見えず意識だけが漂う中、雫は再び構成が灯る暗闇へと下りていった。


アヴィエラの眼前に、剣士の男が踏みこんでくる。

鋭い軌跡を描く剣先に彼女は左手を向けた。そこに結界を張って剣を受ける。詠唱さえない薄い結界は、けれどそれだけで剣先を逸らした。たたらを踏む男を魔女は右手で突く。

「が……っ」

アヴィエラの掌は、男の胸に圧縮した空気を打ちこんだ。男は瞬間、血を吐いて態勢を崩す。すかさず止めを刺そうとする彼女を、しかし別方向から炎の矢が襲った。

数十にも及ぶ矢の雨は、複数の魔法士によるものだ。逃げ場もないほどに降り注ぐそれらに、魔女は目を細めると指を弾いた。途端、全ての炎はかき消える。

「なかなかの火力だな。ただ惜しむらくは、連携ができていない」

ここに集まっている者たちは、一人一人がそれなりに腕の立つ人間だ。皆が鋭い動きで次々攻撃を仕掛けてくる。

だがさすがに、一人の人間相手に連携を取って戦う経験はなかったようだ。アヴィエラは強力な結界でほとんどの攻撃を打ち消しながら、彼らが時折見せる戸惑いを狙って徐々に戦線を打ち崩していた。肺を破壊されながらも剣を振るおうとする男に向けて、彼女は微笑む。

「退かないか。いい意気だ」

アヴィエラは精彩のなくなった刃を避ける。これくらいなら結界を使う必要もない。彼女はよろめく男の脇腹に右手を突きこんだ。軽鎧の隙間から肉の中へと手が捻じこまれる。手首まで深々と食いこんだその指先に、アヴィエラは構成を灯した。くぐもった破裂音が上がり、臓腑《ぞうふ》が中から破壊される。彼女が白い手を抜きさると、傷口から鮮血が上がった。

「――――ぁ」

男は小さな呻き声を上げて血溜まりの中に倒れ伏す。アヴィエラは動かなくなる体をじっと見つめると、遺体を踏まぬよう気をつけて前へ出た。


一人で多数を相手取る魔女の動きは、決して俊敏なものではない。むしろ緩やかな舞のように最小限で攻撃を無効化し、合間を縫っては強力な一撃を打ち出してきている。

彼女は抵抗自体を楽しんでいるかのように積極的な攻勢には出てこないが、既に死亡者を含め戦闘不能者は十一人になっていた。これでまだ彼女が現れてから十分ほどしか経っていないのだ。ハーヴはエリクたちを守る結界を強化しながら息を詰める。

「まずいな……強すぎる」

先ほどから隙を作るべく魔法で牽制《けんせい》しているが、魔女にはまだ傷一つついていない。一方、構成の書き換えは外から見たところようやく七割近いくらいだろうか。ハーヴは、焦りに動悸《どうき》がしてきていることに気づいて「冷静になれ」と己に言い聞かせた。

彼は再び炎の矢を作ろうと詠唱を始める。そこに今まで離れたところから魔女の動きを観察していたカイトがやってきた。少年はアヴィエラから目を逸らさぬまま耳打ちする。

「魔女が使ってる防御結界って無効化できる？　あれさえなければ殺せる」

「殺せるって……本当か？」

「当然。あれはしょせん魔法士の動きだよ。結界さえなきゃ魔法を使う前に仕留められる」

口元に笑みさえ浮かべる少年は、大言を吐いているようには見えない。ハーヴは、戦っているアヴィエラを再度確認する。

「防御結界の無効化か……正直難しい。無詠唱で張られているからほとんど隙がないし強力だ。形状と大きさは、彼女の手を中心に縦長の楕円の平面で体全部を庇えるくらいだな」

言うなればアヴィエラは、魔法で作った大きな盾を持っているようなものだ。それを突破できた攻撃は今のところない。ハーヴは少し考えて付け足す。

「……ただ、さっきから見てると攻撃構成と結界を同じ手に組むことはできないみたいだ。攻撃する時は防御結界を消してるから、そこを狙うって手はある。判断が難しいけど――」

「分かった」

カイトはこれ以上は用がないとでも言うように背を向けると、アヴィエラに向かって歩き出した。

その背をハーヴは慌てて留める。

「ま、待て。向こうの攻撃を防げなきゃ仕方ないだろ」

「避ける」

「そんな無茶な。範囲魔法だったらどうするんだ」

肩に手をかけて忠告する魔法士を、少年は激しく舌打ちして振り返った。カイトは顔を斜めにしてハーヴを見上げる。

「だったら何。弱いのは黙っててよ」

「弱いのって、俺は一応宮廷魔法士……じゃなくて。君に結界張るよ。ちょっと待って」

魔女の防御結界がない部分とはつまり、攻撃の力が灯る箇所でもあるのだ。その攻撃を避けきれなかったとしても結界で緩和することができれば次に繋げられる。

カイトは自分に向かって詠唱を始めた男を胡散臭《うさんくさ》げな目で見やった。傭兵仲間からも異質視される少年は、他の人間と組んで仕事をするということがほとんどない。このように援護魔法をかけられる経験も初めてだ。ハーヴは詠唱を終えると声を潜めて問う。

「ところで君って魔力見えるの？」

「見えない。けど大体分かる。目線とかに注意すれば」

「なるほど……」

見えないし分からないと言われたらどうしようかと思っていたハーヴは、少しだけ眉根を緩める。

――魔法士と戦う時、魔力が見えるかどうかは死活問題だ。

今、エリクなどは雫に魔法陣の構成を見せているが、あれは「雫が魔力を見えるようにした」わけではなく、「自分が見ているものを彼女に伝えている」だけだ。それをするにもお互いの身体的な接触や静止しての意識の集中が必要になるし、とてもではないが白兵戦をする人間に魔力を見せることなど不可能だ。

そしてだからこそ魔力の見えない剣士たちなどは、魔女の結界がある場所に斬りこんでいってしまう。これを補うには対魔法士戦闘の経験が相応に必要だ。

ハーヴはちらりとアヴィエラを見る。ちょうど彼女の手に弾き飛ばされた剣士が、壁に叩きつけられるところだった。息をのむハーヴの横で、カイトがそっけない声を上げる。

「もういい？　行くけど」

「あ、ああ。できるだけ俺も援護する。気をつけて」

「鬱陶しいからいいよ」

身も蓋もない返答と共に少年は歩き出す。

その危うい自信に眉を寄せたハーヴは、自分もまた魔女に対するために詠唱を開始した。

※

ラルスは横に大きく跳んで魔法の一撃を避ける。

エルザードの放った魔法は、空中に激しい火花を散らしながら石床へと接触した。鈍い破砕音が上がり、床に大きな穴が空く。石片を飛び散らせ、階下までも貫通した穴を、王は横目で見やった。

「あんまり穴を空けると城が壊れるぞ。途中でぽっきり折れたらどうする」

「このような城いくらでも作れる」

「建て増しか。上に伸ばしすぎると倒れるぞ」

上位魔族を相手にしているとは思えない飄々とした受け答えだ。

魔法士や魔族の天敵とも言える剣を持つ王は、エルザードの力を見ても肩を竦めただけだった。

それどころかほとんどの攻撃は王剣で無効化し、巧みにすり抜けてしまう。

「……思っていたより厄介な剣だな」

知識としては知っていたが、実際相手にすると面倒だ。エルザードは忌々しさに顔を顰めると、避けられないよう網状に広がる構成を組む。それをラルスめがけて打ち放した。

しかし王は、相手の意図に気づくとむしろ構成に向かって踏みこんでくる。

「おっと」

軽い声を上げながら、ラルスは構成が広がりきる前にアカーシアで要所を切り裂いた。力の断裂を縫って攻撃をかいくぐった人間に、エルザードはさざなみのような苛立ちを覚える。

ラルスは、エルザードの表情に気づいて楽しげに笑った。

「どうした？　怒ったか？」

「……何故俺が人間などを相手に怒らねばならぬ」

「なら楽しいか？」

さらりと問いを投げかけて、王は左腕を見やる。そこには打ち消しきれなかった構成が裂傷を作っており、血が滲《にじ》み始めていた。ラルスは自身の傷に歪《いびつ》な笑いを見せる。

その得体の知れなさにエルザードはざらついた不快を覚えたが、動揺まではしなかった。彼は新たな構成を組みながら吐き捨てる。

「何も感じない。つまらぬだけだ」

「そうか、残念」

青い瞳が皮肉に細められ、エルザードの背後を捉えた。

しばしの沈黙。そこに何があるのか、魔族の男はラルスから注意を逸らさぬまま振り返る。

空の玉座。

立てかけられた剣。

エルザードがそれらに意識を移したのは一秒にも満たない時間だ。しかし次の瞬間、彼は突きこまれた剣を避けて飛び退る。

「――――っ！」

気を抜いてはいなかった。

だが、ほんの少し気づくのが遅れていたなら致命傷を食らっていただろう。

ゆうに数歩分は開いていた距離を一瞬で詰めてきた王は、更に踏みこみながら笑う。低い声が玉座の上を滑っていった。

「その剣は俺の部下のものだ。まさか何の意味もなく殺したなどという訳はないだろう？　さぁ、楽しいと言え、魔物」

打ちこまれる王剣を、エルザードは反射的に結界で防ごうとした。けれどアカーシアは彼の力を打ち消して至近へ食いこむ。

全ての力を拒絶し拡散させる剣。かつて人外がファルサスに与えたというその刃が目前に迫る。それを見たエルザードは……生まれて初めて戦慄を覚えた。

「っ……」

自らを貫こうとする切っ先を前に、彼は単純な構成で力を打ち出す。そしてその結果を見ぬまま、剣の届かぬ空中へと飛んだ。石床が砕け散る音が爆《は》ぜる。

エルザードは肩で息をつき、砂煙に覆われた眼下を見下ろした。ふつふつと怒りが湧き上がる。

――たかが人間相手に逃げ出した。

遅れてやってきたその認識は、彼に消し難い屈辱を与えたのだ。

エルザードが睨む先、舞い上がる粉塵《ふんじん》の中から王が姿を現す。

ラルスは血みどろになった自分の左肩に面倒そうな溜息をついた。彼は微塵の恐れもなく、むしろからかうような笑みでエルザードを見上げる。

「どうした？　まさかずっとそこに浮いている気か？」

「……ほざくな、虫が」

人間に何の価値があるというのか。

面白いことなど少しもない。期待に応えてくるようなものは何もない。

「お前たちはすぐ死ぬ」

生まれては消える、泡沫のように。

「何も残さない」

エルザードはその場から構成を組んだ。何重にも攻撃魔法を重ねたそれは、触れるもの全てを破壊する大規模構成だ。

挑発に踊らされる必要はない。ただ草でも刈るように消し去ればいい。

だから彼は、組み上げた構成を何の宣告もなく打ち下ろす。

一瞬の閃光。

城そのものを揺るがす轟音。

破裂した力は窓の外にまで叩きつけるような爆風をもたらし——それが過ぎ去った後には、何ももたらさぬ静寂だけがたちこめていった。

※

「——転移門の事前設定は全て完了しました。いつでも全軍を移送開始できます」

魔法士長トゥルースからの報告を、レウティシアは馬上にて受け取った。彼女は暗雲がのしかかるヘルギニスの方角を見上げる。

既に魔物の軍勢は二十万に届きつつあるという。今はまだそれらは旧ヘルギニス内に留まっているが、一度放たれれば大陸全土が焼け落ちる可能性さえあるだろう。何としても今の内に叩かなければならない。

だがこのままで、はたして前例のない対魔戦争に打ち勝つことができるのか。

「……前例のない、ね。消えた歴史の中にはあったりするのかしらね」

口の中でそう呟いて、レウティシアは美しい貌を苦々しく歪める。

万が一、消された試行の中にあったとしても、それは今はもうない、無関係のものだ。或いはアヴィエラは、その知識を得たからこそ魔女になったのかもしれない。

知られざる知識は、常に功罪を併せ持っている——ファルサスの封印資料の数々を知っているからこそ、レウティシアはそう思う。彼女は馬上から周囲を見回した。

ファルサス北部の砦に集まっているのは、宣戦した十二ヵ国のうち四ヵ国十五万の軍勢だが、これらの軍をいつヘルギニス山中に転移させるかは彼女の采配に委ねられている。

ファルサス王妹はしなやかな指を顎にかけて考えこんだ。

「トゥルース」

「は！」

「転移門を開く作業は任せてもいいかしら」

「それはもちろん……どうかなさいましたか」

大軍をどれだけ速やかに目的地近くへ転移させられるかは、その国の魔法士の能力と密接に関係している。

一つには、他国の大規模転移座標の取得自体が困難だということと、もう一つには、転移先が遠ければ遠いほど門を大きく開くことや長く維持することが難しくなるからだ。

遠距離へ大きな門を長時間開くことは、宮廷魔法士であっても一人では不可能だ。だからこそほとんどの国は複数人の魔法士で分担して大きな門の構成を組むのだが、ファルサスに限ってはレウティシアがいる時ならば彼女が門を開くことが通例になっていた。

しかし今回彼女はそれをしないという。何か問題でもあったのかと心配そうな部下の声に、レウティシアはかぶりを振った。

「しばらく前からエリクがかなりの量の魔力を汲み出しているのよね。彼のことだから何かしてるのではないかしら。今、私が大きな魔法を使ったら向こうに障るかもしれないわ」

「左様ですか。結界の核でも破壊しようとしているのでしょうか」

「さぁ……。とにかくぎりぎりまで任せてみるつもりよ」

レウティシアはトゥルースが了承してその場を離れると、頭の中で時間を計る。魔力が継続して汲みだされ始めてから既に四十分以上が経過しているが、これは一つの構成を組むにしてはあまりにも長すぎる時間だ。一体エリクが何をしているのか、それはいつ終わるのか、レウティシアは形のよい眉を寄せ思考をさまよわせる。

だが彼女はすぐに冷徹な表情に戻ると、武官を呼び各国の将軍に進軍開始を伝えさせた。

※

力は単純だ、とカイトは常々思っていた。

それはとてもすっきりしていて、余計な思考を挟まない。

殺しの場においては力だけが結末を左右し、及ばぬものは死に落ちる。

全てはそれだけで、善悪など存在もしなければ、得体の知れない煩悶《はんもん》も割りこむことはない。

少年は、魔女の優美な手を注意深く見つめる。もとは白かったその手は、今は血塗れて不吉さを増し、相対する彼らにとって死そのものとなっていた。

既に当初いた人間たちの半数以上は床に伏し、広い部屋には血と臓物の匂いが濃く充満している。

絶望がゆるやかに頭をもたげ始めた中、アヴィエラは自分を中心として一定の距離を保つ人間たちを見回し、童女のように小首を傾げていた。

「どうした？　もう降参か？」

その答えは否だが、圧倒的としか言いようのない差を目の当たりにして、彼らも闇雲に攻撃を続けることはできない。どこに勝機があるのか、見つからないものを探す人間たちの間を縫って、カイトは慎重にアヴィエラへの距離を縮めていった。

彼は女の、両の手だけを注視する。


――人が死に至る、その瞬間が好きだった。

周囲の影響によるものではない。父も母も普通の人間だったように思う。もっとも彼らはカイトが幼かった頃に死んでしまった。

両親の死後、彼に残されたものは多くなかった。わずかな財産と、曾祖父の戦功によって下賜されたという一本の剣だけだ。その剣を持って彼は十一歳の時家を出た。

思えばその時既に、彼は自分が他の子供たちと違うことを自覚していたのだろう。

殺すことが好きだった。

何故好きだったのかは分からない。

それはただ、言葉にできない感情未満の嗜好だった。だから言葉にしようとした途端、靄のように捉えられなくなってしまった。何となく返した言葉も、そぐわないものに感じた。

「何故」と聞かれたから答えただけなのに、それは口にした瞬間から違うものになった。

単にささいな違和感だ。

しかし彼は自分が違和感を抱いたことに気づかず……そうして少しだけ、変質したのだ。

※

魔女は紅い唇の両端を上げて微笑む。

彼女に相対し戦う意志を見せる人間たちは、けれどあまりにも可能性の見出せない戦いに、全てを賭けるきっかけを摑めずにいた。武器を構え、詠唱をし、だがそこから先が動けない。

そんな彼らの様子を眺めたアヴィエラは、皮肉げに眉を上げてみせる。

「そちらから来ないのならば、あの二人は殺してしまおうか」

「な……っ」

魔女の指が示したのは、魔法陣の中にいるエリクと雫の二人だ。この場においてもっとも失われてはならない人間が指されたことに、全員が顔色を変える。血の入りこんだ魔女の爪先に構成が灯りかけた瞬間、三人の男が同時に斬りかかった。

「あああぁぁッ！」

「そうだ。来い」

アヴィエラは謳いながら、真っ先に剣を振り下ろしてきた男の額に構成を打ち出した。それに気づいた魔法士が咄嗟に男の前に結界を張る。

しかし弾丸のように凝縮された魔力は、結界をあっさり貫通して男の眉間に穴を空けた。軽い音と共に長身の男はのけぞって倒れる。

その間にアヴィエラの左側から斬りかかった男は、けれど結界に阻まれ魔女に攻撃を届かせることができなかった。彼は剣を返す間に強烈な衝撃波を受けて弾き飛ばされる。そのまま背後にいた魔法士たちをも巻きこみ、大人三人分の体が人形の如く床に叩きつけられた。

魔女は最後に動きを封じた三人目の男を見つめて笑う。

細い左腕一本。だが魔力を纏ったアヴィエラの腕は、男の喉を鷲摑《わしづか》んでいた。意識を失った男の手から、音を立てて剣が床に落ちる。遅れて持ち主の体もその上に崩れ落ちた。

——またたく間に五人が無力化された。

その結果に残る者たちは絶句し、けれどそれでも止まれなかった。今、攻撃を止めてしまえば構成を書き換えている二人が殺される。そうでなくともここまで人数が減らされてしまったのだ。既に後はない。

「撃て！」

魔法士たちの声が重なる。詠唱によって生み出された二十二個の光球は、各々の軌道を描いて四方からアヴィエラに迫った。

逃げ場を作らぬ徹底的な攻撃。しかしそれらは彼女が指を弾いた途端、一箇所に引き寄せられ互いにぶつかり合う。全ての光球は魔女に到達せぬまま破裂し、白い火花が広間を彩った。行き場を失った力が渦を巻いて空気を激しく揺らす。

「……駄目……か？」

誰のものとも分からぬ呟きが石床に跳ねた。

アヴィエラは右手の掌を掲げ、そこに構成を組む。

現れたのは避けることさえ叶わぬ広範囲構成だ。

それを見た魔法士たちが死を予感した時――

刃が、現れた。

銀の刃。握りこまれた短剣はあまりにも唐突にその場に現れた。人が握っているということがすぐには分からぬほど自然に。

掲げられた掌のすぐ下、矢のような勢いで突き上げられた刃は、アヴィエラの右掌を貫通する。

「……っ……ぁ？」

突然自分の掌を串刺した刃に、魔女は両眼を大きく瞠った。細い息が喉から洩れる。痛みと衝撃が完成しかけていた構成を崩れさせ、初めての動揺が両眼に揺れた。

アヴィエラは自分に傷をつけた相手を視界に入れようと、首を動かす。

しかしカイトは、そこで止まるようなことはしなかった。

事実彼は最初から一秒たりとも静止はしなかったのだ。理解できない光景に、他の人間が「静止した」と思っただけだ。

少年は短剣を突き刺したまま、腕を交差させ細身の長剣を振るう。刃は結界のないアヴィエラの右上腕に食いこむと、肩口までを一気に切り上げた。白い頬に彼女自身の赤い血が飛び散る。

——魔女に手傷を負わせた。

これは戦闘が始まって初めての勝機だと、誰もが思っただろう。魔法士が怪我を負えば痛みで集中が乱れ、複雑な構成を組めなくなることもあるのだ。狙うならば今しかない。

何人かが詠唱を開始する。負傷によろめきながらも剣士たちが駆け出した。

しかし彼ら全ての動きを置き去りに、カイトは抜き去った短剣をアヴィエラの胸に突き出す。

最小の動作。最短の軌道。

幾百も繰り返した単純な力の行使。

死の結末しか残さないその道行きの最後に……少年は何故か魔女の目を見た。

そして彼もまた静止する。

カイトの全身に、正面から無形の衝撃が打ちこまれる。

それはハーヴが張った結界がなければ、少年の体を突き破っていただろう。

小柄な少年の体は軽々と宙を飛び、石床の上に叩きつけられる。その結果は散々なものだ。

右腕は捻じ曲がり、短剣は根元から折れて刃がない。体を起こそうと身じろぎした瞬間、激痛が襲ってきた。

「がぁ……っ！　……く……っ」

喉の奥に血と胃液の気配を感じる。腕だけでなく内臓もいくつかやられているようだ。カイトはまるで他人事《ひとごと》のようにぼろぼろになった自身の体を認識した。

これではもう戦えない。それどころか死に至るだろう重傷だ。あまりにも呆気ない最期に笑いさえ零れてくる。

——きっと殺せたのだ。

魔女の目を見なければ。或いは、変質する前の彼であったなら。

だがカイトは、止まってしまった。ほんの一瞬攻撃を躊躇った。

彼よりもずっと多くの人間を死に至らしめて来た魔女の双眸。

慈愛と、寂寥《せきりょう》と、傲慢と、悲愁と——そして微かな希望。

雫が彼に見せたのと同じ、複雑な感情が入り混じって静かな両眼を前にして。

倒れたままのカイトに誰かの絶叫が聞こえる。新たに人の倒れる音も。

届くものはただ、敗北の足音だ。血と皮肉にまみれた彼は目を閉じて嘯く。

「だから…………僕は君が……嫌いだ」

「ごめん、カイト」

真上からかけられた細い声には沈痛さが滲んでいた。女の手が彼の額を撫でていく。

温かく小さく無力なその手は彼の頭を一瞬包みこむと、音をさせないまま離れた。後にはささやかなる風が吹く。

誰かが自分の傍に立っている気配。

それが誰であるかなどと見なくても分かる。カイトは唇を歪め掠れた声を絞り出した。

「何が、できるんだよ……君に……」

「うん。でも──覚悟ができたから」

彼女の声には迷いがない。

その言葉だけを残して気配が遠のくと、少年は両目を閉じたまま落ちていくように沈黙した。

※

「──第千二百六十五系列を第千二百七十二系列と交換。高さを揃えてください」

「…………うん」

構成の書き換えを始めてから五十分近くになると、エリクの返事には時間がかかるようになってきていた。続きを要求する声も同様だ。

それが示しているのは、もう終わりが近づいているという事実だろう。始まりにおいてはわずかだった差異も先に行けば行くほど広がっていく。

雫は暗闇の中に浮かび上がる構成が、本に記されたものと既にほとんど同じであることを確認した。そうして待っていると「次」という声が響く。

「第千二百八十三系列を点対称に。第千二百九十も同様です」

「分かった」

書き換えは、まもなく終わる。

それは先を見ている雫には明らかだったが、このままでは間に合わないだろうということもまた、彼女には分かっていた。先ほどから人の気配がどんどん減ってきている。様子がおかしい。魔女の食い止めが限界に来ているのだ。

だが元々これは、魔女の気紛れにしか過ぎなかっただろう。アヴィエラは、真っ先に雫とエリクを殺そうと思えばできた。けれど彼女はそうはせずに、人を試すことを選んだのだ。

皆、試されている。

だがそれは、一体何を試されているというのか。王の器か、死の覚悟か。

近くて遠い二つは、きっとどちらもが正解でどちらもが違う。雫は暗闇の中小さく息をついた。

魔女は何を求めているのか。

アヴィエラは何を望んでいるのか。

それを分かる気がする、と言ったら傲慢だろう。

「……いいよ。次は？」

「第千三百十四系列から第千三百七十六系列を削除」

「うん」

「あと他にも続けていいですか？」


――死ぬ覚悟など誰にでもできる。

カイトはそう雫を批判したが、それは違うと、やはり彼女は思う。

死ぬために覚悟をするわけではない。戦うために覚悟するのだ。その先に死を見据えることがあろうと、それ自体が目的ではない。

死にたいと思ったことはない。死にたくはない。

ただ譲れないと思うことがあるだけで――


「他にも？　いいけど」

「じゃあ言います。第千三百八十九系列を第四、第五十八、第百三十三、第七百四十二と接続。第千四百九十八を第八百八十二との交差地点から分岐、第九百九十二と第千百七十四に繋げます。最後に第千五百系列を反転……もう一回言いましょうか？」

「大丈夫。覚えた」

期待通りの返事に雫は微笑んだ。全身から力を抜くと、体を支えてくれていた腕に手を添える。

「それで全部です。お願いします」

「……っ、待って」

腕を摑もうとする手。

エリクの指を、けれど雫はすり抜けた。動けない男を前に立ち上がる。


きっとこれが最後だろう。


目を開ける。

共有が解け、現実が戻ってくる。

繫がりが絶たれ、一対だった彼らは一人に戻る。

溢れる光。白い視界。眩しさに目を細める彼女の前には世界が広がった。

血と絶望が溶け合って流れる世界。人の意志と感情が彩る光景が。

「ここで負けたなら――」

その結果、自分に訪れるものは単なる死だろう。家族も知らない、遠い異世界の片隅で自分は短い一生を終える。

ただもし、運良くアヴィエラに打ち勝てたのなら。

その時は、もう元の平穏な世界には戻れない。人を殺してしまったなら、たとえ帰路が見つかろうとも、もはやあの場所に帰ることはできない。

頑なだと言われるだろうか。愚かだろう、とも。

けれどそれでも、譲れないと思った。

譲らないことを選んだ。


「雫！」

「大丈夫です。時間を稼いできますから」

伸ばされた手。

その届かない範囲に立ちながら、雫はしかしもう一度彼の手に触れてみたい、と思った。今までの旅路を思い出す。いつでも、彼の手を取れる気がしていたのだ。だが、そうではないことをとっくに知っていたはずだ。ここに至るまで何度も雫は、己の死を覚悟してきたのだから。

——だからこの場所こそが、二人の旅の本当の終着点になるのかもしれない。

雫は更に一歩下がると、魔女の立つ方を振り返った。

この城に足を踏み入れた者は皆、挑戦者だ。それは雫も例外ではない。挑戦し、戦う人間だ。

その意気を持ち力を示した者だけが大陸を塗り替えるのだろう。魔女を殺して、彼女の屍の先に。

「行くよ、メア」

「かしこまりました。マスター」

殺したくはない。

だがそれが答えだ。相手の死を見据えた覚悟。

だから雫は重い足を踏み出す。

大陸を呪縛してきた呪具を抱き、その手に短剣を抜いて。


「ほう、お前も戦うのか」

アヴィエラは雫に目を留めて微笑む。

彼女の紅い魔法着は血が目立たない。だがそれは、女の負傷の跡を相殺するには足りていなかった。雫は、血がこびりついた銀髪と白皙《はくせき》の頬を見やって息をのむ。

――相手は魔女だ。自分がどうこうできる存在のはずがない。

それは当然分かっていたが、雫はこの場から逃げ出そうとも思わなかった。振り返らぬまま魔法陣への距離を測る。

この段階にあってまだ動けているのはアヴィエラと雫、エリクの他にもう魔法士が二人だけだ。そのうちの一人はハーヴで、彼はもう一人の魔法士が負傷者たちを治療にまわる中、それを庇って結界と牽制を繰り返していた。

アヴィエラは彼に向けていた穏やかな目を、今は自分に向かってくる雫に移している。ケープ姿で剣士でも魔法士でもないことが一目で分かる相手に、魔女は笑いかけた。

「さっきも会ったな、娘」

「ええ。おかげさまでここまで来ました」

「その力で私に挑むのか？　無謀だな」

「無謀は百も承知です。が、その前に要望が一つ」

雫はアヴィエラの数歩手前で足を止めると、自分よりも長身の魔女を見上げる。

澄んだ茶の瞳。

それを見た瞬間、雫は理解よりも先に「やはりそうだ」と思った。魔女は首を軽く傾ける。

「要望？　何だ？　助命嘆願か？」

「いえ、そうではなくて。――あの本はどこですか？　私たちが勝ったならあの本をください」

挑戦的な言葉は、誰が聞いても状況を理解できていない増長としか取れなかっただろう。

集まっていた人間たちはほとんどが打ち倒され、死ぬか戦闘不能に陥っている。にもかかわらずその中でももっとも無力な人間が、勝利時の条件を要求してきたのだ。

近くで聞いていたハーヴでさえ一瞬絶句し、雫を止めようと口を開きかける。

だが彼は結局その言葉を声にする前にのみこんだ。既に彼らはどうしようもないところまで追い詰められている。ならばせめて彼女の考えを尊重しようと思ったのだ。

雫の目は冗談を言っているようには見えない。それはアヴィエラにも分かったのだろう。魔女は何も持っていない自分の両手を見下ろす。

「なるほど。お前はあの本が欲しいのか……。それは何のためだ？　王になりたいか？　真実を知りたいか？」

甘く香る毒のような問い。

けれど雫は表情を動かさない。既に決めていた答えを頭の中で反芻する。

魔女の好む嘘をついて、さっきのように本を手にする選択肢もあるだろう。強欲を装い油断を誘ってそれを処分する手もある。

だがそれはきっと、アヴィエラの求める答えではないのだ。それでは彼女は動かせない。

何より雫も、今この場で己を曲げることはしたくなかった。きっぱりと言い放つ。

「私も学究の徒ですから。真実には興味があります。ですが、あの本が欲しいのは別の理由です」

「ほう。それは何だ？」

「あなたにも、そして王になりたい人間にも、あの本を使って欲しくない」

それはたとえば、湖の神を愛した王女の死。

歴史から消えた戦争の記述。明かされなかった初代女王の苦悩。

確かに在ったそれらは、けれどもはや、しまいこまれた過去の出来事で、雫はそこに秘された知識も力も使って欲しくはない。

アヴィエラと雫が持っている二冊の本は、元々人ならざるものが人を観察するために記している本なのだ。魔法法則さえも越えた力によって、封じられた禁呪が暴き出されるなどあってはならない。まるで観察者の掌で踊らされているようで、ただただやるせないだけだ。

アヴィエラは雫の言わんとすることが分かったのか、すっと表情を変えた。微笑みを消したわけではない。からかうように試す目をやめたのだ。魔女は静かに凪いだ瞳を伏せて笑う。

「だが、あの本が失われてしまえば完全に忘却されてしまう真実もある。確かに在ったにもかかわらず、ないものとされてしまうのだ。お前はそれでもいいと思うか？　苛烈な戦いによって得られたものが忘れ去られ、無数の犠牲を支払った過ちが無とされるこの現状が。人にも、歴史にも、本来ならばもっと多くの可能性があるはずだろう。迷わずに正しい道を選ぶこともできるはずだ。安穏とした今に溺れず、過去を省みればいい。さもなくば――人は同じ石に躓き続ける」

記憶が風化すれば、人は同じところを歩き続ける。

かつて同じ場所で誰かが血を流したことを知らずに、先を見ぬまま迷い惑う。

その無知を怠惰とも詰る魔女に、だが雫は落ち着き定まった声で返す。

「過去の多くが忘れ去られたとしても、全てが残らないわけではないでしょう。人は何千年もかけて知識を継いでいくこともできると、私は知っています。それを可能にしたは人の意志で、だからこそ私はその営みを貴いと思う。――けどあの本は違います。あれは無遠慮に人を観察し、書き留め、それを外へと伝えている。そんなものの干渉を私は認めたくない。だから、私はあなたに勝って、あの本を処分します」

「……そうか」

外部者の存在を知らないのだろう魔女は、少し考えこむように視線をさまよわせる。

彼女が何を考えているのか、何を望んでいるのか、その答えはまるで影絵のようだ。輪郭しか捉えられず、中は見通せない。

けれど、それでも分かることもある。彼女の宣戦を聞いた時から、そして彼女の目を見た時から、雫の中には一つの答えが生まれているのだ。

「記憶や記録は人の意志によって継がれます。けれどそれらが残っていても、必ずしも皆が正しい選択をできるわけではない。生々しい記録を誰もが知っていながら、似たことが繰り返されることさえあります。あなたもきっと……過去の知識だけでは充分な抑止にならないと知っている」

完全な抑止にはならないと、知っていて魔女は問いかける。

過去を知りたくはないかと。積み重ねられた時に背を向けるなと。

それは歴史を知り、今を憂う少女の成れの果てだ。

あまりにも繰り返された過去に、惑わされた人間の結末。

「知っているから、あなたは魔女に成った。かつての畏れを呼び覚まし、それを大陸中に知らしめるために。禁呪を使い暴虐を振るう魔女が現れ、けれどそれでも人々に討伐されたとなれば、人々は禁呪の忌まわしさを思い出し、それが使い手をも滅ぼすことを再確認して、忌避するようになるでしょう。……あなたは、殺されるために挑戦者を募ったんですね？」

暗黒時代は遠い彼方。魔女の時代も御伽噺。

一度は暗黒の再来も退けた大陸は、けれどやがてその畏れも忘れてしまうだろう。

突然降り注ぐ喪失を知らなければ。禁呪の忌まわしさを思い出さねば。

最初に違和感を覚えたのは、アヴィエラの目を見た時だ。

大陸中に宣戦を行いながら、人を慈しんでいるようなまなざし。その目を不思議に思った。

違和感がより明確になったのは城に足を踏み入れた時だ。何故わざわざ挑戦者を募るようなことをするのか、軍を一蹴できるほどの力があるのに、回りくどいことをするのか、雫にはそれが不思議だった。

そして今。アヴィエラは、雫とエリクを先に殺そうとはしなかった。彼らの為そうとしていることがどれほどの意味を持っているか知りながら。


彼女が望んでいるのは敗北だ。

アヴィエラは、自らの悪名と死によって新たな恐怖と愚かさを伝えていく。

それが七番目の魔女の選ぶ結末だ。


淡々と広間に響く雫の声。

それを聞いたアヴィエラはしかし、微苦笑しただけで正解を返そうとはしなかった。全てを受け入れる澄んだ双眸が、相対する女に向けられている。

「面白いことを言う……。想像力が豊かだな。さすが机に齧《かじ》りつく人種だけある。だが、私はお前に殺されてやる気などないぞ?」

「もちろん分かってます。私ではきっとあなたの求めている次世代にはなれない。力が足りない。あなたがこの試練で選び出したいのは、何より力と意志を持った人間なのでしょう？　英雄と呼ばれ良き王となれるほどの」

「それも違うな」

アヴィエラはそこから先を言わなかった。ただ稚気を見せて視線を手元に落とす。その目が血に濡れた自身の左手を捉えた時、その手に紅い本が現れた。

題名のない表紙。今この時へと収束した無数の道行きを思って、魔女の目は遠くを見る。

しかしそれも一瞬のことだ。魔女は目を逸らさないままの雫を見返すと、気高い笑みを見せた。

「さて、お望みの本だ。お前が私に打ち勝てたのなら、これはお前のものになる。遠慮せずにかかってこい。お前の骸《むくろ》も他の者と共に並べてやろう」

「遠慮するほど力はないので全力で挑戦します。あなたの見ているものが何であろうと——私はあなたのやり方を否定する」

雫は握っていた短剣を前に構える。

魔女に対するにはあまりにも心もとない一振りの刃。

こんなものを人に向けて構える日が来るとは思ってもみなかった。だがそこに後悔はない。

息を止める。相手を見つめる。

そして雫は心の中で数を数えると、意志と力を戦わせるため、最初の一歩を踏み出した。

『無詠唱での構成は手を媒介にしてしか組めないようです』

その指摘は雫が書き換えに関わっている間、広間での戦闘を観察していたメアによるものだ。

確かにこれまでの戦闘において、アヴィエラは一切詠唱を用いていない。おそらく近接戦闘を含むこの状況では、詠唱時間が致命的な隙になるからだろう。だが詠唱がなくとも充分に多人数と渡り合える辺りが魔女の空恐ろしさだ。

しかし雫はそれを聞いて、数秒考えこむと頷く。

「うん。じゃあ……片手になってもらおうか？」

そして彼女は本を欲した。狙い通り、アヴィエラの左手は紅い本で塞がった。

雫はケープの下に持っているものと同じ、本の形をした呪具に注意を払う。

魔法士ではない雫は、片手が使えなくともそれほど支障はない。しかしアヴィエラの片手を封じても、自分たちとの力の差はまだ天と地ほどあるだろう。それを意志や気合だけで埋められると思うほど、雫は楽観主義者ではなかった。彼女は一歩を踏み出しながら肩の上のメアに囁く。

「……打ち合わせた通りに行くよ」

「はい」

乾ききった口内。短剣を握る指が震える。それは自分ではどうにもならない、半ば生理的な震えだ。雫はアヴィエラの双眸を見返す。

魔女は挑戦者の無謀をどう思っているのか、少し淋《さみ》しげな目で雫を見ていた。しかし感傷は感傷にしか過ぎない。アヴィエラは右手を上げるとそこに構成を生む。相手の実力を計るような牽制の光弾が放たれた。

真っ直ぐに雫の心臓めがけて打ち出された弾。それを、メアは結界を斜めに張って逸らす。雫の斜め後ろで石床を砕いた光弾に、アヴィエラは目を瞠った。

「なるほど。魔法具と使い魔か」

感心する言葉に雫はかえって表情を引き締めた。

元々戦闘員ではない彼女は、防御用の魔法具を数多く持たされているのだ。それらは範囲内に入った魔法攻撃を相殺しようとするが、魔女の攻撃は魔法具だけでは無効化できない。だから弱まった攻撃をメアが結界で逸らすのだ。正面から受けないのは貫通される可能性を恐れてのことだ。

そこまでを一度で見抜いたアヴィエラは、皮肉げに笑う。

「だが剣の構え方がなっていない。お前は前線に出てくるべき人間ではないのだ」

「出るか出ないかは私が決めます」

——不意に雫は床を蹴る。

残り数歩の距離を一気に詰め、魔女に向けて短剣を振るった。

しかし剣の刃はアヴィエラに触れる寸前、雫自身の手によって引かれる。そのまま雫は魔女の攻撃を避け後ろに跳び退った。アヴィエラの指が雫の顎すれすれを薙いでいく。

「……っ」

雫の喉を搔《か》っきろうと伸ばされた手は「あらかじめ下がる気」でなければまず避けられなかった。

自分のすぐ前を通り過ぎていった死に冷や汗を感じながら、雫はもう数歩を下がる。生まれたその距離を魔女は優美な歩みで追ってきた。

「どうした？　怖気《おじけ》づいたか？」

からかうような声と同時に、アヴィエラの右手に再び構成が組まれた。一つの構成で四つの空気の刃が生み出される。

雫自身の目には見えぬその攻撃は、綺麗に分散すると前後左右から彼女を挟撃しようと向かってきた。メアが鋭い声を上げる。

「マスター！　後ろに！」

小鳥の指示に応えて雫は身を翻した。それまでの背後に駆け出す。

前方より襲いかかる刃。

メアはそれを再度脇に逸らした。左右の刃は雫の背後でぶつかり合い破裂する。

「伏せてください！」

雫は瞬時に屈みこんだ。頭のすぐ上を風が切っていく。

首を刈り損ねた刃は広間の天井に突き刺さり、細かい石の破片が魔法陣の中に降り注いだ。

破片はエリクと彼の前にある水盆の上に落ちていったが、水面にささやかな揺らぎはできても彼は微動だにしない。

魔法陣の外周まであと数歩。

雫はひやりと身を竦めながら首だけで振り返ろうとした。途端、体が宙に浮く。

「ちょ……っ！」

――天井に叩きつけられる。

そう予感した雫は、咄嗟に頭を庇って丸くなった。

しかし、視界がさかさまになったその時、魔女の干渉が断ち切られ、雫の体は落下する。

「うわっ」

受身はどうやって取ればいいのか。雫はぎょっとしたが、メアの力に支えられてなんとか足から降り立つことができた。

間を置かない攻勢全てをかわされたアヴィエラは、後ろを振り返ると微笑む。

「なかなかやるな」

そこには瞬時の判断でアヴィエラの攻撃を妨害したハーヴがいる。彼は青ざめた顔で魔女を睨みつけていた。

「だが防戦一方ではいつまでも勝てんぞ？」

軽やかな揶揄は、実際痛いところをついている。雫には戦闘経験がほとんどなく、ハーヴは支援型の魔法士だ。メアだけではどう足掻いてもアヴィエラと戦うことはできないだろう。

もちろん雫はある狙いを持って前に出てきたのだが、その策を成功させるためには少なくとも魔女を魔法陣の中に引き入れなければならない。このまま後退を繰り返してちゃんと追ってきてくれるだろうか。雫は思惑を表情に出さぬまま動き出す機を見計らう。

一方アヴィエラは、雫の思惑を打ち砕くようにその場から巨大な範囲構成を組んだ。

「残念だが……娘よ、私に挑むには五年早かった」

それは外見年齢から出た忠告だろうか。雫はついむっとして確認したい衝動に駆られる。

だが口を開きかけた時——別の声が広間に響いた。

「なら、その五年は俺が埋めよう」

窮地さえも楽しむような笑い。けれど芯には冷ややかさを秘めた声に、全員の視線が入り口へと集中する。開け放たれた扉の前に立つ二人の男女は、それぞれが皮肉な視線を魔女に注いでいた。

大剣を帯びた男は隙のない足取りで広間へと踏み入ってくる。

凄惨とも言えるこの場を一瞥しても、男は動揺さえしない。意外すぎる再会に雫は驚き、彼の名を呼んだ。

「ターキス!」

「雫、生きてて何よりだ。他の人間も死んでる奴以外は元気みたいだな」

「息はあるけど瀕死《ひんし》って人間も多いんだけど」

男の後ろから入ってきたリディアは、不快げに髪を払うと魔女に視線を戻す。

かつて自分が雇っていた二人を覚えているのか、アヴィエラは少し驚いた貌で彼らを見つめた。

ターキスは不敵な笑いを浮かべ剣を構える。

「久しぶりだが、すぐにお別れだ。——そろそろ報いを受けろ、アヴィエラ」

鈍く光る剣。リディアが詠唱を始め、それに気づいたハーヴもまた構成を組み始める。

収束していく意志、力、祈り。

絡み合って反発するそれらが広間に束の間の静寂をもたらすと、中央に立つ魔女は目を伏せ、新たな構成を手の中に生んだ。

※

淀んで広がる瘴気は音もなく人馬へと手を伸ばし、その精神を緩やかに傾けていく。

レウティシアは前線を形成する人間たちの顔色の悪さを見やると、瘴気避けの結界を張らせるよう魔法士長に命じた。山道の向こう、暗雲にも見える魔物の大群を見上げてファルサス王妹は小さく吐き捨てる。

「気分が悪くなる光景ね。焼き払いたいわ」

「ならそうしろ。大分すっきりする」

「できるものならやっているわ」

正直に返された答えにオルトヴィーンは嫌な顔になった。そんな風に言われる敵と、これから自分たちが戦わねばならないと思うと気が滅入《めい》る。レウティシアは彼の顰《しか》め面《つら》に嘯いた。

「いくら魔法大国と言っても無尽蔵に魔法士がいるわけではないの。研究が本分の魔法士の方が多いくらいよ」

「一応、俺も知っている魔法士に連絡は入れたが、来るかどうかは不明だ」

「不明？　宮廷魔法士ではないの？」

「違う。こんなに人が多いところなら来ない可能性の方が高い」

謎めいた彼の話に、レウティシアは肩を竦める。二人は「全軍転移完了」との報告を受け取ると、険しい空気を漂わせながら黙って馬を進め始めた。

布陣予定地は山道を抜けた先、岩壁を背にした場所だ。狭い場所では魔法を使いづらいが、遮蔽物のまったくない場所では空飛ぶ相手の攻撃に対応しきれない。そのため、まずはそこで敵の数を減らすことになっていた。

揺れる馬上で目を閉じながら、レウティシアは自分の魔力に意識を合わせる。

エリクからの魔力汲み出しはまだ終わっていない。

それが何を意味しているのか確信は持てないが、数時間前に兄を送って来た時よりも周辺の瘴気が薄らいでいる気がして、レウティシアは溜息を堪えた。

――ラルスの用意した切り札が雫なら、レウティシアの切り札はエリクだ。

生まれつきの魔力に恵まれないという不利から、たゆまぬ勉強によって非凡な構成力を身につけた男。彼にレウティシアの魔力を使わせるということは、彼女をもう一人配するに等しい効果を持っている。エリクはレウティシアよりも後衛に寄った魔法士だが、その分彼女よりも構成操作は巧みだ。キスク戦で魔法無効を書き換えたことがその証拠だろう。

「エリク……結果を出してちょうだい」

今ここでファルサスが敗れたなら、大陸にはもう魔女に対抗できる国はないだろう。そうなれば時代は再び暗黒の中に落ちかねない。既に越えたはずの闇に再び迷いこむ羽目になるのだ。

「レウティシア、気づかれたぞ」

オルトヴィーンの声が物思いに耽っていた彼女を呼び戻す。顔を上げると、城の方角に蠢いていた暗雲が、ゆっくりと彼らめがけて動き出していた。レウティシアは花弁のような唇を歪める。

「いいわ。一匹残らず灰にしてやるから」

「進軍停止！　防御結界を張れ！」

「範囲型の火炎弾を作りなさい！　迎撃する！」

途端、騒然となる隊列の中、二人の王族はそれぞれの戦闘準備を始める。

人と魔族、大軍同士の戦い。

長い大陸の歴史においても前例がない規模の衝突が、今重い幕を開けようとしていた。

※

広い最上階の床は約八割が崩れ落ちている。

それだけではなく下の階までもが力の余波で破壊され、数階分に及ぶ深い瓦礫《がれき》の穴ができていた。

冷たい風が吹きすさぶだけで、動くもののない景色をエルザードは見下ろす。

今ここにアヴィエラが戻ってきたなら何と揶揄されることだろう。彼は忌々しさに小さく舌打ちした。壊した箇所を直すため、玉座の横に降り立つ。

「大言ばかりで力もない虫けらが……ろくなことをしない」

「――よく言われる」

あるはずもない返答。

それは強烈な斬撃と同時に降ってきた。エルザードは咄嗟に体を逸らす。魔力の気配を感じていなければ、剣は彼の頭蓋に深々と食いこんでいただろう。

間一髪で即死を免れた男は、しかし続く激痛に絶叫した。切り落とされた右腕を押さえて、広間の離れた場所へと転移する。

何が起こったか分からない。頭の中が真っ白になる。肉の体を纏ってから数年、傷を負ったのは初めてのことだった。

滴り落ちる血を睨んで声を殺す魔族を、ラルスはにこやかに笑いながら見やる。

「肉体の怪我は結構痛いだろう？　次は即死がお勧めだ」

「貴様……どうやって」

先ほど肩に負った傷以外は何も変わっていない男は、どうやって彼の攻撃から逃れたというのか。

魔法を使えないはずの王をエルザードは凝視する。

王剣を持った剣士であるラルスは、魔力を持ってはいるが構成を組むことができない。アカーシアが主人のそれをも拡散させてしまうためだ。

しかしよくよく注意してみれば彼の体内に宿る魔力とは別に、わずかな魔力を洩れさせているものがある。男の指に嵌められた白い石の指輪だ。

それこそがこの状況を作り出した原因だと悟って、エルザードは声を引き攣らせた。

「それは、魔法具か……？　小癪《こしゃく》な人間が……」

「残念。魔法具じゃないな。妹からの借り物だ」

ラルスは躊躇いもなく指輪を引き抜くとそれを床に放った。途端小さな装飾具は形を変え、銀に光る水溜《みずたま》りとなる。そこから白い女の手が這い出てくるのを見て、エルザードは全てを理解した。

純白の髪が銀の泉から姿を現す。

細い躰《からだ》。小さな顔に銀の瞳。人にはあらざる姿の——精霊と呼ばれる少女。

人間の王家に数百年仕える上位魔族の彼女は、同族の男を見つけると薄く微笑んだ。ラルスがさらりと命じる。

「シルファ。あれを捕まえろ。殺すから」

「かしこまりました、王よ」

舞うように床を蹴って飛ぶ少女。

その広がる構成を見て取ったエルザードは、傷を押さえていた手を離すと自らも構成を組む。

二人の魔力は激しい風を巻き起こし、ぶつかりあった。人外が行使した力は競り合って大きく爆ぜると、天に伸びる城自体をも大きく揺るがす。

ラルスは崩れ落ちる床から軽々と残る足場に跳び移った。

「さて、せっかく穴を空けといたのに誰も来ないのは、さすがに何かあったか。早くこっちを片付けて様子を見に行かないとな」

ラルスは何ということのないように言う。

そしてまた、最上階に苛烈な魔力の火花が上がった。

※

アヴィエラの放った一撃。放電する光球を、ターキスは半身になって避けた。

彼は再び床を蹴ると数歩で魔女を間合いに入れる。がっしりとした長身からは想像もつかない俊敏な動きだ。速度に乗って振るわれた厚手の長剣を、魔女は右手の結界で受け止めた。

「……やれやれ、厄介な相手が増えたものだ」

今、彼女の左手には紅い本があって、無詠唱で魔法が撃てるのは右手だけだ。これは雫だけを相手取るならともかく、ターキスに対してはいささか不利だ。

顔を顰めるアヴィエラに、三方からリディア、ハーヴ、メアの魔法が集中する。

しかしそれらの魔法は、魔女がその場から消えたことによってターキスのすぐ前で衝突した。

「うおっ！　リディア、止めろよ！」

「避ければ？」

ターキスは魔法攻撃の余波に数歩後退しながら、離れた壁際に転移した魔女を見やる。

誰もが何もを言わない。

アヴィエラは一度自分の本を見て、そして雫に目を移す。

魔女は雫の目に、意志の強さを見て取ると苦笑した。本を手放さないまま右手を上げる。

「なるほど。巡りあわせも力か」

彼女の言葉には苦渋というほどの苦さはない。皆の意識が集中する中、魔女の白い指に構成が生まれた。不可視の魔力弾がターキスに向かって打ち出される。

「ターキス！　右」

「はいよ」

「後ろ！　もっと左！」

「どっちだよ」

言いながらも男は、リディアの言葉に従って見えないはずの攻撃をひょいひょいと避けていった。避けきれないものはリディアが結界を張って逸らし、ターキスの体には一つも着弾しない。その光景に雫は目を瞠り、ハーヴは唖然とする。

「すごい……」

確かにリディアは宮廷魔法士並の実力を持つ魔法士で、なおかつ傭兵として実戦経験が豊富だ。その彼女と長く組んできたターキスは、自然に魔法攻撃を連携で避けることができるのだろう。今まで魔女の前に敗れ去ってきた剣士たちが、魔力が見えないがために後手に回らされたことを思えば、彼らの技能は俄然《がぜん》期待を抱かせる。

雫は意を決すると、アヴィエラとターキスの動きに注意しながら広間を走った。途中でハーヴを引っ張りつつリディアのもとへと駆け寄る。

「すみません、策があるんです。聞いてください」

「いいよ。何？」

「魔女を魔法陣の中に引きこみたいです。彼女を魔法装置に取り込みます」

「……え？」

「へ？」

魔法士ではない女の提案に、二人の魔法士は間の抜けた声を上げる。

雫はターキスの方を窺いながら続けた。

「この魔法陣って、ヘルギニスの浄化結界をもとにしてるんですけど、実は、ヘルギニスの浄化結界自体が禁呪だったんです」

「は？」

ぽかんとした声を上げたのはリディアだけだ。ハーヴは驚きの表情を見せるものの、すぐにその情報源が雫の持つ本にあると気づいたらしい。周囲に誰もいないものの声を潜める。

「聖女伝説があるとは言え、範囲と効果が大きすぎると思ってたけど、禁呪か……言われてみれば納得だな」

「最初の聖女が自分の魂を組みこんで、この魔法装置を作りました。これが禁呪なのは装置を動かす動力源に女性の魂を必要とするからです」

――ファルサスで、女性の魂が抜かれていたのもこの装置を動かすためだ。

アヴィエラはヘルギニスを異界化するために、各地から魂を集めさせていた。

「当時のヘルギニスは、数年に一度、強力な魔法士の女性を生贄《いけにえ》に装置を動かし続けていました。

そもそも六百年前にヘルギニスが滅んだのも、この装置に魔女の一人を取りこもうとしたことが原因です」

「魔女を取りこもうとしたって……どうやって？」

「あの水盆です。あの中に落ちると魔力と魂が吸い出されます。六百年前もそうやって『呼ばれぬ魔女』を拘束しました。ヘルギニスが滅亡したのは、その状況を危険視した他の魔女が介入したからです。つまり――アヴィエラ一人だけなら、水盆に落とせば逃げられません」

それが雫の狙っていた策だ。最初からアヴィエラを水盆のところまで誘いこもうと考えていた。

雫の案に、リディアは結界を張りながら声を潜める。

「でも、それはアヴィエラも知ってるんでしょ？　なら水盆までは近づいてくれなくない？」

「いえ。魔法陣の中だけで充分です。そこまで行けば水が届きますから」

雫は肩の上の小鳥と目を合わせる。

メアはもともと湖底の城の核となっていた使い魔で、水の操作が巧みなのだ。魔法陣の中にまでアヴィエラを入れられれば、その時はメアが水盆の水を操作して魔女を引きずりこめる。

そこまで説明すると、二人はようやく得心したようだった。密談を始めてから三十秒ほど、彼らは検めてアヴィエラに意識を戻す。

「分かった。やってみよっか」

「お願いします」

リディアはターキスの補助に戻るため駆け出す。ハーヴは治療を続ける魔法士の近くに向かいながら結界を張った。

そして雫は魔法陣の前へと戻る。


書き換えはまだ終わっていない。

だがもうすぐ終わるだろう。そしてエリクが動けるようになる。

だからその前に、雫は「これ」をやらなければならない。


「メア、ターキスとリディアを助けてね。アヴィエラを魔法陣に寄せるから」

「ご命令のままに」

ターキスたちの登場によって敗北の一歩手前に留まったが、アヴィエラ自身は魔法陣から遠い場所へと移動してしまったのだ。勝つためには彼女を何としても魔法陣まで近づける必要がある。

雫は短剣をしまうと両手で本を抱いた。魔女と善戦する二人を見ながら、精神を本の奥底へと滑りこませる。

ぼやけていく視界。

見えている世界が遠ざかる。

奥底にある呪具との繋がり。それを辿り、流れに乗る。より遠く、深くにまで精神を伸ばす。

自身が薄らいでしまいそうな茫洋の中、雫は紅い本に向かって干渉を始めた。

先ほどまでは取れなかった手段だ。これをするには精神を集中させる必要があって、アヴィエラの攻撃を避けながらではとても無理だ。けれど今は、ターキスたちが魔女の注意を引きつけてくれている。

ならば、試してみる価値はあるだろう。

雫が本によって精神干渉されたように——二冊の本を伝って、雫自身がアヴィエラの精神に干渉できるのかどうかを。


深く。

本の中へ。己の底へ。

沈んでいく過程はとても暗い。

光がないわけではない。ただ「暗い」と感じるのだ。

暗くて、孤独だ。

怖い。

自分だけが何ものからも切り離されている気がして仕方ない。

世界に、人に、触れたいと思う。それなのに届かない自分は異質だ。

だから嗚咽を上げて闇の中を下りていく。

深く。もっと奥底へ。

そこで待っていたのは、既に雫が分かっていたはずのことだ。

分かっていて、忘れてしまったこと。

そして、力。意志。精神。魂。
深く。
ただ深く。

「ああ、そっか……」

欠けた記憶が孕むものを、雫はようやく取り戻す。
一番始めの時のこと。負の蛇と相対した時のこと。言葉。絵本。死。
どうして忘れていたのか。忘れさせられていたのか。
今までの全てが腑に落ちる。
本を、力をどう使えばいいか、手に取るように分かっていく。
雫は闇の底で、涙の滲む顔を上げる。
本に触れている人間、その精神が見えてくる。
それは、白い光だ。
闇の中に灯るもの。希望を信じる祈り。
憐れで、いじらしい、懸命な人の軌跡——
雫は白い光をじっと見つめる。
そして彼女は深く息を吸いこむと、それをそっと光に吹きこんだ。

アヴィエラが一度は短距離転移によって開けた距離を、不敵な目をした男は仲間の補助を受けながらも再び詰めてきた。男の武器はかなりの大剣にもかかわらず、その振りには隙がない。逆にアヴィエラがわざと隙を見せても深追いしてこないのは、彼が幾度も急場を生き残ってきた歴戦の傭兵だからだろう。

右手だけでタ－キスと渡り合うアヴィエラは、彼に接近されては転移で逃れるということをもう三度も繰り返している。彼女は手に張った結界で剣を逸らしながら、広間の各所に散った挑戦者たちを見回す。タ－キスがアヴィエラを引きつけている間、息のある人間たちは魔法の治癒が施されているようだ。再び立ち上がっている者もちらほらいる。

アヴィエラは四度目の転移をすると独りごちた。

「このままだと負けはしないだろうが、時間がかかりそうだな……」

確実を期すなら女の魔法士か、書き換えを行っている魔法士を狙い打った方がいいかもしれない。しかしそこまで考えてアヴィエラは苦笑した。先ほど一人の少女に指摘されたことを思い出す。

『殺されるために挑戦者を募った』

それは真実の一片で、だが全てではない。むしろ今殺される気はまったくないのだ。まだちっとも足りてはいない。この後、数百年大陸を呪縛するための記憶には。

残したいのは決して、野心によって剣を取る人間ではない。意志に見合う力を以て魔女を倒そうとする英雄でも。

彼女が望むのは、もっとやるせない悲しみだ。どうにもならない理不尽さへの怒り。取り残された人間が過去と未来へ抱く哀惜。歴史の無情を忘れ得ぬ悔恨。

だから彼女は一部を奪い、一部を残す。残された者が、憎悪と恐怖を長く語り継ぐように。

それはまるで、壁に大きな亀裂が入る前に、小さな穴を穿《うが》って押し寄せる流れを逃すようなものだろう。この傲慢を他人に理解してもらおうなどとは思わない。自分でも受け入れたくはない。

だが、長い大陸の歴史を俯瞰し、様々な国を渡り歩いたアヴィエラには見えてしまったのだ。

このまま行けば、やがて大陸は再びゆるやかに長い闇の中に分け入り始めてしまうのだと。

「いつまでも逃がすか！」

大剣の刃がアヴィエラに襲いかかる。それを彼女は結界で弾いたが、重い一撃の反動でよろめいた。たたみかけるように返された剣を防ぐと、彼女は頭上に数十もの炎の矢を生む。

「――撃て」

「リディア！」

「分かってるって！」

大きく後ろに跳んだターキスを追って矢の雨が降り注ぐ。

しかしその半数以上はリディアの放った魔法によってかき消された。残る矢をターキスは左手に抜いた魔法剣で弾く。

だが、彼が矢に対処するその時間は、魔女に構成を組む間を与えただけだった。

「ターキス！　下！」

リディアの警告とほぼ同時に、彼の両足首を不可視の力が絡み取る。細い蔦《つた》にも似たそれは、そのまま肌を食い破り鋭い痛みをもたらした。ターキスは舌打ちしながら魔法剣で拘束を断ち切ろうと屈みこむ。

炎の矢が生み出されてから十秒も経過していない間。

けれどその時、歴戦を経た彼の勘に何かが触った。顔を上げ、魔女の目を見る。

茶色の瞳に浮かぶのは去り行く者に向けた哀惜。そして空気を変える魔力の凝《こご》り。

──やられた。

顔を顰める男に魔女は微笑む。

防御さえも許さない一撃。命を刈り取る一手。

敗北を悟ったターキスにそれが打ち出されようとした、まさにその時──

だがアヴィエラの表情は、不意に凍りついた。

骨を拾う。

乾いた大地で死んだ子の骨を拾う。

小さな諍いだ。辺境の部族間での争い。

この程度のものは、いつの時代もどこにでも溢れている。
だから彼女は跪《ひざまず》き、骨を集めた。

作り出した構成が歪む。
アヴィエラは右手でこめかみを押さえた。怪訝そうなタ一キスと目が合う。
何かがおかしい。だがそれが何なのか分からない。
彼女は新たに構成を組む。
歪曲《わいきょく》した金色の刃。それを男に向かって放った。
アヴィエラは眩暈を覚えて数歩よろめく。

何故、このような時に甦ってくるのだろう。
これまでに歩いてきた足跡の一つ一つが。

『お前が上位魔族か。本当に人間みたいな姿をしているんだな』
『何だ、子供じゃないか。俺に何の用だ？』

『用？　そうだな……。私は悪い魔法士だ。だからこの大陸に混乱を起こしてやる、というのはどうだ？』

『面白いのか？　それは』


精神の底に、誰かがいる。

自分ではない誰かだ。

誰かはじっと自分を見つめている。

時折嗚咽を零しながら、大きな黒い目に涙を湛えてアヴィエラを見る。

その息がまた、吹きこまれる。


「ターキス！　左から押しこみなさい！」

「はいはい」

強烈な斬撃。アヴィエラはそれを直接受けることはせず、黙って横に跳んだ。男の足を狙って不可視の蔦をしならせる。

だが先ほどと同じ攻撃に、リディアはすかさず小さな魔力弾を放って蔦の方向を変えた。足下で石床が砕け、ターキスはわずかに後退する。

魔女はこめかみを押さえながら次なる構成を組んだ。


人の知性を、思考を、信じてみようと思った時もあった。

祖父から譲り受けたこの本さえあれば、かつてと同じ過ちからは人を救えると思った。

けれどそう思ってアヴィエラが綴った文字は、どこにも、誰にも、響かなかった。

届いたのは、目先のことしか見ていない人間たちにだけだ。

『禁呪だから何だというのだ。十年後に一万の民が死ぬのだとしても、今いる千の民を救うには必要な力だ』

『過去の失敗は過去のことだ。私は上手くやるさ。だからその知識を貸せ』

『秘された歴史？　馬鹿馬鹿しい。そんなことより、今何ができるかの方が肝心です』

結局、人にとって過去は過去のことなのだ。我が身に降りかかるなど思ってもいない。

だから、同じ過ちを繰り返そうとする。自分だけは免れると思っている。

伝えようと足掻いて知ったことは、人の性だ。

だからアヴィエラは、別の道を選んだ。誰しもが、目を背けられなくなるような道を。

大陸を、魔族の男と二人旅していく。

知識を与える。良いものも悪いものも、秘されたものも禁じられたものも全て。

そうして時折、ガラクタを集める。

死者の遺物を拾うようになったのはいつからだったか。

ただアヴィエラは、自分が殺した者も他人が殺した者も、分け隔てなくその遺物を集めた。

そして小さな自室に並べ、束の間物思いに耽る。

悲しむことはできない。後悔も許されない。

それは彼女がとうに放棄した権利だ。大陸各地に禁呪を伝え歩くようになったその時から、彼女は振り返ることをやめた。

人を救おうなどと思うことは……ただの傲慢だったのだと諦めた。


思考が乱れる。

構成が上手く組めない。

迫りくる剣を前に、アヴィエラは咄嗟にただの魔力を放つと数歩下がった。

タークスは彼女を追って跳躍する。

斬りこまれる前に迎撃しなければと思うのだが、今は結界を張ることで精一杯だ。

息を切らした魔女に、至近で剣を振るう男はにやりと笑う。

「どうした？　調子でも悪くなったか？」

「さぁな」

たとえば人の中に人に足らない欠陥者がいるとしたら、まぎれもなく自分もその一人だろう。歴史という流れの上でしか命を見ることができない。未来の数万人が生きるために、今の数千人を殺す。そういう手段を選べる。

まるで度し難い傲慢な思考だ。少女の頃疎んでいた暗君と変わらない。その愚かさはとうに分かっている。奪い続けるこの道を行く以上、自分の手で直接残せるものなど何もない。

ただそれでも——

男の剣を防壁によって押し返す。

そうして更に後退したアヴィエラは、不意に何かを感じて視線をさまよわせた。惑う両眼が、魔法陣の前で本を抱えた少女を捉える。

精神の奥底で時折聞こえる嗚咽。

そして、変質をもたらす息。

それは誰のものなのか。誰がいつの間にか自分の中に潜んでいるのか。

アヴィエラは、黒髪の少女を見つめる。

その瞳に、既視感を覚える。

「……お前、か？」

問いかけに応えて雫は目を開ける。

相対する二対の瞳。

慈愛と寂寥。傲慢と悲愁。

ささやかな己の理想に手を伸ばそうとする対照的な双眸が、刹那お互いを見つめた。

そこにけれど、消せない差異が映る。

「お前……」

──何者が、何をしているのか。

全てを理解した。

魔法法則に反する力。秘された歴史を暴く紅い本と同じもの。

どうしてこのような本があるのか、疑問に思ったことは何度もある。別位階から来たエルザードでさえ分からなかったのだ。まるで正体が知れず、けれど知りたい全てはそこにあった。

ただ、ここまで踏みこまれれば、「それ」が何か分かる。

法則に反しているのも当然だ。これは、この世界に属するものではない。

「そんなものが……！」

アヴィエラは怒りに駆られて構成を組む。魔法弾を以て雫の体を本ごと打ち抜こうとした。

──だがその時、水盆の水が大きく爆ぜると彼女に襲いかかった。

「っ、」

水はまるで生きているように彼女の全身をのみこむと、水盆の方へ引きずりこんでいく。

魂を吸い出す水。彼女の魔力が魔法陣に取りこまれていく。暴力的な流れの中でアヴィエラはもがいた。水盆に到達する前に逃れ出ようと構成を生む。

けれどその構成が完成する直前、アヴィエラの体は衝撃を受け背後の水盆に倒れこむ。水飛沫《みずしぶき》が高く跳ね散る。アヴィエラは、自分に体当たりして来た女をきつく睨んだ。

「よくも、お前……」

「私たちの勝ちです」

水盆の中、ずぶ濡れの雫は苦しげな笑みを浮かべる。彼女はそして、短剣を抜いた。

──迷いはない。決して躊躇わない。

雫は、押さえつけた魔女めがけて真っ直ぐ刃を振り下ろす。意志の力だけで腕を振り切る。鋭い切っ先は狙いを違えない。それはまっすぐ魔女の胸へと向かう。

だが次の瞬間、雫の体はびくりと震えた。

「雫！」

男の声。

雫は自分の胸を見下ろす。

心臓の上に小さく穿たれた穴から、みるみる赤い血が溢れ出す。

至近距離から撃たれた魔法弾。それを放ったアヴィエラは、雫の体を押しのけた。

雫はそのまま、水盆の中へと崩れ落ちる。

──体が冷たい。急速に視界が暗くなっていく。雫はぼんやりとした視界に、自分へ伸ばされる手を見た。それが誰のものであるか、分かるからこそ彼女はただ目を閉じる。

大丈夫なのだと、口にしたくてもできない言葉を喉に詰まらせて。


勝った、と。

期待しかけたことが罪ならば、それはリディアにもハーヴにも言えただろう。

作戦通り魔女を水盆の中に引きこんだ。そして実際、彼女の膨大な魔力は装置の中に吸い上げられ始めたのだ。

しかしそれは、成功したと思った瞬間、一転して失敗と成り果てた。

アヴィエラは、よろめきながら立ち上がると水盆から抜け出す。

——魔力の大半が吸い出されて体が重い。

彼女は濡れた魔法着を払って振り返ると、水の中に倒れた女を見下ろす。

穴の空いた胸からは、血が水へと溶け出していた。紺色の本がそのすぐ傍に浮いている。

「……残念だったな」

アヴィエラは吐き捨てる。

それ以上かける言葉はない。しょせん世界外からの無遠慮な鑑賞者だ。憐憫の一つさえ与える気はなかった。アヴィエラは踵を返そうとして、水盆のすぐ傍にいる男に気づく。

魔法陣の構成に繋がったままのエリクは、水の中に手を伸ばし雫の体を引き上げようとしていた。

彼は焦りが色濃い表情で濡れた手を掴むと、腕の中に彼女を抱き取る。そのまま胸の傷を塞ごうと詠唱を始める男に、アヴィエラは複雑な表情になった。行いの無意味さを指摘しようとして、だが思い直すと残る魔力を指先に集める。

「お前も後を追うがいい」

「エリク！」

走ってきたハーヴが叫ぶ。雫の上を飛び回っていたメアが反撃の刃を放った。リディアからも浴びせられた攻撃を、しかし本を手放したアヴィエラは全て結界で受け止めた。

魔女は水盆に背を向けると、怒気を浮かべる三人に唇を歪める。

「どうした？　これくらいは分かっていたことだろう。力なき者は死んでいく」

「ば、馬鹿げてる！」

声を荒げ、魔女の前に立ったのはハーヴだ。

彼は激しい混乱を目に宿しながら、それでも怒りを露《あらわ》にしてアヴィエラに対する。

「お前のやってることは過去への冒瀆《ぼうとく》だ！　人の伝える意志を無視している！　その努力を放棄して何が歴史だ！　お前が人を同じ石に躓かせてるんだろう！　魔女なんて避けられない石だ！」

「だが何もしないよりはましだ」

冷えきった声。アヴィエラは銀の髪から滴る水を見下ろした。

それは複雑な魔法陣の上、徐々に水溜りを作っていく。

「このままではあと数百年のうちに、大陸には再び戦乱の時代が訪れるだろう。もはや大陸に魔女はおらず、ファルサス王家も代を重ねるごとに魔力が薄らいでいく。そうなれば抑止力を失った大陸では魔法具の研究がますます進められ、各国が禁呪に手を出し始めることは明らかだ。再来期どころの事態ではない……この大陸は再び闇の中に沈む」

――ファルサスが何故魔法具を他国に売りたがらないのか。

それはかつて「再来期」と呼ばれた時代があったからだ。

今から三百年ほど前、ガンドナで魔法具の新たな製法が発見された。その後、魔法具は爆発的に研究と生産が進められ、やがてそれを用いた激しい戦乱が起こった。

約十年にわたって大陸に吹き荒れた戦争の時代を、人は「暗黒時代の再来のようだった」との由来で、再来期と呼んだ。それまでの大国タァイーリをはじめとして、多くの国々がこの戦乱の中で滅亡し、人々は「絶対に滅びぬ国などない」という事実を思いだしたのだ。

当時、中心となって混乱を収めたのは、ファルサスとガンドナだ。

だがこの二国もいつまでも強国ではいられない。衰えもするし、廃王のような人間も出てくるだろう。そうして国家間の均衡が失われれば、大陸は再び闇の中に落ちていく。その闇がどれだけの年月続いていくのか、それは誰も知らない未来の話だ。

――理解を得たいわけではない。

だからアヴィエラは自嘲を浮かべながらも、再び魔力を指先に集めた。退こうとしないハーヴに向けて狙いを定める。

「お前たちがどう思おうと、私は、私の後に残るものを望む。そうなれば――」

言葉はそこで途切れた。

アヴィエラは瞠目して自分の体を見下ろす。

水に濡れた体。

紅い魔法着。

その胸の少し下から……何故か銀色の刃が切っ先を覗かせていた。

背後から息を切らした囁き声が聞こえる。

「何も、残らないね。お前は僕に殺されるから……」

「カイト！」

驚愕に震えるリディアの声。後ろでカイトに治癒を施した魔法士が息をのんでいる。

ターキスが顔を顰め、ハーヴは絶句した。

雫は目を開けない。エリクは顔を上げない。

まるで時間が静止したかのような空隙。

アヴィエラは自分の体を貫通した刃を握ると、緩慢な動作で振り返った。

そこには瀕死の少年が、今にも倒れこみそうな顔色で斜めに立っている。彼は皮肉な目で魔女を嘲笑《あざわら》った。

「何も……残らない……お前を殺すのは、すぐに死ぬ人間だ……いい気味だよ」

それだけを吐き捨てて彼は崩れ落ちた。手甲を嵌めた手が、血の溶け出す水溜《みずた》まりに落ちる。

アヴィエラは、じっと彼を見下ろす。

死に行く少年の体。それは赤子のごとく縮こまって冷えつつあった。
届かなかった手の先で死した子のように。無数に積まれてきた遺骸と同じく。
ただ孤独に。何とも繋がれぬまま。一つの生が終わろうとしている。
残すことも残ることも、全てを諦めたまま――
アヴィエラは、自分の傷を見下ろした。
胸の傷は致命傷だ。残っている魔力は多くない。
彼女は、もう一度少年を見ると傍らに両膝をついた。
少年の上に手を伸ばし、壊れかけた体に己の魔力全てを注いでいく。
治癒される温度にカイトが目を開けると、女は穏やかな笑顔を浮かべた。
アヴィエラは彼の耳元に囁く。
「……ほら、残った」
音もなく、魔女の体は倒れる。
アヴィエラは深く息を吐いた。安らかに、眠りに落ちるよう目を閉じる。
そしてそれきり、魔女は何も言わない。
言わないまま歴史の上から姿を消した。

※

感覚が震える。

それは、同族からの苛烈な攻撃を捌《さば》き続けるエルザードを、ほんの一瞬硬直させた。彼は背後へ跳躍しながら辺りを見回す。

「アヴィエラが――死んだ？」

いつも、どこにいても、感じ取れた契約者の気配。それが今、断ち切られたようにこの城から消え失せたのだ。

何があったのか……答えは一つしかない。

彼女は死んだ。

死んでしまったのだ。肉体は朽ち、魂は溶け出してもう戻らない。

混乱するエルザードに、ラルスの乾いた声が聞こえる。

「何だ。誰かが殺したのか。探す手間が省けたな」

鼻で笑う音。だが、エルザードにはそれも聞こえなかった。ただアヴィエラが気配を絶った場所を探して意識を巡らせる。

――失われてしまった。

それが本当ならば、確かめなければならない。

彼女が何を残したのか。どんな死に顔をしているのか。

それを確かめなければきっと、何も得られないのだ。この世界に来た意味がない。

エルザードは、アヴィエラの気配が消えた広間に座標を合わせると、転移構成を組んだ。しかしその構成はシルファの攻撃によって打ち砕かれる。

四肢を摑み引き寄せる構成。捕らえられた先に待っているものは王の剣だ。ラルスはアカーシアを手に笑った。

「さて、お前もそろそろ退場だな」

恐ろしい速度で突きこまれる両刃。自らの体を貫くそれを、エルザードは呆然と見下ろす。剣の触れた箇所から、肉体が黒い靄となって霧散していった。

己が失われていく様を彼は何の感情もなく見つめる。消えかかる精神に澄んだ声が響いた。

『人間は美しいぞ、エルザード』

彼女の言葉はずっと理解できなかった。今、この瞬間に至っても。

だが、たった一つだけ自明のことがある。

変えられない濁流を変えようともがく彼女の姿。

その姿だけは確かに——美しく、見えたのだと。

※

誰もが何も言えない。

重い呪縛が広間中を満たしているかのようだ。

そんな沈黙の中、真っ先に動いたのはカイトだった。彼は自分の体を確かめながらゆっくり立ち上がると、苦い顔でアヴィエラの死体を見下ろす。

ひどく穏やかな死に顔。死を以て自由になった女の顔を一瞥すると、彼は何も言わず踵を返した。そのまま無言で広間を出て行く。

その足音で我に返ったのか、リディアはタ一キスを引き摺って怪我人の治療に手をつけ始めた。ハーヴは種々の言葉をのみこんで友人の傍へと歩み寄る。

「エリク……」

「何？」

「あ、あのな、雫さんは……」

「生きてるよ。傷塞いだからちょっと見てて」

「え!?」

ずぶ濡れの体をハーヴは恐る恐る受け取った。よく注意して見ると、確かに彼女の胸は微かに上下している。間違いなく魔女の一撃で即死させられたと思っていた雫が、一命を取り留めていたと知って、ハーヴは床に座りこんだ。そのはずみで雫の頭を床にぶつけそうになり慌てて抱えこむ。

「よかった……。けど、何で助かったんだ？　駄目かと思ったぞ」

「魔法具のおかげだと思う。色々つけさせられてたから。衝撃を緩和したんじゃないかな」

「そうか……」

被害は甚大だが、ともかくこれで魔女討伐は終わったのだ。

複雑な思いながらもほっと息をつくハーヴに、エリクは軽く手を振る。

「ごめん。陣の外に出てて。書き換えが終わったから発動させる」

「あ、ああ」

気を失ったままの雫を抱いて、ハーヴは大きな陣の外へと足を向けた。

その途中で彼は、魔女の死体とその近くに落ちている紅い本に目をとめたが、小さくかぶりを振っただけでそれを手に取ろうとはしなかった。

※

上空から降りかかる鉤爪を、兵士は剣の刃で受ける。

魔物の強烈な力は、両手で受けても支えきれないものだったが、ほんの一瞬膠着《こうちゃく》した隙に、傍にいた魔法士が魔物の体を薙ぎ払った。

「助かった。ありがとう」

兵士は簡単な礼だけ言うと、新手を探して剣を構える。

魔物の大軍と衝突してから数十分、戦い続ける彼らが感じたものは「きりがない」という事実だ。殺しても殺しても魔物はとめどなく現れ、人の体を切り裂こうと襲いかかってくる。先の見えない戦いに、多くの者は体力よりも先に気力が尽きてしまいそうだ。

「くそっ」

兵士は吹きかけられる酸の液から頭を庇って後退する。

一体いつまでこれが続くというのか。叫びだしたい気持ちはあったが、退けない戦いであることもまた確かだ。彼は血と汗で滑る柄を、布を使って握りなおす。

――戦場に一陣の風が吹いたのは、その時だった。

淀んでいた空気が変わる。城の方角から強い風が吹きこんでくる。

それは大きな力を帯びて、混戦が満ちる山道を吹き抜けていった。

思わず目を覆った彼の頭上で、魔物の叫び声がいくつも重なり、そして遠ざかる。甲高い悲鳴を攫っていくように風がそのまま通り過ぎると、辺りには凪いだ空気が広がった。

彼は用心しながらも顔を上げる。

「……何だ？」

暗かった荒野に光が差しこんでいる。一変した空気に気づいて兵士は啞然となった。見れば空にいた魔物の数が半減している。

それだけではなく、今まで上空を覆っていた分厚い暗雲が、呆気ないくらいさっぱりと消え去っていた。兵士や魔法士たちはお互いの顔を見合わせ、首を傾げる。

「風が雲と魔物を飛ばしていった……とか？」

「まさか。だが……」

にわかには信じがたい光景だが、これは希望以外の何ものでもない。途端、彼らは勢いづくと、残る魔物に向かって攻撃を再開した。

その陣中にあって指揮をとっていたレウティシアは、事態を把握して安堵の息を吐く。

「土地を浄化したのね……思いきったことするじゃない」

賞賛の言葉は、この場にいない男に向けられたものだ。

彼女は部下の手際に微笑すると、残る敵の掃討に向けて新たな指揮を飛ばす。

別の場所で戦っていたオルトヴィーンもまた、空を仰いで息をついた。

「なんとかなりそう……か？」

空にはまだ魔物の大群がいるが、先ほどまでとは違って終わりが見えないほどではない。これならもう少し数を減らせれば、彼がレウティシアから指揮を引き取れるかもしれない。そうすれば彼女を先行して塔に送りこめる。

「とは言え、数を減らすまでが至難だな」

空を飛んでいる大群を撃ち落とすには、それなりに魔法士を動員せねばならない。だが、今のところ皆が手一杯だ。焦らず、少しずつ戦っていくしかない。

しかし、オルトヴィーンがそう思った時、ふと後方から新たな羽ばたきが聞こえた。

地面に大きな影が差す。その正体を見上げようと顔を上げた何人かの視界を、白い閃光が焼いた。

巨大な光は空を貫いて魔物の一群をのみこむ。それは音もなく大量の魔物を消し去った。

唖然とする皆の頭上を赤いドラゴンが旋回する。その上から長い黒髪の少女が顔を出した。彼女は人馬の中にオルトヴィーンを認めて、軽く手を振る。

「……リースヒェン、来たのか」

彼自身が滅ぼしたアンネリの王女。強大な魔力を持っていたが故に、生まれてからずっと幽閉されていた彼女に、オルトヴィーンは前もって連絡を取っていたのだ。

記録では死んでいるはずの彼女が、人目のあるところに来てくれる可能性は低いと思っていたが、この分では手を貸してくれるのだろう。

オルトヴィーンは勝ち目の見えてきた戦況に息をつく。

彼の視界の先、魔女の城は白日の下にいびつな姿を晒《さら》していた。

『雫ちゃん。答えは全部、あなたの中にあるのよ』

※

雫が意識を取り戻した時、彼女は魔法陣のある広間の壁際に寝かされていた。

彼女は、ゆるゆると起き上がると辺りを見回す。傍にいた小鳥のメアを拾い上げた。

広間には先ほどまで濃密に満ちていた圧迫感はない。ただ何人かがばたばたとあわただしく走り回っているだけだ。

雫が起きたことに気づいたのか、中央近くに立っていたエリクがやってくる。片手に二冊の本を抱えた男は、雫の前に立つとその本を床に置いた。

「気分はどう？」

「平気……です。ちょっとぼんやりするだけで」

「ならよかった。君はどこにでも飛びこんでいくから見てて寿命が縮む」

「す、すみません」

攻撃を受けた胸元を見ると、服には小さな丸い穴が空いていた。そこから見える肌に傷がないことを確認して雫は目を伏せる。

「あの、魔女の人は……」

「死んだよ。書き換えも終わった。今は転移が使えるようになったから怪我人を外に出してるとこ」

エリクは彼女の隣に屈みこむと、「王妹にも連絡がついた。外は掃討戦らしいよ。あとは王を回収して終わり」と付け足した。

つまりは、無茶な戦いに勝ったということだろう。自然と生まれる沈黙は、二冊の本へと集中して止まる。

「エリク、この本って」

「うん。処分しかないだろうね。誰かの手に渡ってもまずいし。三冊目は別大陸でどうにもできないけど、今までの記述を見るだに、こっちの二冊を処分しても向こうに記述権が移るということはないだろう」

「じゃあ今、燃やしちゃいますか？」

「そうしようか。持ち歩くのかさばる」

エリクは雫の目を覗きこむ。彼女が黙って頷くと、彼は重ねた本の上に手をかざした。魔法構成が注がれ、二冊の本はゆっくりと燃え始める。

やがて本の形をした灰だけが残ると、エリクは雫に手を差し伸べた。

「立てる？」

「はい」

「転移門を開くよ。城に戻ろう」

優しい声。すっかり耳に馴染んだ声に雫は微苦笑を浮かべた。広間に視線をさまよわせる。

「その前に……王様ってまだこの城にいるんですか？　本のことについて言っときたいんですけど」

「いるんじゃないかな。多分最上階だと思う」

「じゃあちょっと行ってきます」

雫がメアだけを連れ廊下に出ると、迷うことなくエリクもその隣に並んだ。二人は手を取ると緩やかに曲がる通路を歩いていく。

「何だか終わってしまうと……不思議な感じですね。頭の中も空っぽになったみたいで」

「気が抜けたんだよ。体は疲れてるはずだ。帰ったらゆっくり寝た方がいい」

「起きたら筋肉痛になってそうです」

窓から見える外はもう昏くはない。晴れた青空を見て彼女は微笑んだ。

エリクは、何かから解放されたかのような彼女の横顔を眺める。

「帰ったらそろそろファルサスの契約も終了だから。別の国に行こうか」

「あ！　そう言えば南の海は澄んでいるって本当ですか？　メアに聞いたんですけど」

「らしいね。僕は見たことない。見てみたいなら次は南の国にしよう」

柔らかな風が吹いた。肩の上で小鳥が囀る。雫は指を伸ばしてメアの背を撫でた。

ほどけてしまった黒髪が舞い上がり、その下のケープが露になる。魔女の攻撃を受けた時に空いてしまった背の穴をエリクは無言で見つめた。雫は手だけで乱れた髪を束ねて揃える。

「私の傷って、治してくれたのはエリクですか？」

「うん」

「ありがとうございます」

やがて通路の向こうに階段が見えてきた。廊下には他に誰もいない。

雫は握ったままの手に力を込めると足を止めた。

彼女は振り返った男に向かって微笑む。


答えは全て、彼女の中にあった。

知っていて思い出せなかった。

思い出してしまえば、守れなくなるからだ。

「エリク……いつから気づいていたんですか？　——私が外部者の呪具そのものだって」

だからもう、守ることはできないだろう。

※

「魔女が打倒された」との連絡は、戦闘中の軍を経由してメディアルの城内へも報告された。

歓声が湧き起こる会議室の中、オルティアは小さな息をついて席を立つ。張り詰めていた気を切り替えるため、供を連れず廊下に出た女王を、だが一人の男が追ってきた。

男はオルティアが振り返ると深く頭を下げる。

「キスク女王陛下……いつぞやは、大変失礼を致しました」

「いつぞや？　ああ、メディアルの宰相か」

そう言えば先日雫が姿を晦《くら》ました時に、ニケを派遣して男を締め上げさせたのだ。シロンは冷ややかな女王の視線に、青ざめながらも謝罪する。

「あの女性が陛下の側近であったとは知らず……盗まれた家宝の行方を知っているのではないかと思い、詰問してしまいました。それだけでなく、まだ息のあったあの方にとんでもないことを……。お詫《わ》びのしようもございませぬ。ですがどうか、この責は私のみに……」

「もうよいわ。雫も無事であった。これ以上騒ぎ立てる気はない」

煩わしげにオルティアが扇を振ると、シロンは一層頭を低くした。その後頭部を見下ろした彼女は一抹の好奇心を覚えて問い返す。

「家宝とは何であったのだ？　まだ見つかっておらぬのか」

「それが、魔女が持っていたのではないかという話でございましたが……もういいのです。『歴史を語る不死の蛙』など、どう考えても忌まわしいものでございましょう。以後、あれのことは忘れることに致します」

「不死の蛙？」

魔女が持っていたのは、歴史を綴る本だったはずだ。蛙などではない。

ただ……どこかで似た話を聞いた。オルティアは少し考えて、その答えに思い当たる。

——そう言えば、雫の描いた絵本に似た話があったのだ。

だが動物が喋る童話などこの世界にはない。だからてっきり異世界の御伽噺なのだと思っていた。

※

二人の間を流れていく風。

その風に今までの凍えるような冷たさを感じないのは、差しこみ始めた陽光のせいだろうか。

エリクは雫を見つめて沈黙していたが、やがて抑揚のない声を紡ぐ。

「最初に気づいたのはメディアルで君の絵本を見た時。全ての歴史を知っている蛙って話を読んで……引っかかるものを感じた。はっきりと疑ったのは、君が雪の中から救助された時。外にいた時間を計算すると、君が死んでなかったことはおかしい。そもそもメディアルの宰相は、君の死亡を確認したからこそ、森に捨てたというんだ。君には何かあるんじゃないかと思い始めた時、レラからあの絵本がメディアルの話であることを聞いた」

「ええ。あの蛙が私の前身なんです。呪具の核で本体……三冊の本は外部記録で増幅装置ですね」

雫は長く伸びた髪を払った。

背中に空いた服の穴。あの時アヴィエラの攻撃は、確かに彼女の心臓を射抜いたのだ。けれど雫は死ななかった。傷を負っても血を流しても死ぬことはない。彼女は最初から「不死の呪具」なのだから当然だ。それを知っていて傷を塞いだエリクは、罅割れた溜息をつく。

「少し考えれば分かることだった。呪具が統一したのは『音声言語』だったんだから。記録が文字のみで残されているのは不自然だ。音声言語に比べて、文字は国や時代によって変化している。この大陸の人間が作ったものだからだ」

何故、本には人間の作った文字で歴史が記録されていたのか。

答えは一つ、それが呪具の全てではなかったからだ。

雫はほろ苦い微笑を浮かべ、肩を竦める。

「さすがですね……。呪具の本体は『語り手』なんです。三冊の本を全て読むことのできる存在。そうして知りえたことを語り続ける者。私がこの世界の言葉を話せるのも当然ですよね。私の中には呪具の核が眠っているんですから」

温かい胸に手をあて、彼女は目を閉じる。自分ではない何かの存在。それが確かに奥底に息づいていることを、今の雫は感じ取ることができていた。

エリクは彼女の黒い睫毛が揺れるのを見て顔を顰める。

「君はいつ思い出したの？　最初から知っていた？」

「いいえ、ついさっき思い出したんです。魔女に精神操作をかけようとして——ああ私、この本を支配できるんだなぁって。それに気づいたら全部思い出しました。何故私がこの世界に連れてこられたのかも全て……」


全ての始まりは、砂漠で起きた戦いだった。

盗み出された蛙は人の手を渡り、そうしてそこで『この世界の呪具』に発見されたのだ。

大陸を観察するための呪具と、その干渉を退けるためにこの世界が生み出した対抗者。

はじめから相容《あいい》れぬ二つの存在は、熾烈《しれつ》な戦闘を繰り広げながら砂漠にまで行き着き、そして蛙はついにその場で殺された。

蛙の死を確認した『この世界の呪具』は、戦闘で負った大怪我を癒すため砂漠から離れたが、蛙は死んでも呪具の核はまだかろうじて力を残していた。

結果として核は、力を取り戻すための休眠を得るべく、新たな宿主を求めて「穴」を開いた。


「どうやらこの世界の人間より異世界の人間の方が宿主として適してるらしいんですよ。こっちの世界の人間ですと、下手したら魂に核が取りこまれてしまうみたいで……。その点、私なら魂構造が違いますから、核は本質を忘れることはありません。そうやって核は私の記憶を操作して同化したことを忘れさせると、力を取り戻すために眠りについたんです」

世界を渡る穴の途中、冷たい力が自分の中に入ってきたことを雫は覚えている。

その時彼女は全てを理解したのだ。ただそれを忘れてしまっていただけで――

アヴィエラは、精神干渉を受けた時に、雫の正体に気づいたのだろう。だから雫を嫌悪し拒絶した。雫が運命に挑む人間ではなく、世界外からの無遠慮な鑑賞者だと知ったからだ。

シミラが言ったことは本当だった。彼女はどこまでも、排除されるべき異質な棘だった。

淡々と語る雫に、エリクは答え合わせをする。

「生得言語が消える流行り病が発生した原因は、その戦闘で呪具の力が弱まったためか。逆に城で子供たちの言葉が戻ったのは、休眠で力が回復してきたから……あってる?」

「あってます。このまま行けば完全に回復して、大陸言語の再支配が可能になるでしょう。その頃には私の体から出て自由に動けるかもしれませんね。ただ核は既に私の魂に固着してしまってますから、引き剥がされたら私は死んじゃうかもしれませんけど」

「呪具に殺されることはないと思うよ。君から出たら破壊される可能性が高くなるし」

藍色の瞳が窓の外を見やる。抱えこむ感情全てを殺して静かな声が、長い廊下に響いた。

「人の寿命なんて呪具からすれば一瞬だ。このまま生きていくことだってきっとできる」

それは、希望を与えようとする言葉だ。

――エリクは、もっとも早く全ての真実に到達していたのだろう。

知っていて、雫を庇った。彼女が呪具そのものと知れれば、ラルスに殺されてしまうと考え、「本に精神操作されているだけ」と偽ったのだ。

どれほど彼が自分を大事にしてくれたのか。全てを思い出せば、その一つ一つが見えてくる。

感謝しても全てを贖《あがな》うことはきっとできないだろう。

雫は目を閉じて微笑んだ。繋いだ手を握り返す。

「気にすることはない。君は君で生きていればいいんだ。呪具も直接人に危害を及ぼすようなものじゃない。行動には制限を受けるだろうから、元の世界には帰れないかもしれないけど……ここにも君の居場所はある」

伸ばされた手。

大きな掌が雫の髪を撫でていく。

その温かさに泣き出しそうになって雫は唇を引き締めた。

あの日図書館で泣いていただけの彼女。

そんな偶然の出会いにもかかわらず、彼は決して雫を見捨てようとはしなかったのだ。

今この瞬間にあっても。——自分の主義に反しても。

だから彼が言うなら雫はきっと、この世界でも生きていけるだろう。国を渡り歩き、どこか小さな町で穏やかな暮らしを送ることもできるはずだ。彼女は束の間そんな未来を夢想する。

「本当に……ありがとうございます」

こんな言葉しか返せないことがもどかしい。

雫は握っていた手を離すと深く頭を下げた。顔を上げ、男を見つめる。

言葉はきっと不自由だ。伝えたいことが少ししか届かない。

それでも他に手段を知らないから、この言葉こそが二人を繋いできたのだから、雫はこれで十分満足だった。

彼女は肩に止まっていたメアに指を差し伸べる。メアが自分の指に移ると、雫はその手を窓に向けた。

「ありがとう、メア」

小鳥は雫の手から離れて窓枠にとまる。小さく首を傾げるメアに微笑みかけると、彼女は一歩下がった。何も持たない両手を広げる。

「待て、雫……!」

彼女の意図を察してエリクが表情を変えた。広げた腕を取ろうと手を伸ばす。

けれど彼の手が触れるより一瞬早く、雫は何の構成もなく力を使うと、忽然と姿を消した。

かつて世界の言語は一つだった。

人が天に向かって塔を建てだし、神の怒りに触れるまでは。

神によって言葉を乱された結果が、けれど人の自由というのなら、この大陸はいまだ箱庭のままだろう。観察される小さな庭で、そこから誰も逃れられない。

この欺瞞に気づき、それを拒絶しなければ――

※

※

城の最上階に転移した雫は、崩れ落ちた壁から外の景色を眺める。

乾いて広がる大地。だが瘴気の晴れた空は青く澄んで、胸を打つほどに鮮やかだった。彼女は風になびく髪を押さえながら微笑む。

角度的に掃討戦を行っているという軍の様子は見えない。だが、きっと問題なく進んでいるのだろう。現に見える空には魔物が一匹もいない。

雫は冷えてはいるが濁りのない空気を吸いこんだ。肺の奥が小さく痛む。

「――何だお前、どうやって来たんだ」

背後からかかる声は、彼女のよく知っている男のものだ。

雫はほろ苦い目を伏せると振り返った。気だるそうな王の前に立つ。

「あれ、王様、怪我したんですか？」

「もう治した。シルファはレティのところに戻したけどな」

「戻したって。精霊いなかったらどうやって帰るんですか。また階段下るんですか？」

「どうせレティが迎えにくるだろ。それまで景色でも眺めてるさ」

ラルスは崩れかけた玉座によりかかり嘯く。

城に入って以来別行動をしていた王が、今まで何をしていたのかは知らないが、数階下まで床が崩壊している惨状を見れば薄々察しがついた。雫は斜めに穿たれた深い穴から視線を外す。

「じゃあそれまでの間、ちょっとお話があるんですけどいいですか？」

「何だ？　何かやらかしたか？」

いつでも揺るがなかった男。彼女を許さなかった王。

そんな彼だからこそ、雫も今向かい合うことができる。

それはきっとささやかな幸運だろう。彼女は青い瞳を見上げ、笑った。


「王様、実は私が呪具だったんですよ」

もしこの世界に来たばかりの頃に真実を思い出していたなら。

雫はこの結論に辿りつくことはできなかっただろう。

泣いて、喚《わめ》いて、混乱の中どうすることもできず蹲ったはずだ。

だが今、彼女は自分の足で立てている。

立って選ぶことができる。それが全てだ。


「……呪具？　お前が？」

「はい。私、思い出したんです。私自身が三冊の本を統括する呪具の本体だって……。私は呪具の揺りかごで、核を隠すため異世界から連れて来られた人間です。今までその記憶を封じられていただけで……私の魂には呪具の核が固着してるんですよ」

すぐには理解しがたいのか、王は眉根を寄せて雫を見下ろす。

決して優しくない視線に雫は安堵しながら、内心震え出しそうな声を抑えるのに必死だった。

どうして自分なのだろう。

どうしてこんな現実に行き着いたのだろう。

あの穴に出会わないままならきっと、元の世界で慎《つつ》ましやかな一生が送れただろう。

魂を支配され、何度も命をすり減らすような目には遭わなかったはずだ。

だが、それでも

「ならどうしたい？　呪具に取りこまれたお前は何を望む？」

「殺してください」


それでも、この世界に来てよかったと思う。


雫は震える両拳を握りしめる。

笑顔のままでいようと思った。

泣いてしまってはこの結末に負けるようで、それはしたくなかった。

ただ喉の奥は熱く、視界は止められず溶け出していく。

ここで全てと別れなければならないことが、どうしても悲しかった。


雫は微笑を浮かべて男を見つめる。その黒い瞳から色のない涙が滴っていくのを見てラルスは顔を顰めた。だが彼は溜息を一つつくと王の顔になる。

「それでいいんだな？」

「はい」

不死にされた彼女は、魔女の力によっても死ななかった。

だが王剣であれば呪具を壊すこともできるだろう。もともとアカーシアは、外部者の呪具に対抗できる力の一つだ。その証拠に雫自身、時折核の怯えに同調して王剣を恐れていたのだから。

そして、永く続いた支配もこれで終わりだ。大陸は言葉の制限から解き放たれ、人は奪われていた可能性を取り戻す。ここから先は、本に記されない歴史が紡がれていくだろう。いつの時代も足掻きながら苦しみながら、それでも前を見据えて。

雫はじっと自分の手を見る。

エリクは「人の寿命は、呪具からすれば一瞬だ」と言ってくれたが、それは違う。彼女は既に不死だ。呪具と一つになった雫は、死ねぬまま大陸を永劫《えいごう》さまよい、やがて精神が完全に摩耗したのちには語り手そのものになるだろう。歴史を記録し、保持し、言葉を縛しながら意思なく語り継ぐ道具。己の精神を明け渡して形骸となる――そんな未来は、選べなかった。だから、人の尊厳をかけて、己の尊厳によって干渉を拒絶する。

その気高さを雫は今までの旅の中で知ったのだ。「混入された便利さよりも、あるべき不自由を望む」と、あの時彼も言っていたのだから。

ラルスは姿勢を正すと王剣を抜く。それを彼女に向けてゆっくりと構えた。沈痛さを退けた王の目が雫を見据える。

雫はただ自然に彼に向き合った。

「王様」

「何だ？」

「私は、人間です」

それだけは譲れない誇りだ。ラルスは彼女の言葉に固く頷く。

「ああ。お前は人間だ」

彼の答えに満足して雫は笑った。

光を反射して輝く剣。王はそれを振り上げる。

最後の一瞬。

雫は小さく息を吐いて目を閉じた。


「——雫！」

絶叫は、瓦礫の底から響いた。

城を上ってきたエリクは素早く詠唱すると、階上に向けて光の矢を撃ち出す。

矢は剣を振り下ろそうとしていた王に向かって、凄まじい速度で肉薄した。

気づくのが遅れたラルスは、咄嗟に剣を引いて矢を防ごうとする。だがそれはアカーシアに触れる寸前で弾け飛ぶと、彼の手首にまで着弾した。

鈍い破裂音。ラルスの手から離れたアカーシアが床の上で回転する。王は半ば抉《えぐ》れた右手を押さえて渋面になった。

「あいつ……」

「何をやっているの！　エリク！」

怒声と共に現れたレウティシアは、部下が兄を攻撃したと見ると、激昂《げきこう》して白い右手を上げた。

エリクの右耳にあった魔法具が砕け散り、彼の頰に血が飛び散る。

しかしそれでも彼は、レウティシアを顧みようとはしなかった。

エリクの両眼はただ最上階にいる雫だけを見つめる。その視線の先で、雫は床を滑ってきたアカーシアを拾い上げていた。

彼女は重い長剣を抱えて後ずさると、外壁に空いた穴を背にして立つ。

少し困ったような微苦笑。

雫は長い剣の半ばを両手で支えると——その切っ先を、自分の胸に向けた。

黒い両眼が、消えない感情を湛えてエリクを見返す。

「やめろ！」

魔法具が砕けた今、彼に使える魔力はない。

だが、代わりになるものはある。

エリクは瞬時に決断すると詠唱を始めた。自分の魂を力に変換する禁呪。それに気づいたレウティシアが顔色を変える。

いつでも、どこにでも、可能性は残っている。

それを選び取るのは人の意志だ。
何かを貴いと思う心。

「やめなさい、馬鹿！」
禁呪が無効化される。
跳ね返る声。
雫は一度、ゆっくりとまばたきする。
分かたれた距離。
エリクは瓦礫の坂を駆け上がった。

笑って
困って
本当に
楽しかったと
嬉しかったと

呪具を破壊する剣、鏡の両刃が、雫の手でその胸に食いこむ。
魔女の拒絶をなぞるように。
彼の嘘を辿るように。
剣は雫の胸に突き刺さる。そして、剣自体の重みに耐えかねたように床へと落ちた。
傷口から滴り落ちる血。
雫は焼け爛《ただ》れた手で己の血を受ける。
彼女は顔を上げて、自分へと駆けてくる男を見た。
伸ばされた男の腕の先で、彼女は微笑む。
「雫……っ！」
手は届かない。
そして彼女は、床を蹴って空に跳んだ。

ああ
ずっと
一緒にいてくれてありがとう。

落ちていく体。
血が流れ落ちる傷口の奥で、修復を試みようと何かが蠢く。
その蠕動《ぜんどう》を感じながら雫は緩やかに両目を閉ざす。
そして彼女の体は、遥か地上に叩きつけられて、ばらばらになった。

※

——痛みは感じない。

それは、完全に自分が死亡したということだろう。今までも何度か完全に死んだ時には、痛みの記憶はなかった。

最初の砂漠で倒れた時、カンデラの城で魔法攻撃を受けた時、メディアルの城で魔物の攻撃を受けた時、そしてアヴィエラに胸を射抜かれた時——雫の記憶はいつも、痛みを覚えていなかった。ただ意識だけが途切れて、気がついた時には蘇生《そせい》していた。おそらく、自分の特異性に気づかないように操作されていたのだろう。

だから今も、痛みはない。ただ意識だけがある。

——ああ、厭《いや》だな、と思った。

自分の体がぼろぼろであると、分かる。頭も腹も破裂し、手足がちぎれて飛び散っているのだと。見えないのに分かってしまう。意識があるから……まだ呪具が、完全に壊れていないからだ。かぼそい力が雫の体内で動く。少しずつ、肉体を修復しようとする。

「……だ、め」

雫は意志を振り絞って、呪具の動きを阻害する。

アカーシアは魔法を断つ剣だ。それは世界外からの呪具に対しても同様で、だから残っている力はわずかだ。

やっぱり意識があってよかった、と雫は思い直す。

意識が、精神があれば最後まで戦える。この呪具を、己の死に引きずりこめる。

自分が作った血溜まりの中で、雫はただ意志だけを振るった。

少しずつ、ほんの少しずつ、流した血が土に染み入るように、呪具の気配が弱まっていく。足搔こうとする呪具を、このまま自分と一緒に終わらせられる。

――今あるこの思考は、呪具の力を借りて成立しているものだろうか。

あの高さから地上に叩きつけられたのだ。きっと脳も壊れてしまった。でも、今まだ思考ができている。呪具の力かもしれない。それともわずかに残った部分だけでも脳は動くのだろうか。

知らないことばかりだ。

もっと学びたかった、と思う。まだまだ調べたいことがいっぱいあった。

けれど、この選択に後悔はない。自分でなくとも誰かが知識や思索を新しく紡いでいくはずだ。

雫は、大事な人たちの顔を思い出す。元の世界の家族や友人、そしてこの世界で出会った人々、オルティアやエリクのことを。

その誰もが雫の選択をきっと怒るだろう。けれど、誰に怒られても同じ選択をした。

呪具を破壊するためにこの方法を取れるのは自分だけだ。だから譲れない。

雫はかぼそくなっていく呪具の力と、己の命を俯瞰する。

灯る火が、少しずつ小さくなっていく。

力が弱まっていく。ゆっくりと意識が薄らぐ。

――あと少しで終わる。

そう思った時、聞こえないはずの耳に、大きな羽ばたきが聞こえた。

びくり、と雫の中で呪具が震える。

目は見えない。けれど、自分の近くに赤いドラゴンが降り立つのが分かる。

初めてこの世界に来た時に、砂漠の上空を飛んでいったものと同じドラゴン。

それが意味することは一つ、この世界の呪具が再び追いついてきたのだ。

「……ぁ」

雫の傍らに誰かが立つ。王剣に似た気配を間近に感じて、呪具が震える。

――確かに一度、自分はこの剣に殺されたのだ。

雫がこの世界に落ちてくる原因となった死。だが、その時の呪具は両掌に乗るほどの蛙の姿で、今はばらばらな人間の残骸だ。それでも、同じ呪具だと分かるのだろうか。

分かるのだとしたら、今度こそ核を破壊しに来たのだろう。或いは、最期を見届けるためにか。

思考が薄れていく。精神が散っていく。長く大陸を縛し続けた呪具は、こうして人の意志によって破壊される。雫は結末に安堵して、意識を手放そうとする。

その時、温かな両手が彼女の顔に触れた。

「雫さん」

どこかで聞いた少女の声。澄んで響くそれには力がある。

「私は――あなたの自由を信じている」

5. 白の広間

「これで終わり？　もう続きは読めないの？」

その言葉に、雫は目を開ける。

真白い、どこまでも白い空間だ。空はなく、ただ白い床だけが限りなく広がっている。

雫の目の前には机が一つ置かれていて、真白いその上には本が一冊だけ載っていた。

テーブルの向こうには、女が一人立っている。どんな顔をしているのかは不思議と見えない。

女は、言った。

「ずっとこのまま続いていくと思っていたわ。面白いこともそうでないことも。私が読んでも読まなくても、書かれ続けていくのかと思っていた」

「何を残し何を残さないかは、個々人の意志にかかっています。それは世界外から無遠慮に決めるものではないでしょう」

「あなたがそれを言うの？　あなたも別の世界から来たのに」

「連れてこられた、の方が正確だと思いますけど」

雫はこめかみを押さえる。このひたすらに白い空間で、ずいぶん前から女と向き合っていた気がする。だが、何を話していたか覚えていない。まるで時間が停滞しているようだ。悠久の昔も遥か未来も、平坦な一枚の紙に圧縮されているような感覚を覚える。

言語統一の呪具を作った外部者、その意識の残滓である女は、雫に言う。

「過去の全てが残っていれば、人の助けになるでしょう？　人はきっと間違えなくなるわ」

「間違えます。どれほど凄惨な記録でも、同じ過ちが繰り返されることはあるんです。むしろ知っていないといけないのは『人は過つ』ということの方でしょう。それが分からなければ、全ての歴史を記した本など、人を驕らせるだけです」

雫はテーブルの上の本を一瞥する。自分たちに繋がる記録書。

けれど呪具が特異なのはそれだけではない。

「どうして、言語を一つに統一したんです？」

既存の文字を排除して、生得言語を与えた。それは外部者が恣意的にやったことだ。歴史を記録するだけではなく、どうして言語を整えたのか。雫の問いに、女は間を置いて返す。

「言語がいくつもあると、意図を伝える上で雑音が生まれると思ったから」

「そのことが人の思考を制限してしまうと思わなかったんですか？」

「行き違いで停滞する方がずっと問題でしょう。枷《かせ》は、あると気づかなければ枷にならないの」

女は深い溜息をつく。顔が分からないはずの彼女はその時、確かに雫を睨んだ。

「あなたを、この世界に呼ばなければよかったわ」

「私はこの世界に呼ばれてよかったです」

「どうして、自分の命を犠牲にまでしたの？　命が軽いの？」

「軽くありませんよ」

この世界に来てから、何度も似たことを聞かれた気がする。そして答えは同じだ。

「死にたくありません。苦痛も好きではないです。私にとって自分の命は大事で、だからこそ、より大切なものを守るために使います」

「その大切なものは、何？」

「精神です」

自分の精神だけではない。人の精神と、そこから生まれる思考こそを貴いと思う。大事だと思うからこそ、命を懸けられる。より重いと思うもののために踏み出せる。それを理解してほしいわけではない。ただ自分は、その選択をするというだけだ。

「あなたたちは、どうしてこの世界に干渉してくるんですか？」

「それが私たちに課せられた役割だから。この世界に触れて、知識を蓄えることが役目だから」

「役目？　それは何の目的のためにですか？」

「さあ……どうすれば幸福に生きられたかを、知るために？」

まるでぼんやりとした返事だ。壁のない白い空間に溶けていくような茫洋さを雫は覚える。

女はふっと視線を逸らすと続けた。

「あとは……安心したかったから。私が読めたことも、読めなかったことも、全部がこの本に残っていると思えば安心する。失われていかないから」

「二冊はもう焼いてしまいました」

「ええ。それだけでなく、あなた自身も失われる。読み手が失われた本は存在しないのと同じ。言葉もばらばらになる。人はきっとまた争うわ」

「だとしても、そこには自由があります」

旅の途中で出会った人たちを覚えている。

理解できる人もいた。分からないまま別れた人もいた。

自分にとって大事になった人も、誰かの大事であった人もいた。

そして、全てを拒んで一人でいた人も。

本が失われ、言語がばらばらになったとして、それで争いの種が増えたとしても。

人は過ちながらも進んでいくだろう。だから、その精神は自由である方がずっといい。

雫の答えに女は沈黙する。

ややあって彼女は雫の背後を指さした。

「もう行くといいわ」

「行くって、どこに？」

「知らない。私はただの残滓だもの」

雫は言われて振り返る。何もなかったはずの空間に、小さな扉が置かれている。

「どこにでも行けばいいわ。あなたは自由なんでしょう？」

そうして、雫は――

6. おわりの言葉

『はじめまして。私は水瀬《みなせ》雫です。――あなたは？』

不思議な夢を、見ていた気がする。

目を覚ました時、思ったのはそんなことだ。彼女は重い腕を上げて天井にかざしてみる。爪を短く切りこんだ小さな手。十九年間見続けた手を見上げて彼女は何度かまばたきした。寝台に肘をついて体を起こす。

見覚えのある広い部屋だ。前に一度だけ、この部屋で目を覚ましたことがある。あれはいつのことだったろうか。彼女はずいぶん前に思える記憶を探って頭を振った。

天井は若草色で、広い部屋に置かれた家具は品のよいものだ。彼女は窓の外を確かめようと首を伸ばした。

その時、部屋の扉が開く。

扉を開けて顔を覗かせたのはよく知る女性だ。彼女は首を傾げてその名を呼ぶ。

「ユーラ？」

「ネア　ヴィヴィア！」

女は彼女が起きていることに驚いたのか、抱えていた鉄の水瓶を落としてしまった。だがそれにも構わず駆けてくると彼女の首に抱きつく。

耳元で聞こえる嗚咽。途切れ途切れに呟かれる言葉。心配していたのだと、深く伝わってくるその言葉を聞いて、しかし雫は声にならない嘆息を洩らした。

分かっていたことだ。

それでも今、淋しくて仕方ない。

――もう自分には、彼らの言葉が分からないのだということが。


黙って泣き出した雫を、ユーラは立ち上がると困惑した目で見やった。何度か言葉をかけ、それでも収まらないと分かると身振りで「待っていて欲しい」と示す。そのままユーラは水瓶を拾い上げると部屋から駆け出していった。しばらくして扉が叩かれ、別の人間が姿を現す。

魔法着を着た藍色の目の男。

この世界においてもっとも長く彼女と共にいた男は、穏やかに沈んだ目で雫を見つめた。

彼女は男の名を、滲む声に乗せる。

「……エリク」

「ヴィヴィア」

聞き覚えのない単語。雫がその響きに顔を歪めるとエリクは顔を傾けた。彼は記憶を探る目でしばし考えこむと、彼女の傍に歩み寄る。

「シズク」

それだけの言葉。

けれど雫は、その言葉に目を瞠った。零れ落ちる涙を拭いもせず呟く。

「……覚えて、いて、くれたんですね。私の名前……」

それ以上は続かない。

何も言えない。

エリクは真面目な顔のまま彼女の隣に座った。長い指が乱れた雫の前髪を梳く。

たとえ言葉が通じなくとも。何も分からなくとも。

それでも、この温かさは変わりない。失われなかったのだ。

失ってしまわなかった繋がりは、まだ彼女の手に残ってくれた。彼女を待っていてくれた。

安堵が波のように押し寄せる。堪えていたものが溢れてくる。

雫は殺していた声を上げると泣きながらエリクに抱きついた。

「ご、ごめんなさい……」

そのまま子供のように顔を埋めて肩を震わせる彼女に——エリクは微苦笑すると、黙ってその頭を撫でた。

『ヴィヴィアって何ですか？』

それは紙とペンを与えられた雫が真っ先に、英語と共通文字交じりの文でエリクに聞いたことだ。何故それを聞いたかは、単純に質問文が簡単だったのと、会いに来てくれた皆がその単語を口にしていたからだ。

その質問に、エリクが返した答えは半ば予想通りだ。彼は漢字で一文字『雫』と書く。

おそらく「ヴィヴィア」とはこの世界の単語で「水滴」を意味する言葉なのだろう。初対面の時に「水瀬雫」と名乗った彼女は、変わった名前だと言われて「水滴の雫」と説明しなおしたのだ。

思えばその時から彼女はずっと「ヴィヴィア」と呼ばれていたに違いない。彼女の耳にそれが「雫」と聞こえていただけだ。

ただエリクは、初めの時に名乗った彼女の名を忘れてはいなかった。「シズク」と呼ばれる響きが不思議と耳慣れなくて、雫ははにかむ。

——あと知りたいことは、どうやって助かったかだ。

言葉が分からないということは、呪具は失われたのだろう。現に意識を集中させても自分の中に気配が感じ取れない。雫は英文を必死で組み立てて、どう尋ねようかと悩み始めた。しかし四苦八苦する彼女の横からエリクが一枚のメモを差し出す。

英語で書かれた一文だけの短い文章。

その意味を理解した彼女は目を丸くしてしまった。思わず顔を上げ、彼を見返す。

長い旅の終わりを指す言葉。

そこには――『元の世界に帰れるよ』と書かれていたのだ。


筆談によって雫が事情を理解するまでにはかなりの時間がかかった。

元々が複雑な話なのだ。その上お互い意味の分からない単語などがあったりするとどうしても置き換えに時間がかかってしまう。

しかし何とか雫がのみこんで理解したことは、彼女の死よりも呪具の限界の方が早く訪れたようだ、ということだ。地上に叩きつけられた雫はほぼ即死で、ただ呪具が肉体再生を試みた。けれど、あまりに肉体の破損が大きすぎて、アカーシアの刃を受けていた呪具の方が、途中で力尽きたというのだ。その後、ほぼ死んでいた雫の体はぎりぎりのところで治癒が間に合った。それを為したのは、リースヒェンなのだという。

「やっぱり、あの時の声、リースヒェンさんだったんだ……」

意識を失う直前に聞いた「あなたの自由を信じる」という言葉。あれはリースヒェンのものだった。旅の途中、雫が自由を信じた少女が、窮地に戻ってきてくれた。それは幸運な巡り合わせだ。

エリクが頷いて補足してくれる。

『実はね、リースヒェンたちが、外部者の呪具に対抗する、対抗呪具の使い手だったんだ』

ラルスが言っていた「外部者の呪具に対抗するために、この世界が生み出した呪具」。今その力を使えるのが、リースヒェンと、彼女の保護者のオスカーなのだという。彼らは、オルトヴィーンからの連絡を受けて戦場に姿を現した。そして塔から落ちた雫のところに駆けつけたのだ。

言われてみれば、リースヒェンの巨大な魔力は対抗呪具の使い手として条件に合っている。もっと早く確かめてもよかったくらいだ。

『エリクは、リースヒェンさんたちがそうだって気づいていたんですか？』

以前から彼は、ニケや雫に「リースヒェンの連絡先を知らないか」と尋ねていたのだ。結局のところ、リースヒェンは、祖国アンネリが併呑《へいどん》された関係でロズサーク王のオルトヴィーンにしか連絡先を明かしていなかったが、もしもっと早く連絡が取れていたら違う結末になったかもしれない。

エリクは雫の問いに、かぶりを振る。

『そこまで確信を持っていたわけじゃない。ただ、あの本に二人によく似た人間の肖像画が挟まってたんだ。それがどういう意味なのか悩んだけど、二人が本の破壊者に相当するから気をつけろ、という警告を意味してるんじゃないかと思った』

この世界で生まれた呪具——「逸脱者」と通称される二人は、世界外の力と同種の力が使えるらしい。だから、研究と実験を繰り返せば、呪具の核が空けたと同じ「穴」を元の世界に向けて開くこともできるはずだという。

『ただ、今のところ肝心のリースヒェンが技術的に不安定なんだ。だから、逸脱者が今まで蓄積してきた資料をもとに僕と王妹が解析をして、穴を開く構成を作ることになると思う。で、それをリースヒェンが使う』

「何か……大変そうですね。すみません」

雫の感想は日本語でのものだったが、エリクには大体の意味合いが伝わったらしい。気にするな、というように肩を叩かれた。

彼が立ち上がると同時に、扉が開いて新たな人間が入ってくる。それはちょうど話題に上がっていたリースヒェンと彼女の保護者のオスカーだ。

リースヒェンは雫を見るなり、笑顔になって飛びついてきた。何を言っているか分からないが、喜んでいるのは伝わってくる。雫は何から言おうか迷って……けれど素直に日本語で礼を言った。オスカーの方を見ると、彼は何かを言いながら頭を下げる。言葉が分からずとも、その意味はすぐに分かった。雫がこの世界に来るきっかけとなったのは、オスカーが砂漠で不死の蛙を倒したことが原因なのだ。雫の中にいる呪具はそれを覚えていたのだろう。だから、オスカーに出会った時に、気分の悪さに倒れてしまった。一刻も早く彼の前から逃げ出したかったからだ。

雫は、申し訳なさそうな男を前に微笑む。

「謝らないでください。私は……この世界に来て色々ありましたけど、後悔はしてません。むしろ来てよかったって思います」

あの時、あの穴に出会わなかったら、雫は初めからこの世界の人々に出会うこともなかった。

決して優しいだけの道のりではなかった。痛い目にも苦しい目にも遭ってきた。ただそれでも、今この時に辿りつけてよかったと、思う。

この世界を旅したからこそ雫は多くのことを学んだ。人に出会い、その複雑さを知り、そして自分を知ることができたのだ。そこに後悔は一片もない。

「それよりも助けてくださってありがとうございます。本当に……ありがとうございます」

雫は深々と頭を下げると、紙にお礼の言葉を書き綴《かつづ》った。

共通文字で書かれた単純な文章は、全てとは言わなくとも謝意を伝えることはできたらしい。再びリースヒェンがぎゅうぎゅうと首に巻きついてくる。オスカーが苦笑してそれを引きはがした。

オスカーがリースヒェンを小脇に抱えて出て行ってしまうと、エリクもまた『休むといいよ』と書き記して去っていった。入れ違いに入ってきたメアが、食欲のない雫のために切り分けた果物を皿に並べてくれる。

それを手に取りながらつい「ありがとう」と言った雫は、メアが怪訝そうな顔をするのを見て胸が痛くなった。

当たり前の挨拶さえ、今はもう通じないのだ。その現実に思わず気を落とす。

だがそれでも雫は、読み書きも得意ではない使い魔に気持ちを伝えるため、にっこりと笑って見せた。デウゴを手に取りながら嘆息する。

「こっちの発音も覚えないとね」

今までは呪具の自動翻訳が効いていたため、共通言語の発音が分からなかったのだ。思わずそう呟いた雫は、けれどあることを思い出して沈黙した。

――もうすぐ自分は元の世界に帰れるかもしれないのだ。

そうなれば、もうこの世界の言葉を使うことはない。少し手間はかかるが簡単な筆談ができる現状、わざわざ発音を覚える必要もない。

「帰れるんだ……」

まだそれは、実感の湧かない事実だ。雫は自分の両手をじっと見下ろす。

その晩、彼女は久しぶりに自分の携帯電話を取り出すと、保存されていたメールを一通一通読み返してみたのだった。

※

魔法構成のことは、雫にはよく分からない。

そのため彼女は、エリクやレウティシアが「穴」の研究に取りかかる間、何もせず部屋で過ごすことになった。やることもないのでとりあえず本を読んでみる。だがその内容がちっとも頭に入ってこない。思考が空回りしすぎて焼きついているようだ。

気分を切り替えるために散歩にでも出ようか迷いだした時、しかし小さなノックと共にリースヒェンが訪ねてきた。少女は抱えこんだカードの束とノートを見せるとそれらを机に広げる。雫は自分が作った教材のカードを久しぶりに見て、驚いた。

「あ、これ……」

目を丸くした彼女に、リースヒェンは子供が使うような書き取り用のノートを手にして何かを訴える。筆談もうまく通じない彼女と苦心してやり取りしたところ、幽閉の影響で読み書きが苦手なリースヒェンは、雫と一緒に勉強したいらしい。

「あ、そっか！　ちょうどいいかも！」

発音が分からない雫と、作文が苦手なリースヒェン。まるでちぐはぐな二人はしかし、カードや絵本を広げるとお互いの知っていることを照らし合わせ始めた。リースヒェンは雫が絵を描くと食い入るようにそれを見つめ、名を呼ぶ。雫が発音をメモしながら共通文字を書き記すと、リースヒェンはそれを書き取った。

遊び混じりながらも、勉強は交互に知識を交換しあって進んでいく。それは夕方になった頃、オスカーが少女を引き取りに来るまで続いた。彼は勉強の成果が残るノートを見せられると、笑ってその片隅に「また遊んでやって欲しい」と書いて雫に見せる。

エリクやレウティシアが未知の構成に関わっている間、彼らに協力しているオスカーもリースヒェンを見ていられないのだろう。自分を帰すための研究に時間を取ってもらっているということもあり、雫は即答で了承した。

そしてその翌日から彼女たちは、一日の約半分を一緒に過ごすようになる。

※

「手を抜けばいいのに」

呆れ混じりの王妹の声にエリクは眉を上げた。彼は円卓の中央に嵌めこまれた水晶球を見やる。あの時、魔力を借り出すための魔法具を破壊されたエリクは、再び元の少ない魔力の体に戻ったのだ。しかしそれでは構成を組んで示すことができない上、彼が描く構成図は破滅的に意味が分からない。ということで、今は簡易に魔力を貯《た》めた水晶球を使って構成の試行をしている。

逸脱者の手記を元に組んでいた構成を崩すと、エリクはお茶に口をつけた。彼にしては棘のある声がレウティシアに返される。

「何故手を抜くんです。意味が分からない」

「だって完成したらヴィヴィアは帰ってしまうのよ？　それでいいの？」

「適当な構成を作って世界の狭間《はざま》にでも落ちたらどうするんですか」

「……そう言われればそうね」

「分かったなら手を抜かないでください」

魔法技術において大陸の頂点に立つファルサスの中でも、屈指の構成技術を持つのがこの二人だ。彼らは再び構成の試行に没頭した。だがそれが三十分も続くと、レウティシアは再び顔を上げる。

「引き止めないの？」

答えはすぐには返ってこなかった。

たっぷり数十秒の間。まだ温かかったお茶から湯気が消える頃、エリクは平坦な声を紡ぐ。

「言葉も分からない世界にいることが幸福だとは思わない」

どこまでが本心か分からない答え。

けれど、それは紛れもなく真実の一端をついた言葉だ。

王妹は溜息をこぼすと、試作した構成を書き留めるためペンを手に取る。

何が幸福か、何を選ぶのか、それを決められるのは雫だけだ。彼女は本来この世界に来るべきではなかった人間で、それを分かっているからこそ二人は何も言わない。

エリクは冷めてしまったお茶に口をつけると、乾いた息をつく。

窓から見える空には、青白い月が見え始めていた。

※

オルティアが訪ねてきたのは、雫が意識を取り戻してから四日目のことだ。

それまで一連の事件の残務処理に関わっていたらしい女王は、無言で雫の部屋に入ってくるなり、あわてて立ち上がった雫を睨む。

そしてそのまま、何も言わず平手で雫の頬を打った。

小気味のいい音が鳴り響く。オルティアを案内して来たラルスが戸口でにやにやと笑った。

「ひ、姫……」

「この馬鹿者が！　己で言い出したことも守れぬのか！　帰ってくると言っておいて、一体何をやっていた！」

開口一番の怒声は、雫には何を言っているか分からなかったが、怒られていることはさすがに分かる。おまけにラルスが連れてきたということは一通りの話を聞きでもしたのだろう。「馬鹿者」「馬鹿者」と連呼された雫は、おそらく「馬鹿」と言われているのだと察すると頭を下げた。

「す、みません、姫……」

「謝って済むか、馬鹿者！」

たどたどしい共通語での謝罪にオルティアは美しい顔を歪める。

何度か見たことのある姫の素の表情。その目に雫はうろたえ困り果てた。

突然の出来事に目を丸くしているリースヒェンを、ラルスが「俺が遊んでやるから来い来い」と手招く。扉の閉まる音がして部屋に二人きりになると、オルティアはそれまでの激情が嘘のように沈黙してしまった。どこか頼りなげな双眸が雫を見つめる。

「――帰るのか？」

疑問の言葉。「帰る」という単語を聞き取れた雫は息をのんだ。

もう、帰るのだ。元の世界に。そして二度と戻って来られない。

当然のことだ。今までずっとそのために旅をしてきた。

家族に会いたい。友人と話をしたい。

それは今も消えない希望で――だが雫は今、どうしても頷くことができなかった。

黙りこんでしまった女を見つめると、オルティアは細い両腕を伸ばす。

「帰るのだな……」

抱き締める体が、温かければ温かいほど泣きたくなるのは、きっと彼女を好きでいるからだ。

雫はオルティアの肩に顔を埋めて目を閉じた。

たとえもう二度と彼女に会えなくなったとしても、彼女のことを忘れる日は決して来ない。

ずっと記憶の中に残り続けるだろう。それだけは自信を持って約束できる。

「大好きですよ……姫」

雫の言葉は通じない。

オルティアの言葉も分からない。

それでも伝わる何かがあると信じて、彼女は一粒だけ涙を零した。

※

逸脱者の資料にある構成は、複雑という言葉だけでは足りない圧倒的なものだった。

世界を渡るために試行されたのであろうそれらの手記を元に、エリクたちが「穴」を開くための構成を作り始めてから一週間。一日のほとんどの時間を試行に費やしていた彼はその晩、研究室からの帰り道、深夜の回廊に雫の姿を見つけて足を止めた。

青い光と影だけに塗り分けられた世界。そんな中にあって浮き立つ白い寝着を着た彼女は、手すりに腰かけ夜空を見上げている。

こんな時間に部屋の外に出て何をしているのか。――それを問うより先に、しかしエリクは彼女が何を見ているのか気になった。黒い双眸の先を追って空を見上げる。

「月、きれい」

ぽつりと落とされた言葉。突然の声に驚いたエリクが視線を戻すと、雫はいつの間にか彼を見ていた。翳のある貌が穏やかに微笑む。

「月を見てたの？　風邪引くよ」

「かぜひく？」

彼の言葉の後半が雫には理解できなかったらしい。子供のように反芻する声にエリクは苦笑した。彼は、二階の回廊に座っている彼女の前まで行くと、小さな体を抱き上げる。

「あと、こんなところに座らない。落ちたら危ない」

「すみません……」

今度は注意されたと分かったようだ。頭を下げて謝る彼女にエリクは笑い出しそうになった。言葉が分からなくなった雫が真っ先に覚えた言葉は「ありがとう」と「すみません」だ。そのこと自体が彼女の性格を表している気がして面白い。思えば旅をしていた頃から彼女はよく謝っていた気がする。

「もう少しで帰れるのに風邪を引いたり怪我をしたら困るだろう。もっと注意して」

「かえれる？」

単語を拾い上げる囁きに覚えた感情は何なのだろう。エリクは表情を消すと彼女を抱き上げたまま回廊を歩き出した。黒い瞳が驚いたのか見開かれる。

「エリク、平気」

「君の平気は自称だ」

「じしょう」

その単語は難しかったらしい。眉を寄せる雫に「自分で言う、だけ」と彼は言い直した。途端彼女は困ったような顔になる。


言葉が通じていた頃は、難解な単語を使って話をすることに慣れきっていたのだ。溢れるほどにある言葉の好きな部分を積み上げ、彼女と向かい合っていた。だがそれが失われた今、一つ一つがもどかしくて多くを語ることさえ躊躇われる。平易な言葉に直してしまえば何かが曝け出されるようで、彼は自然と沈黙を選んだ。


廊下を二度曲がり、雫の部屋が見えてくる。

扉の前に立つと、彼女はポケットから鍵を取り出してそこを開けた。エリクは彼女の体を下ろす。

「ありがとう」

「うん」

「おやすみなさい」

「おやすみ」

彼は彼女の肩を叩くと踵を返した。数歩歩いた時、背に彼女の声がかかる。

この世界の言葉ではない、小さな呼びかけ。

それにエリクが振り返ると、彼女は何か言いたげな目で彼を見ていた。

他に動くものはなく、死に似た眠りだけが立ちこめるひととき。

今だけしか許されない時間に、けれど雫はそれ以上何も言わなかった。

エリクは微苦笑すると再び歩き出す。


そしてこの三日後、構成は完成した。

※

「荷物少なっ！」

久しぶりの荷造りで自分のバッグに全てを詰めこんだ雫は、思わず叫ぶ。隣でメアが首を傾げた。

とは言っても実際この世界から元の世界へ持って帰れるものなどないのだし、整理してみれば大学からの帰り道に持っていたものと同じだ。

雫はバッグを肩にかけると部屋を出る。小鳥に戻ったメアがその肩に止まった。鮮やかな緑の体を、彼女は指で撫でる。

雫は最初、メアを一緒に連れ帰るつもりだったが、それはエリクとレウティシアの両方から止められた。世界構造が違う以上、魔族を連れて行って何が起こるか分からない。言葉も現状通じないのだし、使い魔を使うことは困難だと注意されたのだ。

メアとも別れなければならないという事実は、雫の心に重く圧しかかったが、これに関しては彼らの言うことの方に理がある。メアは、主人である雫がいなくなれば契約上エリクの使い魔になるのだという。彼女は小鳥の背を愛《いとお》しんで何度も撫でた。

そうして雫が待ち合わせの場所である執務室に向かっていると、向こうからエリクがやって来る。

「迎えに行くつもりだったのに」というようなことを口にしているらしい彼と並んで、雫は廊下を歩き出した。

外は天気がいい。穏やかというには少し熱のある光が降り注ぎ、緩やかな風が吹いていた。

彼女は窓の外の緑を眺めて、不意に立ち止まる。

「あ！　そうだ！」

「どうしたの？」

「写真撮りましょう！　写真！」

「シャシン」

記憶力のいい彼はその単語が何を示すのか覚えていたらしい。雫が携帯電話を取り出すと苦笑した。彼女は通りがかった女官を捕まえてその操作を頼む。

女官は突然見たこともない機械を手渡され、聞いたこともない言語で頼みごとをされると目を丸くした。だがエリクが大体を察して補足すると、頷いて小さな画面を構える。

「うわー、最後だからって無茶苦茶してる感じがしますが、すみません」

女官は絶対困惑しているのだろうが、表情にそれを出さない。その精神力に感嘆しながら、雫はエリクと並んで窓際に立った。少し照れくさそうに笑ってシャッターの音を待つ。

小さな画面に残るだろう一枚。

だが、それがなくとも遠い世界のことを、人々のことを忘れるはずがない。

風化させたくないという思いが記憶を残す。ずっとずっと、彼女が死ぬまで。

雫は受け取った画面の中の自分たちを見ると笑った。それをエリクに見せて素直な感想を洩らす。

「何か写真が残るってすっごい違和感ですね！」

「どういう仕組みなんだろう。魔法じゃないことの方が不思議」

二人はそれぞれの言語でいまいち噛み合わない会話を交わす。雫は写真を保存した携帯電話を、大事にバッグへしまった。そうしてまもなく到着した執務室には、既に今回の帰還に立ち会う四人が待っている。

王族の兄妹と逸脱者の二人。雫が異世界から来たことを知っているのはたったそれだけだ。

オルティアは居合わせたら怒り出しそうだという理由で来なかった。ラルスに言わせれば「泣くからだろ」ということらしいのだが、どちらでも彼女らしいと雫は思う。

レウティシアが支度を確認すると、その場に転移門を開いた。

一年ぶりの砂漠はやはり暑い。

熱風が乾いた砂を巻き上げ、白い大地に優美な風紋を描いていく。

そこにいるだけでじりじりと焼けだしそうな空の下、一行は大きくなったドラゴンに乗ると座標を微調整した。

雫は遥か地上、砂の上に落ちる大きな影を見下ろす。

「なんか……あの時見上げてたドラゴンに乗ってるって、不思議な気分です」

「そんなに乗り出すと落ちるよ」

「高いところは平気になりました。無理矢理慣れたというか」

雫は自分にしか分からない言葉を口にして、舞い上がる髪を押さえる。

——この砂漠に現れた時から全ては始まったのだ。

再びここに戻ってくるまでの道のりが長かったのか短かったのか、それは容易に判断できない。

「あ、多分この辺です」

遠くに見える低木の影から割り出して、雫は眼下を指し示す。この世界のどこから「穴」を開くかで元の世界のどこに出るかが決まってしまうというのだから、どうしても慎重にならざるを得ない。車道の真ん中に出たらどうしようと、いささか現実味のある不安を抱きながら、雫は砂の上に降り立った。辺りを見回して景色を確認する。

「うん。あってると思います……きっと」

「多少は調整が効くから。開いてから確認すればいい」

エリクの言葉は分からなかったが、「心配するな」というようなことを言っているのだろう。

もっとも彼は無責任な言葉はかけないから、もっと実務的なことを言っているのかもしれない。

雫は苦笑すると頷いた。彼女がその場から下がると、何もない空間を中心にラルスを除いた四人の詠唱が始まる。

まるで不可思議なその光景。そう言えば詠唱の言葉だけは最初から意味が分からなかった。自動翻訳が効かないのは、詠唱がこの世界と密接に紐《ひも》づいているからだろうか。

ぼんやりと待つ雫の隣で、王がぽつりと呟く。

「残ってもいいんだぞ？」

「王様？」

人参を撲滅して来いとでも言っているのだろうか。雫はとりあえず「無茶言わないでください」と返しておいた。二人は口に砂が入るのを避けて沈黙すると、続いていく詠唱を見つめる。

熱砂は刻一刻と風によって舞い上がり、砂漠は少しずつその姿を変えていく。

そして同様に、この大陸の言葉もこれから徐々に移り変わっていくのだろう。

雫が塗り替えた変化が目に見えるようになるのはいつのことか。十年後か百年後か。それとももっと先か。彼女は言葉が乱された大陸の未来にしばし思いを馳《は》せた。

これでよかったのだろうか、と不安が残らないわけではない。

ただ言葉の自由を本当に知っているのは自分だけだからこそ、雫は「これでいい」と思うことにしていた。

思いは言葉に。言葉は思いに。

絡みあって広がりながらも移り変わっていく。伝えたいと思う、その感情と共に。

詠唱が終わる。

瞬間、気圧が変わるような違和感が耳の奥をくすぐった。

固唾をのんで見守るその先で、何もない空間に「穴」が現れる。

彼女がこの世界に来た時とは違う、転移門に似た澄んだ穴。

そこに見覚えのある風景を見出して雫は息を止めた。

水のヴェールがかかったような表面。薄い皮膜の向こうに、あの日彼女が姿を消した道路が映っている。大学に通うため、四ヶ月間毎日歩いた道。懐かしい日本の街並みに雫は胸が熱くなった。

引き寄せられるように一歩一歩砂の上を進み、穴の前に立つ。

「本当に……日本だ」

向こうではどれだけの時間が過ぎているのだろうか。

みんな心配しているに違いない。姉は泣いているだろう。妹は怒っているかもしれない。

——帰ったらまず家に戻って、みんなに謝って、友達にも、大学にも、本も返さなければ……

あっという間に溢れ出す思考。望郷に焼かれる胸に、雫は鈍痛を堪えると振り返った。この場を作ってくれた一人一人に頭を下げる。

「本当に、ありがとう、ございます。うれしいです」

たどたどしくも律儀な挨拶を述べる雫に、オスカーは笑って手を振った。リースヒェンは淋しそうに、でも笑顔を見せて頭を下げる。

レウティシアは残念そうな目で「気をつけて」と返す。その兄は「ほどほどにな」と言っただけだった。

雫は最後にエリクを見上げる。

「頑張って」

ぽん、と肩を叩いていく手。

その優しさが好きだった。いつもいつも救われた。

本当に多くをもらって……その半分を返せたかも分からない。

雫はもう一度彼に向かって頭を下げる。メアがエリクの肩に飛び移った。

小さな緑の鳥に彼女は「ありがとう」と囁く。


運命などしょせん人が左右するものだ。

だから彼女は自分で選び、この終わりに辿りついた。


雫はバッグを手に、穴に向き直った。乾いた空気、魔法のある世界の風を深く吸いこむ。

この世界が、この地に生きる人々が好きだ。出会った一人一人の手を取って礼を言いたいほどに。

そして自分も。この世界に来たからこそ今の自分になれた。他の誰でもない自分に。

そんな自分を、悪くない、と思う。頑固で、無鉄砲で、周囲に迷惑をかけた。

けれど、譲りたくないところを譲らないでいられた。それを少しだけ誇りに思う。

雫はバッグを固く握りしめる。

迷いはない。

それはあるけれど、ないものなのだ。ないと思って前を向く。

いつだってこうして踏み出してきた。旅が終わる今に至るまで。彼女は全ての息を吐き出す。

「シズク」

よく響く声に彼女は振り返った。多くを語らない男を見つめる。

エリクはきっともう言わない。あの時凍える城で言ってくれたのと同じ言葉は。言えば何かが変わってしまうから、彼は最後まで言葉にしないだろう。雫は微笑んで頭を下げた。

そして、穴に向かい一歩を踏み出す。バッグを持った手をその先へ伸ばした。

※

彼女がずっと持ち歩いていたバッグ。

あちこちを旅して傷だらけになった鞄《かばん》が穴を通り抜けていくのを、エリクは無言で見ていた。音の聞こえぬ向こう側で、それがアスファルトの上に着地すると口を開く。

「……シズク」

彼の呟きが、砂紋の上に零れる。

「君は……本当に……」

強い風が吹く。

四人で作った構成は、役目を果たしたかのようにぼやけて掻き消えた。

後には何も残らない。

強烈な熱気を注ぐ陽光に彼女は目を細めながら振り返る。

「親不孝とは思うんです。でも今の私は、やっぱりこの世界の中で作られた私ですから」

全部を詰めこんだ鞄だけを元の世界に投げ渡した女。困ったように、けれど迷いない目ではにかむ雫は、言葉を失った男に向けてその手を伸ばした。


「だから、わたしに、言葉をおしえて」


こうして二人の旅は終わる。

水瀬雫の名は、大陸の歴史のどこにも残ってはいない。

ただ生得言語が失われた変革期の初めに、一人の学者の名が残っているだけだ。

ヴィヴィア・バベルという名で記される彼女は、幼児期における言語習得の方法確立に携わった一人として、また数十冊もの絵本の作者として、ささやかに歴史の中にその名を列《つら》ねている。


はじまりの砂漠に立って、彼女は微笑む。

差し伸べられた白い手。その手を彼は取った。

「君は、いつも予想外のことをしてくるよね」

「エリク？」

「言葉も分からない世界で、本当に生きてくなんて……」

そこから先の言葉をのみこんで、エリクは微笑む。

彼は、ひたむきで温かな情熱の目を見返す。

いつでも諦めなかった彼女の手を握って、エリクは言った。

「喜んで教えるよ。厳しくするけどね」

「きびしく？」

「頑張ろうってこと」

彼女と魔法士の旅はどのようなものであったのか。

その最後に何があったのか。

歴史は語らない。人々も何も知らない。

ただ大陸を覆す変革と闘争の果て、二人は並んで平穏の中に帰っていく。

言葉を交わし、思いを重ねる。

その生涯は幸福なものであったと、彼女が描いた最後の一冊は長く子供たちに伝えていくのだ。

【―End―】

あとがき

お世話になっております、古宮九時《ふるみやくじ》です。

この度は完結巻である『Babel Ⅳ』をお手に取ってくださり、ありがとうございます。

約一年間の雫の旅もここで終わりで、表題にある通りこれからは新たな時代が始まることになります。無力な主人公が、この旅の中でどう変わり、どんな選択をしてきたのか。最後まで見届けて頂けると嬉しいです。

また、この大陸の言語にまつわる話は終わりましたが、本筋に関係ないところで残っている謎がいくつかあると思います。雫とエリクが旅を始めたもともとの目標である、二百四十年前に突如戦争中の軍隊が現れて消え去った事件、ファルサスによってそれに関する本の回収がされた事件や、ファルサス王家に伝わる「外部者を排除する口伝」の詳細など、これらの話は同レーベルである『電撃の新文芸』から刊行の『Unnamed Memory』全6巻と、その続編にて語られることになります。雫の旅路以外にも、この世界や外部者の呪具との闘争にご興味のある方は、そちらもご参照頂けると嬉しいです。

では謝辞を。

担当編集様方、いつも本当にありがとうございます。毎巻分厚くして本当すみません。四幕で一つのこのお話を、無事結末まで畳みきれたのはお二人のおかげです。『Unnamed Memory』と合わせて、あっという間の刊行でした。本当にありがとうございます。

また森沢晴行《もりさわはるゆき》先生、この異世界ファンタジーを情感溢れるイラストで彩ってくださりありがとうございます。大きなサイズで先生の描かれる世界を見られたことは本当に僥倖《ぎょうこう》でした。お忙しい中、再び快く引き受けてくださった上、雫の変化と成長を色鮮やかに表現してくださったことに感謝でいっぱいです。本当にありがとうございました。

最後に、この話にお付き合いくださった読者の皆様、ありがとうございます。

無事エンドマークをつけられたのも皆様から頂いた応援があってこそです。おかげさまで『このライトノベルがすごい！　２０２１』（宝島社）で単行本部門五位を頂くことができました。

異世界転移の話は古くから様々あれど、言語にフォーカスした作品の一つとして、また力を持たない一人の人間の成長譚《たん》として、記憶の片隅に留めて頂ければ幸いです。

それではまた、いつかの時代、どこかの大陸、誰かの足跡の上にて。

お会いできますよう願っております。この度は本当にありがとうございました！

古宮　九時

手紙

一年前に忽然と行方不明になってしまった妹。その持ち物と思われるバッグが見つかったと警察から連絡があったのは、七月に入ってまもないことだった。

妹の雫は、昔から強い芯を持ち、けれどそれを人目に曝すことをしない子だった。海《うみ》からすると、自分よりもしっかりしていて、末妹の澪《みお》よりも落ち着いている妹。時間をかけても最善を見極めようとするところは、少し潔癖すぎるとも思っていた。

だから海は、妹がいなくなったと聞いた時、「ああ、何かに巻きこまれたのだ」とすんなり思った。少なくとも雫は、連絡が取れるなら家族に何も言わずいなくならない。両親も妹も同じように思ったらしく、雫の捜索は「事件性なし」と言われた後でも、ずっと諦めずに続けていた。

けれど何も手がかりが見つけられなかった時、バッグが届いたのだ。中には複数の本の他に、日記が一冊、そして細々とした持ち物とスマホ、最後に家族に宛てた手紙が入っていた。

『もしこの手紙をみんなが読んでいるのなら、その時私はこちらに残ることを決めたのだと思う』

綺麗な字で書かれた手紙。そこには雫がこの一年間、まったく知らない場所に行きつきながら、現地の人間に助けられてきたことが記されていた。そして彼女が、その場所で自分の意志を通したが故に、訪れるだろう変化を見届けるべきだと思っていることも。

それを読んで、海は不思議なくらい安心した。

「雫ちゃん……よかった」

いつか、こんな日が来ると思っていた。雫が大学進学を機に実家を離れた時にも、同じことを思った。三人姉妹の中で、雫が一番少女の頃から精神的に自立していた。姉を見て育ち、妹の面倒を見ていた彼女はだから、いつか自分だけの目的のために遠くに行くのだと感じていた。

そのいつかが、一年前の夏の日で、今だったのだろう。雫は新天地で一年間足掻いて、そして自分の道を選んだ。自分が変えた世界に寄り添うことを決めたのだ。

だから海は安堵した。淋しくもあったが、それ以上に嬉しかった。今まで雫が、雫の思うように生きるのは難しいかもしれないと思っていたので。だからそれが叶ったことを、少なくとも自分は喜びたいと思う。妹の旅立ちを応援できるのは、姉の特権なのだから。

『心配をかけた上に帰れなくて、本当にごめんなさい。でも、今の私があるのは家族のおかげです。今まで愛してくれてありがとう。一緒にいてくれてありがとう』

「わたしこそ、わたしの妹に生まれてきてくれてありがとう、雫ちゃん」

十八年間共に過ごした時間は幸福だった。自分よりもずっと、妹たちを愛していた。

ぽたりと、手元に広げた手紙に涙が落ちる。黒いインクで書かれた文字が艶《つや》やかに濡れる。

『――またいつか、チャンスがあるなら必ず言葉を届けるから。愛している』

「うん、待ってる」

ひとしきり手紙を読み返した海は、スマホに残された写真を見つけて、頬を緩める。

すっかり髪の伸びた雫は、見知らぬ青年と一緒に、幸福そうに写っていた。

『姫、家で育てていた果樹が実をつけたので、いくつか選んでジャムにしました。厨房《ちゅうぼう》に預けておいたので、おやつの時にでも召し上がってください』

※

共通語で書かれたその手紙にざっと目を通して、オルティアは顔を上げる。執務机の前には、手紙を書いた女本人が立っていた。オルティアは、とりあえず素直な感想を口にする。

「分かった。後で食べてみる。あと、手紙は大分上手くなったな。偉いぞ。普通に読める」

「ありがとう、ございます、ひめ」

「……会話はまだまだだな。努力は認めるが」

「にゃがにこのがの、です」

「待て、何を言っているか分からぬ」

オルティアがそう言うと、雫は困り顔になった。紙に「日々勉強」と書いて見せてきたので、オルティアがそれをゆっくりと正しく読み上げる。雫は女王の発音を何度か反復して「だいじょうぶ、です」と謎の自信に満ちて胸を張った。オルティアは、そんな友人の姿に苦笑する。

「まあ、ゆっくり学んでいけばいい。助けてくれる人間がいるのだからな」

魔女の騒動から一年、言葉の分からなくなった雫は、しばらくエリクと共にファルサス城に住みこんでいたが、今はスイト砂漠近くの町に二人で戻っている。そこで町の手伝いをしながら言葉を学んでいるという。時々こうしてキスクに遊びに来るが、あまり長居をしていくことはない。

ただオルティアは、日々言葉を学んでいく友とのささやかな会話を楽しみにしていた。

「そう言えば、ファルサスの馬鹿王から家名をもらったらしいな」

「にゃみおう」

「違う」

オルティアは、平易な言葉で言いなおす。ついでに紙に単語を書いて見せると雫は苦笑した。

この大陸で、貴族以外の家名持ちは、何らかの功績を挙げて王家から授与されるものがほとんどだ。雫もおそらく、魔女撃破の功績を受けて家名をもらったのだろう。それを聞いた時には「自分がやればよかった」と悔しさに歯軋《はぎし》りしたが、あのふざけたファルサス国王が贈る結婚祝いとしてはまともな部類に入るので、かえってよかったのかもしれない。女王は微笑して友人を見上げる。

「ヴィヴィア・バベルか。よい名だな。——ああ、妾からの結婚祝いはこれだ」

机の引き出しから出したものは、大きな水晶を削り出して花を模した髪飾りだ。守護の魔法がかかっていて、きっと離れている時でも雫を守ってくれる。雫は黒茶の目を瞠った。

「ひめ……とても、うれしいです。ありがとう、ございます」

雫がそれを受け取るとほぼ同時に、執務室の扉が叩かれる。迎えが来たのだろう。現れたのは、ずっと彼女の保護者であった人物で、今は夫である青年だ。

二人はオルティアに丁寧な礼をして、自分たちの家へ帰っていく。

その姿を見送った女王は、自分も満ち足りた気分で執務に向き合うのだ。

『Babel』の
300年前を舞台にした、
圧倒的ファンタジー！
呪われし王と
世界最強の魔女――
禁忌の出会いは
《運命》を書き換える。
このライトノベルがすごい！2020（宝島社刊）
単行本・ノベルズ部門＆同部門新作
W《ダブル》1位
このライトノベルがすごい！2021（宝島社刊）
単行本・ノベルズ部門
3位
電撃の新文芸
Unnamed Memory《アンネームドメモリー》
古宮九時
イラストchibi
I～VI巻発売中＆続編制作決定!!
アンネームドメモリー
01
コミック版『Unnamed Memory』
（毎月27日発売）
電撃大王
にて連載中!!
コミックで新たに語られる
オスカーとティナーシャの愛と呪いの一大叙情詩――。
作画越水ナオキ
発行：株式会社KADOKAWA
電撃コミックスNEXT コミックス第1巻発売中

電撃の新文芸

Babel《バベル》 Ⅳ
言葉《ことば》を乱《みだ》せし旅《たび》の終《お》わり

著者／古宮九時《ふるみやくじ》
イラスト／森沢晴行《もりさわはるゆき》

2021年7月17日　初版発行

発行者／青柳昌行
発行／株式会社ＫＡＤＯＫＡＷＡ
〒102-8177　東京都千代田区富士見2-13-3
0570-002-301（ナビダイヤル）
印刷／図書印刷株式会社
製本／図書印刷株式会社

【初出】……
本書は著者の公式ウェブサイト『no-seen flower』にて掲載されたものに加筆、訂正しています。

ISBN978-4-04-913827-6　C0093　Printed in Japan

ファンレターあて先
〒102-8177
東京都千代田区富士見2-13-3
電撃の新文芸編集部

「古宮九時先生」係
「森沢晴行先生」係